사랑을 찾아 돌아오다

Je reviens te chercher
by Guillaume Musso
Copyright ⓒ XO Editions 2008. All rights reserved.

Korean Translation Copyright ⓒ Balgunsesang.co.,Ltd 2014
This Korean edition is published by arrangement with
XO Editions through Milkwood Agency.

이 책의 한국어판 저작권은 밀크우드 에이전시를 통한 XO Editions와
독점계약으로 도서출판 밝은세상에 있습니다. 신 저작권법에 의해 한국 내에서 보호를 받는
저작물이므로 무단 전재 및 복제를 금합니다.

사랑을 찾아 돌아오다
Je reviens te chercher

기욤 뮈소 장편소설
김남주 옮김

밝은세상

사랑을 찾아 돌아오다

초판 1쇄 발행일 2008년 11월 17일 | **초판 24쇄 발행일** 2020년 6월 1일
지은이 기욤 뮈소 | **옮긴이** 김남주 | **펴낸이** 김석원
펴낸곳 도서출판 밝은세상 | **출판등록** 1990. 10. 5 (제 10 - 427호)
주 소 (10881) 경기도 파주시 문발로 119, 202호
전 화 031-955-8101 | **팩스** 031-955-8110 | **메일** wsesang@hanmail.net
블로그 blog.naver.com/balgunsesang8101 | **인스타그램** www.instagram.com/wsesang

ISBN 978-89-8437-090-6 03860 | **값** 11,000원
잘못된 책은 구입한 곳에서 교환해 드립니다.

나는 책들 가운데에서,
먼지를 일으키며 떨어져 내리는 책장들 속에서
보이지 않는 친구들을 사귀면서 성장했다. 그 책장의 냄새는
지금도 내 손에 남아 있다.

-카를로스 루이스 사폰, 〈바람의 그림자〉

차례

사랑을 찾아 돌아오다

프롤로그 1 지금 하거나 영원히 하지 않거나　09
프롤로그 2 사랑의 종말　14

1부 도망치기

1 그날……　20
2 바쁜 남자　31
3 베일에 싸인 사내, 휘태커　48
4 제시　59
5 일어날 수 없는 일이란 없다　65
6 운명의 힘　72
7 셀린　88
8 돌이킬 수 없는 지점　97
9 차이나타운　104
10 인스턴트 카르마　122
11 상사병　133

2부 맞서 싸우기

12 그 다음날…… 144
13 서둘러, 시간은 기다려주지 않아 150
14 내가 기다린 건 오직 당신뿐 170
15 사랑의 말 186
16 날 보내지 마 200
17 뉴욕 여자 206
18 내 삶의 은밀한 갈피 속에서 229
19 영혼의 상처 238
20 지미 245
21 마리사 254
22 도시의 불빛 265
23 살아 있는 이들의 마음 274
24 당신에게 말하고 싶었을 뿐…… 288
25 운명은 결국 승리한다 300

3부 이해하기

26 시선이 교차되는 한 순간 306
27 그곳에 있어서는 안 될 사내 318
28 그 아이를 위해 329
29 그는 한때 뉴욕에 있었다네 342
30 너와 함께 보낸 며칠 352
31 언제 돌아올 거니? 362
32 끝 371
33 죽어서도 눈을 감지 못하고 382
34 이제 기억난다…… 385
35 하늘에서와 같이 땅에서도 388
36 불꽃 속을 살다 401

에필로그 삶, 오직 삶뿐 404
작가의 일러두기 406
옮긴이의 말 407

프롤로그1
지금 하거나 영원히 하지 않거나

아무도 당신에게 뭔가를 주지 않는다.
당신이 나서서 취해야 한다.
―마틴 스콜세지의 영화 〈디파티드〉 중에서

운명을 피하려 접어든 길에서
사람은 종종 자신의 운명을 만난다.
―라 퐁텐

상상해보라……

뉴욕.
사람들로 붐비는 타임스퀘어.
외침 소리, 웃음소리, 음악 소리.
팝콘 냄새, 핫도그 냄새, 매연 냄새.
눈부신 네온, 거대한 전광판, 마천루의 전면을 장식하는 번쩍이는 간판들.
길게 늘어선 자동차, 택시, 경찰차의 사이렌과 경적 소리.
그리고 부딪히고 떠밀리는 인파들. 꼬리를 물고 이어지는 관광객과 행상인과 소매치기의 물결.

당신은 모래알처럼 많은 이 무수한 군중 가운데 하나이다.

당신은 스물세 살이다.

2미터 앞 보도 위를 당신의 약혼녀와 가장 친한 친구가 걸어가고 있다. 약혼녀의 이름은 마리사이다. 당신은 그녀와 고교 1학년 때부터 사귀어왔고, 이 달 말에 결혼할 예정이다. 가장 친한 친구 지미와는 사귄 지 더 오래되었다. 그와 당신은 보스턴 남쪽 노동자 마을에서 함께 자랐다.

오늘은 당신의 생일이다. 당신을 기쁘게 해주기 위해 약혼녀와 친구는 맨해튼의 저녁 산책을 계획했다. 그래서 함께 낡고 쭈그러진 무스탕을 타고 보스턴에서 맨해튼까지 온 것이다.

당신은 이제 겨우 스물세 살이지만, 당신의 삶은 이미 텅 비고 희망이 없다.

태어날 때 당신의 요정들이 요람을 에워싸고 있지 않았다는 말을 해두자. 당신의 부모는 평생 힘들게 일했지만, 당신의 교육비를 댈 만큼 벌지 못했다. 고등학교를 마친 당신은 지미와 함께 공사장에서 일한다. 시멘트 부대와 비계, 구슬땀과 공사반장의 꾸지람이 당신의 일상이다.

당신의 여가? 일이 끝나면 맥주를 몇 잔 마시고, 마리사를 따라 슈퍼마켓에 가고, 일주일에 두어 차례 동료들과 볼링을 친다.

번쩍이는 불빛에 마비되어 약간 얼떨떨해진 채 당신은 고개를 위로 치켜들고 행인들의 흐름에 몸을 내맡긴다. 쉴 새 없이 깜박이는 전광판의 화면에는 당신이 영원히 갖지 못할 자동차, 당신 월급의 열 배를 주어야 살 수 있는 값비싼 손목시계, 당신과는 결코 눈을 마주치지 않을 세련된 여자들의 의상 광고들이 올라온다.

당신의 미래?

열정 없는 결혼생활, 두세 명의 아이들, 좁아터진 집을 사느라 빌린 대출금을 갚기 위해 파김치가 되도록 막노동을 해야 하리라.

여가시간에는 여전히 볼링을 치고, 맥주를 마시고, 그 삶에 완전히 통합되지 못한 채 지미와 함께 다른 세상을 꿈꾸리라.

당신은 겨우 스물세 살이지만, 당신 자신과 어울리지 않는 삶에 이미 발목을 잡혀버렸다. 오래전부터 당신은 주위사람들에게 이질감을 느껴왔다. 그렇다고 당신이 가족과 친구들을 경멸하는 건 아니다. 그것과는 다르다. 가난하다는 사실이 주는 굴욕감에서 영원히 헤어날 수 없다는 느낌이 들 뿐이다. 마리사나 지미는 그 사실에 고통스러워하는 대신 이런 말로 자위한다.

"우리는 가난할진 모르지만 적어도 행복하잖아."

정말 그럴까?

담장 너머 저쪽의 삶에 또 다른 행복이 있는지 어떻게 안단 말인가?

당신은 붐비는 인파 속 익명의 존재로서 걸음을 계속한다. 일정한 간격을 두고 앞서가는 지미와 마리사가 뒤를 돌아보며 당신에게 고갯짓을 하지만, 당신은 일부러 그들과의 거리를 좁히지 않는다.

몇 달 전부터 당신은 은밀히 책을 사기 시작한다. 고향과는 다른 곳에 뿌리를 내리고 스스로를 변화시키고 싶은 욕망이 점점 더 강해진다. 당신의 휴대용 카세트 플레이어에서는 랩과 소울이 자취를 감추고 모차르트와 바흐가 등장한다. 일터에서 당신은 다른 일꾼들의 야유에도 아랑곳없이 정오의 쉬는 시간을 이용해 〈뉴욕 타임스〉의 기사를 훑어본다.

날이 저물기 시작한다. 당신은 줄곧 거리의 모습을 지켜본다. 젊은 남녀 한 쌍이 웃으며 호화스러운 호텔에서 나와 번쩍이는 카브리올레에 올라탄다. 최신 카탈로그에 등장하는 사람들처럼 그들의 치아는 하얗고, 태도에서는 뉴잉글랜드적인 우아함과 여유가 넘친다.

그 모든 것을 당신은 영원히 가질 수 없으리라.

성공이 스스로의 노력에 달려 있다고들 하는 이 나라에서 당신은 엉뚱한 자리에 서 있는 것 같다. 조용한 한밤중이면 당신은 종종 생각하지 않았던가. 원점에서 출발하자고. 모든 것을 떠나 공부를 다시 시작해 당신 몫의 아메리칸 드림을 손에 넣자고.

하지만 그러기 위해서는 당신이 몸담고 있는 곳, 가족과 약혼녀와 친구들과의 인연을 끊어야 하는데, 당신은 그 일이 불가능하다는 걸 잘 안다.

정말 불가능할까?

50번가 모퉁이에 자리 잡은 핫도그 가판대 주인이 라디오를 켠다. 록 음악 방송 채널이다. 엘비스 프레슬리의 명곡 〈이츠 나우 오어 네버〉가 인도 위로 요란하게 쏟아진다.

지금 하거나 영원히 하지 않거나.

당신은 신문 가판대를 지나다가 〈뉴욕 타임스〉에 눈길이 멎는다. 그 순간 당신의 머릿속에 떠오르는 생각은?

어째서 이런 정신 나간 다짐을 하게 되는 것일까?

언젠가, 저 신문에 내 사진이 실리게 하리라.

15년 내로, 맹세컨대 저 신문에 내 얼굴이 실리게 하리라.

이제부터 당신이 하려는 일이 얼마나 커다란 파장을 불러일으킬지 아는가? 죽을 때까지 매일 밤 이 날을 되새기게 되리라는 것을 당신은 이미 의식하고 있지 않은가?

현재의 삶을 깡그리 무화시켜 버린 날.

당신을 사랑하는 모든 이들을 떠나온 날.

모든 걸 얻을 수 있으리라는 희망으로 모든 걸 잃어버린 날.

지금 하거나 영원히 하지 않거나.

한 무리의 관광객들에게 에워싸인 당신은 인파가 대로를 건너기 위해 잠시 멈춘 순간을 틈타 도망친다.

마리사도, 지미도 당신이 달아나는 걸 보지 못했다.

지금 하거나 영원히 하지 않거나.

정확히 30초 후 당신의 약혼녀는 고개를 돌려 당신을 찾을 테지만, 당신은 이미 사라지고 없으리라.

영원히.

정확히 30초 후, 당신은 기이하고 대담하기 짝이 없는 도전의 출발점에 서게 되리라.

다른 누군가가 되겠다는 도전의 출발점에.

프롤로그 2
사랑의 종말

> 나는 당신을 사랑했고,
> 당신은 사랑에 빠졌다. 이 둘은 다르다.
> ―프랑수아 트뤼포의 영화 〈이웃집 여자〉 중에서

10년 후

브로드웨이와 암스테르담 가 사이에 있는 웨스트사이드의 작은 커피숍.

조용하지만 활기찬 분위기. 번쩍이는 장방형 크롬 카운터 앞에 놓인 짙은 색 가죽으로 마감된 편안한 의자. 가볍게 풍기는 계피와 바닐라와 꿀 냄새.

당신은 탁자를 사이에 두고 스튜어디스 복장의 젊은 여자와 마주앉아 있다.

여자의 이름은 셀린 팔라디노.

그녀는 소맷자락으로 황금빛이 감도는 초록빛 두 눈에서 흘러내리는 눈물을 닦는다.

당신은 일 년 전부터 그녀와 사귀어왔다. 파리-뉴욕 간을 2주 간격으로 왕래하는 그녀의 비행 일정에 맞춘, 대서양을 사이에 둔 사랑이었다.

셀린과의 사랑은 당신이 예기치 못한 것이었다. 드물게도 첫눈에 반한 사람이 행복의 절정으로 이어져 당신을 미지의 세계로 끌어들인 것이다.

논리적으로 따져보면 당신은 세상에서 가장 행복한 남자가 되어야 마땅했다. 하지만 당신은 평범한 남자가 아니다. 그리고 당신은 언젠가 그녀를 잃게 되리라는 걸 알고 있다.

오늘이 바로 그날이다.

왜냐하면 매순간 당신이 행복하면 할수록 그만큼 상처입기 쉬운 존재가 되기 때문이다. 당신은 그것을 거부한다. 지금 당신의 상태에서는 나약해지지 않은 채 감성적이 되는 법을 알지 못하므로.

또한 당신은 이 사랑이 오해에서 비롯되었다고 믿고 있다. 셀린이 당신을 사랑하는 건 그녀가 당신의 본모습을 모르기 때문이라고. 어느 날 눈에 덮였던 콩깍지가 떨어져나가 제대로 볼 수 있게 되면 그녀는 야망을 좇아 질주하는 당신의 비겁한 본모습을 알게 될 것이라고.

하지만 그게 중요한 건 아니다.

중요한 건 끊임없이 들려오는 내면의 소리다.

셀린을 사랑한다면, 그녀에게서 떠나야 한다. 당신과 함께 있으면 그녀가 위험해진다.

이런 내면의 소리는 어디에서 들려오는 것일까? 도저히 알 수 없다. 하지만 어찌나 강렬한지 당신으로서는 그 경고를 진지하게 받아들이지 않을 수 없다.

당신은 마지막으로 셀린을 바라본다. 셀린의 눈물이 초콜릿 타르트 위로 떨어진다.

조금 전 그들의 단골 커피숍인 이곳으로 들어서는 그녀의 모습은 행복한 나머지 눈부시게 빛나지 않았던가. 그녀는 에어프랑스 맨해튼 지점으로 자리를 옮기게 되었다는 소식을 그에게 전했다.

"마침내 우린 함께 살 수 있어. 아기도 갖고……."

당신은 갑자기 몹시 냉담한 태도를 취한다. 함께 산다고? 아직 그럴 준비가 되어 있지 않은데. 아기라고? 당신은 아기를 가져서는 안 될 이유들을 길게 열거한다. 서로에 대한 갈망은 끝장나고 의무감에 짓눌릴 것이며, 모성애가 최고의 가치로 간주되는 것을 지켜봐야 하는 짜증스러움 같은 것들을…….

그녀는 충격에 휩싸인다. 이윽고 짓누르는 듯한 침묵이 흐르고 그 속에서 그녀는 꼼짝도 하지 않는다. 이건 심하다. 비탄에 빠진 그녀의 모습을 더 이상 지켜볼 수 없다. 당신은 그녀를 품에 안기 위해 자리에서 일어난다. 하지만 내면의 목소리가 다시 들려온다.

네가 그녀를 떠나지 않는다면, 셀린은 죽게 될 것이다.

그리하여 당신은 그녀의 눈길을 피해 빗속을 서둘러 걷는 사람들을 바라본다.

"우리, 끝난 거야?"

그녀가 몸을 일으키며 묻는다.

당신은 차마 말로 대답할 수 없어 고개만 끄덕인다.

*

보름 후 당신은 다시 그 커피숍에 들른다. 종업원 하나가 당신에게 봉투 하나를 전해준다. 봉투 위에 쓰인 글자는 셀린의 글씨체다. 당신은 봉투를 열어보고 싶은 충동에 맞서 저항한다. 과연 이 아찔한 혼란을 극복할 수 있는 능력이 있는지 자문하며 당신은 집으로 돌아온다. 당신은 셀린이 두고 간 물건, 그녀의 체취가 남아 있는 물건을 종이상자 속에 담는다. 옷가지 몇 개, 화장가방, 카샤렐 향수, 《주님의 미녀》(알베르 코앙의 작품. 현 프랑스 대통령 사르코지가 좋아하는 책이라고 밝힌 바 있다 : 옮긴이), 아라공 시집, 니나 시몬의 CD, 모딜리아니의 복사화, 영어판 〈금지된 사랑〉의 포스터, 거북 등껍질로 만들어진 빗, 일본산 찻주전자 그리고 열어보지 않은 그녀의 마지막 편지…….

뉴욕대학교 바로 뒤 그리니치빌리지에 있는 작은 아파트 건물에서 나온 당신은 맞은편 인도 위에 있는 쓰레기통 속에 무심한 척하며 그 상자를 던져버린다.

하지만 한밤중 당신은 그 편지를 찾기 위해 차가운 밤공기 속으로 나온다. 당신은 결코 그 편지를 열어보지 않을 테지만 줄곧 지니고 있게 될 것이다. 그녀가 함께 있다는 느낌을 갖기 위해.

아니 어쩌면 당신이 요컨대 비겁하기 짝이 없는 인간임을 환기하기 위한 증거로.

그리고 세월이 흐른다.

1년, 2년…… 5년.

당신은 사회적 신분상승이라는 꿈을 이룬다. 명성과 스포츠카, 호화여행, 패션모델들과의 잠자리, 텔레비전 출연…….

세월이 흐르면서 당신은 셀린을 잊었다고 믿으려 애쓴다.

하지만 그녀 없이는,
당신은 고독에서 벗어날 수 없다.

1부

도망치기

1. 그날……

> 진짜 우리의 적은 우리 자신이다.
> —자크베니뉴 보쉬에(프랑스의 스콜라 철학자)

2007년 10월 31일 토요일
맨해튼
아침 7시 59분 57초

에단 휘태커는 허드슨 강변에 정박해 있는 자신의 호화보트에서 잠의 마지막 남은 3초를 즐긴다. 그는 잠에 빠진 채 안개 속 꿈나라를 떠돈다. 이제 곧 그는 꿈나라를 떠나 악몽 같은 하루를 살게 될 것이다.

7시 59분 58초
이제 남은 건 2초뿐.
이 순간, 그를 고통과 미스터리 한가운데로 데려갈 그 기묘한 여행의 징후 같은 건 전혀 찾아볼 수 없다. 그 고독하고 은밀한 순례는 그를 만신창이로 만드는 동시에 다시 태어나게 하리라. 또한 그로 하여금 자신의 절실한 소망, 깊은 회오, 아찔한 공포와 대면하게 하리라.

당신은 자신의 내면에서 이루어지는 일을 속속들이 알고 있는가?

그렇지 않을 경우, 진정한 자신을 알기 위해 어떤 대가를 치를 준비가 되어 있는가?

7시 59분 59초

잠에서 깨어나기 1초 전.

잠에서 깨어나기 1초 전.

그런데 우리 모두가 좇고 있는 그 무엇이 사실은 우리가 이미 갖고 있는 거라면?

8시

소스라침.

에단은 한손을 뻗어 몇 초간 주위를 더듬다가 이윽고 기운차게 울어대는 자명종소리를 잠재웠다. 대개 자명종소리는 그의 의욕을 자극했지만, 오늘은 짜증을 불러일으켰다. 그는 고된 노동이라도 하고 난 사람처럼 숨을 헐떡이며 한참이 지나서야 정신을 차렸다. 몸에 열이 있는 게 느껴졌고, 며칠 동안 물을 마시지 못한 사람처럼 갈증이 심했다. 토하고 싶었지만, 찌르는 듯한 통증이 머리부터 발끝까지 온몸을 마비시켰다. 그는 눈을 뜨려 해보았지만 이내 포기하고 말았다. 눈꺼풀은 꿰매놓은 듯했고, 머리는 폭발 일보직전이었다. 보이지 않는 드릴이 두개골 속을 차근차근 뚫어대는 것 같았다.

어젯밤 얼마나 많이 마셨기에 몸이 이렇단 말인가?

그는 비정상적으로 빠르게 뛰는 심장을 진정시키면서 초인적인 노력을 기울여 눈꺼풀을 들어올렸다. 요트의 현창을 통해 들어오는 빛의 눈부신 반사광에 목재의 밝은 색조가 도드라져 보였다. 널찍하고 안락한 그 선실은 요트의 폭 전체를 차지하고 있었다. 디자인과 첨단 기술이 일체가 된 실내는 호화스러웠다. 킹사이즈의 침대, 최신 유행의 첨단 설비, 절제되고 세련된 형태의 가구들.

총 맞은 개처럼 침대 밖으로 몸을 늘어뜨린 채 겨우 정신을 차린 에단은 이윽고 옆자리에 누군가 누워 있다는 사실을 깨달았다. 휙 몸을 돌린 그는 눈을 깜박거렸다.

여자였다.

그랬군.

실크시트로 몸을 감싼 여자에게서는 붉은 점들이 점점이 흩뿌려진 맨 어깨 말고는 아무것도 보이지 않았다.

에단은 여자 쪽으로 몸을 굽히고는, 섬세한 이목구비와 조금 길어 보이는 얼굴을 바라보았다. 베개 위로 폭포처럼 쏟아져 내린 적갈색의 긴 머리카락이 여자의 얼굴을 가리고 있었다.

내가 아는 여자인가?

에단은 지독한 두통에 시달리면서 여자가 누구인지, 어떤 상황에서 요트의 침대까지 오게 되었는지 기억해내려 애썼다. 하지만 아무것도 기억나지 않았다.

머릿속이 텅 비어 있었다. 그의 기억은 마치 필요한 정보를 적재하기를 거부하는 정보처리 프로그램 같았다. 당황한 에단은 머리를 쥐어짰다. 저녁 무렵 일터를 떠나 웨스트 가에 있는 최신유행의 새로 생긴 바 소시알리스타에 한잔 하러 갔던 것만큼은 기억났다. 1940년대의 아바나를 연상시키는 그 '쿠바 리브레'(Cuba Libre '자유 쿠바'라는 뜻으로 쿠바의 민족운동 구호였다. 럼에 콜라를 넣어 만든 칵테일을 말하기도 한다 : 옮긴이)한 분위기 속에서 그는 모히토를 마셨다. 한 잔, 두 잔, 세 잔……. 그 다음은 더 이상 아무것도 기억나지 않았다. 그는 정신을 집중해 기억을 되살리려 애썼지만 소용없었다. 원통하지만 이제는 간밤의 여흥으로부터 건질 수 있는 기억이 아무것도 없다는 사실을 인정해야만 했다.

빌어먹을!

에단은 잠들어 있는 미녀가 기억을 되살려줄지도 모른다고 생각하며 한순간 여자를 깨울까 망설이다가 이내 단념했다. 나중에는 피차 번거로워질 게 뻔한 대화를 시작하고 싶지 않았다.

에단은 조용히 침대를 빠져나와 비틀거리는 걸음으로 욕실로 통하는 좁은 복도로 나섰다. 벽이 이국적인 목재로 마감된 샤워실에는 사우나 시설이 되어 있었다. 그가 밸브를 '사우나'에 맞추자, 즉각 따뜻하고 촉촉한 수증기가 뿜어져 나와 유리문이 달린 샤워부스 안을 가득 채웠다. 그는 양손으로 머리를 감싸 쥐고 관자놀이를 마사지하기 시작했다.

이런 때일수록 겁에 질려선 안 된다!

전에도 이런 식의 기억상실증상이 그를 불안하게 만든 적이 있었다. 한순간이나마 자신에 대한 통제 능력을 잃었다는 것 자체가 그는 혐오스러웠다. 책임감을 갖고 자기 삶을 통제하기. 그것이야말로 그가 저서에서, 강연에서, 텔레비전 프로그램에서 누누이 강조해온 핵심이 아니었던가.

내가 해오던 대로가 아니라 말해온 대로 행동하는 거야.

공포가 시나브로 가라앉았다. 거울에 비친 무기력한 얼굴로 미루어 보건대 어젯밤 무슨 일이 있었는지 굳이 기억을 되살리기 위해 영매까지 동원할 필요는 없을 듯했다. 그저 여러 술집을 순례한 것뿐이리라. 과음에다가, 어쩌면 하얀 가루까지 '가미' 된 밤이었으리라. 정체불명의 여자? 기억을 잃어버리기 전에 술집에서 만나 유혹하지 않았을까.

손목시계를 들여다본 에단은 약속시간 때문에 또다시 불안해져 뜨거운 수증기를 차가운 물줄기로 바꾸었다. 그런 급격한 온도차로 사라진 기억이 되살아날지도 모른다는 실낱같은 기대감을 품고.

*

방으로 돌아온 에단은 정체불명의 여자가 여전히 깊이 잠들어 있는 걸 확인했다. 여자의 구릿빛 머리카락과 대조를 이루는 하얀 피부에 매료된 그는 잠시 동작을 멈추었다. 수건으로 몸을 닦으면서 방바닥에 흩어져 있는 여자의 옷가지를 살펴보았다. 빅토리아 시크릿 속옷, 가슴이 깊이 파인 돌체 앤 가바나의 검은 드레스, 크리스털이 박힌 지미추 구두…….

모두 다 최고급품이었다.

뭔가 결정적으로 어긋나 있었다. 유혹해놓고 깡그리 잊어버리기에는 지나치게 아름답고 품위 있는 여자가 아닌가.

소파 위에는 여자의 핸드백 대신 루이비통 모노그램 파우치가 놓여 있었다. 그는 체면을 무릅쓰고 파우치를 뒤져 내용물을 살펴보았다. 여자의 신원을 밝혀줄 만한 신분증이나 운전면허증은 없었다. 선글라스, 콤팩트, 100달러짜리 지폐 두 장, 코카인을 담았음직한 작은 봉투 하나가 전부였다.

에단은 불안한 마음으로 파우치를 닫았다.

이 여자가 콜걸이라면?

일단 그럴 가능성을 염두에 두지 않을 수 없었다. 여자를 유혹하는 능력이 미덥지 못한 건 아니었다. 그런 능력이라면 어느 누구에게도 뒤지지 않을 자신이 있었다. 다만 지독하게 취했고, 전혀 기억조차 나지 않는 새벽 4시라면 문제는 달랐다.

그렇다면……

사실, 텔레비전에 자주 출연하고 호화요트 생활에 익숙해진 후로는 여자를 유혹하기 위해 크게 애쓸 필요도 없었다. 그건 유명세를 누리는 사람만이 가질 수 있는 특권 중 하나였고, 그는 그런 인과관계를 모를 만큼 순진하지 않았다.

만약 직업여성이라면 돈을 지불해야 마땅하리라. 하지만 이런 '봉사'의 대가가 도대체 얼마란 말인가? 1천 달러? 5천 달러? 1만 달러? 도통 알 수 없었다.

에단은 봉투 속에 500달러짜리 지폐 네 장을 집어넣었다. 그는 여자가 잘 볼 수 있도록 봉투를 나이트테이블 위에 올려놓았다. 그리 자랑할 만한 일이 못 된다는 건 인정하지만 다 그런 거 아니겠는가. 삶이란 원래 그렇게 생겨먹은 것이니까.

에단은 좀 더 그럴듯한 해명을 덧붙이고 싶었지만, 시간이 없다는 핑계로 포기했다. 정말이지 시간이 없긴 했다. 몇 년 전부터 여자들에게 '해명' 따위나 하고 있을 시간은 더욱 없었다. 과거에는 분명 누군가가 옆에 있었다. 다른 누군가가. 하지만 아주 오래전에 끝난 일이었다.

　넘겨버린 지난 삶의 한 페이지 속에는 분명 사랑하는 여자가 있었다. 에단은 자꾸만 떠오르는 옛 연인의 얼굴을 머릿속에서 쫓아내기 위해 애썼다. 하필이면 지금 왜 그녀가 생각나는 것일까? 다시 한 번 시계를 본 그는 더 이상 이 거북살스러운 사건 때문에 머뭇거릴 시간이 없다고 생각하며 상갑판으로 통하는 계단을 오르기 시작했다.

*

　크림색 가죽 소파가 놓여 있고 창밖으로 멋진 전망이 펼쳐지는 거실은 이 요트의 다른 방들과 조화를 이루는 공간으로, 우아하고 눈부신 빛이 가득 차 있었다. 간소하지만 기능적인 주방 한구석에는 매끈한 유리가 덮인 참나무 식탁이 놓여 있었다.
　에단은 선반에서 화장수 병을 집어 들었다. 버락 오바마와 함께 찍은 사진과 힐러리 클린턴과 함께 찍은 사진이 화장수 병을 사이에 두고 놓여 있었다. 그는 담배 향과 가죽냄새가 주조를 이루는 향수를 몸에 뿌렸다. 그는 '사내다운' 면을 긍정하는 편이었다. 여성적인 면을 부각시키고 싶어 하는 요즘 남자들의 성향은 그의 취향과 맞지 않았다.
　에단은 오늘 아침 NBC 방송의 비중 있는 프로그램에 출연하기로 되어 있었다. 시청자들에게 그동안 구축해온 자신의 이미지를 다시 한 번 각인시켜줄 절호의 기회였다. 진료에 있어서는 엄격하지만 외모에 있어서는 쿨한 면모를 유감없이 보여줘야 하리라. 지그문트 프로이트와 마더 테레사, 조지 클루니를 합쳐놓은 듯한, 온정이 넘치는 인간적인 정신과의사라는 이미지에 부합하는, 흠잡을 데 없이 완벽한 모습이어야 했다.

에단은 옷장 문을 열고 양복을 꺼냈다. 울과 실크가 혼방된 프라다 양복에 옥스퍼드 셔츠와 산토니 구두를 조화시킬 생각이었다. 외출할 때는 몸에 걸친 제품의 총액이 4천 달러 이상이 되게 하라. 옷을 잘 입는다는 소리를 듣고 싶다면 반드시 명심해야 할 규칙이었다.

거울 앞에 선 에단은 웃옷의 단추를 잠갔다. 톰 포드는 단추를 잠그는 것만으로도 10킬로 정도는 더 날씬해 보인다고 조언했다. 에단은 작년 〈보그〉 지에서 뉴욕의 유명 인사들을 취재할 당시 취했던 포즈를 떠올리며 무표정한 얼굴로 포즈를 취해 보았다. 그는 수많은 시계들 가운데에서 햄턴을 골라 차고 버버리 코트를 걸치는 것으로 몸단장을 마무리했다.

마음 깊은 곳에서 이 모든 사치가 무의미하다는 것, 오히려 우스꽝스러울 뿐이라고 외치는 소리가 들려오는 듯했다. 그러나 이곳은 맨해튼이었다. 포장을 잘해야 살아남을 수 있는 곳이었다. 요즘은 모든 게 외양에 의해 좌우되곤 하지 않는가.

주방으로 간 에단은 급히 반으로 자른 베이글을 먹은 다음 요트에서 외부로 빠져나가는 다리를 건넜다. 뉴욕만으로 불어오는 세찬 바람이 그의 머리카락을 흩뜨렸다. 그는 인체공학적으로 디자인된 선글라스를 쓴 다음 한 순간 걸음을 멈추고 떠오르는 해를 바라보았다.

작은 항구 노스코브는 많은 이들이 그 존재조차 모르는 곳이었다. 배터리파크와 그라운드제로 옆에 위치한 그곳은 뉴욕 심장부에 자리 잡은 수려한 경관을 자랑하는 곳이었다.

화강암과 유리로 된 네 개의 빌딩에 둘러싸인 월드파이낸셜센터 마리나가 단아한 광장 앞에 자리 잡고 있었고, 광장 위로는 키 큰 야자수들이 자라는 유리온실이 있었다.

최신 유행의 운동복 차림에 아이팟을 귀에 꽂고 조깅을 하던 한 무리의 사람들이 잠시 숨을 고르며 엘리스 섬과 자유의 여신상을 바라보고 있었다.

담배 한 대를 피워 문 에단은 두 손을 맞비벼 한기로 차가워진 몸을 덥혔지만 소용없었다. 다시 날선 바람이 불어왔기 때문이다. 하지만 그는 가을의 첫 추위를 좋아했다. 시선을 들자 하늘에서 낮게 날고 있는 야생 기러기 한 마리가 눈에 띄었다. 그는 그 기러기를 행운의 징조로 받아들였다.

시작이 기묘한 날이었지만 다시 원기를 회복해 삶을 직면할 준비를 갖췄다.

오늘은 특별히 멋진 날이 되리라.

"안녕하세요, 휘태커 씨."

에단이 주차장으로 들어서자 항구 관리인이 인사를 건넸다. 하지만 그는 인사를 받을 겨를도 없이 자신의 차를 향해 달려갔다. 우아한 자태를 자랑하는 최신형 쿠페, 펄이 들어간 검은색 마세라티 앞에 못 박히듯 멈춰선 그는 어안이 벙벙한 채 차의 파손 정도를 확인했다.

방열기 그릴이 움푹 꺼져 있었고, 차 전면의 왼쪽이 찌그러진 데다 타이어 휠 하나가 깨지고 차문이 심하게 긁혀 있었다.

이럴 수가!

사고에 대한 기억 따윈 전혀 없었다. 그가 기억하는 한 지난 밤까지만 해도 차는 우아한 곡선을 자랑하며 눈부시게 번쩍이지 않았던가. 그는 다시 의기소침해졌다. 뭔가 심각한 일이 벌어진 게 틀림없었다.

그가 전혀 기억하지 못하는 어떤 일이.

아냐, 언제나처럼 괜한 걱정을 하고 있는 거야. 지난밤 너무 취한 탓에 난간을 들이받았을 뿐이야. 단지 그뿐이라고.

월요일이 되면 쿠페 마세라티를 정비공장으로 끌고 가 새것처럼 수리하면 되리라. 수리비용이 몇 만 달러쯤 들겠지만 문제될 건 없었다.

에단은 이탈리아산 목재와 가죽 제품으로 고급스럽게 마감한 운전석에 깊숙이 몸을 묻었다. 한 순간 그윽한 사치의 냄새가 마음을 진정시켜 주는 듯했지만 그리 오래가지 않아 다시 불안감이 찾아들었다. 그제야 그는 적갈색 머리카락의 여자를 깨우지 않은 걸 후회했다. 지난밤 무슨 일이 일어났는지 말해줄 수 있는 사람은 오직 그 여자뿐이었다.

에단은 잠깐 동안 배로 되돌아갈까 망설였지만 이내 단념했다. 과연 이제 와서 무슨 일이 일어났는지 알 필요가 있을까? 그는 어떤 게 옳은 지 확신할 수 없었다. 어제라면 이미 지나간 과거였다. 지난 15년 동안 과거를 돌아보지 않는 법을 익히지 않았던가.

마침내 시동을 걸고 주차장을 빠져나오는 순간 그의 머리에 하나의 잔상이 안개처럼 어른거리며 떠오르더니 얼토당토않은 생각으로 이어졌다.

적갈색 머리카락을 한 그 여자가 혹시…….

……혹시 죽은 거라면?

아니, 그건 말도 안 되는 생각이었다. 어째서 그런 생각을 한 것일까? 조금 전 분명 그 여자의 부드럽고 따뜻한 숨결을 느끼지 않았던가. 거의 확실했다.

거의 확실하긴 했지만 틀림없다고 단정할 자신은 없었다.

에단은 주먹 쥔 손으로 운전대를 내리쳤다.

도대체 무슨 생각을 하는 거야!

해묵은 편집증이 다시 도지는 모양이었다. 부와 성공을 거머쥐게 된 순간부터 그는 편집증에 시달려왔다. 지난 15년 동안 절치부심하며 쌓아올린 부와 성공을 단 한순간에 잃게 될지도 모른다는 공포감에서 비롯된 증세였다.

쓸데없는 걱정으로 삶을 좀먹게 하지 마!

질서를 되찾으려는 굳은 다짐이 전기충격 같은 효과를 낳은 듯했다. 에단은 즉각 고약한 생각과 과민 증세를 떨쳐버렸다.

주차장을 빠져나오자마자 그는 액셀러레이터를 힘껏 밟았다. 8기통 모터에 400마력을 자랑하는 차의 성능을 감상해볼 생각으로. 쿠페 마세라티가 굉음을 발하며 앞으로 달려 나갔다.

오늘은 특별히 멋진 날이 되리라.

그는 확신했다.

특별히 멋진 날.

더할 수 없이 멋진 날.

2. 바쁜 남자

난 내가 달아나고 있다는 건 잘 알지만,
무엇을 좇고 있는지는 모른다.
―몽테뉴

10월 31일 토요일

아침 8시 53분

맨해튼

 All Along
the Watchtower

〈올 얼롱 더 와치타워〉

  자동차에 장착된 11개의 스피커에서 흘러나오는 지미 핸드릭스의 기타 소리가 둔중하고 안정된 모터 소리 속으로 파고들었다.
  에단은 미드타운 쪽으로 올라가기 위해 액셀러레이터의 페달을 끝까지 밟아 순식간에 오피스 거리를 가로질렀다. 주중에는 그토록 붐비는 곳인데 토요일 아침이라서인지 거리는 텅 비어 있었다.
에단은 특별히 노력을 기울이지 않고도 심리적인 안정을 되찾을 수 있었다. 속도감, 푸른 하늘, 마천루의 유리창들이 반사시키는 햇빛, 그 모든 것들이 뉴욕을 찬미하는 듯했다.
그리고 그는 정말이지 뉴욕이 좋았다.
어디를 가도 이방인으로 여겨질 때조차 고향에 와 있는 듯한 느낌을 주는 도시.
하지만 오늘 아침에는 뭔가 제대로 돌아가지 않고 있었다. 오늘 아침 뉴욕 거리는 이전의 그 거리가 아니라 왠지 영화의 세트처럼 인공적인 느낌을 주었다.
에단은 얼굴을 찌푸리며 거리를 오가는 행인들과 자동차, 건물을 바라보았지만 구체적으로 뭐가 달라졌는지 짚어낼 수가 없었다. 그는 신경질적으로 채널을 돌려 지역 라디오 방송을 틀었다.

……오늘 아침 맨해튼의 택시기사 수천 명이 48시간 동안 파업을 벌입니다. 택시에 신용카드 단말기와 GPS 내비게이터 장착을 의무화한 뉴욕시의 조치에 항의하기 위한 것으로…….

거리에서 뭔가 빠진 것 같고 차량의 흐름이 그토록 원활했던 건 택시 파업 탓이었다. 전설적인 노란색 택시들이 자취를 감춘 맨해튼 거리는 정체성을 이루는 구성인자 중 하나를 잃어버린 듯한 느낌을 풍겼다.

……택시기사들의 주장에 따르면 뉴욕시의 이번 조치는 사생활

침해로 비용 증대뿐 아니라 택시의 이동 상황을 추적하는 것이 가능하다는 문제까지…….

에단은 계기판의 시계를 힐끗 보고 나서 미간을 찌푸렸다. 오늘 아침 그는 〈새터데이 인 아메리카〉라는 유명 생방송 프로그램에 출연하게 되어 있었다. 주말 아침에 600만 명 이상의 시청자가 지켜보는 인기 프로그램이었다. 그 프로그램에 출연할 때마다 그의 저서와 DVD 판매는 폭발적으로 증가했고, 강연과 연수를 받으려는 대기자 명단은 수주일분으로 불어났다.

3년 전, 에단은 텔레비전 방송을 통해 단숨에 유명인사가 되었다. 방송에서 이따금 '닥터'로 불리긴 했지만, 에단은 일반의가 아니었다. 과거 시애틀에서 의학공부를 해볼 생각이었지만, 대학 4년을 마친 후 그는 자신이 길을 잘못 들었다는 걸 깨달았다. 일반의가 되기 위한 공부는 비용이 너무 많이 드는데다 과정 또한 너무 길었다. 게다가 그는 병원생활에 대해 그다지 흥미를 느끼지 못했다. 내과의가 되어 하루 종일 감기 환자나 두통 환자를 진료하는 자신의 모습을 상상하기 어려웠다.

하지만 당시 에단은 심리학과 직간접으로 관계된 분야에 흥미를 느꼈다. 그는 얼마 지나지 않아 자신의 언변이 남달리 뛰어나고 사람들을 설득하는데 비상한 능력을 갖췄다는 걸 깨달았다. 그는 재능을 살려 진정으로 열정이 있는 분야 곧 인간정신의 갈피갈피를 탐사하지 못할 이유가 없다고 생각했다.

에단은 실용적인 인물이었고, 무엇보다 출세를 하고 싶었으므로 시대 분위기를 고려해 적당한 분야를 찾아보았다. 책과 미디어 분야에서 재치 있는 말이 전성기를 구가하고 있었다. 자기계발, 행복을 위한 지침, 웰빙, 자기존중, 자아실현……. 그는 팽창일로에 있는 그 분야에 자신이 잡아야 할 기회가 널려있다는 걸 깨달았다. 그는 즉시 의학공부를 접고 모닝사이드하이츠와 이스트할렘 변두리에 정신과 진료실을 열었다.

에단은 몇 년 동안 그곳에서 우울증과 약물중독, 관절염 등으로 고통 받는 서민들을 진료했다. 돌이켜보건대 그 시기가 결정적이었다. 그가 심리학에 관한 지식을 확충하고, 강의를 듣고, 심지어는 자기계발 분야의 지도자들과 라이프 코치, 의사(擬似) '영적 지도자'의 세미나까지 참석하면서 꾸준히 능력을 키울 수 있었던 건 바로 그 구역 고객들과의 접촉을 통해서였다. 그는 임상경험을 통해 얻은 성과를 바탕으로 이미 검증된 테크닉에 혁신적인 테크닉을 접목시켜 새로운 방식의 치료법을 구축해냈다. 긍정적 사고, 행동요법, 정신집중 효과, 역할극, 연극, 사이코드라마(즉석으로 만들어진 시나리오를 일단의 참가자들이 연기함으로써 신경증을 무대 위로 끌어낼 수 있게 해주는 치료법 : 지은이), 빛 치료, 침술, 감정 소통 등등…….

에단은 환자들로 하여금 센트럴파크의 오솔길을 산책하면서 속내를 털어놓게 하는 이른바 '워크 앤 토크' 방식을 맨해튼에서 처음으로 제안했다. 새로운 치료법의 과학적 근거가 검증되지 않았다 한들 딱히 문제될 건 없었다. 모종의 테크닉이 특정인들에게 치료효과를 보이는 이상 사용해서 안 될 이유가 어디 있단 말인가?

4년 전, 에단의 삶은 기묘한 방식으로 대전환을 맞았다. 어느 날 저녁, 진료실 문을 닫을 시간이 다 되어갈 무렵이었다. 어떤 여자가 열 살 정도 되는 사내아이를 데리고 차에서 내려섰다. 선글라스를 쓰고 실크스카프로 머리를 감싸고 있었지만, 에단은 그 여자를 보는 순간 곧바로 그녀가 자신의 이름을 딴 유명한 토크쇼 진행자이자 제작자인 로레타 크라운임을 알아보았다. 쇼 비즈니스 업계에서 가장 영향력 있는 인물이자 미국 최고의 거부로 손꼽히는 이 아프리카계 미국인이 어떤 연유로 할렘에 있는 그의 초라한 상담실까지 오게 된 것일까? 의외로 이유는 간단했다. 그녀의 가정부가 다리를 놓은 것이다.

에단은 그로부터 몇 달 전 세 차례의 침술치료로 로레타 크라운의 가정부가 앓고 있던 만성적인 두통을 낫게 해준 적이 있었다. 그 가정부는 자신의 경험을 주위에 자랑삼아 퍼뜨렸고, 그 이야기가 여주인의 귀에까지 흘러들어간 것이다.

로레타 크라운이 에단의 진료실을 찾아온 건 그로부터 2년 전 비극적인 사고로 아버지를 갑자기 잃게 된 후 외상성 신경증을 앓아온 아들 때문이었다. 요트를 타고 바다로 나갔던 아이의 아버지는 몇 분간이라도 키를 잡아보게 해달라는 아들의 간청에 못 이겨 자리를 비켜주었다. 키를 어린 아들에게 맡기고 돛을 조절하던 아이의 아버지는 갑자기 불어온 강풍에 몸의 균형을 잃고 바다에 떨어지고 말았다. 요트를 세우는 방법을 몰랐던 아이는 아버지를 구출하기 위해 대서양의 차가운 물속으로 뛰어들었다. 출동한 구조대원들이 그로부터 한 시간 후 구해낸 생존자는 한 사람뿐이었다. 끔찍한 사고로 아버지를 잃은 아이는 죄책감으로 인한 발작 증세에 시달렸다. 고통, 악몽, 아이를 그 비극적인 사건이 벌어졌던 날로부터 한 치도 벗어나지 못하게 하는 회상이 이어졌다.

에단을 처음 만났을 때 아이는 불면증과 발열, 집중력장애로 몇 달째 학교에 가지 못하는 상태였다. 로레타 크라운은 아들을 치료하기 위해 대서양 연안에서 가장 유명하다는 정신과의사들을 두루 찾아다 녔지만 모두 허사였다. 항우울제도 베타선차단제도, 최면요법도 아이를 낫게 하지 못했다.

에단에게는 남다른 직관력이 있었고 행운도 따라주었다. 그가 실시한 몇 차례의 EMDR(Eye Movement Desensitization and reprocessing, 안구운동 민감 소실 및 재처리 요법. 외상 후 스트레스 장애 증상의 치료에 특히 효과적인 정신치료의 한 방법. 뇌로 하여금 과거 외상의 잔해를 빨리 '소화'시킬 수 있도록 하기 위해 꿈을 꾸는 동안 자발적으로 일어나는 현상과 흡사한 안구 운동을 하게 함으로써 치료를 돕는다 : 지은이)의 도움을 받아 아이에게 외상을 입힌 사건을 되살리고 기억을 재편해 머릿속에서 자신이 개입된 그 비극적인 사건의 충격을 '소화' 시킬 수 있었다.

로레타 크라운은 아이가 위험한 단계를 벗어나자 에단에 대해 크게 빚진 느낌을 갖게 되었다. 그녀는 에단에게 심리치료사로서의 경험을 책으로 집필하라고 부추겼고, 책이 출간되자마자 자신의 쇼에 그를 초대 손님으로 출연시켰다.

20년의 방송경력을 가진 토크쇼 여왕은 말 그대로 하나의 기업이었다. 로레타는 150개가 넘는 지역방송국에 자신의 쇼를 송출하고 있었다. 쇼의 시청자 수는 1천 500만 명을 상회했고, 그중 80퍼센트가 여성이었다. 로레타 크라운은 래리 킹과 더불어 대중문화의 아이콘이었고, 수많은 시청자들의 의식에 괄목할만한 영향력을 미치는 오피니언 리더였다.

로레타 크라운이 방송에서 추천하자 에단의 책은 단숨에 베스트셀러 목록에 올랐다. 이제 그는 뛰어난 정신치료사로 알려졌고, 여러 신문에 칼럼을 기고하게 되었다. 여타의 텔레비전 프로그램과 라디오

프로그램에서도 출연요청이 쇄도했다. 겨우 6개월 만에 그는 심리학과 관계된 주제를 다루는 텔레비전 프로그램에서 반드시 초대해야 하는 인물로 부상했다.

에단은 기회를 잡았고, 이제 자그마한 금융 왕국의 우두머리가 되었다. 그는 책, 강연, 고가의 연수 프로그램, 웹사이트, DVD, 오디오북, 선(禪) 캘린더, 릴렉스요법 CD 등을 통해 '가르침'을 전파했다. 에단은 젊은 정신과의사 탈 벤 샤카르가 하버드에서 행복이라는 주제로 강연회를 가진 이후, 여러 대학으로부터 유행이 되다시피 한 과목인 '행복학'을 강의해달라는 제안을 받기도 했다.

방송에 나온 에단은 시청자들에게 깊은 신뢰감을 주었다. 그는 잘생긴 외모에 자신감이 넘쳐흘렀지만 오만하지 않았다. 그는 결코 정신적 스승으로 자처하지 않았는데, 그 겸손 덕분에 더욱 신뢰를 얻게 되었다. 그의 담론은 풍부한 경험에 기초해 있었고, 선의에 넘쳤으며, 회의와 불안에 잠식당한 이 시대에 꼭 필요한 것으로 받아들여졌다.

에단은 사람들에게 과도한 정신치료나 항우울제에 의존하지 말고 자기 자신을 적극적으로 돌볼 것을 촉구했다. 비록 그 자신은 프로작 중독자였을지라도. 그는 저속하고 충동적인 현실과 거리를 둔 소박한 삶을 권장했다. 비록 그 자신은 사치와 가식 속에서 살고 있을지라도. 그는 가족과 친구간의 우정, 사회적 관계의 중요성에 대해 역설했다. 비록 그 자신은 홀로 고독하게 살고 있을지라도…….

내가 말해온 바를 따르자.

*

에단은 브로드웨이로 접어들기 전에 속도를 늦추었다. 시간 여유는 없었지만 타임스퀘어를 통해 돌아가기 위해서였다. 그는 자신의 과거와 마지막으로 결판을 내고 싶었다. 지금으로부터 15년 전 오늘, 그 가을 저녁 무렵 그는 다른 사람이 되고 싶다는 열망을 품고 과거의 삶에 작별을 고했다.

메리어트호텔 앞에 차를 세운 에단은 주차 담당자에게 열쇠를 맡겼다. 그는 호텔 안으로 들어가는 대신 대로를 건넜다. 타임스퀘어에도 사람이 별로 없었다. 길 한가운데에서 술에 취한 한 무리의 일본인들이 그들이 좋아하는 텔레비전 시리즈 〈히어로즈〉의 주인공 대사를 패러디해 '야타 YATTA'를 외치며 사진을 찍고 있을 뿐이었다.

에단은 담배 한 대를 피워 물었다. 신문 판매대는 여전히 기억 속 그 자리에 있었다. 그는 동전을 집어넣고 오늘자 〈뉴욕 타임스〉 한 부를 집어 들었다. 신문을 펼친 그는 문화예술 섹션을 뽑았다. 제1면에 다음과 같은 제목 아래 그의 사진이 실려 있었다.

미국을 사로잡은 정신과의사

원래 그 기사는 다음 주에 실리게 되어 있었지만 에단은 인맥을 동원해 오직 자기 자신만이 기억하는 이 기묘한 기념일에 맞추어 그 기사를 앞당겨 싣게 했다. 그는 기사를 대각선으로 훑어보았다. 기사의 논조에는 다분히 과장이 섞여 있었고, 헌정된 듯한 분위기를 풍겼다.

에단은 주먹을 쥐고 공중전화부스를 두드렸다. 그렇다, 그는 성공했다. 그는 자기 자신에게 한 약속을 지켰다. 15년 만에 드디어 〈뉴욕 타임스〉의 제1면을 장식한 것이다. 그는 무에서 출발해 정상의 위치까지 올랐다. 뉴요커들이 즐겨 하는 말처럼, 뉴욕에서 해냈다면 세계 어디서든 해낼 수 있는 것이다.

길 맞은편 버진 메가스토어에서 일꾼 두 사람이 진열창 유리를 갈아 끼우고 있었다. 에단은 그들을 바라보면서 15년 전 지미와 함께 공사현장의 비계 위에서 일하던 시절을 떠올렸다. 지나온 날들을 진지하게 돌이켜보는 건 처음이었다. 15년 전 그는 바로 이 길을 건넜다. 길의 반대편으로 가기 위해 15미터를, 영예에 이르기 위해 15년의 세월을 답파한 것이다. 머릿속에서 잊었던 추억들이 물밀듯이 밀어닥쳤지만 그는 머리를 흔들어 떨쳐버렸다.

에단은 지금의 성공을 이루기 위해 모든 걸 감수했고, 주변을 깨끗이 정리했다. 그것은 해볼 만한 가치가 있는 일이었다.

에단은 남쪽을 향해 달리는 차들을 바라보며 뜻하지 않게 울적한 기분에 사로잡혔다. 문득 그의 주변에 성공을 축하해주고 함께 기쁨을 나눠줄 사람이 없다는 사실이 떠올랐기 때문이다. 그 순간 그의 뇌리에 한 여자의 영상이 그려졌다. 셀린, 그녀의 녹색 눈이 그를 바라보고 있었다. 그녀는 눈을 깜박거렸고, 이윽고 자취를 감추었다.

에단은 갑자기 심장박동이 빨라지며 동요하기 시작했다.

안 돼, 정신 차려! 삶은 아름다워. 넌 이제 원하는 걸 모두 갖게 되었어. 인간은 결국 혼자일 수밖에 없다는 걸 넌 너무나 잘 알고 있잖아. 인생에서 정말로 낙담할 순간이 찾아올 때 인간은 혼자야. 사랑이 떠나갈 때도 혼자고, 이른 새벽 경찰이 들이닥칠 때도 혼자고, 의사에게 암 선고를 받을 때도 혼자고, 죽을 때도 혼자라고…….

그는 갑자기 밀려오는 울적한 기분을 털어내려 애썼다. 성공을 이론 다음 따라오기 마련인 의기소침 증상을 피하려면 앞으로 몇 년 동안 정신없이 몰두할 또 다른 목표를 세워야 했다.

에단은 잠깐 동안 생각에 잠겼다.

정치를 하는 것도 괜찮을 거야. 이미 뉴욕시 시의원이 되어보지 않겠느냐는 제안을 받지 않았던가. 지금까지 그래왔듯 온힘을 쏟아 붓는다면 뉴욕시장이 되지 말라는 법도 없을 것 같았다. 임박한 선거에서는 어려울지 몰라도 8년 후라면 가능하지 않겠는가.

에단이 생각에 잠겨 걷는 동안 주머니 속에서 휴대폰 블랙베리가 울렸다. 촬영시간이 다 되었는데도 그가 오지 않자 불안해진 NBC 프로듀서에게서 걸려온 전화였다.

*

에단은 그곳에서부터 록펠러센터에 이르는 몇 블록의 길을 걸어서 가로질렀다. 5번가를 따라 걷다가, 49번가와 50번가 사이로 접어든 그는 타워플라자로 통하는 채널 가든의 꽃길을 따라 걸었다. 바람이 불어오자 깃발이 펄럭였고, 완벽한 대칭을 이루며 치솟던 분수대의 물줄기가 일그러졌다.

오늘 아침 방송은 예외적으로 GE빌딩의 스튜디오에서가 아니라 일반인들이 지켜보는 가운데 스케이트 링크 바로 옆 광장에서 촬영될 예정이었다. 프로메테우스 청동상의 이글거리는 시선을 받으며.

에단은 분장실에 들러 약간의 몸치장을 하고, 빠르지도 늦지도 않은 시각에 무대에 올랐다. 아침 시사 프로그램의 스타 매들린 디바인이 그를 반갑게 맞아주었다. 그에게 할당된 인터뷰 시간은 5분으로,

영국 가수 제임스 블런트의 미니 라이브 공연과 자유분방한 생활로 유명한 육감적인 상속녀 앨리슨 해리슨의 베일에 싸인 실종사건 보도 사이에 진행될 예정이었다.

사이 광고가 나가는 동안 주어진 휴식 시간이 모두 끝났다. 이제 30초 안에 방송이 시작될 것이다. 몸에 꼭 맞는 파스텔 색조의 정장을 입은 매들린 디바인이 중요사항이 적힌 방송용 카드를 마지막으로 읽어보고 있었다. 인형 같은 얼굴에 도기로 만들어진 것 같은 치아를 자랑하는 그녀는 금발을 뒤로 넘겨 쪽지고 있었다. 코디네이터가 재빨리 그녀의 얼굴에 분첩을 두드렸다. 드디어 상큼한 외모의 그녀가 멘트를 시작했다.

"다음에 모실 손님은 감성적 지성과 자기존중의 중요성을 강조해온 분입니다. 이분의 충고는 우리가 힘든 시기를 극복하고 삶을 긍정적으로 대하는 데 큰 도움을 줍니다. 이분의 책은 늘 베스트셀러 상위를 차지하고 있고, 우리에게 스스로도 알지 못했던 자신의 면모를 깨닫게 해줍니다. 여러분, 에단 휘태커 씨를 박수로 맞아주십시오!"

에단은 박수를 받으며 자리에 앉았다. 제임스 블런트 다음에 출연하게 돼 그 이상의 호응을 이끌어내기란 그다지 쉬운 일이 아니었지만 시청자들에게 그만의 장기를 펼쳐 보일 자신이 있었다.

〈새터데이 인 아메리카〉의 무대는 따뜻한 분위기를 풍겼다. 초대 손님 앞에는 김이 모락모락 피어오르는 커피 머그와 비엔나식 과자, 과일이 담긴 커다란 바구니들이 놓여졌다. 마치 가까운 친구들끼리 아침식사를 하기 위해 모인 자리 같은 착각을 불러일으켰다.

매들린 디바인이 특유의 친숙한 어조로 대담을 시작했다. 골든아워에 방송되는 이 프로그램의 내용에 대해서는 당사자들 간 사전 조율이 되어 있었다. 혹시라도 대답하기 곤란한 질문이 나오지 않을까 걱정하지 않아도 되는 셈이었다. 무엇보다 중요한 건 일관되게 설득력 있는 태도를 취하고 미소를 잃지 않는 것이었다.

에단은 긴장을 풀고 경계심을 늦추며 여러 차례 해본 대담을 시작했다.

사회자 : 책과 강연을 통해 선생님께서는 긍정적인 태도로 삶을 대할 필요성을 강조하고 계신데요.

에단 : 그렇습니다. 부정적인 생각을 떨쳐내는 것, 컵에 물이 반밖에 남지 않았다고 보기보다는 반이나 남았다고 보는 것이 우리 모두에게 유익합니다. 좀 더 여유를 갖기 위해서는 발전을 방해하는 편견을 벗어던질 필요가 있습니다. 우리의 마음속에서 의심을 몰아내야 합니다. 어떤 조건을 달지 말고 지금 자신이 원하는 게 뭔지 생각해야 합니다. 가령 어떤 조건이 충족된다면 할 수 있다가 아니라 아예 조건을 붙이지 말고 지금 당장 할 수 있다고 생각해야 합니다!

에단은 줄곧 똑같은 구절들을 힘주어 이야기한 탓에 자신이 싸구려 자동인형이 된 것 같은 느낌이 들었다.

사회자 : 쾌락과 행복을 혼동해서도 안 되겠지요?

에단 : 물론 그렇습니다. 단순히 쾌락을 추구하는 것은 지속적인 행복으로 연결되지 않습니다. 진정한 행복은 타인을 고려하고, 지속적으로 인간관계에 투자하고, 우정과 사랑에 투신하고, 타인을 돕는 일에 적극적으로 뛰어듦으로써 얻어집니다. 혼자만 잘 살면 그만이라는

생각은 환상입니다. 더불어 살아가는 사람들의 행복에 기여할 때만이 진정으로 자기 자신의 행복에 이를 수 있습니다.

물론 구구절절 좋은 말임에는 틀림없었지만 정작 에단 자신은 자기 자신의 삶에 한 번도 적용해본 적이 없는 말 아닌가! 남을 가르치려 할 때 이런 보석 같은 지혜의 말을 늘어놓기란 그리 어렵지 않지만 자기 자신의 삶에 그대로 적용하는 건 또 다른 문제였다.

에단 : 우리는 점점 더 풍요로워지고 있는 사회에서 살아가고 있습니다만 점점 더 행복해지고 있다고 말할 수는 없습니다.
사회자 : 그런 말씀을 하시는 근거를 들어볼까요?
에단 : 매들린, 우리 미합중국에서 세계 항우울제 생산량의 사분의 삼이 소비되고 있는 현실만 봐도 근거로 충분하지 않을까요?
사회자 : 그 악순환에서 어떻게 하면 빠져나올 수 있을까요?
에단 : 우리 개개인의 일상에 좀 더 많은 의미를 부여함으로써만이 가능합니다.
사회자 : 구체적으로 말하자면요?
에단 : 매들린, 스스로의 삶이 문득 낯설다는 인상을 받은 적이 없으신가요? 가짜 세상 속에서 살고 있다는 느낌을 받은 적 말입니다. 우리의 욕망이 광고에 의해 만들어지는 세상, 우리의 소비가 주변사람들의 시선에 의해 좌우되는 세상, 우리의 사고방식이 텔레비전으로 규정되는 그런 세상에 살고 있다는 느낌 말입니다.

에단은 이런 미디어 놀음에 참여하면서 점점 더 자주 지겨움을 느끼고 있었다. 하지만 이 경쟁과 겉치레의 시대에 달리 무슨 수가 있겠는가?

사회자 : 보다 더 행복해지기 위한 특별한 방법이 있을까요?
에단 : 용기를 내서 자기 자신을 변화시켜야 합니다. 우리 스스로 삶의 주인공이 되어 두려움을 무릅쓰고 행복을 가져다주는 길을 찾아나서야 합니다.
사회자 : 우리 모두에게 행복에 도달할 수 있는 능력이 있을까요?
에단 : 인생사에 정해진 운명 같은 건 없다고 생각합니다. 사람은 자신에게 일어나는 일에 대해 전적으로 책임을 져야 합니다. 하지만 우리들 각자는 이미 자기 자신 안에 행복해질 수 있는 능력을 갖고 있습니다. 그 능력을 끄집어내 계발해야 합니다.

에단은 졸음이 몰려와 몇 차례 눈을 깜빡거리면서 산란했던 간밤의 후유증인 하품이 터져 나오는 걸 애써 감추었다. 방송에 좀 더 집중할 필요가 있었다. 그는 실수할 수도 있다는 염려 때문에 평소 생방송을 꺼렸다. 아주 사소한 말실수 하나가 공든 탑을 와르르 무너뜨리는 치명타가 될 수도 있었다. 성공적인 텔레비전 출연 한 번으로 성공의 추진 장치를 얻을 수 있는 반면, 단순한 말실수 하나로 힘들게 쌓아온 커리어에 심각한 오점을 남길 수도 있었다.
에단은 몇 초 동안 그런 생각을 떠올리며 잔뜩 긴장했다. 만약 무심결에 소수 인종이나 여성, 종교, 성적인 문제에 대해 부적절한 언급을 하게 된다면 어떤 결과를 초래할 것인가? 예를 들어 '어젯밤 나는 어떤 콜걸과 성관계를 맺고 엉망으로 취해 집으로 돌아오다가 자동차를 부수어놓았습니다' 라고 한다면.

그 한 마디의 말실수 때문에 '유 튜브' 나 '데일리 모션' 의 검색 순위 1위에 오르는 건 당연지사가 될 것이고, 정신과의사로서의 그의 신뢰는 땅바닥에 떨어지고 명성과 부 또한 한꺼번에 잃고 말리라.

에단은 정신을 집중하려 애쓰며 모니터를 힐끗 쳐다보았다. 그의 푸른 셔츠는 방송에 잘 어울렸고, 인공 선탠을 한 피부는 막 휴가에서 돌아온 사람처럼 건강한 인상을 심어주고 있었다. 그는 목소리에 좀 더 설득력을 실었다.

에단 : 우리는 현재를 사는 법을 배워야 합니다. 지나치게 과거에 얽매이면 후회와 회한에 사로잡히고 맙니다. 지나치게 미래만 바라보게 되면 헛된 희망을 품게 됩니다. 진정으로 노력을 기울일 가치가 있는 것은 지금 이 순간의 삶뿐입니다.

사회자 : 마지막으로 시청자들께 해주실 충고가 있다면요?

에단 : 이웃을 도우며 사는 일을 더 이상 미루지 마십시오. 사랑하며 사는 일을 더 이상 미루지 마십시오. 왜냐하면 우리에게 얼마만큼의 시간이 남아 있는지 결코 알 수 없기 때문입니다. 우리는 언제나 시간이 있다고 믿지만, 사실은 그렇지 않습니다. 어느 날 우리는 돌이킬 수 없는 지점을 넘고 말았다는 사실을 깨닫게 됩니다. 하지만 그때가 되면 이미 늦습니다.

사회자 : 돌이킬 수 없는 지점이라고요?

에단 : 더 이상 뒤로 돌아가는 게 불가능한 그런 지점이지요. 주어진 기회를 완전히 놓쳐버렸다는 걸 깨닫는 순간 말입니다.

*

에단은 분장실에서 화장을 지웠다. 그는 오늘의 연기에 만족했다. 대담 끝 무렵에 언급한 '돌이킬 수 없는 지점'이라는 개념은 대단히 흥미로운 아이디어로, 앞으로 세미나나 책에서 더 발전시켜야 할 필요가 있었다.

매들린 디바인이 그에게 다가와 치하의 말을 건넸다. 그녀는 프로그램의 웹사이트에 올릴 그의 사진이 몇 컷 필요하다고 말했다.

"제일 좋은 방법은 우리 카메라맨이 선생님이 진료실에 계시는 모습을 찍어오는 겁니다. 불편하지 않다면요."

에단은 그리 내키지 않았지만 내색할 수 없었다. 사실 오늘 아침 그는 누군가의 호기심어린 눈길의 대상이 되고 싶은 생각이 추호도 없었다.

"프랭크가 지금 선생님을 따라 가면 어떨까요? 한 시간이면 촬영이 끝날 겁니다."

에단은 한순간 망설였다. 디바인의 말을 대놓고 거절할 순 없었다. 막강한 NBC방송에 안 된다고 말할 순 없었다. 그건 비즈니스의 룰이었고, 앤디 워홀이 말한 대로 훌륭한 비즈니스는 최고의 예술이었다.

오늘 아침, 에단은 진료실에 들를 예정 같은 건 없었다. 신비로운 동시에 위협적인 적갈색 머리카락의 여자가 줄곧 머릿속에서 떠나지 않았으므로 그는 요트로 돌아가 여자가 아직 침대에 있는지 확인하고 싶다는 생각뿐이었다.

"그럼 에단, 동의하시는 거죠?"

그는 '아뇨, 오늘 아침은 곤란합니다'라고 대답하기로 마음을 정했지만 그 대신 그의 귀에 이렇게 말하는 자신의 목소리가 들려왔다.
"물론이죠, 프랭크에게 절 따라오라고 해주십시오."

3. 베일에 싸인 사내, 에단 휘태커

슬픔이 살그머니 들어온 그 균열을 통해
겉치레의 세상, 경박함으로 가득 찬 세상도
들어올 수 있으리라.
—엘렌 그리모, 〈특별 수업〉 중에서

10월 31일 토요일
아침 10시 35분
맨해튼

이스트 강 기슭에 견고하게 자리 잡은 아르데코풍 고층빌딩인 120월스트리트는 세계에서 가장 유명한 거리 중 하나인 그곳의 한 블록 전체를 차지하고 있었다. 외장재가 유리로 된 바로 옆의 팔각형 포스트모던풍 콘티넨털센터에 비해 그 빌딩의 실루엣은 덜 날씬해 보였다. 하지만 실루엣이 전부는 아니었다. 120월스트리트 빌딩 역시 나름의 특색과 매력, 존재감을 갖추고 있었다. 석회로 된 놀랄 정도로 새하얀 전면과 날카로운 모서리, 유려한 선을 자랑하는 그 빌딩은 오히려 교묘하게 균형미를 갖추고 있었다.

에단은 급히 현관홀을 가로질렀다. 카메라맨이 진땀을 흘리며 분홍 대리석과 붉은 화강암, 크롬 도금된 니켈이 어우러진 미로 같은 복도로 그를 따라왔다.

승강기에 오르기 직전 에단은 휴대폰으로 비서 리지를 불러냈다. 기껏해야 2초 남짓한 '통화'로 그는 비서에게 자신의 도착을 알렸다.

"일분 후 도착해요."

*

30층 위 사무실의 리지는 전화기를 내려놓으며 오늘 아침 에단의 기분이 어떨지 자문해보았다. 최근 들어 짜증과 무력감, 권태와 피로에 찌든 상사의 모습이 점점 더 자주 눈에 띄었다. 그녀는 에단의 초고속 성공에 발맞추어 할렘의 작은 진료실에서 호화롭기 그지없는 월스트리트 빌딩으로 옮겨 왔다. 9년 전 처음으로 에단을 만났을 때만 해도 그녀는 무능력하고 자기존중감도 없는 뚱뚱하고 못생긴 실업자 신세였다.

사회보장국에서는 생활수당을 주는 조건으로 용역을 필요로 하는 그 지역 사업체에서 일정 기간 일할 것을 요구했다. 그녀가 에단의 진료실에서 일하게 된 배경이었다.

에단에게 필요한 직원은 가정부보다는 비서였고, 그녀는 그 일에 잘 적응했다. 에단은 결국 그녀를 정식직원으로 고용하기에 이르렀다. 유명세를 타고 돈이 많이 벌리자 에단은 할렘의 진료실을 처분하고 번화가의 안락하고 호화로운 곳으로 옮겼다. 그 당시 그녀는 비서 일을 계속할 수 있으리라는 환상 따윈 품지 않았다. 그녀는 에단이 품고 있는 야심을 누구보다 잘 알고 있었고, 촉망받는 정신과의사인 그가 새로운 고객의 수준에 부합하는 새로운 비서를 뽑을 것이라 확신했다. 맑은 눈동자에 멋진 실루엣, 날씬한 몸매, 품위 있는 태도, 안정된 성정을 지닌 백인 미녀. 그러니까 그녀가 전혀 갖지 못한 자질을 모두 갖춘 비서를······.

한데 뜻밖에도 에단은 그녀에게 함께 모험을 계속할 생각이 없냐고 제안해왔다. 그의 신뢰에 감동받긴 했지만 그녀는 그의 제안을 정중히 거절했다.

"죄송하지만 같이 일할 수 없을 것 같아요."

"문제가 뭐죠?"

"저는 원장님의 새로운 고객들을 상대할 만한 자질이 안 되기 때문이죠. 아무리 생각해봐도 그 자리에 어울리는 역할을 해낼 수 없을 것 같아요. 학력도 턱없이 모자라고."

에단은 고개를 내젓고는 간단한 손짓 하나로 긴 논쟁에 종지부를 찍었다. 그것으로 사태는 간단하게 종결되었다.

리지가 정말이지 좋아하는 그의 특징이라면 바로 그런 점이었다. 그는 사람들에게 동기부여를 해주는 데 뛰어났다. 그것이야말로 그의 탁월한 재능이었고, 그가 성공할 수 있었던 진정한 이유였다. 또한 그 자신조차도 줄곧 의식하지 못하는 장점이기도 했다. 그의 의지를 뛰어넘는 자질이랄까. 그는 말 한마디, 눈길 하나로 사람들로 하여금 자기 자신에 대한 믿음을 회복할 수 있게 도와주는 놀라운 힘이 있었다.

호화로운 거리의 '수준'을 맞추기 위해 리지는 우선 체중을 20킬로그램이나 감량했다. 코를 성형하고, 머리를 커트하고, 헐렁한 스웨터와 진을 도나 카란의 바지 정장으로 갈아입었다. 그 후 리지는 영화배우 제니퍼 코넬리의 단골 헤어디자이너에게 커트를 받았고, 〈섹스 앤 더 시티〉의 사라 제시카 파커가 다니는 미용실의 회원이 되었으며, 몇 주 전부터는 결코 그것만큼은 하지 않겠다는 말을 번복하고 보톡스를 맞기 시작했다.

리지는 오늘 거울에 비친 자신의 모습을 보았을 때 마치 다른 여자의 몸속에 들어와 있는 것 같은 느낌이 들었다. 그건 무어라 꼬집어 말할 수는 없지만 몸에 맞지 않는 옷을 입었을 때처럼 거북하고 불편한 느낌이었다. 때로는 살갗이 늘어나 피부조직이 성글어진 듯한 느낌을 받기도 했다.

리지는 표면적으로는 분명 부족할 게 없는 삶을 영위하고 있었다. 에단이 주는 급료와 수당으로 두 아이를 부잣집 아이들이 다니는 사립학교에 보내고 있었고, 어머니의 양로원 비용을 어렵지 않게 지불해왔다. 하지만 에단과 할렘에서 보낸 시절에 비해 결코 만족스럽지는 않았다. 그녀는 가끔 그 시절을 떠올리며 향수를 느끼곤 했다.

그 당시 에단의 고객은 서민이었고 대개는 흑인이었다. 그곳은 종종 폭력과 욕구불만, 불안이 엄습했지만 적어도 활기와 생기가 넘쳐 흘렀다. 이제는 돈이라면 풍족하게 쓸 수 있을 만큼 벌지만 마음 한 구석이 왠지 불편했다.

이곳에서는 모든 게 너무 크고 너무 깨끗하고 너무 선(禪)적이고 너무 매끈했다. 환자들은 엄선된 소수의 '고객'으로 대체되었다. 재계의 유력인사, 프로스포츠 선수, 정치인, 미디어 스타 같은 이들이 진료실의 주 고객이었다.

에단은 어떤 생각을 하며 살아갈까? 요컨대 리지는 그걸 알 수 없었다. 매일 대면하고 있지만 그는 여전히 베일에 싸인 존재였다. 실제로 그에 대해 무엇을 알고 있단 말인가? 별로 없었다. 그들의 관계는 좀 기묘했다. 엄밀하게 말해 친구라고 할 수는 없지만, 암묵적으로 서로에게 의지하는 사이였다.

리지는 풍족한 생활을 누릴 수 있게 된 게 순전히 에단의 덕택이라 여겼고, 그를 위해서라면 많은 걸 감수할 수 있으리라 생각했다. 실제로 그런 일들을 꼽아보기까지 했다. 일단 그를 위해서라면 법정에서 위증을 할 수도 있었고, 죄를 대신 뒤집어쓸 수도 있었고, 심지어 한밤중 시체 처리를 도와줄 수도 있었다.

한데 얼마 전부터 리지는 자신의 고용주에게서 자기파멸에 이르는 의기소침 증세를 감지했다. 아침 일찍 출근했을 때 지친 그가 사무실 소파에서 잠들어 있었던 적이 몇 번인가 있었다. 소파 옆 커피탁자에는 술과 코카인의 흔적이 그대로 남아 있었다. 그녀는 문득 경각심을 느꼈다. 지금까지 그는 절제력을 잃지 않았던 편이었다. 이제 그에게 무슨 일이 일어난 것일까?

리지는 오늘 아침 텔레비전에 나온 에단의 모습을 지켜보았다. 방송이 끝나자 전화기가 계속해서 울려댔다. 훌륭한 인터뷰였다는 평가가 우세했다. 세미나 등록을 받고 있는 진료실의 인터넷 사이트는 트래픽 한계에 이를 지경이었다. 아마존에서는 에단의 최근 발간된 저서가 스티븐 킹, 존 그리샴의 소설들과 어깨를 나란히 하며 판매 경쟁을 벌이고 있었다.

리지는 이번 출연이 어느 정도 의례적인 면이 있는 대담이었다고 생각했다. 그나마 대담의 끝부분에 설득력 있는 언급을 한 게 인상적이었다. 에단이 처음으로 언급한 '돌이킬 수 없는 지점'이라는 개념은 그의 다음번 저서나 강연 제목으로 쓰면 매우 적당하리라. 하지만 그녀는 그의 재치와 카리스마 이면에 가려진 피로와 권태를 감지했다. 대담할 당시 그는 줄곧 자신을 통제하기 위해 애를 쓰는 흔적이 역력했다. 혹시 의도하지 않은 실수를 범하지 않을까 우려하는 듯 자주 말을 통제했다. 그녀는 요즘 들어 그가 이루어놓은 부와 명성을 한순간에 날려 보낼 파국이 가까이에 와 있다는 걸 감지했다.

과연 어떤 종류의 파국일까? 그를 이해할 수 있는 열쇠는 무엇인가?

리지는 그가 어떤 사이클의 막바지에 도달했다는 걸 알 수 있었다. 표면적으로 드러내는 미소와 바쁜 활동 이면에 감추어진 그의 불안과 스트레스를 극복할 수 있게 돕는 게 그녀에게 주어진 임무일 것이다. 그와 좀 더 솔직한 대화가 필요한지도 몰랐다. 하지만 지금 당장은 말을 꺼낼 용기가 없었다. 적어도 오늘 아침에는 그럴 기회가 없었다. 에단에게는 해결해야 할 시급한 문제가 있었다.

조금 전 리지가 사무실에 도착했을 때, 소녀 하나가 진료실 앞에서 기다리고 있었다.

저 아이는 어떻게 수위들의 눈길을 피해 여기까지 들어올 수 있었을까? 알 수 없는 일이었다. 하지만 아이는 분명 진료실 벽에 기대앉아 있었다. 한 손에 에단에 대한 기사가 실린 〈뉴욕 타임스〉를 움켜쥐고.

"에단 휘태커 씨를 만나고 싶어요."

아이는 공격적인 어조로 말했다.

리지는 사태를 조용히 수습하기 위해 달래는 듯한 어조로 에단을 만나려면 먼저 약속을 잡아야 한다고 말했다.

"하지만 넌 미성년자니까, 네 부모님께서 대신 약속을 잡아주셔야겠지."

"전 오늘 꼭 그분을 뵙고 싶어요."

소녀가 다시 말했다.

"그건 불가능하단다."

"전 기다리겠어요."

리지는 안전요원을 부르기 위해 휴대폰을 켰다가 곧 생각을 바꾸었다. 물리적으로 문제를 해결하는 건 너무 안이하고 비인간적인 방식이라 여겨졌다. 그녀는 에단이 좋아하지 않으리라는 걸 잘 알면서도 아이를 대기실에서 기다리게 했다.

*

"오늘 나, 괜찮았어요?"

카메라맨이 장비를 점검하는 동안 에단이 리지에게 물었다.

"언제나처럼 아주 근사했어요. 한데 조금 피곤하신 것 같던데요, 안 그래요?"

리지가 그에게 커피잔을 건네며 대답했다.

"내가 피곤해하는 모습이 그렇게까지 드러났어요?"

"아뇨, 물론 걱정하실 정도는 아니었어요."

리지는 막 분류를 마친 우편물들과 아침 신문을 그의 책상에 내려놓은 다음 말을 이었다.

"어쨌든 '돌이킬 수 없는 지점'에 대한 언급은 반응이 좋아요."

"오, 다행이군. 내가 생각해도 괜찮아요. 그리고 신문기사는 봤어요?"

"정말 멋지던데요. 사진이 정말 잘 나왔어요. 마치 조지 클루니 같아요."

그 말은 사실이 아니었지만 그를 충분히 기쁘게 하리라.

"그 결과를 지금 곧 확인할 수 있겠죠?"

"최신 수치를 원장님께 전송했어요. 아마도 유쾌한 충격을 받으실 거예요."

에단은 흡족한 마음으로 책상 앞에 앉아 블랙베리 휴대폰의 데이터를 띄우기 위해 은빛 맥북의 전원을 켰다.

리지는 창가에서 시내를 내려다보며 숨이 멎을 것 같은 전망에 찬탄을 발하는 카메라맨에게 커피를 권했다.

리지가 에단 쪽으로 몸을 굽히며 나직이 말했다.

"원장님, 급히 처리해야 할 일이 생겼어요."

리지는 그에게 복도로 잠깐 나와 달라는 뜻으로 손짓을 보냈다.

"무슨 일이죠?"

"대기실에 기다리는 사람이 있어요."

"오늘은 약속을 잡지 말라고 했을 텐데."

"그건 잘 알지만……."

"누군데요?"

"여자아이에요. 원장님을 뵈어야겠다고 어찌나 강경한 태도를 보이는지."

"아이에게 그럴 수 없다고 잘 설명해 봐요. 그런 문제라면 당신이 처리해야죠. 당신은 그런 일을 하기 위해 여기 있는 거 아닌가요?"

에단은 자기 방으로 돌아가기 전에 리지의 자리로 가서는 망설이는 기색도 없이 서랍을 열고 안을 살펴보았다.

"두통약 없어요? 아침에 일어날 때부터 머리가 아파서."

리지는 그의 무례한 행동을 좌시하지 않겠다는 듯, 마뜩찮은 표정과 권위 있는 태도로 서랍을 소리 나게 닫았다. 그녀는 자신의 핸드백에서 알약 두 알을 꺼내 그에게 내밀었다.

에단은 무시하는 듯한 눈빛으로 그녀가 내민 애드빌 정제를 내려다보았다.

"난 좀 더 강한 약이 필요해요!"

리지는 대답 대신 선반 쪽으로 몸을 돌리고는 책 한 권을 꺼내 책상 위에 내려놓았다. 표지에는 잔잔한 웃음을 머금은 그의 얼굴이 나와 있었다. 언뜻 보기에도 신뢰감을 주는 얼굴이었다.

에단 휘태커 저
약에 의존하지 않는 삶
이미 40만 부가 판매되다

"독자들에게 해주셨던 충고를 먼저 원장님 자신에게 적용시키셔야 할 것 같군요!"

에단은 그녀의 말에 반박하지 않았다. 리지는 그를 호되게 몰아붙였다. 그는 그런 대접을 받을 만하다고 생각하며 묵묵히 듣기만 했다. 곧 깊은 낙담이 그를 짓눌렀다. 지치고 공허한 마음에 구역감과 두려움이 치밀어 올랐다. 잠에서 깨어 옆에서 잠들어 있는 여자를 발견한 후, 애지중지하는 차가 온통 긁혀 있는 것을 발견한 후 줄곧 떠나지 않는 두려움을 떨쳐버리려 애썼으나 대책 없는 무력감만이 그를 엄습했다. 그는 전날 밤의 기억을 단편적으로라도 되살리기 위해 온 신경을 집중했다.

정각 9시에 소시알리스타에 들어섰던 건 분명히 기억났다. 쿠바 음악과 테킬라도 기억났다. 하지만 그 다음에는? 몇몇 장면들이 고통스럽게 부딪치면서 천천히 기억의 표면 위로 떠올라왔다. 계속 붕붕대는 오토바이들, 카운터 위에서 춤추는 여자들, 확성기에 대고 욕설을 퍼붓는 가죽 브래지어의 여종업원들. 분명 익숙한 장소였다! 미트패킹 구역에 있는 '바이커'를 위한 바 '혹스 앤 하이퍼스'가 아니던가. 영화 〈코요테 어글리〉에 영감을 주어 유명해졌으며 조금 퇴폐적인 느낌을 주는 바. 그리고 그 다음에는? 그는 생각하고……또 생각했지만……더 이상 아무것도 떠올릴 수 없었다.

이윽고 머리가 깨질 듯이 아파왔다.

저 카메라맨 앞에서 꼭두각시처럼 포즈를 잡아야 하는 일 따위는 거절했어야 마땅했다. 한시도 떠나지 않고 머리에서 맴도는 수수께끼를 풀기 위해 곧장 요트로 돌아갔어야 했다.

에단은 갑작스럽게 한 가지 아이디어가 떠올라 리지의 자리에 앉은 채 수화기를 집어 들었다. 요트에는 전화가 있었다. 전화를 걸면 그 미지의 여자가 받을지도 몰랐다. 벨이 세 번 울리고 나자 실제로 누군가 전화를 받았다.

"……"

"여보세요?"

"……"

전화선 저편에서는 아무 말도 들려오지 않았다. 규칙적인 숨소리만이 누군가 수화기를 들고 있다는 사실을 알게 해줄 뿐이었다.

"여보세요? 당신은 도대체 누구죠?"

에단이 물었다.

여전히 대답이 없었다.

침묵이 20초 정도 더 이어지다가 전화가 끊겼다.

에단의 이해되지 않는 행동에 깜짝 놀란 리지가 고개를 내저었다.

"나중에 설명하지."

에단이 자리에서 일어서며 말했다.

이 사건은 점점 더 걱정스러운 양상으로 번지고 있었다.

한편 리지에게는 또 다른 걱정거리가 있었다.

"기다리고 있는 아이를 잠깐만이라도 만나보시는 게 어떨까요?"

4. 제시

가장 크게 내 관심을 끄는 주제가 있다.
사랑, 사랑의 결여, 사랑의 죽음,
소중한 것을 잃는 고통이 바로 그것이다.
—존 카사베츠(미국의 독립영화감독)

에단은 고약한 기분으로 대기실 문을 열었다.

대기실은 맨해튼 특유의 금속성 푸른빛에 잠겨 있었다. 연한 색 가죽소파에 열서너 살쯤 된 소녀 하나가 웅크리고 앉아 접힌 두 무릎 위에 턱을 올려놓은 채 공허한 눈길로 창밖을 응시하고 있었다.

에단이 방 안으로 들어서자 돌연 아이의 시선이 밝아졌다. 한 순간 그와 아이는 말없이 서로를 바라보았다. 아이의 안색은 창백했고, 눈에는 검은 무리가 져 있었다. 이마에 달라붙은 긴 금발 사이로 드러난 아이의 얼굴에서는 극심한 피로감이 묻어났다. 아이는 금방이라도 쓰러질 듯 연약해 보였다. 진 셔츠에다 몸에 비해 지나치게 큰 항공점퍼를 걸쳤음에도 연약하고 가녀린 몸매를 모두 감추지는 못했다.

"부모님은 어디 계시니?"

에단이 다짜고짜 물었다.

"돌아가셨어요."

아이가 반항적으로 대답했다.

에단은 고개를 내저었다.

"거짓말이란 걸 다 안다."

에단이 서슴지 않고 단정하며 말을 이었다.

"난 거짓말하는 사람들을 가려낼 줄 알지. 지금 넌 분명 거짓말을 하고 있어."

"아저씨가 거짓말하는 사람들을 가려낼 줄 안다고요?"

"그래, 그게 내 직업이니까."

"아저씨 직업은 사람들을 돕는 건 줄 알았는데요."

에단은 애써 어조를 누그러뜨렸다.

"네 이름이 뭐지?"

"제시예요."

"나이는?"

"열일곱."

"아니, 진짜 나이가 몇이니?"

"열네 살이에요."

"내 말 잘 들어라, 제시. 넌 미성년자야. 난 네 부모님이나 보호자의 동의 없이는 널 진료할 수 없어. 내 말 알아듣겠니?"

"돈은 갖고 있어요."

"돈 때문에 이러는 게 아니란다."

"분명히 돈 때문일 거예요! 아저씨는 내가 가난해 보이니까 이러는 거라고요!"

에단은 한숨을 내쉬었다. 그는 반사적으로 상의 주머니에 손을 넣어 담뱃갑을 잡았다.

"여긴 금연인 것 같은데요."

에단이 입에 문 담배를 가리키며 아이가 말했다.

"누가 진짜로 피운대?"

그가 불이 붙지 않은 담배를 내보이며 응수했다.

"내가 부잣집 아이였다면, 그래서 부모님과 함께 왔다면, 아저씬 저를 이렇게 대하진 않으셨을 거예요, 그렇죠?"

"그래, 그럴 거다."

에단이 짜증이 나서 응수했다.

"사는 게 그런 건가요?"

"그래, 그게 인생이야. 삶은 때때로 부당하고 역겨운 거지. 대답이 됐니?"

"아저씬 텔레비전에서 봤을 때 훨씬 친절해 보였는데."

아이가 분하다는 듯이 말했다.

에단은 손목시계를 보았다.

방에서 기다리는 카메라맨, 요트에서 자고 있는 여자, 불안감을 가중시킨 조금 전 통화, 리지의 눈빛에 떠올라 있던 경멸감, 실망감어린 소녀의 얼굴 같은 것들이 머릿속에서 뒤죽박죽 얽혀 스쳐지나갔다.

"여기 온 이유를 말해 봐라."

제시는 잠시 주저하다가 대답했다.

"전…… 아저씨의 도움을 받고 싶었어요."

"내 말 잘 들어라. 내 비서가 아동상담을 전문으로 하는 의사 선생님을 소개해줄 거야. 넌 그 선생님을 찾아가 아저씨가 보내서 왔다고 하고 진료를 받으려무나."

"하지만 전 아저씨를 보러 온 거라고요!"
"난 널 도울 수 없어."
"하지만 신문에서는 아저씨가……."
"신문기사를 그대로 믿어선 안 돼."
에단이 잘라 말했다.
아이는 얼굴에 흘러내린 머리카락을 귀 뒤로 쓸어 넘겼다. 한순간 에단의 시선이 아이의 눈빛에 머물렀다. 갈피를 잡지 못하고 흔들리는 눈빛이었다. 그에게 아직 따뜻한 마음이 있었을 때 그런 눈빛을 대했다면 가슴이 몹시 아팠으리라. 그는 가슴 한 구석의 제지에도 아랑곳하지 않고 잘라 말했다.
"이제 네 물건을 챙겨 얌전하게 집으로 돌아가야 해, 알았지?"
"아저씬 우리 집이 어딘지 알아요?"
"아니, 하지만 알고 싶지도 않구나."
아이는 체념한 듯 고개를 떨어뜨리더니, 배낭을 집어 들었다. 배낭에서 프런트 가에 위치한 어느 커피숍의 로고가 박힌 냅킨 한 장이 툭 떨어졌다.
이윽고 아이가 몹시 실망한 표정을 지으며 에단을 밀치고 출구를 향해 걸어갔다.
짜증이 난 에단이 뒤따라가 팔을 잡고 아이의 몸을 가볍게 흔들었다.
"젠장, 도대체 네 문제란 게 뭐니?"
두 사람은 눈 속에서 상대가 어떤 사람인지 알아내기라도 하려는 듯 서로를 노려보았다.
제시는 에단의 눈 속에서 극도의 피로감을 읽었고, 에단은 아이가 말로 표현할 수 없을 만큼 공포감에 짓눌려 있다는 걸 감지했다.

"문제가 뭐냐니까?"

에단이 다시 물었다.

아이가 고개를 돌렸다.

"전…… 저는 이 두려움이 영영 사라져버렸으면 좋겠어요."

"도대체 뭐가 두려운데?"

"모든 게 다요."

아주 오랜만에 처음으로 에단은 깊은 연민을 느꼈고, 아이와 이야기를 더 해봐야겠다는 생각을 했다.

"여기서 좀 더 기다려라. 십 분이면 될 거야."

*

카메라맨은 한껏 조바심이 난 상태였다.

에단은 늦어서 미안하다고 사과하고 가능한 한 빨리 일을 끝내기 위해 카메라맨의 요구를 그대로 수용했다. 리지도 나서서 도운 결과 촬영은 30분 만에 끝났다.

카메라맨이 장비를 챙기는 동안, 에단은 책상 위에 놓여 있는 우편물에 힐긋 눈길을 주었다. 리본으로 묶어놓은 마닐라지로 된 청첩장이 그의 눈길을 끌었다.

아침에 잠에서 깨어나면서 에단은 왠지 모르지만 오늘 하루가 무척이나 힘겨울 것이라 짐작했다. 청첩장에 나와 있는 신부의 이름을 확인하는 순간 그는 오늘 하루가 매우 끔찍하게 전개되리라는 것을 깨달았다.

5. 일어날 수 없는 일이란 없다

나는 사랑한다. 그 대상을 가졌든
못 가졌든 간에 영원히.
—앙드레 브르통, 〈미친 사랑〉

Céline, Sébastien

et leurs parents

ont le bonheur de vous convier à leur mariage
et espèrent votre présence à la bénédiction nuptiale
qui leur sera donnée le samedi 31 octobre à 14 h
dans les jardins du Boat House
East 72nd & Park Drive North
Central Park - New York

Merci de nous retourner la carte-réponse
dans son enveloppe avant le 15 octobre

셀린과 세바스티앙은
양가 부모님을 모시고
결혼식을 올립니다.
부디 오셔서 축복해주시기 바랍니다.
일시 : 10월 31일 토요일 오후 2시
장소 : 뉴욕 센트럴파크
이스트 72번지와 파크드라이브노스 사이에 있는 보트하우스 뜰

동봉된 봉투에 참석여부를 기입해 10월 15일까지
보내주시기 바랍니다.

청첩장을 손에 든 에단은 충격으로 몸이 마비된 듯 오랫동안 움직이지 않았다.
셀린…….
셀린이 결혼식을 올린다는 사실을 알려온 것이다.
에단은 발신인의 주소를 찾아보았지만, 봉투에는 우표도 붙어 있지 않았고 발신인의 이름도 나와 있지 않았다. 그렇다면 오늘 아침에 누군가 직접 청첩장을 사무실에 두고 간 게 분명했다. 도대체 무엇 때문에? 단순히 셀린의 결혼식을 알리기 위해? 아니면 비웃기 위해?
문득 옛 연인의 목소리가 머릿속에서 들려오는 것 같았다.
'알겠지? 이 한심한 작자야. 난 당신 없이도 잘 살 수 있어. 당신 없이도 행복할 수 있다고. 자, 잘 봐. 난 지금 당신 아닌 다른 사람을 사랑하고 있단 말이야.'
에단은 두 눈을 감았다. 셀린의 얼굴이 또렷하게 떠올랐다. 어느 한

군데 흠잡을 데 없는 또렷한 이목구비, 열정어린 시선, 우아하게 지어 놓은 타래에서 방금 빠져나온 몇 가닥의 머리카락……. 그는 어디선 가 그녀의 향긋한 체취가 나는 듯했고, 옆 사람까지 따라 웃게 만드는 웃음소리와 그의 이름을 부르는 그녀의 목소리가 들려오는 듯했다.

에단은 돌연 마음이 약해졌다. 그는 꼬리를 물고 이어지는 지난 추억을 애써 떨쳐버리려 애쓰며 시시각각 약해지는 감정을 추스르기 위해 저항했다. 분명 여러 해 동안 잘 수습해오지 않았던가.

이제 모두 지나버린 옛 이야기일 뿐이야. 셀린이 행복하다니 잘된 일이네. 그녀를 떠나보낸 사람이 바로 나라는 사실을 잊지 마. 그녀의 안녕을 위해 떠날 수밖에 없었잖아.

아무리 노력해도 오늘만큼은 감정조절 시스템이 제대로 작동되지 않았다. 어느새 눈두덩이 뜨거워지며 콧등이 시큰했다.

셀린을 떠나오지 않았다면 지금 나는 과연 어떻게 살고 있을까?

에단은 카메라맨의 호기심 어린 시선을 피하기 위해 고개를 돌리고는 만이 내려다보이는 유리벽 앞에 섰다. 눈부신 하늘과 웅장한 도시의 풍경이 그의 앞을 막아섰다. 눈물이 그렁해진 그는 두 손으로 유리벽을 짚으며 얼굴을 갖다 댔다. 유리벽에 그의 얼굴이 비쳐보였.

얼마나 오래전부터 거울에 비친 얼굴을 제대로 살피지 않고 살았을까?

유리벽에는 온통 모순으로 가득 찬 약하고 외로운 한 남자의 지친 얼굴이 비쳐 보였다. 심연의 가장자리에 서서 슬픔과 수치심에 번민하는 남자, 내면의 아우성과 싸우며 성공의 외길을 향해 달려온 한 남자의 얼굴이.

철저하게 기획된, 친절하고 능력 있는 정신과의사라는 이미지를 내

세워 명성과 부를 얻었지만 결국 진정한 자기 자신을 파괴하고 만 셈이 아닌가?

에단은 눈을 깜박였다. 한 방울의 눈물이 뺨을 타고 흘러내렸다. 최근 들어 술을 마시지 않고는 눈물을 흘린 적이 없는데 이상한 일이었다. 마치 가까스로 막고 있던 둑이 한꺼번에 무너져 내리며 감정의 격류가 일시에 터져 나오는 듯했다.

결국 인간이 감정을 통제하고 감상을 거부한다는 건 불가능한 일인가?

에단은 줄곧 등 뒤에 있는 카메라맨의 존재를 의식하지 않을 수 없었다. 카메라맨 때문에 그는 고독의 세계로 완벽하게 빠져들지 못했다.

어째서 저 친구는 돌아가지 않는 걸까?

가줘. 이제 제발 꺼지란 말이야.

에단은 마구 소리라도 질러 카메라맨을 쫓아내고 싶었지만 괜한 시빗거리를 만들게 될까봐 단념했다. 지금 당장 그가 바라는 건 아무도 없는 공간에 혼자 있는 것이었다. 커튼을 내리고 죽도록 퍼마시고 싶었다. 보드카로 뇌를 씻어내고 환각상태에 빠져들어 일시적이나마 포근한 느낌, 보다 편안한 느낌을 만끽하고 싶었다. 셀린이 여전히 그를 사랑해주는 곳, 골판지 상자 속에서 한뎃잠을 자는 사람들이 없는 곳, 폭탄을 장착한 차량이 거리에서 폭발하지 않는 곳, 만년설의 정상이 시시각각 녹아내리지 않는 곳, '캔서Cancer'가 암이 아니라 그저 별자리 중 하나인 '게자리'인 그런 세상으로 가고 싶었다.

허공으로의 추락을 막아주는 유리벽이 불과 몇 밀리미터밖에 떨어져 있지 않았다. 에단은 유리벽 아래쪽을 내려다보았다. 아찔했다. 맨해튼의 연안항인 사우스스트리트 시포트와 이스트 강이 바로 눈 아래에 있었다. 브루클린 다리의 고딕식 기둥과 강철 케이블을 배경으로 방파제를 따라 정박해 있는 대형 요트들이 또렷하게 보였다.

120미터 아래의 인도와 식당, 공원과 상점에서는 변함없는 삶이 이어지고 있었지만, 에단은 더 이상 삶의 이편에 속해 있고 싶지 않았다. 이 순간 그는 허공으로 몸을 던져버리고 싶다는 강렬한 충동과 함께 한시바삐 이 고통을 끝내고 싶은 갈망을 느꼈다.

에단은 두 눈을 감고 탄환을 넣은 탄창을 권총에 장착하는 것을 상상했다. 이윽고 차갑고 단단한 총구가 관자놀이에 와 닿고, 방아쇠에 손가락을 갖다 대고, 손가락이 방아쇠를 끝까지 당기는 것을…….

그때였다. 요란한 총성이 울렸다. 아주 가까운 곳에서 들려온 소리였다. 찢어지는 듯한 비명이 이어졌다.

*

에단은 퍼뜩 정신이 들었다.

리지?

비명소리와 함께 피 냄새가 진동하는 가운데 혼란과 흥분 상태가 펼쳐졌다.

에단은 즉시 방에서 달려 나갔다. 복도에는 아무도 없었다. 대기실 문틈에서 다시 울부짖는 소리가 새어나왔다. 그는 숨 가삐 대기실로 달려 들어갔다.

리지가 제시의 머리맡에 앉아 있었다. 사방에 피가 튀어 있는 걸 발견했지만 에단은 대체 무슨 일이 일어났는지 종잡을 수 없었다. 리지에게 가려져 제시의 얼굴이 보이지 않았던 것이다. 언뜻 보기에 두 사람 중 누가 다친 것인지 알 수 없었다.

　에단은 조마조마한 마음으로 한 걸음, 이어 또 한 걸음을 내딛었다. 이윽고 끔찍한 장면이 그의 눈에 고스란히 들어왔다. 제시의 두부 한쪽이 총탄에 맞아 날아가고 없었다. 소녀의 얼굴 형태는 완전히 일그러져 있었고, 피범벅이 된 채 깨어진 두개골 틈새로 뇌수가 흘러나오고 있었다.

　이럴 순 없어.

　에단은 자동인형처럼 소녀에게 바짝 다가가 철퍼덕 주저앉았다. 제시의 오른손에 권총이 들려 있었다. 스스로 머리에 권총을 쏜 것이다.

　이럴 순 없어. 열네 살짜리 아이가 자기 머리에 대고 총을 쏠 순 없어. 아무리 세상이 미쳐 돌아간다고 해도 말이야.

　에단은 리지 쪽으로 몸을 돌렸다. 그녀는 전화를 걸어 구급차를 불렀지만 이미 부질없는 일이라는 걸 잘 알았다. 의사가 아니더라도 이미 소녀의 목숨이 끊어졌다는 걸 분명히 알 수 있었기 때문이다.

　속수무책의 심정이 된 에단은 몸을 굽혀 아이의 뺨에 손을 갖다 댔다. 납빛이 된 제시의 눈 속에는 조금 전 그를 당혹감에 빠뜨렸던 혼란과 고통의 흔적이 그대로 남아 있었다.

　넌 내게 도움을 청했는데 난 거절했어. 넌 내게 고통을 호소했는데 난 관심을 기울이지 않았어.

　유리창에 어른거리는 그림자가 비쳐 에단은 뒤를 돌아보았다. 카메라맨이 몇 미터쯤 떨어진 곳에서 카메라를 꺼내들고 서 있었다. 이미 촬영을 마친 듯했다.

　저 자식이 이 끔찍한 광경을 찍은 건가?

에단은 튕기듯 일어나 카메라맨의 면상에 주먹을 날렸다. 그의 주먹을 살짝 피한 카메라맨이 대단한 특종을 건진 것에 기뻐하며 출구를 향해 달리기 시작했다. 비상계단까지 쫓아갔지만 카메라맨은 무거운 장비를 들고 있음에도 그를 멀찍이 따돌렸다.

에단은 뒤쫓는 걸 포기했다. 추적을 계속할 힘이 남아 있지 않았다. 대기실로 되돌아온 그는 제시의 시신 옆에 주저앉았다. 어떤 알 수 없는 힘이 그에게 제시의 손을 잡게 했다. 마치 저 세상으로 가는 길을 외롭게 혼자 가게 내버려두어서는 안 된다는 듯이. 하지만 그는 저 세상 따위가 있다고 믿지는 않았다.

제시의 축축한 손바닥을 잡은 에단은 아이가 구겨진 종잇조각을 쥐고 있다는 걸 발견했다. 제시가 세상을 떠나기 전 그에게 남긴 마지막 전갈이었다.

어쨌든 아저씬 나를 도울 수 없었을 거예요.

6. 운명의 힘

우리가 예상치 못한 순간 닥치는 것,
그것이 바로 운명이다.
-마르셀 프루스트

10월 31일 토요일
오후 1시 8분
맨해튼

두 시간에 걸쳐 조사를 받은 에단은 변호사와 함께 66구역경찰서를 나섰다. 현관 앞 층계를 내려오는 그를 향해 갑자기 카메라 플래시가 터졌다.

에단은 순간적으로 눈앞이 캄캄했다. 그는 한 손을 눈 위에 갖다 대고 주위를 살펴보았다. 사진기자 하나가 대리석 기둥 뒤에 잠복해 있다가 망원렌즈로 그를 찍은 듯했다. 변호사가 그를 보호하기 위해 어깨를 얼싸안고 건물 안으로 몸을 숨기게 했다.

"《허영의 불꽃》(1987년 발표된 톰 울프의 소설. 월스트리트의 부유한 재산가가 흑인 청년을 친 일로 언론의 희생양이 되어 모든 것을 잃어버린다는 내용이다 : 지은이)을 읽어보셨습니까?"

변호사가 사람들의 눈에 띄지 않는 출구로 그를 데려가며 물었다.

"그건 왜 물으시죠?"

변호사가 체념한 어조로 대답했다.

"실제로 그와 유사한 일이 선생님께도 일어날 수 있습니다. 선생님의 성공에 열광했던 언론이 이번에는 추락을 부추기고 보도하는데 앞장설 테니까요."

"난 아무런 잘못도 없어요!"

에단이 항의했다.

"고약한 때에 고약한 장소에 있었다는 것, 때로는 그것만으로 삶을 망칠 수가 있습니다."

"당신은 나를 변호해야 하는 사람 아닌가요?"

"'인간의 용기는 현실을 견디는 능력으로 측정할 수 있다.' 선생님이 저서에서 그렇게 언급하지 않았나요?"

에단은 뭐든 반박해보려고 입을 열었지만 설득력 있는 말을 찾지 못했다.

두 사람은 직원용 층계로 내려가 경찰차와 작업장의 비계가 늘어서 있는 좁은 뒤뜰로 내려섰다.

변호사가 차로 데려다주겠다고 했지만 에단은 걷는 쪽을 택했다. 그의 진료실은 그곳에서 불과 몇 블록밖에 떨어져 있지 않았다.

잠시 후 120월스트리트 빌딩에 도착한 에단은 진료실 문에 경찰 봉인이 돼 있는 걸 발견했다. 화가 난 그는 지하주차장으로 내려가 차에 올라탔다. 주차장은 음산하고 괴괴했지만 그는 차의 운전대에 엎드린 채 오랫동안 움직이지 않았다.

왜 범죄자가 된 듯한 느낌이 드는 걸까? 심문을 맡은 담당형사도 왜 그를 죄인 취급 했을까?

에단은 공식적으로는 아무런 혐의도 받고 있지 않았지만, 피해자의 어린 나이와 행동의 극단적인 면을 볼 때 사회는 사태를 조금이나마 진정시켜줄 희생양을 요구하게 될 것이다.

한순간에 삶이 곤두박질칠 수도 있었다.

에단은 눈을 감고 눈두덩을 문질렀다. 고통스러운 동시에 잔인한 오늘 아침의 일들이 토막토막 떠올랐다. 발포와 총성, 뒤이어 찾아온 아찔한 혼란, 경찰 도착, 대기실 감시 카메라의 압류 그리고 무엇보다도 제시의 시신을 실은 하얀 들것.

경찰은 제시의 배낭에서 신분증을 찾아내지 못했다. 그는 아이에 대해 아무것도 모르고 있는 셈이었다. 성이 뭔지조차도.

에단은 그 어떤 호기심도, 공감도 표하지 않았다. 제시의 고민과 고통에 대해 그 어떤 질문도 던지지 않았다. 하지만 아이는 그를, 다른 사람 아닌 바로 그를 찾아와 도움을 청하지 않았던가? 제시는 그의 기사가 실린 신문을 손에 쥐고 있었고, 그가 초대 손님으로 나온 텔레비전 프로그램을 즐겨본 시청자였다. 그래서 그를 찾아온 것이다. 아이는 친구를 찾고 있었다.

제시에겐 도움이 간절히 필요했는데 그는 그 아이를 절망 속에 방치했다.

에단은 세 시간 전으로 돌아갈 수만 있다면 못할 일이 없을 것 같았다. 참담한 비극 뒤에는 언제나 후회가 따르듯이. 미리 알았더라면, 그런 기회가 다시 주어진다면 결코 놓치지 않으리라는 다짐……. 하지만 시간을 되돌릴 순 없는 것 아닌가.

파파라치의 번쩍 하는 플래시에 에단은 문득 생각에서 깨어났다. 그는 눈을 떴다. 플래시 좀 전의 그 사진기자가 그를 뒤따라와 플래시 자동차 안을 찍어대고 있었다. 플래시가 터질 때마다 에단은 전기 충격이라도 플래시 받은 사람처럼 몸이 마비되는 걸 느꼈다.

에단은 얼굴을 가리며 차의 시동을 걸었다. 쿠페 마세라티가 단숨에 속도를 내며 달려 나가자 파파라치는 황급히 도망쳤다. 에단은 기둥 사이를 오가며 파파라치를 50미터 정도 뒤쫓다가 이내 포기하고 주차장을 빠져나왔다.

*

에단은 목적지를 정하지 않은 채 풀턴 가를 따라 운전해가다가 브로드웨이로 접어들었다. 다시 한 번 제시의 얼굴이 눈앞에 떠올랐다.

이토록 불행한 일이 닥치리라는 걸 전혀 예상하지 못했다고 단언할 수는 없었다. 그는 이제야 경각심을 갖고 지켜보아야 했을 불행의 전조들을 분명히 감지했다. 제시의 팔뚝에 나 있던 자해의 흔적, 시들어가는 꽃을 연상시키던 유령 같은 안색, 어린나이에 걸맞지 않는 냉소적 명징함……. 하지만 이제 와 후회한들 무슨 소용이란 말인가?

청소년기의 자살은 자유의 표현이 아니다. 어떤 불길한 힘이 아름다운 가을날 아침에 열네 살짜리 소녀로 하여금 권총의 총구를 머리에 대고 방아쇠를 당기게 했을까? 어떤 괴로움일까? 어떤 모욕일까? 어떤 분노일까? 어떤 원한일까? 어떤 두려움을 더 이상 감당할 수 없었을까?

이 모든 질문을 그 애가 도움을 요청했을 때 했어야 마땅했다. 아이에게 따스하게 말을 건네고, 신뢰의 분위기를 조성했어야 마땅했다. 하지만 그때 나는 내 자신이 처한 하찮은 문제에 골몰해 있었다.

에단은 브로드웨이를 벗어나 리틀 이태리로 접어든 다음 놀리타와 이스트빌리지 방면으로 차를 몰았다. 그는 달리고 있었지만 어디로 가야 할지 알 수 없었다. 그저 도망치고 싶을 뿐이었다.

에단은 이 불행한 결과에 대해 책임을 져야 한다는 사실을 알았다.

물론 방아쇠를 당긴 사람은 내가 아니었어. 하지만 죽는 순간까지 한시도 이 죄책감에서 벗어날 수 없을 거야.

에단은 종종 텔레비전 프로그램이나 강연에서 미리 외워둔 통계수치를 열거하며 자살에 대해 이야기했다.

"우리가 살고 있는 지구에서 하루에 약 삼천 명이 자살로 죽어갑니다. 그러니까 삼십 초마다 한 사람씩 자살하는 셈입니다."

30초마다 한 사람씩 자살하다니? 자, 한번 세어보자.

1······ 2······ 3······ 4······ 5······ 6······ 7······ 8······ 9······ 10······ 11······ 12······ 13······ 14······ 15······ 16······ 17······ 18······ 19······ 20······ 21······ 22······ 23······ 24······ 25······ 26······ 27······ 28······ 29······ 30

한 사람이 자살하다.

1······ 2······ 3······ 4······ 5······ 6······ 7······ 8······ 9······ 10······ 11······ 12······ 13······ 14······ 15······ 16······ 17······ 18······ 19······ 20······ 21······ 22······ 23······ 24······ 25······ 26······ 27······ 28······ 29······ 30

또 한 사람이 자살하다.

1⋯⋯ 2⋯⋯ 3⋯⋯ 4⋯⋯ 5⋯⋯ 6⋯⋯ 7⋯⋯ 8⋯⋯ 9⋯⋯ 10⋯⋯
11⋯⋯ 12⋯⋯ 13⋯⋯ 14⋯⋯ 15⋯⋯ 16⋯⋯ 17⋯⋯ 18⋯⋯ 19⋯⋯
20⋯⋯ 21⋯⋯ 22⋯⋯ 23⋯⋯ 24⋯⋯ 25⋯⋯ 26⋯⋯ 27⋯⋯ 28⋯⋯
29⋯⋯ 30

또 한 사람이 자살하다.

정말 놀라운 속도 아냐?

하지만 권총으로 머리를 쏜 제시가 숨을 거두었을 때, 아이를 품에 안은 행동은 가상했어. 눈앞의 죽음은 감이 잡히지 않는 통계수치와는 비교도 안 될 만큼 엄청나게 사람을 의기소침하게 만들지, 안 그래?

*

쿠페 마세라티는 보워리 가와 스타이브샌트 가 네거리에 다다랐을 때부터 조금 이상해지기 시작했다. 모터소리가 긁힌 LP판이 트랙을 벗어나듯 이상해지더니 몇 미터를 더 굴러가 아예 멈춰서버렸다.

설상가상이라더니.

에단은 소리 나게 차문을 닫고 인도로 올라서 주위를 둘러보았다. 이스트빌리지의 중심부이자 세인트막스 광장이 시작되는 지점이었다. 최근 10년 동안 진행된 뉴욕 도시정비사업의 혜택을 누리지 못해 맨해튼에서 가장 낙후된 지역 중 한 곳이었다.

에단은 한숨을 내쉬며 보닛을 열었다. 차는 14만 달러나 들여서 산 최신품이었다. 그는 자신 없는 태도로 모터를 들여다보았다.

그래, 아는 척해봐야 소용없어.

에단은 지갑에서 보험증을 찾아내 서비스센터의 전화번호를 누른

다음 차의 견인을 요청했다.

"긴급한 상황이 아니라면 두 시간 후에나 임시 차량을 보내드릴 수 있는데요."

전화를 받은 직원이 미안해하는 어조로 말했다.

"두 시간이라고요?"

에단은 목소리조차 제대로 나오지 않을 지경이었다.

"택시파업 때문에 많은 사람들이 차를 가지고 거리로 나왔어요. 그 때문인지 사고차량들이 홍수를 이루고 있습니다."

직원이 임시 차량이 늦어지는 이유를 설명했다.

낙담한 에단은 보닛을 닫고는 담배를 붙여 물고 신경질적으로 연기를 내뿜었다.

거리는 이상하리만큼 한산했다. 불어오는 서풍에 먼지와 낙엽, 쓰레기통에서 나온 종잇조각들이 흩날렸다. 지난날 이스트빌리지는 황량하고 악명 높은 지역으로 오랫동안 마약중개상과 국외자들, 창녀들로 붐볐다. 허구한 날 경찰과의 극한 대치 상황이 벌어질 만큼 위험한 구역이었지만 비트족(부르주아지의 가치와 소비 행태에 반기를 든 문학 운동을 따르는 이들 : 옮긴이)과 재즈, 반(反)문화, 록, 펑크 음악이 꽃을 피운 지역이기도 했다.

전설적인 인물들, 가령 텔로니어스 몽크, 앤디 워홀, 장미셸 바스키아가 이곳에서 창작 활동을 했고 패티 스미스, 폴리스, 클래시가 여기에서 몇 미터 떨어진 CBCG 클럽에서 연주활동을 펼쳤다. 물론 세월이 흐르면서 훨씬 변화한 지역이 되었지만, 아직도 언더그라운드 뮤지션들과 독립 예술가들이 꾸준하게 활동을 펼치는 곳이었다.

에단은 세인트막스 광장을 향해 몇 걸음 걸어갔다. 한두 차례 지나가본 기억이 났다. 술집과 중고 옷가게, 문신과 피어싱 숍들이 늘어선 활기찬 거리……. 한데 토요일 오후라서인지 세인트막스 광장은 무기력 상태에 빠진 채 마치 유령도시를 연상케 했다.

에단은 노면을 거칠게 마찰하는 타이어 소리가 나는 바람에 고개를 돌렸다. 택시 한 대가 질풍처럼 달려오더니 그의 옆을 스칠 듯이 지났다가 몇 미터 앞에서 급히 멈춰 섰다.

이상한 일이군.

그 택시는 현재 뉴욕에서 흔히 볼 수 있는 포드 크라운 빅토리아가 아니라 좀 더 오래된 모델로 옛날 영화에서나 더러 볼 수 있는 체커였다. 영화〈택시 드라이버〉에서 로버트 드니로가 몰았던 바로 그 차.

에단은 미간을 찌푸렸다.

저건 분명 수집용 차일 텐데…….

자동차 지붕 위에 달린 표시등 세 개에 불이 들어와 있었다. 영업을 하지 않는다는 뜻이었다. 놀랍게도 경찰에 위험을 알릴 때 사용되는 경고등에도 불이 들어와 있었다.

에단은 호기심을 느끼며 차가 멈춰 선 곳으로 다가가 몸을 굽히고 안을 들여다보았다. 차창이 아래로 내려가면서 기사가 큰 얼굴을 밖으로 내밀었다.

"타시겠습니까?"

택시기사는 흑인 사내로 우람한 체구에 말끔하게 밀어버린 대머리, 반들거리는 피부의 소유자였다. 왼쪽 눈꺼풀의 근육이 꺼져 있어서인지 조금 울적해 보이는 인상이었다.

에단은 갑작스러운 제안에 놀라 한 걸음 뒤로 물러섰다.

"영업 중입니까?"

"그런 셈입니다."

에단은 잠시 망설였다. 두 시간 동안이나 견인차를 기다릴 수는 없기에 그의 제안은 매우 유혹적이었다. 다행히 쿠페 마세라티가 서 있는 장소는 차량의 흐름을 방해하지 않는 곳이었다.

에단은 옐로 캡의 문을 열고 들어가 뒷좌석에 앉았다. 기사는 목적지를 묻지도 않고 지체 없이 차를 출발시켰다.

*

에단은 택시에 미터기가 없다는 걸 깨닫고는 자신이 지금 어떤 난관에 처한 것인지 자문해보았다. 뉴욕 사람이라면 누구나 한번쯤 들은 적이 있겠지만 그 역시 관광객을 상대로 강도짓을 벌이는 불법택시에 대해서는 익히 알고 있었다. 하지만 언뜻 보기에도 강도가 운전하는 택시 같진 않았다. 기사가 럭비선수처럼 건장한 체격이긴 해도 어딘가 모르게 인간적인 느낌이 배어나왔다.

"힘든 날이죠?"

기사가 백미러로 에단을 바라보며 물었다.

"음……그리 좋지는 않아요."

에단은 느닷없는 질문에 당황해하며 황급히 대답했다. 그는 좀 더 주의 깊게 기사의 얼굴을 살펴보았다. 영화 〈사냥꾼의 밤〉에 나오는 로버트 미첨을 연상시키는 얼굴에 양쪽 손 네 개의 손가락 관절 위에는 험난한 인생역정을 암시하듯 L.O.V.E.와 F.A.T.E.(흔히 '증오'라는 뜻으로는 H.A.T.E.를 쓴다 : 지은이)라는 문신이 새겨져 있었다. 운전석 뒤에 붙은 택시운전사 자격증의 이름은 커티스 네빌, 출신지는 브루클린으로 되어 있었다.

"조금 전 일어난 일에 대해 당신은 아무런 책임도 없습니다."

기사가 격려하는 듯한 어조로 불쑥 말했다.

"뭐라고요?"

"소녀의 자살 말입니다."

에단은 소스라쳤다.

"도대체 무슨 이야길 하고 있는 거죠?"

"당신 자신이 더 잘 알면서……."

"당신……당신은 텔레비전에서 날 본 거죠, 그렇죠?"

에단이 몰래 사진을 찍은 카메라맨을 떠올리며 물었다. 그 사진이 이렇게나 빨리 방송에 나오다니!

커티스는 그 말에 대답하지 않았다.

"운명의 완강한 흐름에 맞서 인간이 할 수 있는 일은 아무것도 없습니다. 정해진 죽음을 막기 위해 할 수 있는 일은 없다는 뜻입니다."

커티스가 나직이 중얼거렸다.

에단은 너무나 기가 막혀 뭐라 반박하는 대신 한숨을 내쉬었다. 그는 눈을 들어 택시의 백미러에 걸어놓은 묵주를 쳐다보았다. 은과 자개로 된 묵주가 앞 유리를 배경으로 백미러에 매달려 있었다.

"운명에 맞서 싸우려드는 건 헛된 망상일 뿐이죠."

커티스가 말을 이었다.

에단은 고개를 내젓고는 신선한 공기를 쐬기 위해 차창을 내렸다. 이른바 계시를 받았다는 사람의 헛소리를 듣는 게 이번이 처음은 아니었다. 상대의 헛소리에 더 이상 귀 기울이지 않는 게 중요했다.

"소녀는 그렇게 죽을 운명이었습니다. 당신이 좀 더 관심을 기울였다 해도 아이를 구할 수는 없었을 겁니다."

커티스가 다시 말을 이었다.

"운명이 결정한 일인 만큼 인간에게는 그 어떤 책임도 물을 수 없다는 뜻인가요?"

에단은 그렇게 묻지 않을 수 없었다. 상대의 말이 지나치게 단순하게 여겨졌기 때문이다.

커티스는 한 동안 생각에 잠겼다가 진지한 어조로 대답했다.

"내 생각에는 '우주의 질서'라는 게 존재한다는 뜻입니다. 흐트러뜨릴 수도 변화시킬 수도 없는 질서 말입니다."

"당신은 정말로 이 세상에서 벌어지는 모든 일이 운명에 의해 정해져 있다고 믿습니까?"

에단이 비아냥거리는 어조로 물었다.

"절대적으로 그렇다고 확신합니다. 시간이란 책의 낱장과 흡사하니까요. 우리가 육십육 쪽을 읽고 있을 때, 육십칠 쪽과 육십팔 쪽은 이미 쓰여 있습니다."

"그럼 우연이 맡은 역할은 뭐라고 생각하죠?"

커티스는 고개를 내저었다.

"내 생각에 우연이란 존재하지 않습니다. 아니 우연이 바로……신이죠. 그래요, 우연이란 잠행하는 신입니다."

"그럼 인간의 자유의지는 뭡니까?"

"인간이 자유의지라고 믿는 건 허상일 뿐입니다. 우리는 그 허상에 중독되어 운명이 결정한 사태에 맞서 뭔가 할 수 있지 않을까 착각하게 됩니다. 실제로는 아무것도 할 수 없는데도 말이죠. 가끔 이런 생각을 해본 적 있습니까? 운명의 신이 미소를 지어 보이는 사람이든, 악착같이 괴롭히는 사람이든 결국 똑같다는 생각 말입니다."
 에단은 그런 이야기라면 너무나 잘 알고 있었다. 가령 그의 환자들 중에서도 비슷한 주장을 펴는 이들이 더러 있었다. 어떤 비극적인 사건에 대해 어느 정도 책임이 있다는 사실을 인정하지 않으려는 이들이었다.
 이 사람도 혹시 드러나지 않은 모종의 죄책감으로 괴로워하고 있는 건 아닐까?
 에단은 차 내부를 주의 깊게 살펴보았다. 자동차 내부는 온갖 잡동사니로 가득했다. 성모상, 수호천사상, 말린 꽃, 차창을 가릴 듯한 몇 장의 아이 그림 그리고 그림과 어울리도록 교묘하게 붙여놓은 마르세유 타로카드. 요컨대 무덤을 연상시키는 실내장식이었다. 이 모든 걸 설명해주는 한 가지 가설이 문득 에단의 머릿속에 떠올랐다.
 "당신 아들입니까?"
 에단이 계기판 위쪽에 고정시켜 놓은 은색 사진틀을 가리키며 물었다. 어린 아이 사진이었다.
 "그래요, 조니라고 합니다."
 "몇 살이죠?"
 "여섯 살."
 에단은 다음 질문을 하기에 앞서 잠시 망설였다. 만약 예상이 틀렸다면? 그러니까 그 아이가……
 "혹시 아이가 죽은 겁니까?"
 부지불식간에 그 말이 그의 입에서 흘러나왔다.
 "그래요, 이 년 전 여름휴가 때였습니다."
 커티스가 들릴까말까 한 낮은 목소리로 대답했다.

"어쩌다가 그랬죠?"

커티스는 즉시 대답하는 대신 침묵을 지키며 마치 그 질문을 못 들은 사람처럼 한동안 운전에만 몰두했다. 잠시 후 그는 저 깊은 곳에서 고통스럽게 묻어놓은 기억의 단편들을 힘겹게 건져 올려 그 비극적인 이야기를 토막토막 풀어놓았다.

"화창한 날이었어요." 하고 그는 눈살을 찌푸리며 말을 시작했다. "나는 정원에서 고기를 굽고 있었습니다. 조니는 내 옆에 있는 튜브식 풀 안에서 물장구를 치며 놀았고, 아내는 베란다에서 노래를 흥얼거렸어요. 잔디밭 위에서는 아일랜드 그레이하운드종인 제피어가 낡은 프리스비를 갖고 놀고 있었어요. 그 개는 우리와 삼 년 전부터 함께 살아왔죠. 힘과 기운이 넘치지만 평소 온순할뿐더러 몹시 충직한 개였습니다. 우리는 제피어를 제대로 교육시켰죠. 몸집은 컸지만 차분한 편이었고 거의 짖지도 않았어요."

에단은 아주 사소한 억양 변화도 놓치지 않으려 애쓰면서 커티스의 이야기에 온 신경을 집중했다.

"……그런데 아무런 이유도 없이 개가 갑자기 조니에게 달려들었습니다. 개는 조니의 가슴과 목을 여러 차례 물고는 급기야 머리통을 통째로 입 안에 넣고……."

커티스는 한동안 말을 멈추고 한쪽 눈을 비비더니 여러 차례 코를 훌쩍거리고 나서 다시 말을 이었다.

"개에게서 아이를 떼어내기 위해 나는 맨손으로 달려들었습니다. 하지만 아이 상태를 보는 순간 이미 늦었다는 걸 알 수 있었죠. 개가 조니의 머리통을 으스러뜨려 엉망으로 만들어놓은 겁니다. 조니는 병원으로 가는 헬리콥터 안에서 숨을 거두었습니다. 내 품에 안겨서."

*

침묵.
구름을 본다. 구름의 반사광이 마치 전면이 유리로 된 이 건물에서 저 건물로 건너뛰는 것 같다.

*

"아들의 죽음을 목도한 나는 이루 말로 표현할 수 없을 만큼 고통스러웠습니다. 그 일이 있은 후 아내는 내 곁을 떠났죠. 그녀는 조니에게 일어난 일을 두고 결코 나를 용서할 수 없다고 했습니다. 내게 아이를 보호할 책임이 있었으니까요. 그 후 나는 몇 차례인가 자살을 시도했습니다. 그러다가 마침내 깨닫게 되었어요."
"뭘 깨달았다는 거죠?"
에단이 부드러운 어조로 물었다.
"내게 아무런 잘못도 없다는 것……."
차는 매디슨스퀘어, 그랜드센트럴을 지나 미드타운을 향해 달렸다.
"비극적인 사건이었지만 엄밀히 따져 잘못한 사람은 아무도 없었습니다. 그렇기 때문에 더 끔찍한 일이었죠. 그 일이 있은 후 나는 인간 개개인이 누릴 수 있는 수명이 어딘가의 장부에 이미 기록되어 있고, 인간은 무슨 짓을 해도 거기서 벗어날 수 없다는 걸 깨닫게 되었죠."
에단은 부분적으로 공감하는 동시에 한편으로는 회의를 느끼며 그의 이야기에 귀를 기울였다. 그는 그런 신념 안에 견고한 둥지를 틀고

들어앉아 완강한 방어벽을 구축하고 있는 셈이었다. 그 결과 아들의 죽음이 가져다준 고통과 죄의식으로부터 일정한 거리를 유지할 수 있는지도 몰랐다.

"도저히 그 흐름을 막을 수 없는 일이 있습니다. 일어나게 되어 있는 일은 반드시 일어납니다. 우리가 아무리 막으려 해도 불가항력이죠."

커티스가 말했다.

"당신의 논리대로라면 인간은 그 어느 것도 책임지지 않아도 되겠군요. 가령 폭력이나 강간, 살인에 대해서조차도 말입니다."

커티스는 반박할 말을 찾는지 한동안 묵묵부답이었다. 그러는 동안 택시는 플라자호텔을 지나 센트럴파크를 따라 달리고 있었다.

"한 가지 설명해줄 수 있을까요?"

잠시 후 커티스가 물었다.

"원하신다면."

"차에 타고 나서 왜 즉시 목적지를 말하지 않았습니까?"

"글쎄요, 아마 나 자신도 어디로 가야 할지 갈피를 잡지 못했기 때문이겠죠."

자동차는 프릭 컬렉션을 지나 센트럴파크 안으로 들어가더니 이스트드라이브를 따라 천천히 달렸다.

"내가 당신에게 강도짓을 하면 어쩌려고……."

커티스가 웃음을 머금은 채 말했다.

"당신의 인상이 강도 같아 보이진 않았어요. 왠지 믿음이 가는 얼굴이었죠."

에단이 고개를 내젓고는 농담어린 어조로 말했다.

그 순간 두 사람 사이에는 묘한 유대감이 형성되었다.

에단은 창밖을 바라보았다. 가을이 한창이었고, 센트럴파크에는 타오르는 붉은 빛으로 물든 낙엽들이 쌓여 있었다. 아이들이 할로윈 행사를 위해 땅바닥에 잔뜩 부려놓은 크고 작은 호박들을 파크드라이브노스를 따라 정렬시키고 있었다. 나무들 뒤로 가파른 호수 기슭이 보였다.

에단은 갑자기 얼굴을 찌푸렸다. 센트럴파크, 호수……. 이건 우연일까, 아니면? 몇 초 후 그는 그 대답을 얻을 수 있었다. 택시가 이스트 72번가와 파크드라이브노스가 갈라지는 곳에서 멈춰 섰던 것이다. 셀린의 결혼식 장소인 로엡 보트하우스 앞이었다.

에단은 신경이 날카로워져 커티스를 향해 몸을 기울였다.

"당신은 도대체 누굽니까?"

"당신을 돕고 싶은 택시기사일 뿐입니다."

"도대체 어떻게 알고 나를 이리로 데려온 거죠?"

에단이 위협적인 어조로 물었다.

먼저 택시에서 내린 커티스가 밖에서 문을 열어주었다.

에단은 꼭두각시처럼 조종당한 것에 분개해 자신보다 머리 하나가 더 큰 흑인 앞에 버티고 섰다. 이제 보니 인상도 훨씬 나빠 보였다.

커티스는 아무 일도 없었다는 듯 여전히 유순한 태도를 잃지 않은 채 운전석으로 돌아가더니 시동을 걸었다.

"어서 대답해요. 어째서 나를 여기로 데려온 거죠?"

에단이 차문을 두들기며 거듭 물었다.

"왜냐하면 그게 당신의 운명이니까."

차창을 내린 커티스가 당연하다는 듯 대답했다.

7. 셀린

사람은 상대에게서 그가 드러낸 적이 없는
부분을 찾아내려 하다가 그만
사랑에 빠지고 만다.
—에리 데 루카(이탈리아 작가)

10월 31일 토요일

오후 1시 32분

센트럴파크 보트하우스

입구에 도착한 에단은 초대장을 보여주고는 밀랍을 칠해놓아 마치 스케이트 링크처럼 반들거리는 바닥을 지나 메인홀인 '레이크사이드 다이닝'으로 안내되었다.

테이블 위에는 실크 테이블보가 깔리고 상아색 난초가 장식되어 있었다. 하객들이 테이블을 사이에 두고 무리를 지어 대화중이었다. 결혼식을 위해 실내는 '청백홍' 색으로 장식되었고, 하객들 대부분이 전날 샤를드골 공항으로부터 날아온 만큼 여기저기에서 프랑스 말이 들려왔다.

에단은 홀을 둘러보았지만 아는 사람은 없었다. 일 년쯤 이어졌던 셀린과의 연애기간 동안 그는 그녀의 가족이나 친구를 만난 적이 없었다. 언제나 둘만으로 충분했기에 다른 사람들과 만나는 건 시간 낭비로 여겨졌기 때문일 것이다.

에단은 베란다로 나가 마티니 키 라임 한잔을 주문했다. 바닐라가 들어간 보드카는 그의 목과 배에 즉각적으로 기분 좋은 자극을 전해주었다. 잠에서 깨어난 순간부터 하루 종일 엄청난 시련을 겪은 그에게는 짧지만 위로가 되는 순간이었다. 하지만 기분 좋은 감정은 그리 오래가지 않았다. 좋은 기분을 연장시키기 위해서는 한두 잔 정도가 아니라 아예 보드카를 병째 주문해야 하리라.

에단은 마음이 쉽게 안정되지 않았다. 그에겐 집으로 돌아갈 차도 없었다. 주머니에서 휴대폰을 꺼낸 그는 전에 이용한 적이 있는 고급차 렌터카 회사에 전화를 걸었다. 그가 연회장 주소를 알려주자 렌터카 회사에서는 45분 안에 자동차를 보내주겠다고 약속했다.

에단은 술을 더 마시고 싶은 유혹에 넘어가지 않기 위해 바를 떠났다. 테라스는 무척이나 넓고 호수 위로 돌출되어 있어 햇살이 비치는 수면이 멋지게 내려다보였다. 그 매혹적인 장소에서 셀린과 그녀의 신랑은 하객을 맞이하느라 여념이 없었다.

에단은 멀찍이 떨어진 채 셀린의 모습을 살펴보았다. 오간자와 레이스로 된 웨딩드레스를 입은 셀린의 몸에서는 마치 천사처럼 광휘가 뿜어져 나오는 듯했다. 긴 머리카락을 쪽 지어 올린 탓에 훤히 드러난 그녀의 목덜미는 단연 돋보였고, 마치 발레리나처럼 우아했다.

5년이라는 세월의 흐름 앞에서도 셀린은 여전히 아름다웠지만 에단은 그녀의 모습에서 왠지 전에는 본 적 없는 모종의 변화를 감지했다.

언뜻 보기에는 거의 알아챌 수 없을 만큼의 미세한 변화였지만 그의 눈에는 확연히 느껴졌다. 미소 속에 깃든 조심성, 빛바랜 시선, 예의에 불과한 자발성…….

금연인 장소였지만 에단은 담배에 불을 붙여 물고 무엇엔가 홀린 사람처럼 셀린의 모습을 바라보았다. 고통스러운 동시에 편안한 감정이 시시각각 교차했다. 전에는 경험해보지 못한 낯선 감정이었다. 땀이 나는가 싶더니 다음 순간 오한이 났다. 마치 몸은 휘청거리는 뼈대에 지나지 않는 듯했고, 몸속에서 심장이 뜨겁고 치명적인 독을 분비해 일시적인 열기를 후끈 불어넣어 주는 듯했다. 그때 셀린이 그가 있는 쪽으로 고개를 돌렸다. 그들의 눈길이 허공에서 마주쳤다.

에단은 옛 연인의 눈에 담긴 불꽃의 의미를 해독하려 애썼지만 소용없었다. 회오? 미련? 증오? 복수심? 그는 자신이 적지에 와 있다는 사실을 잘 알면서도 사람들 곁으로 다가가 난간에 팔꿈치를 대고 턱을 괸 다음 반짝이는 물 위를 떠다니는 베네치아풍 곤돌라에 시선을 주는 척했다.

"어쨌든 와 주었군."

잠시 후 셀린이 그에게 다가와 말했다.

"청첩장을 보낸 사람은 당신인 것 같은데!"

그런 다음 그는 덧붙였다.

"만나서 반가워. 정말 오랜만이야."

셀린은 고개를 내저었다.

"아니, 어제 일 같아. 정말로 내게는 바로 어제 일 같아."

셀린은 그를 거기서 조금 떨어진 소관목림 근처로 이끌었다. 가을색이 완연한 나뭇가지가 테라스 위까지 닿아 있었다. 맞은편 기슭 베데사 분수가에서 즉석 연주중인 재즈 오케스트라의 선율에 맞춰 조정선수들이 물 위를 미끄러져 나아갔다. 두 사람은 잠시 그 모습을 바라보며 말없이 서 있었다.

셀린이 먼저 입을 열었다.

"뉴욕에 다시 오니까 정말 좋아. 언제나 난 맨해튼에서 결혼하고 싶었어. 우리가 마지막으로 여기 왔을 때 생각나?"

난 당신과 보낸 순간순간을 모두 기억하고 있어.

"잘 생각 안 나."

"호수는 얼어붙어 있었고 눈에 덮였었지. 그러고 보니 당신 말이 맞아. 아주 오래전 일이야."

"당신은 프랑스에서 살아?"

"앙기앙레뱅이라는 파리 근처 온천장에서 살고 있어. 세바스티앙이 그곳에 식당을 열었거든. 최근에 미슐랭 별 하나를 획득했어."

미간에 주름을 잡은 에단은 고개를 돌려 하얀 조끼에 검은 연미복을 입은 남자를 바라보았다. 그는 친구들과 이야기를 나누면서도 약혼녀에게서 줄곧 시선을 떼지 않았다. 선한 미소, 잘생긴 얼굴, '운동선수' 같은 다부진 몸매. 모든 부분에서 능력을 과시하는 요즘 남자다운 모습이었다. 혁신적인 업체의 대표, 열정적인 스포츠맨, 사려 깊은 아빠, 정력적인 애인…….

"여전히 에어 프랑스에서 일해?"

"아니, 그 일에 싫증이 나서 오 년 전 회사를 그만두고 초등학교 교사 시험을 준비했어. 지금은 벨빌의 한 학교에서 장애 어린이들을 가르쳐."

셀린은 잠시 침묵에 잠겼다. 바람이 거세졌다. 그녀는 몸을 부르르

떨더니 가슴팍을 덮고 있던 진주 빛 회색 스톨을 끌어당겼다. 섬세한 레이스로 된 카르뱅 끈 드레스가 아라베스크 형태의 문신이 새겨진 어깨를 드러냈다. 과거였다면 그들에게 의미 있는 상징이었겠지만 이제는 아무런 의미도 없어보였다.

"당신이 무슨 생각을 하고 있는지 잘 알아. 교사라는 직업, 교외의 빌라, 친절한 남편……. 당신은 내가 되고 싶지 않아하던 존재가 되어 간다고 생각하겠지?"

에단은 그녀의 말에 깜짝 놀라 급히 말했다.

"천만에, 당신은 아주 옳은 선택을 했고, 나 역시 기뻐."

"제발 그 번지르르한 말 좀 그만둘 수 없어? 난 당신이 줄곧 경멸하던 길을 선택했어. 가정, 안정된 부부 생활, 진부한 일상을 택했다고."

셀린의 언성이 높아지자 몇몇 하객이 그들 쪽으로 고개를 돌렸다. 모두들 결혼식이 시작되기 15분 전에 신부를 흥분시키는 사람이 도대체 누구인지 궁금해 하는 듯한 표정이었다.

"여긴 내가 올 자리가 아니었나봐. 솔직히 난 당신이 왜 여기에 날 초대했는지 이유를 모르겠어."

에단이 말했다.

"당신이 내게 한 가지 선물을 해주었으면 해서."

"선물?"

"요컨대 당신이 해줄 선물은 내게 진실을 말해주는 거야."

"무슨 진실?"

"당신이 나를 떠난 이유……."

에단은 위험을 감지하고 조금 뒤로 물러섰다.

"이미 서로 이해했잖아."

"아니, 난 이해한 적 없어. 당신이 결정된 사실을 내게 통보했을 뿐이야. 삼 분 정도 걸렸을까? 그런 다음 나는 자리를 떴고, 그 후 우린 다시 만나지 못했어."

에단은 쓸데없는 논쟁을 피하고 싶었다.

"인생을 사는 동안 모든 질문에 답이 있는 건 아니잖아."

"당신이 책에서 떠들어대는 충고는 그만 둬. 파울로 코엘료의 소설 따위는 집어치우란 말이야. 그런 번지르르한 말은 텔레비전에 나가서나 해!"

에단은 고개를 저었다.

"내 말 좀 들어봐, 셀린. 모든 게 이미 아주 오래전 일이야."

에단은 침착하게 또박또박 말을 이었다.

"우리가 함께 했다면 과연 행복했을까? 당신은 결혼과 아이, 안정된 생활을 원했어. 그 모든 게 나로서는 당신에게 줄 수 없는 것들이었지."

셀린은 시선을 돌렸다. 가장 친한 친구 조에가 자신의 손목시계를 가리키며 서두르라는 손짓을 보냈다. 사제가 도착했고, 하객들이 뜰에 준비된 의자에 자리를 잡기 시작했다.

"난 그만 가볼게. 행복하길 빌어."

에단이 셀린의 손을 잡으며 말했다. 이미 작별인사를 했음에도 그는 그녀의 손을 놓지 않은 채 먼 곳을 응시하며 그 자리에 머물러 있었다. 노랑, 자주, 오렌지색으로 다채롭게 펼쳐지는 눈부신 가을의 빛깔 뒤로 마천루의 실루엣이 보였다.

에단은 시간이 길어질수록 그의 존재와 행동에 의문을 품는 하객들의 시선이 점점 부담스럽게 느껴졌다. 그는 마지못해 셀린의 손을 놓고 새로 담배에 불을 붙여 물었다.

"고약한 습관은 여전하군. 뉴욕에서 담배 피우는 사람이 사라진 줄 알았는데!"

셀린이 말했다.

"모두들 담배를 끊는다 해도 나는 피울 거야."

에단이 담배연기를 내뿜으며 응수했다.

"늘 그렇게 삐딱하게 살기로 한 거야?"

"스티브 맥퀸도 피웠고, 제임스 딘도 피웠고, 조지 해리슨도 피웠고, 크쥐시토프 키에슬로프스키도 피웠고, 알베르 카뮈도 피웠고, 냇 킹 콜도 피웠고, 세르주 갱스부르도 피웠어."

"그들 모두가 죽었어, 에단."

셀린은 부드러운 어조로 말한 다음 그의 입술에서 담배를 떼어내 물 위로 던졌다. 과거의 동작, 지난 날 그녀가 보여주던 관심의 일단이었다. 그녀가 그를 돌봐주던 때, 그들의 미래가 아직 의미가 있던 때에.

셀린은 그가 감정의 격류에 휩쓸리도록 내버려두지 않았다.

"오늘 아침 텔레비전에 나온 당신을 봤어. 요즘은 여기저기에서 당신을 보지 않을 수 없더군. 당신은 도처에서 나타나니까. 방송, 잡지, 신문 등등에서……"

에단은 그녀에게 묻는 듯한 눈길을 던졌다. 그녀는 잠시 망설이더니 마침내 속내를 밝히기로 결심한 듯 말했다.

"내가 보기에 당신은 잘 지내고 있지 못한 것 같아. 물론 성공했지만 당신은 행복하지 않아. 그렇지?"

에단이 미간을 찌푸렸다.

"당신이 그걸 어떻게 알아?"

"우리가 어떻게 사랑에 빠졌는지 기억나? 우리 관계가 왜 그토록 열렬했는지 알아? 그건 내가 당신 안에서 다른 사람들은 미처 보지 못하는 걸 볼 수 있기 때문이었어. 당신도 마찬가지겠지만."

에단이 흥미 없다는 듯 단호하게 응수했다.

"그 모든 게 어리석은 얘기일 뿐이야. 영화 속 주인공을 흉내 낸 것에 불과하다고."

"내 말이 옳다는 걸 당신도 잘 알 거야."

"내 말 좀 들어봐. 당신을 실망시켜서 미안하지만 난 아주 잘 지내고 있어. 난 부자이고 유명해. 남들이 부러워할 만한 지위에 요트도 있고, 햄튼스에 집도 있어."

"그런 게 다 무슨 의미가 있지?"

느닷없는 공격에 당황한 에단은 스스로를 방어하고자 그녀 앞에 버티고 섰다.

"왜 그렇게 확신하지? 그렇게 자신 있으면 내 삶에서 뭐가 잘못되었는지 말해봐."

"모든 게 다 잘못됐어. 당신의 삶은 공허하고 고독할 뿐이야. 당신은 아마 혼자일걸. 친구도, 가족도, 욕망조차도 잃어버렸지. 가장 슬픈 건 당신 자신이 그 사실을 잘 알고 있으면서도, 그것을 치유하기 위해 아무런 변화도 모색하고 있지 않다는 거야."

에단은 그녀를 향해 손가락 하나를 들어 올리며 스스로를 합리화하려다가 이내 포기했다. 몇 시간 전 제시라는 아이가 눈앞에서 자살했다는 이야기를 털어놓으려다 그것 역시 그만두었다.

"이러다가 당신 늦겠어."

에단의 입에서 나온 말은 그뿐이었다.

"당신 자신을 돌봐야 해, 에단."

셀린이 걸음을 옮기며 말했다. 그녀가 몇 미터 정도 걸어가다가 뒤돌아섰다.

"오늘 아침 당신이 방송에서 하는 이야길 들었어. '돌이킬 수 없는 지점'에 대한 부분 말이야."

에단은 무슨 말이냐고 묻는 듯한 표정으로 그녀를 바라보았다. 그녀는 한순간 침묵하며 잠시 주저하더니 도전적으로 내뱉었다.

"우리 두 사람에게 '돌이킬 수 없는 지점'은 지금부터 십 분 내에 있게 돼."

8. 돌이킬 수 없는 지점

기회는 '투르 드 프랑스' 같은 것.
오랫동안 기다리지만, 순식간에 지나가버린다.
―장피에르 죄네의 영화 〈아멜리에〉 속에서

10월 31일 토요일
오후 2시 5분
센트럴파크 보트하우스

뜰에는 야외의 오솔길로 통하는 중앙 공간을 중심으로 페인트칠이 된 나무의자들이 줄지어 놓여 있었다. 〈히어 컴즈 더 선〉의 곡조에 맞추어 셀린의 아버지가 오솔길을 따라 딸을 단상까지 인도했다. 단상에는 주례를 맡은 사제가 온정이 넘치는 표정으로 앉아 있었다.
사제가 결혼식의 시작을 알렸다.

친애하는 형제자매 여러분!
우리는 오늘 사랑을 약속한 한 여자와 남자간의 성스러운 결합을 기쁨과 기원 속에서 축하하기 위해 모였습니다.

에단은 좀처럼 보트하우스를 떠날 수 없었다. 바의 높다란 스툴에 앉은 그는 예식 장면을 지켜보며 셀린이 마지막으로 했던 말을 곱씹었다. 그녀는 무슨 의미로 그런 수수께끼 같은 말을 한 것일까? 또한 그녀는 왜 신부 입장곡으로 조지 해리슨의 〈히어 컴즈 더 선〉을 선택한 것일까?

그 노래는 과거 그가 그녀에게 알려준 곡이었다. 그에게 태양은 그녀라고, 오직 그녀만이 삶의 길을 비춰줄 수 있다고 말하면서.

사랑에 빠지게 되면 사람들은 얼마나 어리석은 말들을 하게 되는지! 그는 알코올이 고통을 견딜 수 있게 해주기를 바라면서 한숨을 내쉬고는 또 한 잔의 보드카를 주문했다.

……친애하는 셀린, 친애하는 세바스티앙, 이제 두 사람은 결정적인 인생의 선택을 앞두고 있습니다. 이 선택에 하느님의 축복이 내리길 기원합니다. 주여, 우리의 삶은 바로 당신의 손안에 있고, 당신만이 과거와 현재와 미래의 유일한 주인이시며, 바로 당신이 셀린과 세바스티앙을 이어주는 사랑을 그들에게 주셨으므로…….

셀린은 말했다. "우리 두 사람에게 '돌이킬 수 없는 지점'은 지금부터 십 분 내에 있게 돼"라고. 십 분이 지나면 나는 유부녀가 되고 문이 완전히 닫히고 말거야.

마지막 호소, 마지막 기회.

……이 희망의 날에, 두 사람의 관계는 새로운 길로 접어들어 더욱 견고해지고 성숙해집니다. 이 희망의 날에 셀린과 세바스티앙, 두 사람은 서로의 사랑을, 서로에 대한 헌신과 존경을 확인하게 됩니다. 이곳에 모인 우리 모두는 이 결합의 증인으로서 두 사람에게 지지와 격려를 아끼지 않을 것입니다.

에단은 스툴에서 일어나 결혼식이 거행되는 뜰로 다가갔다. 그는 모든 이들로부터 버림받은 것 같은 고독감을 느꼈다. 머리가 빙글빙글 돌았다. 오늘 아침 잠에서 깨어나면서부터 그를 괴롭혀온 집요한 두통이 제시의 죽음과 여러 시간에 걸친 경찰의 심문 그리고 두 잔의 마티니로 더욱 심해졌다. 두려움과 한기가 등줄기를 훑고 지나갔다. 그는 상의 단추를 잠그고 저절로 비틀대는 몸의 균형을 잡기 위해 애썼다.

미래의 부부 앞에서 사제는 이제 보다 엄숙한 목소리로 말했다.

……결혼의 임무는 남녀의 결합을 성화하는 것입니다. 결혼은 하나의 틀이 되어줍니다. 그 틀 안에서 두 사람은 아이를 낳아 기르며 부유할 때나 가난할 때나 건강할 때나 아플 때나 서로를 격려하고…….

그의 삶이 공허할 뿐이라는 셀린의 말은 전적으로 옳았다. 고독의 성채에 갇힌 채 그 누구에게도 의지가 되어주지 못하는 삶이었다. 그에게 공감과 사랑, 애정은 그저 낯선 감정일 뿐이었다.

15년 전 뉴욕의 어느 거리에 지미를 혼자 남겨두고 떠나온 날부터 그는 단 한 명의 친구도 갖지 못했다. 애초에 목표로 했던 성공을 이루기는 했다. 운명처럼 짐 지워진 비루한 삶을 벗어던지기 위해 그는 모든 걸 버리고 고독 속에서 힘을 끌어냈다. 그는 진정 강해지기 위해 혼자가 되었다. 누군가를 사랑하면 힘이 반감되리라 생각했던 것이다. 그는 이제야 삶이 그리 간단하지 않다는 걸 깨달았지만 이미 너무 늦어버렸다.

……결혼은 경박하게 변덕스럽게 경솔하게 계획하고 실행해서는 안 될 진지한 약속입니다. 결혼은 결정적인 성사입니다. 왜냐하면 하느님께서 맺은 끈을 인간이 풀 수 없기 때문입니다.

그랬다, 지금이 바로 돌이킬 수 없는 지점이었다. 이제 10분이 아니라 10초 이내에 그 순간이 지나가고 말리라. 지금 단상 위로 뛰어올라가 셀린에게 사랑을 고백한다면 무슨 일이 벌어질 것인가? 영화에서라면 멋진 일이었다. 영화에서라면 3분 만에 상황이 멋지게 정리될 것이다. 하지만 현실은 영화가 아니었고, 무엇보다도 그는 영웅과는 거리가 먼 존재였다. 그는 무기력하고 분열되고 의혹에 시달리는 남자에 불과했다.

……그러므로 여러분 중에서 이 결합에 반대할 만큼 타당한 이유를 알고 계신 사람이 있다면 지금 말하거나 영원히 침묵하시길 바랍니다.

지금 말하거나 영원히 침묵하라…….

조용한 가운데 울려 퍼진 그 말의 메아리가 한동안 이어졌다. 단상 위의 셀린이 마치 눈으로 그를 찾기라도 하듯 살짝 고개를 돌렸다. 다음 순간 시간이 엿가락처럼 길게 늘어나는 듯했다. 아주 짧은 순간 에 단은 결혼식을 중단시켜야 한다고 생각했다.

그들의 사랑은 아직 끝나지 않았으므로.

사랑의 증거가 여기 있으므로.

그녀에게는 그가, 그에게는 그녀가 바로 그 사람이므로.

하지만 그 모든 게 한낱 말에 지나지 않았다. 그가 실제로 셀린에게 무엇을 줄 수 있을까? 그는 셀린이 했던 질문을 다시 한 번 떠올렸다.

"어째서 나를 떠났지?"

에단은 즉답을 회피했지만 사실은 그 자신도 그녀와 헤어지게 된 이유를 알지 못했다. 다만 셀린을 가까이할수록 그녀를 위험에 빠뜨릴 수 있다는 출처불명의 불안감이 그를 지배했다. 그녀 곁에 머물게 되면 사랑이 독으로, 폭탄으로, 칼로 변하고 말리라는 확신이었다. 셀린과 결별한 후 몇 주 동안 그는 자신이 그녀에게 위험한 존재가 되리라는 확신 속에 살았고, 그 확신 속에서 위안을 찾았다.

그 무렵 그는 필사적으로 일에 몰두했다. 얼마 후 로레타 크라운과의 만남을 계기로 유명세를 타기 시작했다. 사회적 신분이 상승하고 고통이 잦아들자 그는 원인 모를 불안감을 상상의 소산으로 치부하고자 했다. 하지만 이제 생각해보면 그것은 자신의 비겁한 행동을 부정하기 위한 손쉬운 합리화일 뿐이었다.

진실을 말하자면 셀린을 버린 건 지난날 마리사와 지미를 버린 것과 똑같은 이유에서였다. 그는 누군가에게 매이고 싶지 않았다. 오직 자유만을 원했다. 모든 구속과 책임으로부터 자유롭고 싶었다. 원할 때 원하는 바를 원하는 방식으로 해결하고 싶었다. 그는 실제로 한동안 그런 자유를 구가했다. 하지만 부와 성공을 거머쥐자 냉소적 성향이 생겨났다. 알코올, 여자, 마약, 도박 같은 허망한 쾌락에 따른 것이었다. 마침내 그는 자기 자신을 더 이상 견딜 수 없는 지경에 이르렀다.

삶이 갈가리 찢기고 만 지금 에단은 자기 자신에게 솔직해지고자 애썼지만 더 이상 아무것도 확신할 수 없었다. 셀린의 입에서 '예'라는 말이 나오기 직전, 그의 머릿속에서 다시 예의 불안감이 엄습해왔다. 그녀에게 위험한 존재가 될 수 있다는 불안감이. 근거를 알 수 없는, 불합리하고 위협적인 감정이 다시금 밀려왔다.

그 순간 에단은 깨달았다, 삶에서 책임져야 할 것 한 가지를 꼽는다면 바로 사랑하는 여자를 보호하는 것임. 설사 그녀로부터 멀어져야 할지라도.

에단은 셀린의 모습을 영원히 가슴에 새겨놓으려는 듯 마지막으로 그녀를 응시하고는 시선을 돌렸다.

사랑의 끝.

돌이킬 수 없는 지점.

*

이후 예식은 순조롭게 진행되었다. 신랑신부의 결혼 동의에 이어 반지 교환이 이루어졌다. 하객들은 가장 감동적인 그 순간을 카메라에 담기에 바빴다. 그 순간은 결혼식 비디오 속에서 가장 좋은 자리를 차지하고, 훗날 아이들에게는 이야깃거리가 되고, 결혼기념일마다 눈물을 담은 채 되살려 보리라.

"셀린, 당신은 세바스티앙을 남편으로 맞아 그에게……
……하겠습니까?"

"예."

"……정절을 지키겠다는 의지와 사랑의 표시로 이 반지를 끼세요."

들러리 아이들이 선물을 거두느라 바구니를 들고 경쾌한 걸음으로 지나갔다.

에단은 술 한 잔을 더 주문하고 휴대폰을 확인했다. 문자메시지와 메일이 잔뜩 와 있었다. 리지와 그의 에이전트로부터 온 문자, 기자들이 활동을 개시했다는 걸 알리는 인터뷰 요청, 고객들의 세미나 참가 취소 요청.

에단은 놀라지 않았다. 제시의 자살사건이 뉴스 채널마다 방영되었으리라. 바이러스성 소통의 시대란 바로 그랬다. 간단한 이미지 하나가 한순간에 사람의 명성을 땅바닥으로 곤두박질치게 할 수 있는 세상이었다. 몇 시간 전만 해도 그는 '미국을 사로잡은 정신과의사'였지만 이제는 열네 살짜리 소녀를 자살로 몰고 간 몰인정한 사기꾼으로 전락할 위기에 처한 것이다.

시크 트란시트 글로리아 문디(세상의 영광은 그렇게 지나가나니).

휴대폰의 마지막 메시지는 그가 렌트한 차량이 보트하우스 앞에 와 있다는 것을 알리고 있었다.

에단은 단숨에 잔을 비우고 식장을 나섰다. 남편의 팔짱을 낀 셀린이 장미꽃잎 세례를 받으며 의자 사이로 걸어 나오고 있었다.

9. 차이나타운

不知彼, 不知己, 每戰必敗
(상대를 모르고 나를 모르면 반드시 패한다 : 지은이)
—손자, 《병법》에서

시노 미츠키 박사는 캐널 가를 빽빽하게 채운 행인들을 헤치며 걸었다. 오후가 막 시작된 지금 차이나타운의 활기는 절정에 달해 있었다.

10월 31일
오후 2시 32분
맨해튼의 차이나 구역

차이나타운은 요란하고 다채로운 벌통을 연상시켰다. 도처에서 향신료와 상한 음식, 장뇌와 백단에서 풍겨 나오는 매혹적인 동시에 역한 냄새가 풍겨났다. 잡다한 진열대, 싸구려 골동품, 견직물, 초롱, 제비집, 말린 버섯, 말린 게, 해적판 DVD, 10달러짜리 가짜 루이비통

가방, 각종 모조품이 쉽게 눈에 띄었다. 표준중국어, 광동어, 미얀마어, 필리핀어, 베트남어 등이 뒤섞여 들려왔다. 마치 홍콩이나 상하이, 광조우에 와 있는 듯한 착각을 불러 일으켰다.

맨해튼의 차이나타운은 모트 가 주변과 리틀 이태리 바로 옆에 있는 열 개 블록 위에 펼쳐져 있었다. 그곳은 주철로 된 층계가 딸린 작은 건물들 사이로 좁은 길이 나 있는 서민 지구였다.

19세기 중반에 처음으로 미국에 온 중국인 선원들은 로어이스트사이드의 수상쩍은 이 지역에 투자를 시작했다. 철도 건설을 위해 고용된 캘리포니아의 중국인들도 얼마 안 있어 합세했다. 그때만 해도 이곳이 서구 세계 내에서 가장 중요한 중국 구역이 되리라고는 아무도 짐작하지 못했다.

최근 몇 년 동안 중국경제의 팽창과 맞물려 이곳 차이나타운은 리틀 이태리까지 집어삼키기에 이르렀다. 리틀 이태리는 이제 관광객을 위한 몇몇 식당만이 남아 있는 멀베리 가로 축소되었다.

콜럼버스파크 쪽으로 조용히 걷던 시노 미츠키는 늘 하던 대로 모트 스트레트라는 작은 식당에서 잠시 쉬기로 했다. 그는 금박을 입힌 부처상 앞의 구석자리에 앉았다. 여종업원이 그에게 묻지도 않고 녹차를 한 잔 부어주고는 각종 딤섬이 작은 대나무 찜기에 담겨 있는 수레를 밀고 왔다.

시노 미츠키는 이탈리아식 찐만두 몇 개와 양념 닭다리, 참깨에 굴린 주먹밥 두 개를 골랐다. 그는 석가모니의 고요하고 차분한 시선을 받으며 식사를 했다.

근무 시작까지는 아직 한 시간여가 남아 있었지만 시노 미츠키는 언제나 일찍 병원에 출근했다. 여유를 갖고 분위기에 적응해 외과의

로서의 업무에 꼭 필요한 집중력을 발휘하기 위해서였다. 오늘 그는 응급실 근무였고, 매년 할로윈 데이 저녁이면 늘 그러하듯 오늘도 부상자와 취객, 사고를 당한 사람들이 병원으로 실려 올 것이다.

시노는 눈길을 아래로 향한 채 식사를 마쳤다. 이따금 용기를 내어 고개를 든 그는 예쁜 여종업원의 장난꾸러기 같은 미소를 지켜보았다. 그는 그녀에게 무심할 수 없었다. 어느 날 저녁 뉴욕현대미술관의 전시회를 보러가자고 청한다면 그녀가 거절할까?

사실 시노 미츠키는 이미 오래 전에 연애를 포기했다. 그는 열정과 욕망이 빚어내는 고뇌와 거리를 두고 내면의 평화 속에서 사는 쪽을 선택했다. 인간이란 뿌린 대로 거두는 법이므로, 그는 자신의 '카르마'를 정화시키는데 삶을 바치기로 했다. 물론 그의 선행이 당대에는 보답을 받지 못할 테지만 상관없었다. 다음 생이, 그리고 또 다음 생이 있으니까. 윤회는 '깨달음'에 이를 때까지 수백 년 그리고 다시 수백 년이 이어질 테니까.

시노는 소란스러운 거리로 나와 모트 가로 내려가는 인파에 합류했다. 그는 10분 만에 차이나타운과 파이낸셜 지역 외곽의 세인트주드 병원에 도착했다. 일을 시작한 지 3분쯤 지났을 때, 숨이 턱에까지 찬 한 남자가 병원 문을 밀고 들어와 현관바닥에 널브러졌다. 남자의 프라다 양복과 옥스퍼드 셔츠는 온통 피로 물들어 있었다.

*

10월 31일 토요일
그로부터 20분 전

맨해튼 센트럴파크

"여기 예약하신 차를 가져왔습니다, 선생님."

에단은 젊은 렌터카회사 직원이 내미는 열쇠를 받아들고 미심쩍은 눈길로 보트하우스 주차장에 세워진 80년대 풍의 빨간색 페라리를 바라보았다.

"차가 저것밖에 없습니까?"

에단이 계약서에 서명하며 물었다.

"택시파업 때문에 렌터카 주문이 폭주하고 있어서요."

청년이 미안한 표정으로 대답했다.

에단은 삐걱거리는 소리를 내는 앤티크 308 GTS의 운전석에 앉았다. 그는 마치 〈매그넘〉(1980년대 미국 CBS의 TV 시리즈. 하와이풍 셔츠를 입고 여유만만하게 사건을 해결해나가는 설리반 매그넘의 활약을 담았다 : 옮긴이)의 첫 번째 에피소드에 등장하는 톰 셀릭이 된 듯한 기분이었다.

"하와이풍 셔츠와 가짜 콧수염은 트렁크에 있겠죠? 아니면 캐비닛에 있든지."

"무슨 말씀이시죠?"

"신경 쓰지 말아요. 그런 농담을 알아듣기에 당신은 너무 젊으니까."

에단이 차의 시동을 걸며 대답했다. 그는 센트럴파크를 나와 5번가로 접어들었다. 쇼핑하기에 적당한 오후였고, 세계에서 가장 유명한 거리의 인도는 행인들로 가득했다. 택시파업은 이 도시에 대혼란을 야기했다. 보행자들은 아무렇게나 차도를 횡단해도 위험하지 않다고 착각할 지경이었다.

　에단은 낡은 V8의 운전석에 앉아 배터리파크를 향해 달려갔다. 그의 머릿속은 운전보다는 웨딩드레스를 입은 셀린과 두개골이 파열되고 눈이 뒤집힌 채 죽은 제시의 모습이 마구 뒤얽혀 있는 불그스름한 마그마 속을 고통스레 떠돌았다.

　매디슨스퀘어가 나오기 직전이었다. 차창을 짙게 코팅한 거대한 사륜구동 허머가 위험할 정도로 바짝 달라붙었다. 그와 동시에 두 대의 검은 세단이 각각 좌우편에서 그의 차를 추월하려 들었다. 옴짝달싹 못하게 된 에단은 연속해서 클랙슨을 울렸지만 뉴욕에서 자동차 경적은 이미 배경음악이 된 지 오래인지라 별달리 관심을 끌지 못했다.

　에단은 위협적인 운전을 시도했지만 두 대의 차량은 여전히 포위를 풀지 않았다. 그는 차의 속도를 높였다. 그들 역시 속도를 높였다. 이번에는 급브레이크를 밟았다. 페라리는 주행 성능은 좋지만 차체가 낮고 왜소한 편이었다. 허머는 탱크처럼 강한 힘으로 페라리를 멈춰 서게 만들었다.

　왼쪽편의 세단이 갑자기 급가속을 하더니 그의 차 앞으로 끼어들며 그 자리를 비워주었다. 에단은 재빨리 차선을 변경해 쿠퍼스퀘어를 향해 달려갔지만 그건 그들이 파놓은 함정이었다. 이미 그의 진로를 예상한 듯, 세 대의 차가 한꺼번에 차체가 스칠 듯이 바짝 다가섰다. 그는 보워리 가를 따라 점점 속도를 줄이다가 결국 차를 멈춰 세우지 않을 수 없었다.

　에단이 미처 안전벨트를 풀기도 전에 FBI 수사관 같은 덩치 둘이 달려들어 그의 양어깨를 잡고 허머의 뒷좌석에 아무렇게나 쑤셔 박았다.

그로부터 2주 전

맨해튼

록펠러 센터의 호화로운 아파트

적어도 300제곱미터쯤 돼 보이는 넓은 거실은 로프트처럼 꾸며져 있고, 뉴욕의 '스카이라인'을 빙 둘러가며 볼 수 있는 창문에 둘러싸여 있다. 복고풍의 아늑한 실내다. 방 한쪽 구석에서는 피아니스트가 빼어난 솜씨로 스탠더드 재즈곡을 연주한다. 옻칠이 된 커다란 탁자 주위에 일곱 명의 남자와 한 명의 여자가 앉아 포커게임에 열중하고 있다.

남자들은 드레스코드를 엄격히 지켜 모두들 턱시도 차림이다. 한편 여자는 명품 진에 아스트라칸 벨트를 매고 표범무늬 칠피 에스카르팽, 몸에 꼭 맞는 면 셔츠, 표범 머리 모양의 묵직한 목걸이를 한 세련된 차림이다. 실제로 카드를 나누는 사람은 크루피에르지만 그녀가 딜러 자리에 앉아 있다.

에단의 자리는 그녀의 맞은편이다. 그는 게임이 시작된 후 지금까지 누구보다 많은 칩을 거둬들인다. 그는 청소년기에 친구 지미와 함께 포커를 배웠고, 세월이 흐르면서 탄탄한 실력을 갖추었다. 심지어 라스베이거스에서 열리는 포커월드시리즈에도 몇 차례 참가했고, 무제한 배팅이 가능한 '홀덤' 결승전에도 두 차례나 올랐다.

에단은 경험이 풍부하고, 상대의 심리를 분석하는 데 뛰어나다. 그는 상대방의 표정을 사소한 부분조차 놓치지 않는다. 시선, 손의 위치,

몸의 움직임, 관자놀이를 따라 뛰는 맥박까지. 그는 참을성이 많고, 심리적 압박을 잘 견뎌낸다. 신속한 결정을 내리고 포커페이스를 만들어 상대를 불안하게 할 줄 안다.

여자의 왼쪽에 앉은 두 플레이어가 블라인드를 제공하자 크루피에르는 각 플레이어에게 카드를 두 장씩 딜링한다. 각 플레이어는 주어진 카드를 볼 수 있다.

몇 초간 짜릿한 기대감을 즐기던 에단은 이윽고 패를 뒤집는다. 최근 몇 주 동안 그는 엄청난 돈을 잃었지만 오늘저녁의 행운은 다시 그의 편이다. 최대한 시간을 끌던 그는 마침내 조심스레 손을 가리며 두 장의 카드를 힐끗 쳐다본다.

에단은 심장박동이 빨라지는 걸 느낀다. 두 개의 에이스. 그 유명한 '아메리칸 에어라인'으로 200번에 한 번 올까 말까 하다는 최고의 출발이다.

시계방향으로 돌아가며 배팅이 시작된다. 차례가 된 여자는 카드를 뒤집어보지도 않은 채 리레이즈(배팅을 배로 하는 것)를 한다. 그녀는 블라인드 게임(카드를 뒤집어보지 않은 채 게임을 진행하는 것)을 원하는 것이다. 위험과 협박을 극대화하려는 의도이다. 여자의 이름은 맥사인 지아르디노, 뉴욕에서 알아주는 부동산 거부의 딸이다. 그녀는 허세 부리기를 좋아하고 도박 빚을 진 사람들을 무참하게 짓밟는 것으로 악명이 높다.

첫 판부터 플레이어의 절반이 기권한 가운데 남은 네 사람이 게임을 계속한다. 딜러가 3장의 커뮤니티 카드를 모든 플레이어들이 볼 수 있도록 탁자 위에 펼쳐놓는다. 각 플레이어는 자신이 가진 두 장의 히든카드와 이들을 조합해 가장 강력한 족보를 만들면 된다.

에단은 실망감을 감춘다. 탁자의 카드들과 그가 가진 패를 조합해서는 좋은 족보를 만들 수 없다. 그렇다고 해도 그가 쥐고 있는 에이스 페어는 여전히 해볼 만한 패다. 다시 배팅이 계속된다. 맥사인은 여전히 자신의 패를 보지 않은 채 더 높은 금액을 배팅한다. 또 한 명의 플레이어가 기권한다.

에단은 게임을 계속한다. 그는 포커란 행운의 게임이 아니라 복잡 미묘한 '심리 게임'이라고 생각한다. 포커란 인생처럼 위험과 유혹, 허세에 맞서는 게임이라 생각한다. 따라서 행운보다는 가능성을 통제하는 게 무엇보다 중요하다.

지금 가능성은 그의 편이었다.

크루피에르는 또 한 장의 카드를 버닝한 다음 네 번째 턴 카드를 딜링한다.

　위험과 흥분이 절정에 달한다. 그 순간 에단은 다섯 장의 카드가 연속으로 열이 될 확률이 10분의 1도 안 된다는 것을 안다. 다음번에 딜링될 리버 카드가 퀸일 확률, 그러니까 다섯 번째 카드가 에이스 페어와 조합되어 그에게 승리로 가는 패스포트를 안겨줄 확률이 10분의 1인 셈이다.
　배팅이 시작되고 플레이어 하나가 또다시 기권한다. 이제 남은 사람은 에단과 맥사인뿐이다. 맥사인은 여전히 자신의 카드를 뒤집어보지 않고 있다. 판돈이 이미 100만 달러를 넘었지만 맥사인은 그만 둘 의사가 없어 보인다. 이번 게임의 방식은 '무제한 배팅' 자유로운 리레이즈다.
　맥사인이 리레이즈를 할 때마다 에단은 받았고, 이윽고 두 사람 앞에는 더 이상 칩이 남아 있지 않다. 맥사인은 돈을 더 걸자고 제안한다.
　이윽고 크루피에르는 마지막 카드를 뒤집는다.

에단은 보드에 펼쳐진 다섯 장의 카드를 뚫어져라 바라보며 냉정을 유지한다. 맥사인은 금속성 광택이 나는 비단뱀 가죽으로 된 작은 손가방에서 담배 한 대를 꺼내 문다. 그녀는 이 순간을 음미한다. 결국 모든 게 베일에 싸인 상대와의 대결로 귀착되는 만큼 지금이야말로 진짜 게임의 시작인 셈이다.

마지막 배팅은 대결감과 유혹이 뒤섞여 판돈이 훌쩍 뛴다. 이 대면에서 각자는 서로 다른 의미를 찾는다. 에단에게 이 게임은 내면여행이다. 유년의 두려움과의 대면, 잃어버린 사랑을 잊기, 어둠 속에서 빛을 찾고자 하는 허망한 탐색의 여정이다.

맥사인에게는 위험을 무릅쓰기, 상대를 굴복시키고 싶은 욕망, 교미를 끝내고 수컷을 잡아먹는 '사마귀 판타지'이리라.

탁자 위에 쌓인 칩은 500만 달러 이상이다. 에단의 칩은 200만 달러 정도. 지금 그는 그만한 돈을 갖고 있지 않지만 상관없다. 왜냐하면 이길 테니까. 머릿속에서 그는 승리를 가져다줄 자신의 패를 그려본다. 에이스 스트레이트를.

에단은 기분이 좋다. 이 순간을 좀 더 연장하고 싶을 지경이다. 그는 이번에 따는 돈으로 무엇을 할까 생각하는 허세까지 누린다.

이제 '쇼다운'을 해야 할 때다. 최고의 패를 보여주어야 한다. 그는 침착하게 탁자 한가운데에 카드를 펼쳐놓는다. 맥사인의 차례다. 기묘한 순간이다. 그녀는 자신의 카드를 뒤집어보지 않고 있으므로 이제 함께 결과를 확인하게 되는 셈이다. 그녀는 두 장의 카드를 뒤집는다. 하트 4와 9이다. 공유 카드와 조합하면 다음과 같은 족보가 된다.

하트의 색깔을 보자. 다섯 개의 카드가 모두 같은 색깔이다. 그것은 스트레이트보다 상위다.

맥사인은 눈을 들어 에단을 바라본다. 그녀의 눈빛에 포커만이 줄 수 있는 예기치 못한 보랏빛 섬광이 어린다.

에단은 패배했지만 냉정을 잃지 않는다. 하지만 그는 자신이 정말이지 궁지에 빠졌다는 걸 절감한다.

*

첫 번째 주먹에 에단의 코에서 피가 흘러내렸고, 두 번째 주먹은 가슴팍을, 세 번째 주먹은 배를 강타했다.

오늘
맨해튼

허머의 뒷좌석에서 에단은 말 그대로 난타를 당했다. 검은 선글라스에 각진 턱, 터미네이터 같은 완력을 지닌 두 명의 '맨 인 블랙'이 그의 몸을 옴짝달싹못하게 붙잡고 있는 동안 또 다른 남자 하나가 도박 빚을 갚지 않은 걸 뼈저리게 후회하도록 만들고 있었다.

'철의 주먹'은 훨씬 거칠긴 해도 두 '동료'보다는 한결 세련된 태도의 소유자였다. 턱시도 상의 아래 드러난 맨살, 머리에 쓴 카우보이모자, 기름기 도는 장발, 사흘쯤 깎지 않은 턱수염을 한 그의 모습은 가학성향의 망나니 캐리커처를 연상시켰다. 그는 주어진 임무를 수행하면서 쾌감을 실컷 만끽하는 듯했다.

에단은 처음에는 복부에 힘을 주고 버티려했으나 주먹질이 어찌나 빠르고 매섭던지 얼마 지나지 않아 축 늘어지고 말았다. 이제 그는 무지막지한 주먹질이 영원히 계속되지 않기만을 바랄 뿐이었다.

그런 무지막지한 주먹의 충격을 얼마나 더 견딜 수 있을까? 그의 코에서 분수처럼 피가 솟구쳐 나와 옷과 비닐 덮개를 적셨다. 사내들은 사륜구동 자동차의 뒷좌석을 비닐로 미리 덮어놓았다. 차는 선팅을 짙게 한 탓에 아무런 의심도 받지 않은 채 달리고 있었다.

마침내 망나니는 주먹질에 싫증이 난 듯했다.

"지아르디노 아가씨께서 보름 전부터 돈이 입금되기를 기다리고 계신다."

그가 주먹을 어루만지며 말했다.

"곧…… 곧 마련할 거요."

에단이 헐떡이며 말했다.

"하지만……시간이……시간이 더 필요해요."

"시간이라면 이미 충분히 주었어."

"이백만 달러나 되는 큰돈을 간단하게 마련할 수는 없어요!"

"착각하지 마라. 오늘부터는 이백오십만 달러다!"

"뭐라고요? 그럴 수는 없어요! 그건 억지란 말입니다."

"이자라고 생각해라."

사내는 그렇게 말하며 다시 움푹 들어간 에단의 배를 강타했다.

에단은 무언가 부러지는 것 같은 충격을 받았다. 두 명의 남자가 동시에 그를 잡고 있던 손에서 힘을 빼냈다. 그는 뒷좌석 한가운데에 축 늘어지고 말았다.

에단은 고통이 밀려와 두 눈을 감았다. 어떻게 그 돈을 마련한단 말인가? 이론적으로 따지자면 그는 부자였다. 진료와 세미나, 출판 계약 등으로 돈이 펑펑 쏟아져 들어왔다. 하지만 그는 비용이 많이 드는 생활을 해왔고, 마이애미 인근에 짓고 있는 호화 진료센터의 주주 입장이어서 건축비로 거액을 투자했다. 중독치료를 전문으로 하는 그 초현대식 의료원은 일단 가동되고 나면 큰돈을 벌어주겠지만, 지금으로서는 투자자금이 만만치 않았다. 그가 보유한 고가품들을 매각할 수도 있지만 그것으로도 턱없이 부족했다. 요트? 리스로 산 것이었다. 자동차? 지금 상태로는……. 주식? '서브프라임' 위기 때 폭락했다. 게다가 그의 진료실을 방문했다가 권총 자살한 제시 사건이 텔레비전 뉴스로 방영된다면 최악의 시나리오가 완성되는 셈이었다.

이 사건 역시 그런 까닭에 빚어진 것이리라. 에단의 일이 순조롭게 진행될 때만 해도 지아르디노 일가는 그를 건드리지 않았다. 그들도 이제 그의 운이 다했다는 걸 깨달은 것이다.

"좋아, 그 돈이 있는 거야, 없는 거야?"

망나니가 초조한 어조로 물었다.

고통스럽게 몸을 일으킨 에단은 셔츠자락으로 눈을 닦았다.

"지금 당장은 돈이 없어요. 시간이 좀 더 필요해요."

"얼마나?"

"적어도 두 주 정도."

"두 주라, 두 주라……."

남자가 혀를 차며 중얼거렸다.

주머니에서 굵은 시가 한 대를 꺼내 문 그는 불을 붙이지도 않은 채 잘근잘근 씹어댔다. 그런 다음 자동차 캐비닛을 뒤적거리더니 접이식 손잡이가 달린 집게 칼을 찾아 들었다. 즉각 두 하수인들이 달려들어 에단을 옴짝달싹못하게 붙잡았다. 셋 중 가장 건장한 사내가 그의 오른손 손목을 움켜쥐더니 상관에게 내밀었다. 집게를 잡은 남자가 에단의 손가락을 칼날 사이에 끼우려 했다. 에단은 격렬하게 반항하며 주먹을 쥐었지만 소용없었.

오른손은 안 돼, 검지는 안 돼!

마지막 순간까지도 에단은 단순한 협박이라고, 그저 겁을 주기 위한 것일 뿐이라고 생각했다. 주먹다짐이야 얼마든지 당해줄 수 있지만, 손가락 절단은 전혀 다른 문제였다.

뿌지직 하는 기분 나쁜 소리가 들려왔다. 다음 순간 에단은 검지가 손에서 떨어져 비닐 덮개 위로 굴러 떨어지는 걸 보았다. 모든 게 비현실적으로 여겨지는 그 순간 고통이 아직 시작되지 않았으므로 그는 손가락이 떨어져나갔다는 걸 실감할 수 없었다. 이윽고 피가 솟구치며 견디기 힘든 고통이 한꺼번에 밀어닥쳤다.

에단은 단말마의 비명을 내질렀지만 그것으로 고통이 모두 끝난 게 아니었다.
"두 주 연장이면, 손가락도 두 개가 필요하지!"
망나니가 차갑게 말했다. 그 무시무시한 집게 칼을 든 그가 에단의 엄지를 잡았다.
"다른 걸 자르지 않는 걸 다행으로 생각해야 할 거야."
그가 집게의 두 손잡이를 있는 힘껏 눌렀다.
두 개째의 손가락이 손에서 떨어져나가는 순간 에단은 정신이 가물가물해졌다. 육신은 이제 고통 덩어리일 뿐이었고, 숨쉬기조차 갑갑했다. 조금 전 당한 주먹질 때문에 숨을 제대로 쉴 수 없었기 때문이다.
에단이 시나브로 의식을 잃어가는 동안 허머가 급정거했다. 차문이 열리더니 두 사내가 에단의 팔을 각각 하나씩 잡고 햇살이 내리비치는 아스팔트 위로 내던졌다. 차는 요란한 타이어 소리를 남기고 사라졌다.

*

에단은 얼굴이 먼지 속에 처박힌 채 몸을 일으킬 힘조차 없었다. 정신이 혼미한 가운데 그는 사람들의 외침 소리와 차들이 지나가는 소리를 들었다. 누군가 자신을 구해줄 것인가, 아니면 길 한가운데에서 죽어가도록 내버려둘 것인가?
에단은 필사적으로 정신을 수습하기 위해 애썼다. 그는 다친 손으로 바닥을 짚지 않으려 조심하면서 가까스로 몸을 일으켰다. 그는 터져 나오는 고통을 이를 악물고 참아내며 잘려나간 손가락들을 찾기 위해 길 위를 살폈다. 한 개, 이어 다른 한 개를 마저 찾아냈다.

에단은 두 개의 손가락을 성한 손에 쥐었다. 그는 상처를 보지 않으려 애쓰면서 흘러내리는 코피를 팔꿈치로 닦았다. 길을 지나던 사람들이 불안한 시선으로 그를 쳐다보았다. 대부분 아시아인들이었지만 더러는 관광객으로 보이는 사람들도 있었다. 그곳은 차이나타운이었다.

에단은 좀 더 주의 깊게 주변을 살폈다. 그곳은 다름 아닌 도이어 가커브 길이었다. 과거 3인조 갱들이 번개처럼 서로에게 총알을 날려 빚을 청산한 것으로 유명한 장소였다. 그에게 린치를 가한 망나니 3인조도 그런 역사적 맥락을 염두에 둔 것일까?

서둘러야 한다!

에단은 그 구역의 지리를 잘 몰랐지만 가능한 한 서둘러 움직일 필요가 있었다. 잘려나간 손가락을 손에 쥔 그는 큰길인 모트 가로 향했다. 그는 열에 뜨고 숨을 헐떡이며 수수께끼 같은 한자(漢字)들 투성이인 거리를 발길 닿는 대로 달렸다. 깜박이는 네온간판으로 둘러싸인 수많은 상점 가운데에서 건재상의 진열창이 눈에 띄었다. 거기에는 말린 해마, 호랑이뼈, 코뿔소뿔, 기적의 조류 독감 치료제 운운하는 글귀가 적혀 있었다. 그는 상점의 문을 밀고 들어가 내부를 훑어보았다. 수십 개의 플라스틱 통에 각종 식물의 잎, 꽃, 줄기, 뿌리들이 담겨 있었다.

에단은 이내 필요한 물건을 찾아냈다. 고객들이 약재를 담아 가는 지퍼 달린 비닐 봉투였다. 그는 비닐 백 하나를 집어 들고 잘려나간 두 개의 손가락을 집어넣었다.

서둘러야 한다!

에단은 비닐 봉투를 손에 쥐고 식당들이 늘어선 멀베리 가를 질풍처럼 내달렸다. 달리면서도 그는 눈으로 식당들을 하나하나 살펴보기 시작했다. 이윽고 생선 진열대가 나왔다. 그는 진열대 위로 고꾸라지기 일보직전이었지만, 마지막 안간힘을 다해 가까스로 버티고 섰다. 분쇄된 얼음 더미 위에 놓여 있는 두툼한 황새치를 치워버린 그는 테라스 탁자 위에 놓인 대나무 찜기를 집어 들고 가능한 한 많은 양의 얼음을 담았다.

찜기는 생선을 찔 때 사용하는 것이었다. 그는 잘려나간 손가락들이 회저를 일으켜 영영 기능을 회복하지 못하는 걸 방지하기 위해 손가락이 담긴 지퍼백을 얼음 속에 묻고 찜기 뚜껑을 덮었다.

이제, 달려야 한다!

달려야 한다!

달려야 한다!

*

차이나타운, 여느 토요일과 다를 바 없는 토요일 오후.

차이나타운, 나름의 규칙과 코드를 지닌 도시 속의 도시. 차이나타운과 빽빽하게 들어찬 사람들, 한자(漢字), 사원의 탑을 연상시키는 지붕.

서늘한 콜럼버스 파크에서는 한 무리의 중국 노인들이 마작 게임에 열중하고 있고, 다른 한 무리는 따로 떨어진 채 느릿하지만 정확한 동작으로 타이치권을 하고 있다.

절 근처, 채텀스퀘어를 따라 한 남자가 숨을 헐떡이며 뛰고 있다. 그의 몸은 온통 피와 땀으로 얼룩져 있다. 그는 흉막에 심각한 상처를 입었고, 두 개의 손가락이 잘려 나갔으며 갈비뼈가 한 대 부러지고 간과 배에 타격을 입었다. 그의 두 뺨을 타고 눈물이 흘러내린다. 보통의 경우라면 그 자리에 고꾸라지는 게 당연할 만큼 힘겹지만 그는 계속 달린다. 손에 대나무 찜기를 든 채.

이상한 일이다. 그는 태어난 이래 가장 혹독한 하루를 보내고 있고, 죽음이 멀지 않아 보인다. 하지만…….

믿을 수 없겠지만 바로 이 순간 그는 그 어느 때보다도 살아 있다는 걸 실감한다. 그는 조금 전 길 위에서 깨닫는다. 마침내 몇 달 전부터 빠져들기 시작한 심연의 바닥에 이르렀음을. 그는 다시 일어선다. 안간힘을 다해 바닥을 박차고 도약한 덕분에 가라앉지는 않았다. 그 도약을 위한 발길질만으로 잘못 내디딘 길에서 헤어나 물위로 올라올 수 있을지는 그 자신도 알지 못한다. 이미 돌이킬 수 없는 지점을 지나 버렸는지도 모른다. 지금 그의 머릿속에 있는 생각은 오직 한 가지, 쓰러지지 않고 세인트주드 병원까지 계속 뛰어야 한다는 것뿐, 몇 분 후 병원 문을 밀고 들어간 그는 홀에 나동그라진다.

프라다 양복과 옥스퍼드 셔츠를 피로 흠뻑 적신 채.

10. 인스턴트 카르마

자신이 지자(知者)임을 알고 있는 사람, 그의 말에 귀를 기울이라.
자신이 무지하다는 것을 알고 있는 사람, 그를 가르치라.
자신이 지자임을 모르고 있는 사람, 그를 깨우라.
자신이 무지하다는 것을 모르고 있는 사람, 그를 피하라.
—중국 속담

10월 31일 토요일
오후 3시 25분
세인트주드 병원

시노 미츠키 박사는 지혈을 끝낸 환자의 손을 면밀히 살펴보았다. 그는 환자의 손을 압박붕대로 싸맨 다음 잘려나간 두 개의 손가락 마디를 소독해 얼음이 깔린 방수습포 위에 올려놓았다. 손가락들은 비교적 상태가 좋은 편이었다. 아직 의식을 회복하지 못하고 있는 환자는 절단된 손가락들을 얼음에 직접 닿지 않게 비닐에 담아두는 응급조치를 취해 혈관이 끊긴 부분의 조직 손상을 막았다.

시노는 잠시 접합수술의 성공 가능성을 가늠해보았다. 절단면은 깨끗했다. 으스러지거나 찢어진 것보다는 나았다. 접합수술을 한 손가락의 회복은 어느 부위가 절단되었는가에 따라 달라진다. 손가락의 마지막 마디가 절단되는 경우 가장 성공률이 높지만, 그 경우에도 접합된 손가락의 감각이 회복되지 않는 경우가 많았다.

환자는 피를 많이 흘렸지만 아직 젊은 편이어서 희망을 가질 만했다. 상의 주머니 밖으로 보이는 담뱃갑으로 확인되는 환자의 흡연은 회복에 전혀 도움이 되지 않을 것이다. 흡연은 아테롬성 동맥경화를 일으켜 혈전증을 일으킬 위험이 높았다.

"박사님, 어떻게 할까요?"

응급처치를 보조한 수간호사가 물었다.

시노는 한 순간 망설이고 나서 대답했다.

"한번 해봅시다."

시노는 환자에게 부분 마취제를 주사하면서 어쩌다가 이 지경이 되었는지 의문을 품지 않을 수 없었다. 환자의 상처가 폭력이나 고문에 의한 것으로 의심될 경우 경찰에 알리는 게 원칙이었다. 이 남자는 정원의 잔디를 깎거나 아이들의 방에 달아줄 선반을 만들다가 손가락이 잘려나간 건 분명 아니었다.

*

5시 30분

"절대로 움직이지 말아요!"

에단이 눈을 떴을 때 시노 미츠키는 두 시간째 수술을 하고 있었다. 잘려나간 손가락을 나사로 고정시켜놓은 그는 이제 혈관과 신경을 봉합하는 중이었다.

에단은 한참 시간이 흐르고 나서야 상황을 파악했다. 머릿속이 온통 끔찍한 장면들이 좌충우돌하는 미로 속 같았다. 제시, 셀린, 베일에 싸인 붉은 머리 여자, 에밀 쿠스타리차의 클론 같은 사내와 무시무시한 집게 칼…….

"내 손가락……."

에단이 의사 쪽으로 몸을 돌리며 걱정스럽게 말했다.

"여기 잘 모셔두었으니 걱정 말아요. 당신은 지금 마취상태입니다. 절대로 움직이면 안돼요!"

시노가 말했다. 그는 신경관과 힘줄을 연결한 다음 100분의 1밀리미터 굵기의 미세 바늘과 실로 혈관을 꼼꼼하게 접합하기 시작했다.

의사와 환자가 규칙적으로 대화를 주고받는 가운데 수술은 그로부터 3시간이나 더 진행되었다.

오후 6시 5분

"아파요."

에단이 자신의 배를 가리키며 말했다.

"인생은 고해죠. 탄생도 노쇠도 실연도 죽음도 모두 고통입니다."

시노가 응수했다.

오후 6시 52분

에단이 계속해서 몸을 뒤척이자 시노가 엄한 목소리로 주의를 주었다.

"당신 안에는 초조감과 분노가 너무 많아요."

에단은 미안하다는 뜻으로 고개를 숙이며 어깨를 으쓱해 보였다.

"분노가 당신을 죽게 만들 겁니다."
시노가 혼잣말처럼 되풀이했다.
"분노는 정신건강에 좋아요. 분노가 바로 반항이니까요."
에단이 반박했다.
시노는 고개를 내젓고는 한 순간 고개를 들어 엄한 눈길로 환자를 바라보았다.
"분노란 무지에서 나오죠. 그리고 무지는 고통입니다."

오후 7시 28분
간호사가 이미 알아본 모양이지만 시노는 묻고 싶었던 질문을 직접 하기로 했다.
"이 상처들은 모두 어떻게 생긴 겁니까?"
"간호사에게도 말했다시피 사고였어요."
"누가 저지른 사고죠?"
"운명의 장난이었다고 해두죠."
에단은, 그날 오후 만났던 택시기사를 떠올리며 대답했다.
"운명이란 존재하지 않습니다. 운명이란 삶에 대한 책임을 회피하고자 하는 사람들이 내세우는 구실일 뿐이죠."
시노가 냉정하게 잘라 말했다. 그는 한 순간 침묵 속에 빠져드는 듯했다가 이내 말을 이었다.
"사람은 뿌린 대로 거두는 법입니다."
"카르마(업)의 법칙인가요?"
"그래요. 선한 행동은 복에 이르고, 악한 행동은 고통을 부르지요."
시노가 확신을 갖고 말했다. 그는 잠시 입을 다물었다가 이렇게 덧붙였다.

"이 생에서든, 다음 생에서든 말입니다."

에단은 침묵을 지켰다. '제다이'를 자처하는 이 외과의사에게 무슨 말을 한단 말인가? 카르마의 정화는 그 역시 늘 흥미로워하는 부분이었다. 불교적 방식으로 세상을 보면 모든 게 간단히 해결된다. 하지만 현실은 또 다른 문제였다.

에단은 몇 시간 전 만났던 커티스 네빌의 상반되는 주장을 떠올렸다. 그 택시기사는 인간에게 정해진 운명은 어떤 경우에도 달라지지 않을 것이라고 하지 않았던가?

우리는 삶에서 얼마나 자유로운가?

삶을 좌우하는 건 운명인가, 카르마인가?

밤 8시 52분

수술이 모두 끝났다. 에단은 병실 침대 위에 누워 있었다. 튜브를 통해 진통제와 혈전방지제가 그의 몸으로 주입되고 있었다.

의식하지 못하는 사이에 벌써 어둠이 내려앉았다.

시노 미츠키 박사가 마지막 주의사항을 말하기 위해 병실로 들어섰다. 그는 에단의 상의에서 꺼내두었던 말보로를 손에 든 채였다.

"단 한 개비의 담배만으로도 당신은 동맥경련을 일으킬 수 있어요."

침대로 다가온 시노는 손을 살펴보다가 수술한 손가락들을 살며시 눌러보았다.

"아아!"

"단 한 개비의 담배만으로도 손가락을 영영 쓰지 못하게 될 수도 있어요. 이 빌어먹을 담배 한 개비로 내가 오후 내내 해놓은 수술이 수포로 돌아갈 수도 있다고요!"

"잘 알겠습니다."

"접합된 손가락들이 제대로 기능할 수 있을지 여부는 열흘 정도 지나야 알 수 있습니다."

"잘 알겠습니다. 그럼 조심스럽게 깍지를 끼어두죠."

에단이 분위기를 누그러뜨리기 위해 농담을 했다.

하지만 시노는 그 말이 농담이라는 사실조차 의식하지 못한 듯했다. 그의 표정은 늘 그렇듯 진지했다.

에단은 그의 눈을 응시하며 말했다.

"이 모든 일에 대해 감사드립니다."

"난 당신에게 그 이상의 도움을 주고 싶었습니다. 어둠에서 헤어날 수 있는 길, 자기 자신에 대한 무지에서 벗어날 수 있는 길을 한시바삐 찾을 수 있기를 바랍니다."

시노가 유리벽 앞에 서며 말했다.

에단은 그 의사가 자신에 대해 훨씬 많은 것을 알고 있는 듯한 인상을 받았다. 얼마 전 택시기사를 만났을 때와 흡사한 느낌이었다. 그가 현자인지 광인인지 애매한 것도 비슷했다.

"그 길은 당신 스스로 찾아내야 합니다."

시노가 방에서 나가려다가 돌아보며 말했다.

"지혜는 저저 주어지는 게 아닙니다. 그럴 수 있다면 그건 결코 지혜가 아니겠지요."

*

에단은 외과의사의 말을 보다 깊이 생각해볼 여력이 없었다. 온몸의 힘이 다 빠져 달아난 걸 느끼며 잠이 들려는 순간 침대 옆 탁자 위에 놓아둔 휴대폰이 울렸다.

에단은 성한 손으로 힘겹게 단말기를 집어 들고 수신된 메시지를 확인했다. 리지에게서 전화를 바란다는 메시지가 여러 개 와 있었다. 그는 리지에게 전화를 걸려다가 그만두었다. 이 모든 상황에 대해 어떻게 설명해야 할지 알 수 없었기 때문이다.

에단은 신문기자들에게서 온 메시지, 강연취소요청 메시지 따위를 대략 훑어보았다. 그 다음에는 항구의 보안업체가 보내온 동영상 첨부 메시지에 주목했다.

또 무슨 일이 일어난 것일까?

작년 강도사건이 일어난 후 에단은 수상한 사람이 요트의 일정 거리 이내에 접근할 경우 촬영된 동영상을 즉각 보내주어야 한다는 조항을 계약서에 추가했다. 동영상에는 야구모를 쓴 남자가 요트의 상갑판 위에서 선실문을 두드리는 장면이 담겨 있었다. 영상이 흐릿해 얼굴을 쉽게 분간하기 어려웠다. 남자가 고개를 드는 순간 에단은 즉각 그가 누군지 알 수 있었다.

지미!

에단은 지난 14년 동안 지미를 만나지 못했다.

지미가 삶이 산산조각 난 오늘 왜 나를 찾아온 것일까?

*

밤 11시 57분

에단은 자정이 다 되어갈 무렵 눈을 떴다. 지미가 찾아온 이유가 뭔지 생각하다가 깜박 잠이 든 듯했다. 간호사가 간간이 들락거리며 혈액순환을 체크하는 게 거추장스러웠지만 고통을 가라앉혀주는 숙면이었다. 잠자기 전보다 한결 기분이 편안해졌다.

에단은 아주 오랜만에 처음으로 자기 자신의 삶을 냉정하게 바라볼 수 있었다. 돌이킬 수 없는 지점까지 다다랐다가 가까스로 최악의 상황만은 면한 셈이었다. 그는 어렵게 쌓아올린 부와 명성 그리고 사랑을 잃었다. 대부분의 사람들은 신이든 섭리든 운명이든 사랑이든 자신만이 믿는 바가 분명 있다. 사람에게 신념은 삶을 지탱해나갈 수 있는 힘이니까.

에단은 자신이 무엇을 믿는지 생각해보았다.

야망과 돈? 그런 것들이 궁극적인 가치일까?

아직 늦지 않았으리라, 그것을 바꾸기에.

에단은 침대에서 힘겹게 몸을 일으켰다. 몸 여기저기가 욱신거렸고, 뼈가 크리스털처럼 약해진 느낌이었다. 그는 몸에 매달린 여러 개의 튜브를 끌면서 조심스레 침대를 벗어났다.

에단은 이스트 강이 내려다보이는 테라스로 나갔다. 어둠 속에서 불어대는 바람소리와 불빛이 뒤섞인 가운데 떨어져 내리는 빗소리가 요란했다.

에단은 유리문을 열고 그 앞에 섰다.

오늘 그는 모든 걸 잃었지만 아직 살아 있었다.

무엇보다도 그는 15년 전처럼 현재까지의 삶을 지워버리고 싶다는 강렬한 욕구를, 새로운 삶을 찾아 다시 시작하고 싶은 의욕을 느꼈다.

모든 활동을 중단하리라. 재산을 처분해 빚을 청산하게 되면 미국을 떠나리라.

정신 나간 계획일지 모르지만 그는 셀린을 되찾을 생각이었고, 아직 그럴 만한 힘이 남아 있다고 자신했다.

"가장 멋진 삶은 아직 오지 않았어."

에단은 거울 같은 강물 위로 반사되는 수많은 불빛을 응시하며 혼잣말을 했다. 빗소리와 바람소리 때문에 그는 병실 문이 살며시 열리는 소리를 듣지 못했다. 다만 유리창에 비치는 그림자를 보고 누군가 병실에 들어섰다는 걸 알 수 있었다.

에단은 뒤를 돌아보았다. 총구가 그를 겨누고 있었다.

누굴까?

에단은 그 자리에 얼어붙었다. 병실은 어둠 속에 잠겨 있어 권총을 든 사람의 얼굴이 보이지 않았다. 권총의 은빛 손잡이만이 어둠 속에서 빛을 발할 뿐이었다.

첫 번째 총알이 발사돼 그의 가슴을 관통했다. 그의 몸은 테라스로 튕겨져 나갔다. 그는 영문을 알지 못한 채 성한 손으로 배를 움켜쥐었다.

검은 그림자가 단호한 걸음으로 그를 향해 다가왔다.

누굴까?

그림자가 다시 한 발을 발사했다.

두 번째 총알은 머리에 박혔다.

에단은 신음을 내지르며 방어하듯 두 손을 뻗었다. 얼굴 위로 떨어진 차가운 빗물이 피와 뒤섞이며 두 눈이 흐려지는 게 느껴졌다. 그는 그 와중에도 마지막 힘을 짜내 살인자의 얼굴을 보기 위해 안간힘을 썼다.

누굴까?

에단은 알고 싶었고 반드시 알아야만 했다.

세 번째 총알이 두개골을 산산조각 냈다. 에단의 몸과 거기에 매달려 있던 튜브들을 테라스 난간 저 너머로 날려 보내며.

도무지 알 수 없는 일이었다. 몇 초 전에 새로운 출발을 다짐했는데 갑자기 산 자들의 세계에서 추방당하게 되다니.

누굴까?

에단의 몸은 발코니에서 30여 미터 아래로 추락해갔다. 병원 주차장의 콘크리트 바닥에 떨어져 죽는 게 주어진 그의 운명이었던가?

에단은 좀 가혹한 벌이라고 생각했다. 섬광처럼 스쳐가는 마지막 의식 속에서 그는 도대체 총을 쏜 사람이 누군지 다시 한 번 자문했다.

영원히 그 대답을 얻을 수 없으리라.

에단은 바람에 휘감기고 비에 씻긴 몸이 허공에서 발버둥치는 모습이 보이는 듯했다. 그의 머릿속에서 두 개의 이미지가 겹쳐 떠올랐다. 우선 떠오른 사람은 제시였다. 왜 그 아이에게 시간을 내주는 것에 그토록 인색했던가? 곧이어 어린 시절의 추억이 떠올랐다. 그의 유일한 친구인 지미와 처음으로 담배를 피우던 장면이었다.

이런 제기랄!

그토록 거듭해서 잘못된 결정을 내리다니. 그토록 허망하게 삶을 낭비하다니.

마지막 생각은 줄곧 셀린에게 머물렀다. 오늘 그녀를 잠깐이나마 만날 수 있어 기뻤다. 웨딩드레스를 입은 그녀는 역시 무척이나 아름다웠지만 그다지 행복해 보이지는 않았다. 그는 기억을 더듬어 또 다른 장면을 떠올렸다. 셀린과 사랑을 시작할 무렵의 어느 봄날 워터택시 비치에서, 맨해튼의 스카이라인이 한눈에 올려다보이는 그 멋진 해변에서 찍었던 사진……. 그 사진 속 연인들의 눈매에는 행복한 웃음과 미래에 대한 확신이 가득 들어차 있었다.

에단은 가능한 한 오래도록 그 이미지를 떠올리고 싶었다.

죽는 순간에 옆을 지켜주었으면 하는 사람은 바로 그녀였다.

11. 상사병

캄캄한 영혼의 어둠 속에서
시간은 언제나 새벽 세 시다.
―프랜시스 스콧 피츠제럴드

토요일 밤부터 일요일 새벽

2시 45분까지

맨해튼 44번가

셀린 팔라디노는 호텔 욕실에서 화장을 지우는 중이었다. 세바스티앙은 방에서 막 잠이 들었다. 그녀는 웨딩드레스를 벗고 거울 속의 얼굴을 바라보았다.

이젠 뭘 해야 하나?

셀린은 뻣뻣해진 머리카락을 손가락으로 헝클어뜨리면서 살짝 튀어나온 광대뼈, 아몬드처럼 가늘고 긴 눈의 얼굴을 꼼꼼히 살폈다. 어깨에 새긴 인디언식 문신이 보였다. 에단과의 사랑이 깊어지기 시작했을 때 새긴 문신이었다.

에단······.

셀린은 오늘 그를 다시 만났지만 몇 분 만에 헤어졌다. 어긋난 몇 마디의 말은 서로에게 안타까운 감정만 자아냈을 뿐이었다. 오늘 오후에 만나본 에단은 지치고 상처입기 쉬운 모습이었다. 그런데도 그녀는 그를 비판하지 않았던가. 그에게 솔직한 속마음을 털어놓는 대신 결혼식이 진행되는 동안 무슨 일인가 일어나주기만을 간절히 바랐다. 에단이야말로 평생을 함께 할 남자라는 생각에 변함이 없었다. 일생에 걸쳐 줄곧 찾아야 할 사람, 자기 안의 악마를 모두 보여줄 수 있는 사람, 그럼에도 그녀를 사랑해줄 사람······.

이젠 뭘 해야 하나?

셀린은 호화롭기 짝이 없는 이 호텔 방에서 마치 희극배우가 된 듯한 느낌에 사로잡혔다. 너무 오랫동안 어울리지 않는 역할에 스스로를 방치해버린 느낌이었다. 세상과 친구들, 가족들의 기대에 부응해 양보하고 타협하느라 정작 자신의 진정한 삶으로부터 이방인이 되어버렸다. 이따금 찾아들어 내면을 황폐하게 만드는 고독감이 물밀듯이 밀려들었다.

도망치자.

셀린은 진에 셔츠, 검은 풀오버를 입고 낡은 키커 부츠를 신었다. 그녀는 합리적으로 생각을 가다듬어보려는 시도조차 하지 않은 채 불현듯 엄습한 그 불합리한 힘에 자기 자신을 내맡겼다.

마녀가 돌아온 것이다.

모두들 몹시 실망하게 되리라. 세바스티앙은 물론이고, 인생에서 가장 아름다운 행사인 결혼을 축하해주기 위해 뉴욕까지 날아온 부모님과 가족들까지.

아무도 이해하지 못하리라. 이런 식의 무책임한 결별을.

셀린은 조용히 욕실 문을 열었다. 세바스티앙은 여전히 잠든 채였고, 방문 옆에는 내일 아침 하와이로 떠나기 위해 꾸려놓은 신혼여행 가방이 놓여 있었다. 그녀는 자기 가방에 세면백을 밀어 넣었다.

셀린은 다시 에단을 떠올렸다. 진정으로 그녀를 이해해준 단 한 사람. 다른 사람들의 눈에는 그저 친절한 셀린, 진지한 학생, 아름다운 스튜어디스, 너그러운 교사의 모습으로만 보이던 그녀에게서 깊은 심연을, 고독을, 영혼의 균열을 간파해낸 유일한 사람······.

셀린은 진주 빛 도는 회색 외투를 걸치고 마지막으로 한 번 더 방을 둘러보고 나서 문을 나섰다.

복도.

엘리베이터.

후회 같은 건 없었다.

셀린은 파리에서 '레스토랑 뒤 쾨르', '핑크 블라우스', 아동보호소 같은 자선단체의 자원봉사자로 일했다. 주거부정자, 마약중독자, 창녀들과 함께 일하면서 그들의 고통을 깊이 이해했고, 자신의 고통으로 받아들였다. 요컨대 그녀가 삶에서 잘할 줄 아는 거라고는 자원봉사가 전부였다. 고통에 빠진 사람을 구하는 것, 하지만 그만큼 고상한 일이 또 어디 있겠는가?

어디로 갈까?

셀린은 언젠가 에단의 아이를 갖게 될 것이고, 모성이 그녀의 열정을 따스한 사랑으로 변모시켜 주리라는 확신을 은연중 갖고 있었다. 하지만 이제 그런 일은 결코 일어나지 않으리라. 그녀는 다른 남자의 아이는 원하지 않았다.

도망치자. 하지만 어디로 간단 말인가?

셀린은 호텔 로비로 내려와 비어 있는 컴퓨터 앞에서 걸음을 멈췄다. 그녀는 인터넷을 열고 자신의 은행 사이트에 접속했다. 몇 번의 클릭으로 그녀는 자신의 계좌들에 있는 돈을 전부 현금계좌로 이체시켰다.

셀린은 44번가로 나섰다. 거리의 모든 걸 쓸어갈 듯 거센 폭풍우가 밀어 닥쳐 지붕이 흔들리고 지하철역과 하수구 주변이 물에 잠겨 있었다. 호텔 안내원이 그녀에게 다가오더니 '옐로 캡'의 파업에 대비해 호텔 측에서 마련해둔 차에 탈 것을 권유했다. 그녀가 제안을 받아들이려는 순간, 뜻밖에도 택시 한 대가 몇 미터 떨어진 곳에서 멈춰서는 게 보였다.

셀린은 잠시 망설였다. 차체가 둥그스름한 구 모델 택시였다. 지붕에 달린 표지판에 불이 들어와 있었다. 운행 중이 아니라는 표시였다.

"태워드릴까요, 아가씨?"

하지만 기사가 차창을 내리며 그녀에게 물었다.

머리를 박박 민 거구의 흑인으로 얼굴에서 선한 느낌이 풍겨나왔다.

셀린은 택시의 뒷좌석에 올라탔다. 그녀는 흥미와 놀라움이 섞인 눈길로 차안을 도배하다시피 한 마르세유 타로카드와 아이 그림을 둘러보았다. 카오디오에서 〈더 하트 오브 더 새터데이 나이트〉가 흘러나왔다. 톰 웨이츠의 거친 목소리에는 멜랑콜리하면서도 사람의 마음을 안심시켜주는 무엇인가가 깃들어 있었다.

"케네디 공항으로 가주세요."

셀린은 그렇게 말하면서 빗물이 흘러내리는 차가운 차창에 이마를 기댔다.

*

케네디 공항
새벽 3시 42분

셀린은 택시기사에게 팁까지 주고 출국 터미널로 들어섰다. 그녀는 터미널의 드넓음과 한적함에 어리둥절해하며 몇 분간 여기저기를 왔다 갔다 했다. 그녀의 아이팟에서는 비요크의 차가운 목소리와 라디오헤드의 흡혈늑대 같은 목소리에 이어 베코의 오래된 샹송이 흘러나왔다. 지금 그녀의 심정에 꼭 맞는 가사였다.

그래 이제 난 무엇을 하지?
네가 떠나버린 지금.
넌 내게 지구 전체를 남겨주었지만,
너 없는 지구는 얼마나 좁은지.

셀린은 출발 시간을 알려주는 전광판을 향해 눈길을 들었다.
로마, 로스앤젤레스, 오타와, 마이애미, 두바이······.
어디로 도망쳐야 부재의 고통이 치유될 것인가?
요하네스버그, 몬트리올, 시드니, 브라질리아, 베이징······.
어디로 도망쳐야 고통스런 과거의 그림자, 현재의 이 상처로부터 벗어날 수 있을까?
아메리카 에어라인의 카운터에서 그녀는 홍콩행 편도 비행기표를 구입했다.

2시간 후에 떠나는 비행기였다.

*

새벽 3시 51분
맨해튼
호텔 소피텔 2904호

세바스티앙은 울어서 충혈된 눈으로 욕실 거울 위에 립스틱으로 휘갈겨 쓴 글귀를 뚫어져라 바라보았다.

미안해요.

세바스티앙은 온몸에 기운이 쑥 빠져나가는 걸 느꼈지만 그리 놀라지는 않았다. 조금 전 셀린이 떠날 때 그는 깨어 있었지만 짐짓 잠든 척했다. 떠나는 신부를 보고도 그 어떤 행동도 취할 수 없었고, 돌처럼 굳어진 몸을 움직일 수조차 없었다.
 이제 무엇을 해야 할까? 가족들에게, 럭비를 같이 하는 친구들에게, 식당의 고객들에게 어떻게 설명할까? 곰곰이 생각해보면 단지 그가 모른 척하고 싶었을 뿐 파경의 뿌리는 이미 깊숙이 자리 잡고 있었던 셈이다.
 세바스티앙은 눈을 감고 셀린이 그간 헌신해온 활동을 떠올렸다. '레스토랑 뒤 쾨르', 아동보호소, 병원에서의 자원봉사……. 그런 식으로 시간을 투자하는 걸 그는 도저히 이해할 수 없었다. 곧 사라져버릴 수도 있는 생각이나 인상, 사념 같은 것들을 발작적으로 수첩에 적어 넣던 셀린의 괴벽은 더더욱 이해할 수 없었다. 아기 문제만 해도 의아할 따름이었다. 여러 의사를 만나고 검사를 받고 생리적으로 아무런 이상이 없다는 진단을 받았지만 그들은 끝내 아기를 가질 수 없었다.

한밤중 창문 앞에서 못 박힌 듯 우두커니 서 있는 그녀를 발견한 게 몇 번이었던가? 그녀의 생각은 아득히 먼 어딘가에 가 있는 게 분명했다. 그때마다 그는 그녀가 도대체 무엇을, 누구를 생각하고 있는지 늘 궁금했다.

세바스티앙은 오늘 오후 식이 시작되기 몇 분 전에 나타난 낯선 남자를 대하는 순간 커다란 위협을 느꼈다. 그 남자의 눈 속에는 셀린의 그것과 똑같은 고뇌가 깃들어 있었기 때문이다. 두 사람이 이야기를 나누는 모습을 지켜보는 동안 그는 그들 사이에 마치 전류가 흐르는 듯한 느낌을 받았다. 심장을 다시 뛰게 만들었다가 아예 멈추게도 하는 전기 충격 같은 전류, 번개만큼이나 강력한 고압 전류가. 그때 예식 때 모면한 모욕의 순간을 침실에서 더 지독하게 맞이하는 게 아닐까 하는 불안을 느끼지 않았던가. 최근 몇 달 동안 그는 여러 차례 그녀가 어딘가 아픈 건 아닐까 생각했다. 그 문제를 의사인 친구와 상의해보기도 했다. 의사 친구는 그녀가 우울증을 앓고 있는 것 같다고 진단했다.

하지만 사실은 우울증보다 더 심각한 병을 앓고 있었다.

그녀가 앓고 있는 병은 상사병이었다.

*

새벽 4시 7분

케네디 공항

셀린은 출국 게이트 근처 서점에서 프랑스 영부인 세실리아가 표지에 나온 〈파리 마치〉 최신호와 〈헤럴드 트리뷴〉지를 샀다.
서점 직원이 베스트셀러 진열창의 자기계발서 코너의 도서를 재진열하는 중이었다. 그는 가득 쌓여있던 에단 휘태커의 최신간을 들어내 종이상자 속에 집어넣고 나서 실물크기 광고용 전신사진도 철거했다.
계산대 위에 매달린 텔레비전에서 NSNBC 방송의 간추린 뉴스가 흘러나오고 있었다. 피투성이가 된 사람 옆에 주저앉은 한 남자의 모습이 화면 위에 비춰졌다. 곧 심야 뉴스 진행자의 설명이 뒤를 이었다.

……오늘 열네 살짜리 소녀가 저명한 정신과의사 에단 휘태커의 진료실에서 자살로 짧은 생을 마감했습니다. 바로 오늘 아침 〈뉴욕 타임스〉가 미국을 사로잡은 정신과의사라고 격찬했던 에단 휘태커의 명성은 땅에 떨어지고…….

에단의 이름을 들은 셀린이 화면을 향해 눈길을 드는 순간, 화면속의 여기자는 갑자기 하던 말을 멈추더니 이제 막 들어온 전송내용을 확인하려는 듯 귀에 꽂은 이어폰을 손가락으로 눌렀다. 카메라는 캄캄한 어둠 속에 잠긴 병원주차장, 앰뷸런스의 깜박이는 불빛, 경찰차, 노란색 접근금지 띠를 차례로 비추었다.

……지금 막 들어온 소식입니다. 여러 발의 총격을 받고 숨진 에단 휘태커의 시신이 조금 전 세인트주드 병원 주차장에서 발견되었

습니다. 그는 몇 시간 전 그 병원에 입원한 것으로 알려졌습니다. 복수일까요, 원한이나 치정 때문일까요? 앞으로 경찰조사가 이루어져야 좀 더 확실한 내용을 알 수 있을 것 같습니다. 그 동안……

"부인?"
갑자기 불안에 사로잡힌 서점 판매원이 의자에서 일어섰다. 고객 하나가 서점 안에서 졸도한 것이다.
"부인? 괜찮으세요? 부인?"

새벽 4시 20분
세인트주드 병원

커티스 네빌은 피곤한 몸으로 병원 주차장에 차를 세운 다음 식당 엘비스 디너의 문을 밀고 들어섰다. 야간에 일을 할 때면 그는 이 병원의 응급실 출입구 맞은편에 위치한 복고풍의 패스트푸드점을 애용해왔다. 열차의 객차칸을 개조해 만든 식당이었다. 한밤중이어서인지 손님이라고는 환자를 돌보다가 잠시 쉬러 나온 간병인들이 대부분이었다.
커티스는 카운터로 다가가 햄버거와 프렌치프라이, 구운 베이컨 몇 조각을 주문했다. 식당 한구석에서 시노 미츠키 박사가 샐러드 접시와 수프 그릇을 앞에 놓고 꼿꼿이 앉아 있었다. 동요라고는 전혀 찾아볼 수 없는 얼굴이었다.
"앉아도 되겠습니까?"
시노 미츠키는 천천히 고개를 들어 거구의 흑인을 바라보았다. 그는 앉아도 좋다는 뜻으로 고개를 한 차례 끄덕였다.

커티스 네빌은 쟁반을 내려놓고 인조가죽으로 마감된 긴 의자에 앉았다. 시노는 그의 왼쪽 눈이 푹 꺼져 있는 것과 손가락 관절 위에 L.O.V.E.와 F.A.T.E.라는 글자가 새겨져 있는 것을 보았다.

한 순간 그들의 시선이 서로 만났다.

오늘 밤 운명과 카르마가 한 탁자에서 식사를 했다.

새벽 4시 30분

갈매기들이 어둠 속에서 맴을 돌며 소리 내어 운다.

루즈벨트 섬의 맞은편 낡은 장방형 건물. 뉴욕 법의학협회.

건물 안의 널찍한 지하.

반투명 유리벽으로 둘러싸인 방. 병원 냄새, 공포의 냄새, 죽음의 냄새가 풍기는 방. 인간의 비탄과 고독이 절정에 이르는 곳.

철제 이동침대 두 대가 나란히 놓여 있다.

첫 번째 이동침대 위에는 사지가 탈구되고 여러 군데 총상을 입은 남자의 시신이 뉘어져 있다. 그는 삶에서 잘못된 선택을 거듭했다. 아무리 그래도 자기가 왜 죽었는지에 대해서는 알 자격이 있었건만.

또 다른 이동침대 위에는 두개골 일부가 사라지고 없는 소녀의 시신이 놓여 있다. 밀랍 같은 소녀의 얼굴은 청색증으로 파랗고, 표정은 무서운 죽음의 공포로 일그러져 있다.

소녀는 도움을 요청했지만 그 호소는 응답을 받지 못했다.

두 사람은 오늘 잠시 마주쳤지만 진정으로 만나지는 못했다.

그들의 뿌연 눈동자는 어딘가 다른 곳을 응시하는 듯했다.

이 낯설고 두려운 장소.

우리 모두가 가야 할 곳.

12. 그 다음날……

삶은 놀라운 경이다. 죽음이 그보다 더 큰
놀라움이 아닐 이유가 어디 있는가?
―블라디미르 나보코프

오늘 아침

7시 59분 58초

7시 59분 59초

8시

소스라침.

에단은 한손을 뻗어 몇 초간 더듬거리다가 이윽고 요란하게 울려대는 자명종 소리를 잠재웠다. 열에 들뜬 채 갈증과 두려움에 찬 그는 퍼뜩 자리에서 일어나 주위를 둘러보았다. 요트 안은 고요했고, 천창으로부터 황금빛 햇살이 밀려들었다. 그곳은 그의 집, 그의 요트 안이었다.

이럴 수는 없었다. 그는 세 발의 총을 맞고 30미터 아래로 떨어지지 않았던가! 그는 죽지 않았던가!

　에단은 손목시계를 보고 날짜를 확인했다. 10월 31일 토요일이었다. 그는 고개를 돌렸다. 적갈색 머리카락을 한 젊은 여자가 시트로 몸을 감싼 채 역시 그의 옆에 누워 있었다. 눈같이 하얀 피부, 타오르는 듯한 붉은색 머리카락, 몇 개의 붉은 점들.

　에단은 튕겨지듯 침대에서 내려섰다. 갑작스러운 두려움에 사로잡힌 그는 거실로 통하는 층계를 올랐다가 상갑판으로 나왔다. 햇빛, 바닷바람, 갈매기 울음소리, 막 시작된 가을 추위, 유리와 화강암으로 지어진 고층 건물, 온실, 사람들이 조깅을 하는 나무 우거진 산책길, 바다, 도시, 활기…….

　삶이었다!

　에단은 가슴이 쿵쾅쿵쾅 뛰는 걸 느꼈다. 몇 초 만에 두려움이 희열로 바뀌었다. 꿈이었다! 모든 게 꿈에 지나지 않았다! 그 모든 게 머릿속에서 벌어진 일일 뿐이었다. 그건 그의 머릿속의 드라마, 지나치게 정신력이 쇠약해진 한 남자가 상상해낸 허구일 뿐이었다. 최근에 그는 술과 코카인, 우울증 약을 지나치게 사용하지 않았던가?

　빌어먹을 악몽 같으니라고!

　티셔츠는 땀으로 흠뻑 젖어들었고, 극심한 갈증이 일었다. 엉겨 붙은 눈썹을 추스른 그는 티크 의자에 털썩 주저앉았다. 몸이 덜덜 떨려왔고, 눈물이 두 뺨을 타고 흘러내렸다. 그는 그곳에서 바람을 맞으며 이 세상에서 가장 짜릿한 희열을 맛보았다. 최악의 상황을 맞아 죽은 줄 알았는데 아직 살아 있다는 데서 오는 희열이었다. 그 지긋지긋한 악몽을 꾸는 동안 그는 진정한 자기 자신을 찾는, 고통스럽긴 해도 보람찬 여행을 했다. 그 악몽을 통해 그는 자신의 삶이 거짓과 두려움,

가식 속에 갇혀 있었다는 인식에 이르렀다. 이제 그의 삶은 다시 의미를 갖게 되었다. 삶은 신성하고 소중한 것이었다. 그 삶을 더 이상 낭비하지 말아야 했다. 그 삶으로 의미 있는 뭔가를 이루어내야 했다.

에단은 선실로 내려가 재빨리 샤워를 했다. 머릿속은 온통 생각으로 가득 차 있었다. 그러니까 그 모든 것이 그의 상상력이 지어낸 것이었다. 셀린의 결혼, 제시의 자살, '운명'이니 '카르마'를 말하는 인물들과의 만남 그리고 자기 자신이 살해되는 것까지도!

한데 너무나 생생한 그 악몽은 무엇을 의미하는 것일까? 지그문트 프로이트를 공부한 그는 꿈이란 억압된 욕망을 발현시켜 심리적 균형에 필요한 안전판 역할을 한다고 알고 있었다. 하지만 그가 막 꾸었던 악몽은 무의식의 일단을 보여주는 창 이상의 것이었다. 어떻게 꿈이 그토록 생생하고 완벽할 수 있을까? 몇 년 간의 심리분석에 맞먹는 정화효과를 가져올 수 있을까?

방으로 돌아와 침대에 누워 있는 젊은 여자를 보는 순간 에단은 소름이 돋았다. 여기 잠들어 있는 이 아름다운 여자는 꿈이 아니지 않는가? 그는 그 의문을 거듭 생각해본 결과 실제로 어젯밤 자신이 여자를 데리고 집으로 돌아왔고, 그 사실이 꿈으로 나타난 건 금요일 밤의 일에 대한 무의식적 기억의 반영이었으리라는 결론에 이르렀다.

에단은 그 결론이 맞으리라 반쯤 확신하면서 기계적으로 옷을 갈아입었다. 꿈에서처럼 세련된 정장 차림이 아니라 진에 검은색 터틀넥 스웨터, 낡은 가죽 재킷으로 수수하게 차려입었다.

에단은 꿈에서처럼 낯선 여자를 어떻게 해야 할지 망설이지 않을 수 없었다. 여자를 깨울 것인가? 그는 여자에게 자초지종을 듣고 싶은 동시에 여자가 말해줄 진실이 겁나기도 했다. 여자에게서 무슨 일이 있었는지 전해 듣는다고 해서 전날 밤 일이 전혀 기억나지 않는 현재 상태가 나아질 것 같지는 않았다.

어젯밤 도대체 무슨 일이 일어났기에 머릿속에 그 어떤 흔적도 남아 있지 않은 것일까?

에단은 최악의 일을 상상하면서 꿈에서처럼 여자를 깨우지 않고 2,000달러를 지갑에서 꺼내놓는 것으로 만족했다. 그는 서둘러 요트에서 나왔다.

*

"안녕하십니까, 휘태커 선생님."

에단이 주차장으로 들어서자 항구 관리인이 인사했다.

"안녕하세요, 펠리프."

"어떻게 된 일이죠? 차가 아주 엉망이던데요?"

내 차가?

꿈에서 겪은 일이 현실에서 그대로 재현된 셈이었다. 쿠페 마세라티는 꿈에서와 똑같이 긁히고 찌그러져 있었다.

에단은 심각하게 동요했다.

어젯밤 악몽에 예언적인 부분이 있는 것일까?

그는 신비주의를 믿지 않았다. 어젯밤 일어난 일이 무의식적으로 꿈에 반영되었을 뿐이리라. 그는 애써 그렇게 자위하며 차에 올라 타 시동을 걸고 주차장을 나섰다.

오디오에서 지미 헨드릭스의 기타 곡이 흘러나왔다. 시디를 꺼낸 에단은 적당한 라디오 방송이 나올 때까지 채널을 이리저리 돌렸다.

……오늘 아침 맨해튼에서 수천 명의 택시기사들이 48시간 동안 파업을 벌입니다. 뉴욕시의 조치에 항의하기 위한 것으로…….

긁힌 엘피에서 같은 곡이 되풀이되듯 꿈에서 본 사건이 현실에서도 '리플레이' 되는 상황이 계속되자 에단은 정말이지 혼란스럽기 짝이 없었다. 이번에도 역시 며칠 전부터 모두들 택시파업에 대해 이야기해왔던 게 암시를 준 결과라 치부하면 그만일까?

에단은 파이낸셜 디스트릭트를 지나 브로드웨이로 접어들어 타임스퀘어에 차를 세웠다. 대로 한복판에서 술에 취한 일본 학생 한 무리가 '야타'를 외치고 있는 것이나 버진 메가스토어에서 일꾼들이 진열창 유리를 갈아 끼우고 있는 것이 꿈에서 본 것과 어쩌면 이리도 똑같단 말인가?

에단은 신문 판매대에 동전을 집어넣고 〈뉴욕 타임스〉를 꺼내 펼쳤다. 한 면에 그의 사진이 크게 실려 있었다.

미국을 사로잡은 정신과의사

기사를 몇 줄 읽어내려 가던 그는 꿈에서도 똑같은 기사를 읽었다는 걸 깨달았다. 그렇다면 그 꿈은 평범하지 않았다. 우연이라고 치부하기에는 똑같은 상황이 그대로 되풀이되고 있는 게 이상했다.

그 순간 에단은 오른쪽 손에서 익숙지 않은 근육경련과 통증이 번져가는 걸 느꼈다. 그제야 오른손을 바라본 그는 화들짝 놀라며 몸서리를 쳤다. 오른손 검지와 장지의 첫 번째 마디에 꿰맨 흔적이 뚜렷이

나 있었고, 둘 다 원활하게 움직여지지 않았다. 의심할 여지없이 손가락들이 잘려 나갔다가 다시 접합된 게 분명했다.

언제? 누가?

꿰맨 자국으로 보건대 그 일은 기껏해야 몇 주밖에 지나지 않은 듯했다. 에단은 무시무시한 예감에 사로잡힌 채 상의의 지퍼를 열고 풀오버를 걷어 올렸다. 꿈속에서 미지의 인물에게서 첫 발을 맞은 가슴팍 바로 그 자리에도 꿰맨 자국이 부풀어 올라 있었다. 최근에 외과수술을 받은 흔적이었다.

어떻게 이런 일이 있을 수 있단 말인가?

몹시 당황한 그는 신문의 날짜를 확인했다. 분명 2007년 10월 31일이었다.

에단은 얼이 빠진 채 다시 차에 올랐다. 그는 고개를 손바닥에 묻고 도대체 무슨 일이 벌어진 것인지 자문하며 자리에서 움직이지 못했다. 그는 잠에서 깨어난 순간부터 그 모든 일이 그저 꿈일 뿐이라고 스스로를 타이르고 안심시키려 애썼다. 하지만 연이어 벌어지는 이런 일들은 그를 무시무시한 공포 속으로 밀어 넣기에 충분했다.

단순히 꿈을 꾼 게 아니라, 그 꿈대로 하루를 살고 있는 것이라면?

13. 서둘러, 시간은 기다려주지 않아

사랑은 부메랑같이
나에게 지난날을 돌려 준다
정신 나간 이들처럼
완전히 미친 이들처럼 서로 사랑했던 나날을.
−세르주 갱스부르

오늘
2007년 10월 31일 토요일 아침
8시 40분

에단은 남쪽으로 차를 몰았다. 이제 더 이상 이 모든 일을 우연으로 치부할 수가 없었다. 그는 갑자기 우주의 질서가 엉망으로 뒤엉킨 듯한 상황에 처해 있었다. 그리고 그 사실을 의식하는 사람은 오직 그 자신뿐이라는 게 답답했다. 의도하진 않았지만 그는 하나의 경계를 넘어 낯선 현실 속에 발을 담그게 된 것이다. 하지만 왜 그에게 이런 일이 일어난단 말인가? 이것은 기회인가, 아니면 패배가 미리 정해진 싸움인가?

에단은 아이러니컬한 느낌에 사로잡히며 몇 년 전 치료모임에서 이용한 적 있는 영화를 떠올렸다. 빌 머레이가 주연한 그 영화는 영원히 같은 날을 반복해서 살아야 하는 기상통보관 이야기를 다룬 것이었다. 그가 영화의 내용을 자세하게 떠올리려 하는데 주머니 속에서 휴대폰이 울렸다. NBC 여자 프로듀서의 전화였다. 그는 몸이 아파 약속한 방송에 나갈 수 없겠다고 말했다. 그녀는 그의 생각을 바꿔보려 애썼지만 소용없었다. 그는 그녀에게 설득의 기회도 주지 않고 전화를 끊어버렸다. 이제 그는 우위에 서게 된 셈이었다.

*

낙담한 마음을 추스르고 나자 에단은 무슨 일이 일어날지 알 수는 없지만 두 손 놓은 채 관망만 하지는 않으리라 결심했다. 꿈에서 일어난 일이 똑같이 되풀이된다면 마지막에 그를 기다리고 있는 건 죽음이기 때문이다. 정말로 누군가가 그를 죽이려 한다면 그에게 유리한 점도 있었다. 첫 번째로 이미 그런 사실을 알고 있다는 것, 두 번째로 세 발의 총알을 맞을 생각이 꿈에도 없다는 것이었다. 하지만 이 비감한 운명에서 벗어나기 위해서는 무엇보다도 누가, 왜 그를 죽이려 하는지 알아내야 했다.

과연 적이 있었던가?

그는 머릿속으로 자신을 해칠 만한 이들을 떠올리려 애썼다.

함께 즐긴 여자들?

최근 몇 년간 수차례 연애행각을 벌였지만 원한을 살만큼 잘못한 상대는 없었다. 엔조이를 원하는 상대하고만 데이트를 했으니까. 최신식 고급식당, 나이트클럽, 성인들 간의 게임, 롱아일랜드에서의 주말…….

그런 다음 다시 전화를 걸어오는 경우도 있었고 그렇지 않은 경우도 있었다. 또 밀라노행이나 런던행 비행기에 올라 수주일, 나아가 수개월 동안 연락이 없는 경우도 있었다. 어쨌든 이런 관계는 대개 별 문제없이 마무리되었다. 아무리 생각해봐도 최근 얼굴을 붉히며 끝낸 연애사건 같은 것은 떠오르지 않았다.

한편 자기계발 분야의 저자나 연사들도 고려대상에 포함시킬 수 있었다. 그가 어느 날 갑자기 혜성처럼 등장하는 바람에 타격을 받은 사람들인 만큼 그를 좋은 눈으로 볼 리가 없었다. 하지만 그는 집필과 방송출연 시간을 확보하기 위해 남보다 더 많이 일했고, 그의 글은 참신하고 파격적이어서 남달리 관심을 끌었고, 그의 세미나는 흥미진진했다.

그들 중 막강한 영향력을 행사하는 한 사람이 언론계 인맥을 이용해 그를 몇몇 방송에 출연하지 못하게 하고, 기자들에게도 나쁜 소문을 퍼뜨려 신망을 떨어뜨리려 획책한 적이 있었다. 한동안 그 효과가 지속되었지만 곧 흐지부지되고 말았다. 하지만 문제의 사내는 비겁하긴 해도 사람을 죽일 만한 인물은 못되었다.

포커판 사람들도 고려해볼만 했지만 역시 가능성은 미미했다. 몇몇 플레이어들이 그에게 수만 유로를 잃었지만 그 정도 돈을 써도 문제될 게 없을 만큼 그 이상으로 부유한 사람들이었고, 승부 역시 룰을 깨지 않는 선에서 이루어졌다. 그리고 그는 혹시 지는 경우 도박 빚을 정확하게 갚았다. 지아르디노 일당을 만나기 전까지는.

지아르디노 일당과 어울린 건 위험한 모험이었다. 지금도 욱신거리는 손이 말해주듯 그들이 그를 겁주려 한 것은 분명했다. 하지만 죽일 생각은 없었을 것이다. 돈을 받으려면 죽이는 게 전혀 도움이 되지 않을 테니까.

마지막으로 남아 있는 가능성은 오직 한 가지뿐이었다. 과거 그의 환자였던 사람의 복수……. 이 가설만큼은 개연성이 충분했다. 심신이 아픈 사람들을 돌보는 직업을 가진 의사의 경우 환자들로부터 협박을 당하는 예는 허다하니까. 담당의사가 치료를 잘못해 인생을 망쳤다고 주장하는 환자로부터 협박을 당하는 건 그리 놀라운 일이 아니었다.

에단 역시 텔레비전 출연 이후 몇 차례 협박을 당한 적이 있었다. 하지만 협박편지에 쓴 내용을 실행에 옮긴 사람은 아무도 없었다. 대개 협박편지 내용 자체에 신빙성이 결여되어 있었다.

집필이나 세미나, 그에 따른 부산물은 사업임이 분명했지만, 그의 진료행위만큼은 명성에 상응하는 것이었다. 그는 고객들이 겪는 고통에 대해 무심하지 않았고, 자신의 일에 언제나 최선을 다해왔다.

하지만 혹시 원한을 품을 만한 환자가 있을지 더 조사해볼 필요는 있었다. 조사를 위해서는 캐비닛에 넣어둔 서류를 꺼내 면밀히 살펴보아야 하리라. 한데 그에게는 주어진 시간이 별로 없었다.

에단은 속도를 낮추며 차이나타운과 월스트리트 가장자리에 있는 간선도로로 접어들었다. 시간이 없는 이상 이제 다른 방법을 동원해볼 생각이었다. 꿈에서 만난 사람들 중 그 자신이 모르는 것들을 알고 있을 확률이 높은 이들이 둘 있었다. 커티스 네빌과 시노 미츠키. 두 사람만큼은 그를 다시 만난다고 해도 그리 놀라지 않을 듯했다. 택시 기사는 어디 가야 만나게 될지 알 수 없었지만 그 베일에 싸인 의사는 병원으로 찾아가면 만날 수 있을 것이다.

에단은 깜박이를 켜고 세인트주드 병원 지하주차장으로 통하는 길로 접어들었다.

아침 8시 45분
44번가 호텔 소피텔

셀린은 소리 나지 않게 방문을 닫았다. 스위트룸은 호화스러웠지만 너무나 신경이 날카로워져 있어 별다른 감흥이 일지 않았다. 그녀는 새벽 4시부터 잠을 이루지 못한 채 침대 속에서 몸을 뒤챘다. 이제 몇 시간 후면 결혼을 해야 한다는 사실이 그녀를 몹시 불안하게 했다. 그녀는 마음이 심란한 가운데 미궁 같은 복도를 걸었다. 갑자기 그녀의 눈앞에 승강기가 다가섰다.
"굿모닝!"
골프클럽 일체가 든 가방을 어깨에 멘 중년 남자가 밝은 목소리로 인사를 건넸다.
셀린은 미소를 지어 보이는 것으로 최소한의 예의를 차렸다. 오늘 아침 그녀가 할 수 있는 최선이었다.
"내려가실 건가요?"
남자가 그렇게 물으며 1층 버튼을 눌렀다.
셀린은 고개를 끄덕이며 남자가 맨해튼 어디로 공을 치러 갈지 자문해보았다. 센트럴파크에 골프장이라도 생긴 것일까? 어쨌든 이 도시에서는 불가능한 일이 없었다.
거울에 비친 모습을 보니 완전히 엉망이었다. 얼굴에는 피로의 기색이 역력했고 눈 아래에는 다크 서클이 잡혔다. 손으로 머리카락을 쓸어 넘긴 그녀는 셔츠 컬러를 바로 잡고 거울에 비친 자기 자신을 향해 애써 미소를 지어 보였지만 기분은 나아지지 않았다. 일생 중 가장 아름다운 날이어야 할 결혼식을 앞두고 그녀는 엉엉 소리 내어 울고 싶은 심정이었다.

승강기의 문이 열리며 대리석을 깐 바닥에, 벽을 티크로 꾸민 커다란 홀이 나타났다. 가죽과 천으로 마감된 소파들이 벽난로 주위에 띄엄띄엄 놓여 있었다. 벽난로에서 부드러운 빛이 퍼져 나와 주변을 어루만져주는 듯했다.

프런트를 지난 셀린은 아침식사를 하기 위해 호텔 식당으로 들어갔다. 친근하면서도 기품있는 느낌을 주는 식당에는 20년대 뉴욕에서 활동했던 파리 출신 패션모델의 이름을 딴 가비라는 상호가 붙어 있었다. 프랑스풍의 아르데코 실내장식이 격렬했던 그 시대를 떠올리게 했다. 코코 샤넬, 이고르 스트라빈스키, 장 콕토가 살았던 시대를…….

셀린은 구석자리를 달라고 청했다. 차분히 생각을 가다듬기 위해서는 혼자여야만 했다. 이내 그녀가 주문한 차와 빵이 담긴 바구니와 조간 한 부가 날라져 왔다.

셀린은 뉴욕에서 결혼식을 치르는 건 여러모로 위험한 발상이었다는 걸 이제야 깨달았다. 이 도시에 발을 들여놓는 순간 에단과의 고통스러운 기억이 그녀를 강타했다. 이제는 실연의 아픔을 극복했다고 믿었지만 착각이었다.

시간이 가면 잊히리라, 모든 게 잊히리라, 라는 노랫말도 있지만 헛된 기약일 뿐이었다. 그녀는 그의 얼굴, 목소리, 사소한 기억까지도 잊을 수 없었다.

셀린은 지난 5년 동안 멀리서나마 에단의 성공을 지켜보았다. 인터넷을 통해 그의 초기 저서들을 주문해 읽었고, 그가 초대 손님으로 출연한 방송을 보았다. 이제 그는 그녀가 사랑에 빠졌던 과거의 그 청년과는 전혀 다른 존재가 되어 있었다. 하지만 그녀는 성공의 이면에 가려진 그의 진짜 모습을 보았다. 행복에 이르지 못하고 환멸에 강타당한 모습을……

셀린은 그런 날이면 그가 아직도 그녀를 생각하고 있다는 상상을 즐겼다. 그와의 이별 후에 그녀는 모든 단계를 차례대로 겪었다. 희망, 원한, 증오, 무관심, 망각, 열정의 회복……. 어이없게도 그녀는 그가 여전히 자신에게 특별한 감정을 갖고 있다는 환상을 떨쳐버릴 수 없었다.

셀린은 그런 생각을 한다는 것 자체가 충분히 병적이라는 걸 인식했지만 그것은 그녀의 의지를 넘어서는 일이었다. 그녀로서는 마음속 깊은 곳에 있는 그 고뇌로부터 진정으로 벗어나고 싶은지조차 확신할 수 없었다.

세바스티앙과 친구들, 동료들 곁에서 그녀는 얼마간 안정감을 되찾았다. 그녀는 안정된 일상을 꾸렸고, 자신이 있어야 할 자리를 찾았다. 그 삶 속에서 그녀는 쓸모 있는 존재였다. 해야 할 많은 일이 있었다.

세바스티앙의 청혼을 받았을 때, 셀린은 그것이 삶의 한 페이지를 완전히 넘겨버릴 수 있는 기회라고 생각했다. 하지만 결혼 날짜가 가까워질수록 과연 자신이 진정으로 이 결혼을 원하는지 의혹이 밀려왔다.

셀린은 핸드백을 뒤져 리본을 두른 레자크지 봉투를 꺼냈다. 그녀는 청첩장을 에단에게 보내야 할지 주저했다.

이게 무슨 소용이 있다는 거지? 또다시 그 사람 앞에서 자존심을 버리겠다는 거야? 널 사랑하는 이들을 배반하겠다는 거야? 도대체 뭘 하려는 거야?

셀린은 프랑수아 트뤼포의 매혹적인 영화 〈이웃집 여자〉를 떠올렸다. 그 영화에서 제라르 드파르디외와 파니 아르당은 파괴적이고 혼란스러운 혼외 연애를 한다. 그 영화는 결국 비극으로 끝난다. 두 발의 총성이 두 사람에게 죽음을 안겨주는 것이다. 열광한 마음과 꺼지지 않는 열정과 흥분의 귀착점은 바로 죽음이었다.

셀린은 마음을 정하지 못한 채 봉투를 탁자 위에 내려놓았다. 쉽게 결정을 내리기 어려울 때면 그녀는 대개 이성보다는 직관을 따랐다. 혼돈 가운데 삶이 때때로 우리에게 연민을 품고 우리가 가야할 길을 알려준다고 믿었다. 혹자에게는 할머니식 방법으로 느껴질 수도 있겠지만 이토록 합리적이고 잘 통제된 세상에서 마법을 걸어보는 일이 뭐 그리 나쁘겠는가?

셀린은 차를 한 모금 마시고 창문 너머로 뉴욕의 가을 속을 활기차게 걷는 사람들을 바라보았다. 그런 다음 신문에 시선을 주었다. 그녀는 거의 기계적인 동작으로 신문을 펼쳤다. 브루클린 다리 앞에 선 한 남자의 사진이 실려 있었고, 주의를 끄는 제목이 붙여져 있었다.

미국을 사로잡은 정신과의사

*

아침 9시 1분
세인트주드 병원

에단은 승강기를 타고 지하주차장에서 곧장 병원 로비로 올라왔다. 세인트주드 병원은 그 건립 비용을 두고 열띤 정치 논쟁이 야기된 가운데 몇 달 전 문을 연 초현대식 병원이었다. 그는 또 다른 10월 31일 토요일에 오른손 손가락 두 개가 절단되고 얼굴은 혈종으로 뒤덮이고 옷은 피로 흠뻑 젖은 채 기절했던 장소를 즉각 알아보았다.

에단은 미심쩍은 걸음으로 안내 데스크를 향해 걸어갔다.

혹시 그 의사는 상상속의 인물이 아닐까?

"뭘 도와드릴까요?"

80년대에 유행했던 '사자 갈기' 커트를 한 몸집이 크고 피부가 가무잡잡한 여직원이 물었다.

"시노 미츠키 선생님을 뵈러 왔습니다."

에단이 말했다.

"성함이 어떻게 되시죠?"

그녀는 그렇게 물으며 일정표를 들여다보았다.

하지만 에단이 무어라 대답하기도 전에 그녀는 이렇게 단정지었다.

"아, 치노워스 씨군요. 그렇죠? 컴퓨터 때문에 오신……."

"예…… 그렇습니다. 제가 조금 일찍 왔군요."

에단이 대답했다.

"박사님께서 기다리고 계세요. 7층 707호입니다."

그녀는 미소를 지어 보이며 층계 입구를 막고 있는 여닫이문을 열어주었다.

때때로 어떤 일들은 생각보다 훨씬 간단하게 풀리기도 한다.

*

아침 9시 5분
호텔 소피텔

세바스티앙은 욕실에서 나와 수건을 허리에 감으며 노래를 흥얼거렸다.

빨강 머리 조라
네 침대는 이끼 침대
아름다운 별을 이고 잔다네

기다려마지 않던 날이었다. 몇 시간 후면 셀린과 결혼을 하는 것이다. 세바스티앙은 면바지를 입고 몸에 꼭 맞는 벨벳 재킷과 셔츠를 입었다. 셀린은 함께 늦잠을 자기보다는 혼자서 아침식사를 하기로 결정한 듯했다. 분명 신경이 곤두서서 그랬으리라.
한 순간 그는 발 아래로 펼쳐진 도시를 바라보았다. 햇빛을 받아 반짝이는 유리와 강철로 된 마천루, 쉴 새 없이 움직이는 차들, 맨해튼 특유의 독특한 소음······. 인상적이긴 했지만 그의 취향은 아니었다. 셀린이 뉴욕에서 결혼식을 하고 싶다고 했을 때 처음에는 내키지 않았다. 그보다는 부모님의 집이 있는 툴루즈의 전원에서 아름다운 축제를 벌이고 싶었다. 셰프인 그의 친구들 대부분이 프랑스 경제의 규제에 저주를 퍼부으며 런던, 뉴욕, 도쿄 등지로 가서 식당을 열었지만 그는 그럴 생각이 없었다. 그는 프랑스를 사랑했고, 자기 식의 삶이 좋았다.

아침 일찍 일어나 〈르 파리지앵〉을 보며 커피를 마시고, 렁기스에서 장을 보고, 식당을 찾는 고객을 위해 최고의 재료들을 선택하고, 고객의 눈빛에서 만족감이 떠오르는 것을 보고 기뻐하고, 동료들과 함께 축구 클럽 PSG를 응원하러 스타드 프랑세에 가고, 늙어가는 부모님을 지켜보면서 살아가는 삶……. 하지만 셀린을 기쁘게 하기 위해서라면 뭐든 기꺼이 수용할 준비가 되어 있었다.

세바스티앙은 3년 전 몽수리 공원에서 셀린을 처음 만났다. 그때 그는 조깅을 하고 있었고, 그녀는 학생들을 데리고 야외 수업을 나온 참이었다. 단 몇 분간 보았을 뿐인데 그는 즉각 그녀의 매력에 사로잡혔다. 그녀의 얼굴에서는 부드러움과 선의가 풍겨 나왔다. 그녀의 웃음, 활력, 아이들을 대하는 태도까지 모든 게 다 그에게는 감동 그 자체였다.

세바스티앙은 인내심을 갖고 그녀를 안심시키며 마음을 얻었다. 유일하게 어두운 문제라면 그들이 아기를 가질 수 없다는 것이었다.

세바스티앙은 방을 나와 승강기의 버튼을 눌렀다.

"안녕하세요?"

카나리아빛 정장을 입은 작고 통통한 여자가 그에게 인사를 건넸다. 그녀는 강아지 세 마리와 함께 승강기를 기다리는 중이었다. 털이 짧은 치와와들은 유모차에 타고 있었다.

"안녕하세요?"

세바스티앙이 프랑스 남서지방 억양이 살짝 섞인 영어로 대답했다.

그들은 일층으로 내려가는 승강기에 올랐다.

"겁내지 마, 엄마가 있잖아."

승강기가 움직이기 시작하자 여자가 강아지들을 안심시켰다.
승강기의 거울 앞에 선 세바스티앙은 갑자기 눈앞이 하얘지는 느낌이 들었다. 갑자기 머리가 빙빙 돌고 가벼운 구역감이 치밀어 올랐다. 한 순간 무엇인가 생각의 표면에 떠올랐다. 이런 상황을 이미 경험한 적이 있는 듯 불쾌한 느낌이 들었다. 과거 언제인지 정확히 짚어낼 수는 없었지만 이 장면은 이상하게도 낯익었다. 여자와 요란한 빛깔의 옷, 비음 섞인 목소리, 우스꽝스럽게도 사람처럼 옷을 입고 있는 강아지 세 마리······.
승강기 문이 열리자 세바스티앙은 튕겨지듯 밖으로 나가 곧장 화장실로 달려갔다. 얼굴에 찬물을 끼얹자 일시적으로 불편한 느낌이 가라앉았지만 완전히 사라진 건 아니었다.

눈을 떠.

세바스티앙은 머릿속에서 안전장치가 벗겨지기라도 한 것처럼 심적으로 동요했다.

진실을 직시해.

세바스티앙은 자신의 삶이 복잡하지 않다고 믿으려 했지만 그건 사실이 아니었다. 셀린과의 사이에서 모든 게 잘되고 있다고 믿으려 했지만 거짓이었다. 그들 사이에는 침묵과 베일에 싸인 비밀지대 그리고 진실을 아는 게 두려워 감히 묻지 못한 질문들이 엄연히 널려 있었다.

네가 두 손 놓고 있으면 결국 그녀를 잃게 될 거야.

세바스티앙은 이제 그 사실을 무서우리만큼 명백히 알 수 있었다. 그는 결혼식을 하고 나면 그들의 삶이 순풍에 돛단 듯 수월하게 흘러가게 될 것이라고 자신을 안심시키며 살아왔다. 그는 평화와 안정을 갈망했다. 그의 꿈은 단란한 가정을 이루는 것이었다. 아이들을 갖는다는 건 사랑하는 커플의 자연스러운 완성이 아닌가?

반면 셀린은 열정어린 사랑, 열광의 사랑을 추구했다. 그녀에게 사랑은 마약과도 같은 것이었는데, 그는 마약의 딜러가 될 자신이 없었다.

셀린은 점점 더 자주 그로부터 벗어나 침묵과 몽상, 고뇌 속에 잠겼다. 그럴 때면 그녀의 과거 어느 시기엔가 보이지는 않지만 매우 강력한 경쟁자가 자리 잡고 있다는 걸 느낌으로 알 수 있었다. 하지만 세바스티앙은 그 남자에 대해 한 번도 물은 적이 없었다.

어쩌면 그 질문을 해야 할 때가 왔는지도 몰라.

세바스티앙은 얼굴을 닦고 거울에 비친 자신의 모습을 들여다보았다. 10분 만에 10년은 늙어버린 듯했다. 화장실을 나온 그는 식당 안으로 들어서며 셀린을 찾았다. 그는 녹색식물로 가려져 잘 보이지 않는 셀린을 몇 초 만에 찾아냈다.

"당신 괜찮아?"

세바스티앙은 그렇게 물으며 그녀의 맞은편 의자에 앉았다.

"잘 잤어?"

그는 고개를 끄덕이고는 냅킨을 펼쳤다. 이윽고 마지막으로 다시 한 번 주저한 다음 그가 말했다.

"우리 두 사람에 대한 이야기를 해야 할 것 같아."

셀린은 미간을 찌푸리고는 그의 어조에 깃든 심각성에 놀란 눈길로 그를 응시했다.

세바스티앙은 확신을 갖지 못한 목소리로 말했다.

"그래, 우리 사이에는 결혼 전에 해결해야 할 문제가 있는 것 같아.

당신에게 한 번도 질문한 적 없지만 이제는 알고 싶어."

세바스티앙은 조금 불편한 듯 잠시 말을 끊었다.

셀린은 한 손을 턱에 받친 채 말없이 그를 바라보았다.

"……당신한테 다른 남자가 있는 건가? 당신 머릿속에, 당신 마음속에 말이야."

긴 침묵이 흘렀다.

세바스티앙은 마음속으로 셀린이 웃음을 터뜨리며 그를 안심시켜 주기를 고대했다.

'바보 같은 말일랑 그만 둬! 내겐 오직 당신뿐이야. 당신도 잘 알면서 그래!'

하지만 셀린은 나직하게 대답했다.

"그래, 사실이야. 다른 사람이 있어."

"……그게 누군데?"

셀린은 눈길을 내리깔고는 탁자 위에 놓여 있던 신문을 그가 있는 쪽으로 살며시 밀었다.

"바로 이 사람."

*

아침 9시 11분
세인트주드 병원

에단은 여러 차례 문을 두드렸지만 대답이 없자 문을 열어보기로 마음먹었다.

시노 미츠키 박사의 방은 작지만 정갈했고 창밖으로 강이 내려다보였다. 벽은 백묵처럼 하얀빛인데, 대나무 병풍이 길게 쳐져 있어 한결 따뜻하게 느껴졌다. 탁자 위에 놓인 일본단풍나무 분재는 줄기가 층을 이루며 화분 아래로 처져 내려와 마치 바닥에서 뭔가가 끌어당기는 것 같은 느낌을 주었다.

에단은 의자 등받이에 웃옷을 걸쳐놓고 자리에 앉아 의사를 기다렸다. 컴퓨터 탁자 근처에는 차가 담긴 찻주전자가 사람의 손길을 기다리고 있었다.

"차 한 잔 하시지요."

누군가의 목소리가 들려왔다.

에단은 뒤를 돌아보았다. 시노 미츠키가 문간에 서 있었다. 그는 에단의 방문에 그리 놀라지 않았다. 그를 치료해준 바로 그 남자였다. 자그마한 키에 여위고 뼈가 불거진 몸, 나이를 짐작할 수 없을 만큼 고요한 얼굴, 짧게 자른 갈색 머리카락의 아시아인……

에단은 튕겨지듯 일어나 그의 앞으로 다가섰다.

"내 손을 수술한 사람이 바로 선생이죠?"

에단은 접합된 손가락 마디를 그의 눈앞에 흔들어대며 소리쳤다.

"그럴지도 모르지요."

의사가 차분하게 대답했다.

"어쨌든 아주 훌륭한 솜씨군요."

"난 똑같은 하루를 되풀이하고 있어요! 선생은 분명 그 사실을 알고 있죠?"

에단이 소리쳤다.

"난 아무것도 모릅니다."

의사가 달래는 듯한 어조로 말했다.

"난 사실 여기 있을 수 없는 몸입니다. 머리에 총을 맞고 이미 죽었으니까!"

시노는 찻주전자를 집어 들고 두 개의 잔에 김이 모락모락 오르는 차를 따랐다.

"누가 알겠습니까? 어떻게 보면 당신은 지금도 죽어 있는지도 모르지요."

"이 모든 게 터무니없어요. 죽어 있든 그렇지 않든 말입니다."

시노는 잠시 생각에 잠겼다가 이윽고 물었다.

"타로를 할 줄 아십니까?"

"포커게임이라면 아주 잘 하죠."

"타로에는 특별한 카드가 한 장 있지요. '이름 없는 비밀'이라는 열세 번째 카드로 모두들 '죽음'이라고 부르지요. 그 카드는 한 단계의 끝을, 근원으로의 회귀를 의미합니다. 그런데 그 회귀는 끝이 아니라 새로운 시작입니다."

"도대체 무슨 얘기를 하고 싶은 겁니까?"

에단이 신경질적으로 물었다.

"하나의 페이지가 넘어가야 새로운 페이지를 쓸 수 있다는 겁니다."

"언제나 말도 안 되는 소리를 그럴 듯하게 꾸며서 늘어놓기를 좋아하시는군요?"

"죽음은 가장 위대한 교사지요."

시노 미츠키가 분개하는 기색 없이 말했다.

"가장 위대한 교사라고요?"

"우리는 마치 영원히 죽지 않는 존재처럼 살고 있어요. 삶에서 뭔가를 이루기 위해서는 우리가 필연적으로 죽어야 하는 존재라는 걸 명심해야만 합니다."

시노가 단호한 어조로 말했다.

"내 말을 잘 들으세요, 의사선생. 나 역시 환자들에게 그런 얘기를 들려주죠. 본질적인 것에 집중하라, 진정한 가치에 입각한 삶을 살라, 마지막 순간 후회하지 않으려면 삶에서 질서를 잡아라. 그런 말로 밥벌이를 하는 만큼 나 역시 잘 알고 있단 말입니다."

"알고 있는 것에 그치지 말고 삶에 적용시켜야 합니다."

의사가 지적했다.

에단은 고개를 가로저으며 자리에서 일어섰다. 불만에 가득 찬 그는 유리창 앞으로 다가가 섰다. 머리가 아팠고 몸이 떨려왔다. 아침에 잠에서 깨어났을 때 느꼈던 살아 있다는 안도감과 희열은 도대체 무슨 일이 일어났는지 알 수 없는 느낌, 아무것도 통제할 수 없다는 느낌 때문에 완전히 망쳐버리고 말았다.

시노 미츠키를 만나면 뭔가 의문이 풀릴 거라 생각했지만 의사는 그에게 아무것도 대답해줄 생각이 없어보였다.

그렇다면…….

에단은 몸을 돌려 시노 미츠키 앞으로 다가섰다. 끓어오르는 분노를 참지 못한 그가 의사의 상의 깃을 잡고 유리창으로 밀어붙였다.

"선생의 시덥잖은 불교 강의가 날 피곤하게 만들고 있어요!"

"당신의 내면에는 분노가 너무 많습니다."

시노 미츠키가 저항하려는 기색 없이 힐난조로 말했다.

"내게 무슨 일이 일어난 건지 어서 말해요."

에단이 그의 몸을 흔들어대며 화를 냈다.

"나 또한 아무것도 모릅니다. 때때로 죽음은 하나의 경계일 뿐이지요. 생의 끝자락과 또 다른 생의 시작, 그 사이의 경계 말입니다."

"도대체 선생이 말하는 또 다른 생이란 게 뭐요?"

화가 치민 에단이 의사의 목 언저리를 잡은 두 손에 힘을 가하며 말을 이었다.

"지금 똑같은 날이 내 눈앞에서 거듭 펼쳐지고 있단 말입니다. 결국 난 죽고 말 겁니다."

"그래서 어떻다는 거죠? 사람이 죽으면 고통도 끝난다고 생각합니까?"

목이 졸린 의사가 겨우 숨을 쉬며 말을 이었다.

"미안하지만 삶은 그리 간단하지 않습니다. 당신이 뿌린 씨는, 이르든 늦든 당신이 거둬야 한다는 게 카르마의 법칙입니다."

"아직도 그 잘난 카르마를 늘어놓는군! 하지만 내 경우엔 누군가 날 죽이려 하고 있단 말입니다. 그러니까 나를 죽이려는 사람이 누군지 찾을 수 있게 선생이 날 좀 도와줘야만 해요."

"아, 이거 놓으세요! 이러다가 당신이…… 날 죽이겠어요."

한 순간 에단은 의사의 목을 쥔 손에 더욱 힘을 가했다.

"그래서요? 내가 보기에 선생은 죽음을 더 좋아할 줄 알았는데요? 선생은 죽음을 더 좋아하는 게 아니었나요? 죽음은 '가장 위대한 교사' 아닌가요? 난 그 교훈을 잘 기억하고 있어요!"

이윽고 에단은 자신이 지금 무슨 짓을 하고 있는지 깨닫고는 퍼뜩 정신이 들어 얼른 손의 힘을 풀었다.

두 남자는 그렇게 몇 초 동안 한마디 말도 없이 서 있었다. 시노 미츠키는 숨을 몰아쉬며 옷깃을 바로잡았고, 에단은 오렌지 빛 가을 햇빛을 받으며 흘러가는 강물 위를 가로지르고 있는 브루클린 다리를 바라보았다.

문득 수치심을 느낀 에단은 상의를 집어 들고 문을 향해 걸어갔다. 그는 의사가 뭔가 말해주기를 원했지만 이제는 혼자 찾아내야 한다고 생각했다.

에단이 모든 기대를 접어버린 순간 시노 미츠키가 한 가지 실마리를 주었다.

"지금 당신이 똑같은 하루를 되풀이해 살고 있다면……오늘이야말로 당신이 과거에 저지른 잘못된 선택들을 바로잡을 수 있는 절호의 기회인 셈이군요."

시노는 몇 초간 기다렸다가 다시 설명했다.

"오늘 당신은 가상의 살인범을 찾아내기보다는 당신 자신이 저지른 잘못을 인정하고 다시는 되풀이하지 않겠다고 다짐하는 기회로 삼는 게 좋을 겁니다."

에단은 한순간 그 말의 타당성을 가늠해보았다. 그가 문턱을 넘었을 때 의사가 그에게 소리쳤다.

"혹시 아십니까? 죽음은 오래전부터 당신에게 일어난 여러 가지 일 중 가장 멋진 일인지도 모른다는 걸 말입니다."

*

아침 9시 21분
호텔 소피텔 식당

세바스티앙은 에단에 대한 기사를 대충 읽고 나서 신문을 접었다. 그의 두 눈 속에 반짝이는 눈물 한 방울이 고이더니 눈썹 가장자리에 맺혔다. 그는 셀린을 바라보며 아주 힘들게 입을 열었다.
  "당신들 두 사람……언제 이야기지?"
  "난 육년 전 파리에서 그를 만났어."
  "얼마 동안 사귀었는데?"
  "한 일 년쯤."
  세바스티앙이 눈길을 돌렸다. 그가 아무 말도 하지 않자, 이번에는 셀린이 먼저 말했다.
  "난 아주 어릴 적부터 언제나 희망을 품고 살았어. 언젠가는 누군가를 만날 거라는……."
  세바스티앙은 어깨를 으쓱해 보였다.
  "누군가라니?"
  "나와 닮은, 나를 이해하는, 함께 있으면 결코 고독하지 않은 누군가를."
  "그런데?"
  "그 누군가가 바로 그 사람이었어."

14. 내가 기다린 건 오직 당신뿐

> 여자들은 그런 것 같다. 좀 못생기고 어리석더라도
> 그들이 뭔가 괜찮은 일을 할 때면 우리 남자들은 어김없이
> 반쯤 사랑에 빠져 정신을 차릴 수 없게 된다.
> 여자들. 빌어먹을. 여자들은 사람을
> 바보로 만든다. 아주 쉽게. 정말이다.
> —J. D. 샐린저, 《호밀밭의 파수꾼》 중에서

6년 전

2001년 9월 10일 월요일

아침 7시

파리 샤를드골 공항 출국장

에단은 지친 몸으로 소파에 앉아 여행용 배낭 위에 두 다리를 꼬아 올려놓고 다시 미국으로 데려다줄 비행기를 기다린다. 긴 하루가 될 것 같다. 그가 탈 비행기는 연착한 탓에 10시 30분이나 되어야 이륙해 더블린에 들렀다가 다시 뉴욕으로 출발하리라. 도착 예정시간은 저녁 6시 20분. 인터넷을 통해 헐값으로 구입한 표의 대가는 지루함을 견뎌야 한다는 것이다. 하지만 그가 가진 돈으로 구입할 수 있는 유일한 표였다.

2001년 9월 현재 에단은 몹시 가난한 무명 정신과의사에 지나지 않는다. 그는 파리에서 일주일을 보냈다. 평생 처음 가진 진짜 휴가였다. 그는 모처럼 얻은 그 귀중한 시간을 오래전부터 가보고 싶었던 파리의 명소와 박물관을 찾아다니며 보냈다. 루브르 박물관, 오르세 박물관, 오랑주리 미술관, 생루이 섬, 몽마르트르 언덕…….

	소파에서 일어선 에단은 늘어지게 기지개를 켜고 면세점 진열창에 비친 자신의 모습을 바라본다. 낡은 진, 해진 가죽 재킷, 카우보이 부츠. 휴가를 보내기에 편안한 차림새라고는 하지만 촌스러워 보이는 건 어쩔 수 없다.

	어떻게 이런 차림을 생각했을까? 몇 년 전부터 보잘것없는 지역 출신이라는 걸 줄곧 부인해오지 않았던가?

	미국에서는 클린턴 시대가 끝나간다. 에단은 자기 나이대의 젊은이들이 첨단 테크놀로지 관련 창업으로 갑자기 거부가 되는 걸 목격했다. 하지만 그는 예민한 후각을 갖고 있지 못했다. 그는 성공으로 이끄는 '신경제'의 기회를 포착하지 못했다. 하지만 다음번에 떠나는 열차만큼은 반드시 잡을 수 있으리라. 할렘에 연 진료실은 아직 보잘것없지만 입소문을 듣고 찾아오는 사람들이 늘고 있지 않은가.

	에단은 무료하게 공항 안을 서성거린다. 공기 중에 무엇인가가 떠돌고 있다. 한 시대의 종말이 풍기는 냄새랄까. 이제 훨씬 위협적인 시대가 도래하리라. 머잖아 하나의 사건이 일어나리라. 또한 2000년대는 '그의 시대'가 되리라. 그는 시의적절하게 시대의 흐름을 타리라. 어떤 방법으로, 누구의 도움으로 그럴 수 있는지는 아직 알 수 없지만 기회가 온다면 그냥 흘려보내지 않으리라.

	그를 기다리는 힘든 하루에 앞서 용기를 돋울 요량으로 그는 활주로에 면한 카페들 중 한곳에서 아침을 먹기로 한다.

에단은 카운터에 앉아 초콜릿 빵과 밀크커피를 주문한다. 그는 꿈꾸는 듯한 눈길로 카페 안을 둘러보며 빵을 먹기 시작한다. 그의 시선이 한 순간 카페 안의 젊은 스튜어디스에게서 멎는다. 그녀는 유리벽 밖이 바로 비행기 계류장인 자리에 앉아 우아하고 초연한 자세로 독서삼매경에 빠져 있다.

처음에는 대수롭지 않은 눈길이다. 활주로를 오가는 비행기보다는 젊은 여자를 보는 게 더욱 즐겁지 않겠는가. 이윽고 그녀를 바라보는 시간이 길어지며 이제는 아예 골똘한 응시로 바뀐다. 여름의 마지막 아침 햇살이 움직이지 않는 여자의 자태를 어루만지고, 이윽고 그 광경은 베르메르의 그림이 된다. 그림 속 여자가 마침내 몸을 움직여 그를 바라보기 전까지는.

그 순간 에단은 불에 덴 듯 강렬한 감정을 느낀다. 여자의 얼굴은 천사 같고 눈은 황금빛이다. 그는 9년 전 지미와 마리사를 두고 떠날 때 느꼈던 것과 똑같은 가슴 떨림, 똑같은 흥분 속으로 빠져든다. 그는 삶의 열쇠 역할을 하는 순간들을 볼 줄 아는데, 지금이 바로 그런 때다.

에단은 저항할 수 없는 힘에 이끌려 스툴에서 내려와 여자가 앉은 탁자로 다가간다. 세상에 오직 하나밖에 없는 여자가 몇 걸음 떨어지지 않은 곳에 있다. 10초 내에 그녀에게 말을 걸리라 마음먹었지만 이토록 근사한 여자에게 어떻게 접근한단 말인가.

9초.

뉴욕에서 에단의 연애행각은 대개 뉴저지의 머리가 텅텅 비고 정조 관념이 헤픈 여자들에 한정된다. 토요일 밤이면 나이트클럽에서 여자들에게 작업을 거는 것이다.

8초.

에단은 미간에 잔뜩 주름을 잡고 여자가 읽고 있는 책의 제목을 읽으려 애쓴다. 밀란 쿤데라의 《참을 수 없는 존재의 가벼움》이다.

7초.

에단은 불행히도 밀란 쿤데라의 소설을 한 번도 읽은 적이 없다. 그가 자란 보스턴 남부에서는 쿤데라를 읽는 사람이 없다. 그가 일했던 작업장의 사람들도 쿤데라를 읽지 않았다. 그는 아주 뒤늦게 교양인의 세계에 발을 들여놓았으므로 아직 따라잡을 게 많다.

6초.

전혀 다른 인물이 되기 위해 모든 노력을 기울이고 난 지금, 노동자 출신이라는 사실이 이마에 새겨져 있어 사람들이 얼굴만 보고도 알아차릴 것 같은 느낌에 또다시 사로잡힌다.

5초.

더 이상 아무것도 제어할 수 없다. 에단은 충동에 자신을 내맡긴다.

4초.

에단은 여전히 어떻게 여자에게 접근해야 할지 알지 못한다. 분명 거절당하리라. 어쩌면 뺨을 맞을지도 모른다. 하지만 뻔뻔스러워지는 것 말고는 방법이 없다.

3초.

이상하다. 아직 아무 일도 일어나지 않았는데 벌써 여자를 잃게 될까봐 걱정하다니.

2초.

그러니까 이게 바로 첫눈에 반한다는 것인가? 몇 주 전 그의 환자 하나가 훨씬 젊은 여자를 사랑하게 된 후 겪게 된 슬픔을 털어놓은 적이 있다. 그가 토로한 짝사랑의 감정은 그를 당혹감 속으로 빠뜨렸다.

에단은 그의 이야기를 듣는 동안 그런 일이 자기 자신에게 만큼은 일어나지 않을 거라 자신하지 않았던가.

1초.

보잘것없는 옷차림과 지나치게 긴 머리카락, 사흘 동안 면도하지 않은 턱수염이 유감이다.

에단은 입을 연다. 하지만 플레이보이 식 레퍼토리가 통하지 않으리라는 것, 웃음거리가 될지도 모른다는 사실을 알고 있다.

그녀에게 다가가 솔직히 말하는 거야. 이 여자가 '내 여자' 라면 이해할 거야.

"숙명적인 사랑을 믿으세요?"

에단이 그녀의 탁자에 앉으며 묻는다.

셀린은 낯선 남자를 호기심과 경계심이 뒤섞인 눈길로 바라본다. 그녀는 '스튜어디스에 대한 환상'을 갖고 접근하는 플레이보이들을 매몰차게 뿌리치곤 하는데, 이 남자에게서는 흔치않은 심각성이 풍긴다.

"숙명적인 사랑이란 걸 믿으세요?"

"아뇨."

셀린은 일단 그렇게 대답하는 것으로 그를 받아들이지 않을 것임을 밝힌다.

"저 역시 믿지 않았죠. 불과 삼 분 전까지만 해도."

에단이 진지하게 말한다.

셀린은 유리잔에 살짝 입술을 댔다가 태연한 척 침묵을 지키며 그가 말을 이을 수 있게 내버려둔다.

"삼분 전까지만 해도 저는 숙명적인 사랑이 존재한다는 걸 믿지 않았어요. 영혼의 누이니 잃어버린 반쪽이라느니 하는 말들을……."
"미국인이세요?"
"아뇨, 뉴요커랍니다."
셀린이 그의 농담에 살짝 미소 짓는다.
"전 스튜어디스고 여덟 시 삼십 분발 뉴욕행 비행기를 타야 한답니다."

*

"셀린!"
셀린은 부르는 소리에 뒤를 돌아본다. 카페 입구에서 두 명의 에어 프랑스 스튜어디스들이 반갑다는 표시로 손을 흔들어 보이고는 손가락으로 벽시계를 가리킨다.
"금방 가!"
그렇게 대답하며 셀린은 미소를 지어 보인다. 읽던 책을 덮은 그녀가 우아한 자세로 탁자에서 일어선다.
"전 이제 가봐야 해요."
"뉴욕에 가면 함께 식사라도 했으면 합니다."
에단이 카페 밖으로 급히 따라 나오며 말한다.
"꿈 깨세요. 우린 서로 알지도 못하는 사이잖아요."
"서로를 알 수 있는 좋은 기회가 될 수도 있죠."
셀린은 그를 몇 미터 뒤에 내버려두고 동료들과 합류한다.
에단은 포기하지 않는다.

"식사 한 번 한다고 큰일 날 건 없잖아요."

셀린은 그 말을 못 들은 체한다.

"어쨌든 난 찬성이에요."

키가 작고 눈이 반짝거리고 피부가 가무잡잡한 스튜어디스가 셀린 대신 말한다.

"내 이름은 조에랍니다."

에단은 그녀에게 미소로 답하고는 무리를 지나쳐 셀린의 앞을 막아 선다.

"만약 내가 당신 인생의 남자라면요?"

세 여자들은 줄곧 소곤거리며 이 무모한 남자를 가볍게 놀려댄다.

"기회를 줘요. 한 번만 만나달란 말이에요."

에단이 간청하듯 말한다.

"만약 내 인생의 남자라면 그런 식으로 행동하지는 않겠죠."

"그럼 어떤 식으로 행동할까요?"

"내 인생의 남자라면 나를 놀라게 하고 감동시킬 수 있어야 해요. 그런데 당신은 날 웃음 짓게 하는군요."

"시작으로는 웃음 짓게 하는 것도 좋지 않나요?"

"맞아요. 셀린, 이 분께 기회를 줘봐!"

조에가 말한다. 하지만 세 스튜어디스들은 에단을 뒤에 남겨두고 승무원 외 출입금지 구역으로 접어든다.

"안녕!"

스튜어디스들은 모습을 감추기 전 웃음을 터뜨리며 합창하듯 소리 친다.

내 인생의 남자라면, 나를 놀라게 하고 감동시킬 수 있어야 해요.

에단은 꼼짝도 하지 않는다. 할 수 있는 방법을 다 동원했지만 결국 실패하고 말았다. 그녀에게 이름이나 직업을 알려주지도 못했고, 만나고 싶어 하는 마음을 불러일으키지도 못했다. 그저 어릿광대나 익살꾼으로 간주되었을 뿐이다. 사실 그게 그의 본모습인지도 몰랐다. 큰물에서 놀고 싶지만 역량을 갖추지 못한 초라한 사내.

에단은 자리에 쓰러지듯 주저앉아 두 눈을 감고 오랫동안 움직이지 않는다. 이윽고 그는 다시 정신을 차린다. 시계는 8시 30분을 가리키고 있다. 활주로에서는 에어 프랑스 비행기가 제시간에 이륙한다. 그가 갑자기 사랑하게 된 여자를 맨해튼으로 데려가는 비행기이다.

그럼 이제 난 뭘 하지?

에단은 그녀가 탄 비행기가 뉴욕에 도착할 시간을 계산해 본다. 아침 10시 40분경이다.

에단은 아직 두 시간이나 더 출발을 기다려야 하고, 게다가 그가 타는 비행기는 직항노선도 아니다.

모두 잊어버려. 영웅 흉내를 내려 애쓸 것 없어. 그래, 다시 뉴저지의 여자들이나 쫓아다니는 거야. 그녀들이 쿤데라를 읽는 프랑스 미인들보다 못할 게 뭐 있어.

먹이를 염탐하는 동물처럼 그의 두 눈이 어떤 신호, 어떤 아이디어를 찾아 공항 여기저기를 둘러본다. 이윽고 그의 눈길이 오래된 포스터 위에 머문다.

콩코드 : 마하 2의 세계
파리-뉴욕을 빛보다 빠른 속도로!

내 인생의 남자라면, 나를 놀라게 하고 감동시킬 수 있어야 해요.
에단은 급히 사정을 설명하고 출국장을 나가 에어 프랑스 카운터로 달려간다. 뉴욕 JFK 공항에 아침 8시 25분에 도착하는 10시 30분발 콩코드가 있다. 다시금 그의 마음을 밝혀준 한 줄기 빛, '유레카'를 외칠 뻔했던 그는 엄청난 티켓 가격 때문에 이내 기가 질린다.
"오천 오백 오십 달러입니다."
에단은 직원에게 다시 한 번 말해달라며 편도 티켓임을 분명히 하지만 금액은 달라지지 않는다.
편도 비행기 티켓 한 장에 5,550달러라니!
에단은 잠시 생각에 잠긴다. 지금 그가 가진 저축액수를 다해 봐야 6,300달러. 그걸 모으는 데도 여러 달이 걸렸다. 신문에 진료실의 간지 광고를 할 자금이다.
즉흥적인 열정 때문에 은행 잔고를 바닥내는 일은 없으리라!
내 인생의 남자라면, 나를 놀라게 하고 감동시킬 수 있어야 해요.

*

아침 9시 30분, 에단은 스튜어디스의 안내를 받아 콩코드 이륙장에 있는 출입제한 휴게실로 들어선다.
모든 이들이 그에게 공손하다. 5,550달러는 그런 대우가 포함된 가격인 것이다. 사람들이 그에게 먹음직스러운 과자 모둠, 그리고 아침 시간임에도 20년산 위스키와 보르도를 권한다. 한 손에 잔을 들고 골프장에서처럼 사업을 논하는 사업가들의 '아레오파고스(고대 그리스의 학자, 작가, 재판관 등의 모임)' 한가운데서 그의 옷차림은 도무지 어울리지 않는다.

에단은 놀라움에 가득 찬 눈길로 유리창 너머를 바라본다. 이륙을 앞두고 기술자들이 분주히 일하고 있는 비행기의 좁은 동체와 삼각형의 날개를.

출발 절차가 순식간에 이루어지고 승객들은 중앙 통로를 따라 두 개씩 배치된 연한 색 가죽 좌석에 앉는다. 비행기 좌석은 반쯤 비어 있다.

아침 10시 30분 정각, 초음속기의 기품 있고 우아한 실루엣이 이륙 활주로에 도착한다. 다른 활주로에서 비행기들이 쉴 새 없이 줄을 서고 있다가 콩코드가 지나가도록 길을 비켜준다. 조종석에 앉은 기장은 네 개의 제트 엔진으로 17톤의 추진력을 방출시키고 제동기를 풀어놓는다. 순간 가속이 이루어진다. 기껏해야 30초 정도 만에 이 커다란 하얀 새는 땅에서 튕겨져 나간다.

에단은 푹신한 좌석에 파묻힌 채 자신이 어떻게 이런 일을 저지를 수 있었는지 정신을 차릴 수가 없다. 그는 열정이 이성을 제압하는 광기의 순간에 표를 구입했지만, 정말이지 터무니없는 행동이 아닌가.

"샴페인을 드시겠습니까, 선생님?"

스튜어디스가 그에게 묻는다.

에단은 그럴 권리가 있는지 확신할 수 없어 한 순간 망설인다.

"1993년산 동 페리뇽입니다."

스튜어디스가 잔을 가져다주며 말한다.

에단은 잔에 담긴 샴페인에 입술을 적신다. 복숭아와 자두 잼과 꿀 맛이 난다. 그 다음에는 보드카 잔에 담긴 캐비어가 서빙된다. 두 층의 철갑상어 알 사이에 다진 샐러리가 들어 있다.

에단은 고개를 돌린다. 뒷좌석의 노부인은 푸들 두 마리를 각기 다른 좌석에 앉혀놓고 있지 않은가!

오전 11시, 기장은 비행기가 도빌 상공 9천 미터 지점에 있으며, 이제 곧 음속을 뛰어넘을 것이라고 방송으로 알려준다. 이윽고 승무원들은 프랑스의 명요리사 알랭 뒤카스가 고안한 점심식사를 분주하게 서빙한다. 시적이면서도 입맛을 돋우는 주문식 메뉴에는 전채요리와 따끈한 메인 요리를 폭넓게 선택할 수 있다.

브르타뉴 가재 메다이용(둥글고 얇게 잘라낸 것)
토마토와 버섯 퐁뒤
그리스산 송로 버섯즙

혹은

아 라 플란차(석쇠에 구운) 농어 필레
파 밑동과 셀러리 퐁당(설탕을 입혀 내용물이 입안에서 녹게 만든 것)
미국식 조개 소스

그리고 유명한 두 가지 디저트.

신선한 박하와 레몬 향을 곁들인

열대 과일과 파인애플 아스픽(고기 젤리)

그리고
모카맛 초코커피 크루스티앙(바삭바삭한 과자)

　에단은 자기 자신에게 그런 사치를 허용하기로 하고, 이 세련된 식사를 위해 특별히 선별된 명망 있는 포도원의 일급 포도주를 맛본다.
　이제 비행기는 마하 2의 속도로 날고 있다. 기장은 약 6만 피트 상공을 날고 있다고 알려준다. 고도가 1만 1천 미터인 일반 비행과는 달리 성층권 높이인 1만 8천 미터를 나는 것이다.
　에단은 창문에 얼굴을 대고 밖을 내다본다. 우주의 전 단계라서인지 하늘색부터 달라 보인다. 하늘색은 짙은 보랏빛이 도는 청색으로 저 아래쪽의 소란스럽게 동요하는 기상 변화 같은 건 전혀 찾아볼 수 없을 만큼 고요하다. 가장 인상적인 볼거리라면 지구가 둥글다는 사실이 눈으로 직접 확인된다는 것이다. 벌써 뉴욕 상공에서의 감속이 시작되고, 3시간 35분간의 비행을 마친 초음속기는 활주로에 사뿐히 내려앉는다.
　에단은 파리에서 아침 10시 30분에 출발했다.
　뉴욕에 내리니 아침 8시 25분이다.

　시간을 거슬러온 것이다.
　한 여자를 감동시키기 위해.

에단은 손목시계를 본다.

셀린이 탄 비행기는 앞으로 두 시간 후에나 도착하리라. 세관을 통과한 그는 현금 자동지급기에서 은행 잔고를 확인한다. 그의 계산이 정확하다면, 이제 남은 돈은 750달러뿐이다. 하지만 자동지급기로 인출할 수 있는 돈은 600달러가 한계다.

에단은 국제선 출발 구역의 미용센터에서 영업 중인 미용실을 찾아낸다. 하지만 불행히도 여성 전용이다. 그는 제니라는 이름의 뉴저지 시사이드 하이츠 출신의 미용사를 설득해 머리손질을 맡긴다. 두 개의 가위와 바리캉을 든 그 미용사는 그의 머리를 〈ER〉에 나오는 더글러스 로스처럼 커트해놓고 턱수염까지 밀어준다.

아침 9시 45분

에단은 엠포리오 아르마니 상점으로 들어가 흰 셔츠와 진회색 양복, 검은 구두 한 켤레를 사서 옷을 바꿔 입고 구두를 갈아 신는다.

아침 10시 10분

에단의 주머니에 남은 돈은 이제 40달러. 그는 과자점 진열장에서 멋진 작품을 발견한다. 초콜릿과 아몬드 페이스트로 만든 한 다발의 장미꽃다발. 붉은색, 분홍색, 자주색, 푸른색, 하얀색 장미꽃들은 실제보다 더 진짜 같지만 사실은 아몬드, 오렌지, 프럴린(설탕에 졸인 편도), 잔두야(헤이즐넛, 아몬드 등을 넣어 만든 북이탈리아의 초콜릿) 맛이 난다. 60달러.

에단은 주머니를 뒤집어본다. 시간이 없어 환전하지 못한 43프랑이

나온다. 환전소에서는 그에게 6달러를 내어준다. 46달러를 손에 쥔 그는 과자점으로 들어가 이탈리아인 주인과 흥정한다. 주인은 그의 사정 같은 것에는 관심이 없다.

에단은 그에게 명함을 주고 몇 차례 무료 진료를 해주겠다고 말하고 현금 자동지급기가 신용카드를 삼켜버렸다고 둘러댄다. 내일 아침에는 틀림없이 돈을 가져오겠다고 말하지만 여전히 통하지 않는다. 꽃다발의 가격은 46달러가 아니라 60달러라는 것이다.

에단은 마침내 그에게 자초지종을 털어놓는다. 어떤 여자에게 첫눈에 반했고, 그 여자보다 먼저 맨해튼에 도착하기 위해 콩코드를 탔으며, 그 여자에게 주기 위해 그 꽃다발을 꼭 사고 싶다고. 드디어 기적이 일어난다. 과자점 주인은 마침내 그에게 자신의 작품을 내어준다.

11시가 되자, 004편의 승무원들이 공항으로 들어온다. 면도를 하고 이발을 말끔히 하고 새 옷을 차려입은 에단은 장미 초콜릿을 들고 셀린을 향해 다가간다. 이 순간 그에게서는 그 어떤 계산이나 고민의 흔적을 찾아볼 수 없다. 방어 본능과 두려움도 사라지고 없다. 그의 동작은 순수하고 무구한 어린아이를 연상시킨다.

조에 그리고 다른 두 명의 스튜어드들에 둘러싸인 셀린이 출구로 다가온다.

"당신을 감동시키기 전에 먼저 놀라게 해드리지요."

에단은 그렇게 말하며 그녀에게 과자 꽃다발을 내민다.

셀린은 갑작스러운 상황에 놀란 탓인지 아무런 반응도 보이지 않는다. 사실은 그를 알아보지 못한 탓이다. 이 남자가 어떻게 오늘 아침 파리에서 만났던 그 남자와 같은 사람이란 말인가?

이윽고 셀린은 그가 무슨 일을 했는지 깨닫고 두려움에 휩싸인다.

그녀는 그의 행동이 '지나치다'고 여긴다. 지나치게 대담하고 멋지고 비용이 많이 든 행동이라 여긴다. 과도하고 비이성적이고 병적인 행동이라 생각한다.

"당신, 미쳤군요!"

셀린은 그렇게 말하며 차가운 눈길로 그를 쏘아본다. 그녀는 그로부터 벗어나기 위해 걸음을 빨리하지만 그는 포기하지 않고 뒤따라간다.

"당신을 놀라게 할 누군가를 찾고 있는 줄 알았는데요?"

"당신은 미쳤어요!"

"자, 받아요. 당신에게 주는 꽃다발이에요."

에단은 다시 그녀에게 꽃다발을 내민다.

그녀는 엉겁결에 받아들지만 이내 그의 얼굴을 향해 다시 던져버린다.

"날 귀찮게 하지 말아요!"

셀린이 출구 쪽으로 서둘러 걸음을 옮기며 쏘아붙인다.

동료의 난처한 입장을 고려한 스튜어드 두 명이 강경하게 에단의 앞을 막아선다.

에단은 그들을 밀치고 터미널을 나선다. 셀린이 조에와 함께 택시 승강장에서 줄을 서 있다.

"난 당신을 두렵게 하려던 게 아니었어요."

에단이 조심스러운 어조로 말한다.

"그렇다면 헛짚었군요."

"내 이름은……."

"제발 당신 이름 같은 건 말하지 마세요. 난 당신에 대해 아무것도 알고 싶지 않아요."

셀린이 사정조로 외친다.

"난 그저 당신을 기쁘게 해주고 싶었을 뿐이에요."

에단이 간곡히 설명하지만 그녀는 고개를 돌리고는 조에의 뒤를 따라 택시 안으로 모습을 감춘다.

택시가 공항을 떠나려는 순간, 에단은 그녀의 입모양을 보고 마지막 말을 알아듣는다.

"정. 신. 차. 리. 세. 요."

자동차가 출발한다. 에단은 집으로 돌아갈 차비도 없이 인도에 혼자 남겨진다.

"기쁘게 해주고 싶었을 뿐인데."

에단은 혼잣말처럼 중얼거린다.

15. 사랑의 말

> 어린 아이였을 때, 내가 생각하는 사치란 모피 코트, 롱드레스, 해변의 별장 같은 것들이었다. 좀 더 나중에 나는 사치란 지적인 생활을 영위하는 것이라고 믿었다. 이제 내가 생각하는 사치란 이성에 대한 열정에 찬 삶이다.
> ―아니 에르노

이튿날

2001년 9월 11일 화요일

아침 8시 35분

맨해튼 세계무역센터 광장

"같이 가자니까!"

조에가 강권하다시피 말한다.

"싫어, 그 사람은 네 사촌이잖아. 두 사람의 반가운 재회를 방해하고 싶지 않아."

셀린이 대답한다.

충돌 10분 전

"그녀는 변호사 사무실에서 일하고 있어."

조에가 자부심 어린 어조로 설명한다.

"그녀는 이 건물 오십 층에 멋진 방을 갖고 있대. 그렇게 높은 곳에서 내려다보는 전망이 어떨지 상상해봐!"

세계무역센터 광장 한가운데서 두 젊은 여자는 고개를 들어 남쪽 건물 꼭대기를 올려다본다.

"사진 찍어오는 거 잊지 마."

셀린이 친구에게 일회용 카메라를 내밀며 말한다.

조에는 사진기를 배낭에 넣고 쌍둥이 건물의 드넓은 로비로 들어간다.

충돌 9분 전

혼자 남은 셀린은 롤러스케이트를 꺼내 신고 해변도로를 달리기 시작한다. 하늘은 맑게 개어 있고, 신선한 바람이 섬의 남단으로 불어온다.

8분 전

셀린은 화강암으로 된 전쟁기념관의 커다란 표지판을 따라 달리다가 페리 선착장 쪽으로 내려간다. 두 손으로 스타벅스 종이컵을 들고서. 뜨거운 칼바도스와 캐러멜 시럽, 휘핑크림이 혼합된 음료다. 머리에는 워크맨의 헤드세트를 쓰고 있다. 2001년 9월 현재, 애플에서는 아직 아이팟을 발매하지 않았으므로.

셀린은 워크맨 레이저로 마이클 버거의 CD를 듣는다. 그녀에게 그 앨범에서 가장 감동적인 노래는 〈몇 마디 사랑의 말〉이다.

7분 전

셀린은 배터리파크와 스태튼 섬을 오가는 페리선 앞에 이른다. 그곳은 바다로 나가기 위해 배에 오르는 관광객들과 하루 업무를 시작하는 교외 거주자들로 몹시 붐비고 있다.

6분 전

조깅하는 사람들, 자전거를 타는 사람들 한가운데서 셀린은 배터리파크로 통하는 광장을 올라가 클린턴 캐슬 미니어처를 돌아 에이즈 희생자를 위한 호프 가든의 목련 앞에서 잠시 멈춘다.

5분 전

셀린은 전날 공항에서 만났던 그 이름 모를 남자를 떠올린다. 단순히 그녀를 놀라게 하려고 콩코드를 타다니! 그런 행동은 여간한 배짱이 아니면 할 수 없으리라. 근사하고 기사도적인 행동이 분명하다. 몇 분 동안 그 남자는 그녀를 영화나 소설 속의 주인공으로 만들어 주었다.

4분 전

당시 셀린은 남자의 집요함에 와락 겁이 나 매몰차게 뿌리쳤다. 지금은 왜 그리 격하게 반응했는지 알 수 없다. 이제까지 그녀 주변에 그런 용기를 가진 사람이 있었던가? 어쨌든 지금까지 사귄 사람들 중에서는 아무도 없다.

3분 전

만약 내가 당신 인생의 남자라면요?

그 정도의 용기를 낼 수 있는 사람이라면 분명 남다른 신념과 힘을 가지고 있으리라. 하지만 모든 걸 망쳐버리고 말았다. 그녀는 그의 이름조차도 몰랐고, 그를 다시 만날 수 있는 그 어떤 단서도 갖고 있지 못했다.

그렇게 멍청한 짓을 저지르다니!

2분 전

셀린은 어퍼베이를 따라 뻗어 있는 광장을 따라 다시 허드슨 강둑 위를 달리기 시작한다. 9월의 아침이 너무나 아름다워 슬퍼할 수가 없다. 후회스러운 행동이었지만 그를 다시 만날 수 있는 방법을 찾아낸다면 충분히 복구될 수 있다고 생각한다. 다른 도시에서라면 영원히 그를 만날 수 없을 테지만 뉴욕은 다르다. 여긴 뉴욕이고, 뉴욕에서는 불가능이란 없으니까.

그렇다, 여기서는 일어날 수 없는 일이란 없다!

1분 전

셀린은 롤러스케이트를 탄 채 균형을 잡으며 더욱 속력을 낸다. 저 앞에 자유의 여신상과 엘리스 섬이 보이기 시작한다. 그녀는 이 도시가 좋다. 이 장소를 사랑한다. 얼굴을 씻어주는 바람, 갈매기의 날갯짓, 그녀를 흥분시키는 속도감을.

셀린은 두 팔을 벌리고 흥분에 차 작은 고함을 내지른다. 그녀는 스스로 자유롭다고, 아름답다고 느낀다. 이 도시 어딘가에서 한 남자가 그녀를 생각하고 원하고 있으리라. 그녀를 만나기 위해 시간을 거슬러 온 남자가!

0분
그날 아침 죽음의 그림자는 날개라도 단 듯 순식간에 그곳을 덮친다.

셀린
나중에 '그 일이 일어난 바로 그 시각' 뭘 하고 있었는지 질문을 받는다면, 나는 롤러스케이트, 배터리파크, 조에, 그리고 그때 듣고 있던 노래에 대해 말하리라.
하지만 사실을 말하자면 그 날 그 일이 일어난 시각에 나는 당신을 생각하고 있었다.

*

"엄마, 이리 좀 와보세요!"

같은 날
파리 교외의 멋진 빌라 안

열일곱 살짜리 셀린의 동생 뱅상은 학교에서 돌아와 텔레비전을 켠다. 화면에는 아우성과 공포, 검은 연기, 먼지 구름, 공중으로 튀어 오르는 사람들의 모습이 나온다.

"이리 좀 와보세요, 엄마! 세계무역센터 건물이에요! 그 건물이 무너지고 있어요!"

뱅상의 엄마 마틸드가 서둘러 거실로 들어온다. 몇 초 동안 그녀는 무슨 일이 일어났는지 깨닫지 못한 채 화면을 물끄러미 응시한다. 무슨 영화나 특수 효과의 한 장면이라고 생각하면서. 이윽고 그녀가 갑자기 소리친다.

"네 누나! 셀린이 지금 뉴욕에 있는데!"

한 시간 후

토마스는 두 눈이 붉게 충혈된 얼굴로 숨을 헐떡이며 빌라의 문을 두드린다. 50대인 그는 검은 양복 차림에 넥타이는 매지 않았다. 그는 셔츠단추를 풀어헤치고, 손목에는 눈에 잘 띄지 않으면서도 과시적인 코끼리 털 팔찌를 차고 있다.

그 빌라는 2년 전 마틸드와 헤어지기 전까지 그의 소유였다. 24년간이라는 긴 세월을 함께 살아온 마틸드와의 이혼은 피차 고통스러운 과정이었다. 두 아들은 18개월 된 이복 남동생이 있다는 사실을 알고 나서부터는 그와 말조차 하지 않으려 들었다.

토마스는 오스망 대로에서 운영하고 있는 명품 의류 매장의 판매원인 타티아나와 사랑을 나누었고, 그 결과 아기까지 낳았다. 매끄러운 피부와 날씬한 몸매를 한 타티아나는 이제 겨우 스무 살인 우크라이나 출신 여자다.

토마스는 그녀와 새로운 인생을 시작했다. 그녀를 처음 만났을 때 그의 나이는 쉰세 살이었고, 지금보다 체중이 무려 20킬로그램이나 더 나갔고, 혈압은 19가 더 높았으며, 콜레스테롤 수치는 걱정스러운 수준으로 이미 노년의 초입에 접어든 셈이었다.

죽음과 쇠락, 두려움에 둘러싸인 채 자신 있게 나이 든다는 건 몹시 힘든 일이었다. 토마스는 젊은 슬라브계 여자가 준 자극 덕분에 하루 아침에 모든 것을 바꾸었다. 렉소밀을 비아그라로, 오리 콩피를 스시로, 생테밀리옹 적포도주를 코카 라이트로, 사냥 파티를 조깅으로, 낡은 메르세데스를 최신형 미니 쿠페로.

마틸드에게서는 남편을 평가절하하고 있다는 느낌이 종종 들었던 반면 타티아나는 그를 취향에 맞는다고 느끼는 듯했다. 토마스는 그녀 덕분에 영영 가버렸다고 여겼던 젊음을 되찾았다. 그는 중년의 안정된 삶을 포기하고 삶의 약동과 사랑의 열정, 어린 아기의 아빠가 되는 편을 선택했다.

다시 삶의 중심으로 뛰어드는 것, 다시 손에 손을 잡고, 다시 뜨거운 입맞춤을 하고, 다시 침대를 삐걱거리게 하며 열정적인 사랑을 나누는 건 그 얼마나 멋진 일인지!

그렇다고 해서 토마스가 착각에 눈이 먼 것은 아니었다. 그는 중년에 찾아온 이 새로운 삶에 불안한 종말이 기다리고 있다는 걸 알고 있었지만, 그 위험을 감수하기로 했다.

행복한 세월은 길어야 10년이리라. 앞으로 10년 정도는 젊은 연인의 욕구를 그런 대로 맞춰줄 수 있으리라. 앞으로 10년 정도는 나이가 경험으로 간주되고, 스와롭스키 팔찌 선물로 어쩔 수 없는 육체적 쇠락을 용서받을 수 있으리라.

토마스는 그 새로운 열정에 호된 대가를 치러야 했다. 마틸드의 증오심은 납득할 만했다. 그녀는 믿음에 기초해 세워진 가정을 산산조각냈다며 그를 비난했다. 두 아들은 공공연히 적대감을 표출했으며,

몇몇 친구들은 그를 비웃었다. 그들은 마음속으로는 그가 부러워 죽을 지경이면서도 가정을 망가뜨린 중년의 바람기를 질책했다.

가족 중에서 여전히 그를 규칙적으로 만나주는 사람은 셀린뿐이었다. 그녀는 그의 결정을 적극 지지하지는 않았지만 적어도 무턱대고 비난하지는 않았다. 셀린은 마음의 충동을, 열정이 이성을 이길 수 있다는 걸 이해했다. 그가 그토록 사랑해마지 않는 딸 셀린이 지금 더 이상 이 세상 사람이 아닐 수도…….

*

마틸드가 문을 열어준다. 그녀의 눈에는 눈물이 맺혀 있다.
"다른 소식이 있어?"
토마스가 숨을 헐떡이며 묻는다.
"호텔에 전화를 걸어봤지만 받지 않아."
"휴대폰은?"
"그 아이 휴대폰은 트라이밴드 모델이 아니라서 미국에서는 사용할 수 없어. 그런데……."
마틸드의 눈에서 눈물이 펑펑 쏟아져 내린다.
"무슨 일이야?"
토마스가 소리친다.
"셀린의 동료인 조에의 부모에게서 전화를 받았는데……."
"그런데?"
"……그 사람들 말이 딸이 세계무역센터에서 일하는 사촌을 만나러 가겠다고 했다는 거야."

2부 · 맞서 싸우기 193

그럴 리가 없어! 왜 하필이면 오늘?

"……셀린이 조에와 함께 세계무역센터에 갔을 것 같다고."

토마스는 충격을 받는다. 뱅상과 따로 나가 살고 있는 맏아들 라파엘이 거실로 들어와 그와 합류한다. 그들이 마지막으로 만났을 때에는 욕설이 터져 나왔고, 하마터면 주먹다짐을 할 뻔했다. 하지만 오늘 저녁은 엄숙한 가족 모임이다. 그들은 무슨 일이라도 하고 싶지만 무력하다는 걸 절감한다. 2분 간격으로 전화벨이 울려댄다. 셀린이 혹시 뉴욕에 있을까봐 걱정스러워 일가와 친구들이 걸어오는 전화다. 그는 그들 모두에게 건조하게 대답한다. 셀린의 전화를 기다리고 있으니 어서 끊으라고.

텔레비전을 켜둔 그들은 뉴스를 통해 셀린의 죽음을 확인하게 될까봐 내심 걱정스러워하며 화면을 힐끔거린다. 사망자가 수천 명에 이르는 듯하다. 그중에 프랑스인이 있는지는 알 수 없지만, 어떻게 없을 수 있겠는가? 다음 10년간 정치 현안으로 떠오른 단어들이 처음으로 등장하기 시작한다. 테러에 대한 전쟁, 빈 라덴, 알카에다…….

마틸드와 아이들은 실의에 빠진 채 소파에 앉아 있다. 그들은 차례로 낙담 상태에서 빠져나와 분노를 터뜨리기도 하고 서로 걱정이나 희망을 나누기도 한다.

토마스는 그런 그들의 모습을 훔쳐본다. 이런 휴전, 이런 원한의 공백상태, 다시 가족이 된 듯한 이 느낌은 정말이지 기묘하다. 그 동안의 적대감은 몇 시간 만에 눈 녹듯 사라져버린다. 그저 셀린이 살아 있기만 하다면 무엇이든 감수할 각오가 되어 있는 부모, 누나를 생각하며 죽도록 고통스러워하는 두 남동생이 있을 뿐이다.

도대체 왜 누가 죽거나 사고가 나거나 불치병 선언을 받고나서야 싸움을 그만두게 되는 것일까?

*

이윽고 새벽 2시가 된다. 모두들 희망을 포기해갈 무렵 전화벨이 울린다.
전화를 받은 사람은 토마스다. 수화기 건너편에서는 아무 소리도 들리지 않는다. 하지만 그는 이미 전화를 건 상대방이 셀린이라는 걸 직감한다. 세 살 무렵 그가 목말을 태워주었던 귀여운 딸, 학교에, 댄스파티에 데려다주고, 숙제를 도와주고, 슬퍼할 때면 위로해주었던 딸 셀린이라는 것을.
토마스는 전화를 스피커 기능으로 연결한다. 셀린의 목소리가 방 안에 울려 퍼진다. 그 극적인 순간의 감정은 단순한 안도감을 뛰어넘는다. 마치 셀린이 죽었다가 살아 돌아오기라도 한 것처럼 모두들 환호한다. 모두들 셀린과 이야기를 나누고 싶어 하지만 하나같이 눈물범벅이라 목소리가 제대로 나오지 않는다. 영사관을 통한 전화라 통화를 길게 할 수가 없다. 이윽고 모두들 봇물처럼 솟구쳐 오르는 삶의 격정과 강렬한 사랑을 담아 한목소리로 외친다.
"사랑해, 셀린. 사랑한다."
셀린이 전화를 끊고 난 후에도 그들 네 사람은 말없이 서로를 부둥켜안고 있다.

새벽 3시
토마스가 베란다에 있는 마틸드에게 다가온다.

그녀는 담배를 피우고 있다. 몇 년 만에 처음으로 피우는 담배다.

"난 언제나 주방에 담배 한 갑을 넣어두었어."

그녀가 말한다.

"힘들 때를 위해서?"

"슬프거나 기쁠 때를 위해서."

이번에는 그가 말보로 한 대에 불을 붙인다. 그 역시 '공식적으로는' 오래전 담배를 끊은 상태지만 오늘밤은 흔한 밤이 아니다.

토마스는 마침내 용기를 내 마틸드의 눈을 지그시 응시하며 웃음을 지어 보인다. 눈물에 씻긴 그녀의 눈에서는 평온한 빛이 반짝인다. 그들은 각자 말없이 담배를 피운다. 담배에는 다시 이어진 관계의 맛이 어려 있다.

"난 그만 가볼게."

잠시 후 그가 마음을 정하고 말한다.

그는 웃옷을 걸치고 자갈길 끝에 세워둔 자동차로 걸어간다.

그는 뒤를 돌아보고는 아내에게 손을 흔든다.

마틸드는 한 순간 망설이다가 말한다.

"조심해서 가."

*

3일 후

2001년 9월 14일 금요일

저녁 7시 50분

맨해튼

에단은 치즈케이크 한쪽과 다즐링 한 잔을 주문한 다음 커피숍 구석자리의 대리석 탁자에 가서 앉는다.

웨스트사이드 한복판에 자리 잡은 커피숍 자바스키는 20세기 초 비엔나의 카페를 닮아 있다. 실내는 일부러 낡은 느낌으로 꾸며져 있고, 앤티크 거울이 걸린 벽에는 상당히 정교하게 그려진 구스타프 클림트의 모사화가 걸려 있다. 견과류 파이, 에펠스투르들(비엔나식 사과파이), 베녜 크라픈(프랑스식 튀김) 같은 메뉴에서는 옛 느낌이 풍긴다. 커피숍 한가운데에서 바이올리니스트가 모차르트, 파가니니, 생상의 곡을 연이어 연주한다.

에단은 차를 잔에 따라 조금씩 마시면서 창밖을 바라본다. 충격적인 테러 사건이 일어난 지 사흘째, 삶이 서서히 다시 숨을 쉬기 시작한다. 거리 곳곳에 화요일 아침 이후 생사를 알 수 없는 이들을 찾기 위해 가족들이 붙여놓은 수많은 벽보와 사진이 여기저기 붙어 있다. 아직도 불씨가 꺼지지 않은 남쪽에서는 역한 냄새를 풍기는 연기가 피어오른다. 소방대원들이 쉴 틈 없이 폐허 속을 뒤지고 있지만 수요일 이후 더 이상의 생존자는 찾지 못하고 있다.

인도 맞은편의 작은 담장 위에는 그 지역 실종자들을 추모하기 위해 가져다놓은 초와 어린아이들의 그림, 꽃이 놓여 있다. 임시로 만들어진 분향소 앞을 지나는 수많은 사람들이 잠시 발길을 멈추고 한 번도 본 적 없는 희생자들을 추모하기 위해 옷깃을 바로잡는다.

에단은 안주머니에서 만년필을 꺼내 조금 전 횡단보도 근처의 기둥에서 본 예이츠의 시구를 적는다.

나는 가난하다, 내게 남아 있는 것이라고는 나의 꿈뿐. 나는 그것을 그대 발밑에 펼치리니. 그대, 부드럽게 밟고 가소서, 내 꿈 위를.

도처에서 새로운 관행이 생겨난다. 사람들은 시를 베껴 유리창에, 가로등에, 버스 정류장에 붙여놓는 것이다. 모든 것이 정신적 외상을 어루만지고 애도를 표하는데 도움이 된다.
에단은 배낭에서 책을 한 권 꺼낸다. 정오 점심시간에 산 밀란 쿤데라의 《참을 수 없는 존재의 가벼움》이다. 예의 스튜어디스가 읽던 책이다. 그 여자 때문에 그는 가진 돈을 모두 탕진했지만 그녀는 그를 거부했다. 그때는 모욕감을 느꼈지만 그녀에 대한 생각이 좀처럼 머릿속에서 사라지지 않는다. 지난 사흘간의 혼란 속에서 줄곧 떠오르는 건 바로 그 여자의 얼굴이다.
여행에서 돌아온 직후 그의 진료실은 대만원이다. 두 빌딩의 붕괴와 직간접으로 연결되는 사람이 대부분이다. 주변 사람들이 목숨을 잃었으므로 많은 이들이 심리적인 지지를 필요로 한다. 모두들 다시 사는 법을 배우려 애쓰며 이웃의 비극을 걱정한다. 스스로에 대해 다시 생각하고, 삶을 돌아보며 달라진 눈으로 세상을 본다. 어떤 이들은 이 도시를 떠나고, 또 어떤 이들은 삶에 대해 강렬한 욕망을 느낀다. 사람들은 이전보다 훨씬 많이 '사랑한다' 는 말을 해야겠다고 생각한다.
그런데 그는?
뉴욕으로 돌아온 후 에단은 고독에 짓눌려 있다. 인정하고 싶진 않지만 그는 애정 결핍을 느낀다. 현실로부터 벗어나기 위해 그는 소설책에 몰두한다. 그의 눈길이 어떤 구절에서 멎는다.

여러 여자들을 쫓아다니는 남자들은 편의상 두 부류로 나눌 수 있다. 우선 모든 여자들에게서 여자에 대한 자신의 주관적인 생각, 자신의 꿈을 추구하는 형이다. 또 한 부류는 객관적인 여성의 세계를 끝없이 다양하게 정복하려는 욕망으로 무장한 이들이다.

"이 자리 비었나요?"
어떤 여자가 묻는다.
에단은 누군가 자기 앞에 있는 의자를 가져가려는 모양이라고 생각하며 고개만 까딱했을 뿐 시선을 들지 않는다. 다음 순간 그는 깜짝 놀란다. 그의 앞에 무엇인가 내밀어졌기 때문이다. 초콜릿과 아몬드 페이스트로 만든 커다란 장미 꽃다발, 그리고 거기에 곁들여진 명함은 바로 그의 것이다. 그가 공항의 과자점 주인에게 주었던 명함이다.
이윽고 에단은 고개를 든다.
"당신은 숙명적인 사랑을 믿으시나요?"
셀린이 그렇게 물으며 그의 앞에 앉는다. 에단은 미간에 주름을 잡으며 강한 눈길로 그녀를 주시한다.
그녀가 말을 잇는다.
"나 역시 믿지 않았죠. 사흘 전까지만 해도."

16. 날 보내지 마

당연히 나는 당신을 아프게 하겠지.
당연히 당신도 나를 아프게 할 테고.
—생텍쥐페리, 《나탈리 팔레에게 보낸 편지》

행복한 나날들

2001년 9월–2002년 10월

에단

사랑은 불법 침입자처럼 갑자기 찾아온다. 한 순간, 그리고 더 이상 아무것도 존재하지 않는다. 갑자기 모든 것이 시간 밖에, 규범 밖에 있다. 문득 삶이 더 이상 두렵지 않다.

셀린

갑자기 가슴이 불타오르고, 머리는 뒤죽박죽이고, 뱃속이 텅 빈 것 같다. 무중력 상태에서 움직이고, 심장은 떨리고, 머릿속은 뒤죽박죽이다.

에단

갑자기 새로운 피, 새로운 심장, 훨씬 명료해진 머리를 갖게 된다. 오직 그녀를 통해 숨을 쉰다. 왜냐하면 나를 나 자신에게서 해방시킨 건 바로 그녀니까.

그녀의 살이, 입술이, 머리 향기가 그립다. 이제부터 열쇠를 가진 사람은 바로 그녀다, 천국문과 지옥문의 열쇠를.

셀린

그가 없다면 난 기다림에 불과하다. 왜냐하면 그가 나를 빠르게 살게 하므로, 그가 나를 강하게 살게 하므로. 나를 보완해주는, 나를 기대게 해주는 느낌에 도취된다. 요컨대 내가 줄곧 원해온 건 다만 그것, 마음의 토로, 피의 토로뿐이었으므로.

에단

밖은 혼돈, 추위, 탄저균이 든 봉투, 아프가니스탄 침공, 대니얼 펄의 사형집행으로 시끄럽다. 하지만 난 더 이상 이 세상 속에서 살고 있지 않다. 난 나만의 성역을, 거주민이라고는 오직 둘뿐인 안락한 왕국을 만들어냈다.

셀린

우리의 '아메리칸 나이트'는 전적인 공유이자 방기다. 그의 어깨 위에 놓인 내 머리, 서로 뒤섞이는 우리의 머리카락, 그의 피가 핏줄 속을 흘러가는 은밀한 소리, 내 심장과 뒤섞이는 그의 심장박동.

에단

이틀, 그리고 그녀는 다시 비행기를 탄다. 나는 공항까지 그녀를 배웅한다. 매번 똑같은 의문, 그녀를 다시 볼 때까지 보름을 어떻게 기다린단 말인가?

맨해튼으로 돌아오는 전철 안, 내 입술에는 그녀의 입술 감촉이 남아 있다.

그녀가 준 책 속에 밑줄 그어진 부분을 읽으며 웃음이 나온다.

사랑이 사람을 바보로 만드는 것일까, 아니면 바보들만이 사랑에 빠지는 것일까?

셀린

그와 헤어질 때마다 엄습하는 물어뜯기는 듯한 공허감. 루아시(샤를 드골 공항의 별칭)의 슬픔. 다시 시작되는 현실의 차가운 물줄기.

저녁이면 나는 침대에 혼자 누워 커다란 화면을 연다. 관객이 나 혼자뿐인 내 꿈의 영화 속에서 나는 우리가 다시 만나는 장면을 끝없이 보고 또 본다.

에단

공항에서 나는 그녀가 나를 향해 달려오는 것을 본다. 내 몸 속에서 생물학적 빅뱅이, 페로몬과 아드레날린의 칵테일이 폭발한다. 이제까지 살아온 삶의 절정, 앞으로 다시없을 내 삶의 절정, 맨 앞줄에 앉아서 듣는 모차르트 콘서트보다 더 좋은 것.

셀린

뉴욕에서 보내는 크리스마스 휴가.

뉴욕은 강추위에 마비되어 있다. 일주일 동안 우리는 그리니치빌리지에 있는 그의 작은 아파트에서 한 걸음도 나가지 않는다. 우리 왕국의 넓이인 40제곱미터의 포근한 행복. 창을 통해 날아드는 눈송이, 깜박거리는 빛, 유리창 위의 성에, 집 안은 온통 서로 뒤섞이는 입김과 체온.

마시멜로와 코코넛밀크로 이루어진 성찬.

버너 옆의 독서.

그의 책은 심리학책, 내가 읽는 책은 파트릭 모디아노의 소설.

메모판에 적힌 그의 색소폰 LP, 내 보노 CD.

에단

"널 사랑하기 때문에."

셀린

이스트 빌리지에 있는 작은 문신 가게. 어제 그는 나에게 처음으로 '사랑한다'고 말했다. 바늘이 내 어깨를 누비며 아라베스크 무늬를 섬세한 터치로 새긴다. 옛 인디언 부족들이 사랑의 정수를 표현하기 위해 새겼던 문신이다.

당신의 일부가 영원히 내 안으로 들어와 독처럼 나를 감염시켰다.

어려운 시절이 다가오면 그 고비를 넘기기 위해 마음의 지주처럼 지닐 몸의 에피그래프.

"아프지 않으세요?"

문신을 새기는 사람이 걱정스런 어조로 묻는다.

나는 내 살 속에 잉크를 집어넣는 바늘을 바라본다.

고통스러운 동시에 기쁘다.
마치 사랑이 그런 것처럼.

서글픈 나날들
2002년 10월–현재

에단
이건 단순한 예감 이상이다. 예기치 못한 무시무시한 확신이다. 내게 죽음의 그림자가 드리워져 있어, 그 때문에 셀린이 위험에 빠지리라는 것. 문득 이런 확신이 엄습해와 고약한 병처럼 내 의식 속에 달라붙어 있다.
이 몹쓸 생각은 꿈속까지 날 찾아오고, 어디를 가든 악착스럽게 쫓아다니고, 온갖 고통을 몰고 온다. 두통 때문에 구역질이 나고, 떨쳐내기 어려운 무서운 환상에 시달린다. 이건 울적함도, 착란도, 변덕도 아니다. 타협할 길 없는 무시무시하고 강력한 미지의 힘이다. 어딘가에서 온 신호다. 그런데 그곳으로 가려면 도대체 알고 싶지 않은 누군가를 통해야 하는 것이다.
이해하려 들 게 아니라 무조건 복종해야 할 것처럼 긴박하다. 어떤 목소리가 끊임없이 속삭인다.
셀린이 죽는 게 싫다면 그녀 곁을 떠나!

셀린
나는 이 실연을 극복하지 못하리라. 당신은 내게서 빛을, 수액을, 믿음을 앗아가 버렸다. 내 시간은 공허하고, 내 삶은 죽어버렸다. 나는 허깨비처럼 웃고, 듣고, 질문에 대답하며 지낸다. 매일같이 나는 어떤 신호를, 손짓을 기다린다. 당신이 밀어 넣은 이 캄캄한 구멍에서 당신이 나를 건져내주기를, 부디 내게 말해주기를.

어째서 당신이 내 곁을 떠났는지?

에단

낙담한 채 5번가를 걷는다. 삶에 이질감을 느끼며 행인들의 물결에 몸을 맡긴다. 생전 처음으로 이 도시의 에너지가 나를 망가뜨린다. 도시가 나를 붙잡아주는 대신 쓰러뜨린다. 감정이나 사랑이나 고통, 나는 그런 것들로부터 안전하다고 믿어왔다.

하지만 그렇지 못했다.

셀린

샹젤리제, 11월의 파리 거리를 걷는다. 크리스마스 시즌이 시작되었음에도 서글프고 비 뿌리는 나날이다. 사랑을 잃는 것은 모든 것을 잃는 것. 나는 다른 이들의 눈길을, 얼싸안고 있는 커플들을, 서로 손잡고 있는 이들을 피한다.

고독의 성채.

고통의 수도.

내 머릿속에서 하나의 구절이 떠오른다. 1992년 폴 엘뤼아르 고등학교 프랑스어 시험 시간. 당시에는 그다지 관심이 없었으나 오랜 세월이 지난 지금 와락 달려드는 듯한 시 한 구절.

나 그대 곁에 너무나 가까이 있어 다른 이들 곁에서는 한기를 느끼나니.

17. 뉴욕 여자

청소년들은 인간이 겉모습만큼
훌륭하지 않다는 것, 그리하여 삶이란
어쩌면 상상했던 것만큼 근사한 것이 아닐지도
모른다는 것을 감지해낸다.
―마르셀 뤼포(프랑스의 아동 정신과의사)

오늘 2007년 10월 31일 토요일

아침 9시 40분

맨해튼

 리지는 텔레비전의 볼륨을 높이기 위해 리모컨의 버튼을 눌렀다. 다음 순간 그녀는 자신의 눈을 의심하지 않을 수 없었다. 화면에 나온 사람은 에단이 아니었다. 사회자의 질문에 답하고 있는 사람은 은연중 에단의 적으로 통하는 스티븐 오스틴이 아닌가!
 심각하고 침착한 목소리, 강렬해 보이는 눈빛, 클라크 게이블을 닮은 이 늙은 남자는 아직 사람들의 눈을 홀릴 만큼 제법 원숙한 매력을 발산하고 있었다.
 하지만 누가 이 늙은 남자를 진정으로 매력 있어 한단 말인가?

"이봐요, 당신은 피부를 지나치게 태웠어!"

리지가 화면을 향해 쏘아붙였다.

하얀 셔츠의 단추를 풀어 가슴팍을 드러낸 오스틴은 정말이지 탁월한 재주를 발휘해 최근 발간한 자신의 저서를 열심히 홍보하고 있었다. 이 업계에서 20년 간 몸담아온 그는 밖으로 드러나는 이미지를 완벽하게 통제할 줄 아는 듯했다. 냉소적인 동시에 자기 과신이 강한 사람이라 실제로 자신이 쓴 책의 내용을 한 순간도 믿지 않을 테지만 방송에서 그 점을 교묘하게 숨기는 능력만큼은 인정해줄 만했다.

천박하고 탐욕스런 오스틴은 에단을 몹시 증오했다. 그의 인기가 시들해진 게 에단 탓이라 여겼던 것이다. 최근 그는 몇 가지 복잡한 계략을 꾸미는 지경에까지 이르렀다. 이 마지막 계략은 정말이지 걸작인 셈이었다.

인기 있는 아침 토크쇼 방송에 에단을 대신해 나서다니!

리지는 불안했다. 오스틴이 대신 나오리라는 걸 알면서도 방송에서 빠졌다면 에단에게 뭔가 심각한 문제가 생긴 게 분명했다.

리지는 즉시 에단의 휴대폰으로 연락을 해보았지만 곧바로 자동 응답기로 연결되었다.

이상한 일이었다.

높은 시청률을 자랑하는 이 방송의 출연을 취소할 만한 일이 무엇일까? 단순히 지난밤 잠을 설쳤기 때문에? 아직 취기가 가시지 않아서? 어젯밤의 데이트가 뭔가 잘못되어서?

리지는 불현듯 좋지 않은 예감에 사로잡혔다. 만약 그보다 더 나쁜 일이라면 폭력이나 약물과용, 자살?

몇 주 전부터 리지는 금방이라도 비극적인 일이 터질 것 같은 불길

한 예감 속에서 지냈다. 에단이 하루가 다르게 궤도를 이탈하고 있다는 걸 눈치 챈 것이다. 일시적인 피로감이나 사기저하보다 훨씬 심각한 상태 같아 걱정스러웠다. 에단은 더 이상 그 자신도, 자신의 의지도 믿지 않는 듯했다.

리지는 깊은 의기소침 상태에 빠진 에단이 눈부신 성공의 길과 연결된 다리를 스스로 끊어버리는 것을 속수무책으로 방관해왔다. 그녀는 그가 고통과 고독만이 지배하는 혹독한 나라에 칩거하도록 내버려 둔 것이다.

리지가 자기 자신을 책망하고 있을 때 전화벨이 울렸다. 에단의 전화였다. 리지는 첫 번째 벨이 울리자마자 전화를 받았다.

"곧 올라가요."

에단이 언제나처럼 말했다.

*

"무슨 일이 있으셨어요?"
"죽었다가 살아났다고 하면 내 말을 믿지 못하겠지요?"
"아직 술이 덜 깨셨군요?"
에단은 어깨를 으쓱해 보였다.
"그것 봐요. 내 말을 안 믿을 거라고 했잖아요."
하지만 리지는 지금 농담할 기분이 아니었다.
"난 정말 걱정스러워요. 원장님이 펑크낸 이 방송 말이에요."
리지는 텔레비전을 가리키며 비난조로 말했다.
"방송국 담당자가 아마도 몹시 화가 나 있을걸요."

에단이 빙긋 웃으며 화면을 쳐다보았다.

"이가 없으면 잇몸으로 때우면 돼요. 난 저 늙은 오스틴에게 자리를 양보했어요. 생각보다 아주 잘 해나가고 있는걸! 저 늙은이는 언제나 공격, 언제나 전시체제란 말이지!"

"그렇게 재미있어요?"

"당신은 재미없어요? 저건 별 문제 아니니까 걱정 말아요."

"어제만 해도 원장님은 그렇게 말씀하시지 않았어요."

"어제까지 난 다른 사람이었으니까. 어제까지 난 사태를 제대로 보지 못했으니까."

"방금 전까지도 제대로 보지 못하셨어요."

리지가 책상 뒤로 고개를 돌리며 화난 목소리로 쏘아붙였다. 그녀는 고개를 숙이고 눈두덩을 문지르더니 한 순간 주저하다가 입을 열었다.

"말씀드릴 게 있어요."

"어서 말해 봐요. 난 곧 아이와 이야기를 나눠야 하니까."

"아이라니요?"

"대기실에서 초조하게 날 기다리고 있는 소녀가 있을 텐데?"

"대기실엔 지금 아무도 없어요. 오늘 아침에는 약속을 잡지 말라고 하셨잖아요."

리지가 짜증 섞인 목소리로 대답했다.

어리둥절해진 에단은 복도로 나갔다.

"그럴 리가? 소녀가 와 있을 거요. 이름은 제시. 난 알아. 왜냐하면 이미 오늘을 살고……."

에단은 대기실 문을 서둘러 열었다. 방에는 정말 아무도 없었다.

이럴 순 없어. 만약 하루가 똑같이 반복되는 거라면 제시는 여기 있어야 마땅해.

리지는 고용주의 행동을 하나의 신호로 받아들였다. 그녀는 자신의 소지품을 모아 가방에 집어넣고 자리에서 일어났다. 그녀는 문간에서 에단을 향해 몸을 돌렸다.

"제가 이 자리에 있는 건 모두 원장님 덕분이죠. 원장님이 아니었다면 저는 아직 허드렛일에서 헤어나지 못했을 것이고, 몸무게는 백 킬로그램에 이를 것이고, 제 아이들은 그 지저분한 학교를 계속 다니고 있겠죠."

리지가 차분하게 말했다.

에단은 미간에 잔뜩 주름을 잡고는 그녀를 붙들려고 팔을 뻗었다. 하지만 리지는 그를 제지했다.

"원장님이 시키는 일이라면 무엇이든 했을 거예요. 원장님이 가라는 곳이면 어디라도 갔겠죠. 왜냐하면 원장님은 좋은 분이고, 사람들에게 신뢰를 불러일으키는 놀라운 재능을 갖고 계시니까요. 하지만 원장님은 언젠가부터 그 재능을 낭비하고 있어요. 얼마 전부터 길을 잃으셨죠. 전 더 이상 원장님을 이해할 수 없을뿐더러 도울 수가 없어요. 자, 선택하세요. 원장님께서 다시 마음을 다잡으신다면 함께 일할 수 있어요. 그게 불가능하다면 전 당장 그만두겠어요. 결정을 내려 주실 때까지 당분간 출근하지 않을 생각이에요."

리지가 단호하게 말했다.

그런 다음 그녀는 밖으로 나가 소리 나게 문을 닫았다.

*

몹시 당황한 에단은 그 자리에 가만히 선 채 담배 한 대를 꺼내 불을 붙였다. 오늘 하루가 똑같이 반복되는 줄 알았다. 그의 침대에 잠들어 있는 여자, 엉망이 된 자동차, 〈뉴욕 타임스〉의 기사, 타임스퀘어에 모인 사람들의 행동……. 하지만 어느 시점부터 사태가 달라지기 시작했다.

제시는 왜 오지 않았을까?

에단은 카오스 이론을 떠올렸다. 사소한 원인 하나가 뜻밖의 결과로 이어진다고 하지 않던가? 그는 초등학교 때 배운 벤자민 프랭클린의 공식이 생각났다.

못 하나가 없어서 편자를 잃었고,
편자가 없어서 말을 잃었고,
말이 없어서 기수를 못 얻었고,
기수가 없어서 전투에 졌고,
전투에 져서 전쟁에 패했고,
전쟁에 패해서, 자유를 잃었다.
이 모든 것이 그저 못 하나 때문에…….

제시는 왜 도움을 청하러 오지 않았을까?

오늘이 시작된 후 지금까지의 행동에 어떤 차이가 개입되었기에 제시는 이곳에 오는 걸 단념했을까?

에단은 두 눈을 감고 아이와의 첫 만남 때 나눈 대화를 떠올렸다.

아저씨 직업은 사람들을 돕는 건 줄 알았는데요./ 삶은 때때로 부당하고 역겨운 거지./ 전 아저씨를 보러 온 거라고요./ 전 아저씨의 도움을 받고 싶었어요./ 이 두려움이 영영 사라져버리면 좋겠어요./ 도대체 뭐가 두려운데?/ 모든 게 다요./ 아저씬 텔레비전에서 봤을 때는 훨씬 친절해 보였는데./

그랬다. 거기에서 차이가 생긴 것이다. 첫 번째 날 아이는 문제의 텔레비전 프로그램을 보았던 게 분명했다. 그런데 오늘 아침에는 그가 방송에 출연하지 않았기 때문에 아이가 오지 않은 것이다. 그는 시나리오를 재구성해보았다. 자살직전의 심리 상태가 불안정한 소녀가 언론을 통해 그를 알게 된다. 아이는 인터넷으로 그의 진료실 주소를 알아낸다. 망설이던 아이는 텔레비전에 나온 그를 보는 순간 만나보기로 마음을 정한다.

그렇다면 제시는 여기서 멀지 않은 장소에 있으리라. 채널을 NBC에 맞추어놓은 텔레비전이 있는 장소라면 커피숍이 유력했다.

에단은 서둘러 진료실 건물을 나섰다. 주말이 막 시작되는 이 시간, 항구에 면한 사무실가인 이 구역은 점차 활기가 살아나고 있었다. 이곳이 바로 우편엽서에 흔히 등장하는 바로 그 뉴욕이었다. 마천루가 늘어서 있고, 풍경이 서로 겹쳐지고, 눈부신 햇살 아래 은빛 물결이 반짝이는 뉴욕…….

에단은 본능적으로 해를 등지고는, 콘크리트와 유리와 강철로 이루어진 건물들 속에서 보다 좁은 길들이 협곡을 이루고 있는 어둑한 구역으로 들어갔다.

에단은 월스트리트의 스타벅스, 스시 식당, 호텔 바, 플레처 호텔의

'델리' 등 커피숍처럼 보이는 곳을 모조리 뒤졌다. 이윽고 지친 그가 찾기를 포기하려는 순간 깜박이는 간판 하나가 눈에 띄었다. 커피숍 스톰이었다. 첫째 날 진료실 대기실에서 그 소녀의 손으로부터 떨어진 냅킨에 인쇄되어 있던 커피숍 로고가 생각났다.

에단은 프런트 가의 그 커피숍 창가에서 마침내 아이를 발견했다. 그는 창유리 너머로 아이를 바라보았다. 감동의 물결이 밀려왔다. 아이는 살아 있었다. 여전히 연약하고 여윈 모습이었지만 분명 살아 있었다. 그는 안도감이 가슴 가득 차오르는 걸 느끼며 잠시 그 자리에 서서 아이를 지켜보았다. 지금까지 여러 시간 동안 소녀의 죽음을 슬퍼해온 만큼 살아 있는 아이를 다시 만나는 건 엄청나게 기쁜 일이었다.

몇 미터 앞에서 어른거리는 아이의 실루엣은 그를 줄곧 괴롭혀온 이미지들을 단숨에 사라지게 했다. 불을 뿜는 총구, 피, 혼란, 아이가 숨을 거두는 순간 그 손을 찾아 쥔 그의 손 따위를…….

아이는 살아 있었다. 하지만 마음이 다른 곳에 가 있는 듯했다. 세상과 삶으로부터 분리된 채 침울하고 폐쇄적인 모습으로 허공을 응시하고 있었다. 아이의 앞에는 물컵과 오려낸 〈뉴욕 타임스〉 기사가 놓여 있었다.

미국을 사로잡은 정신과의사

예비된 비극이 일어나는 걸 지켜보기만 하지는 않겠노라고 결심한 에단은 커피숍의 문을 밀고 들어갔다. 미국을 사로잡지는 못했지만 한 소녀를 치명적인 운명에서 구해내리라.

*

"안녕, 제시, 앉아도 될까?"

당황한 소녀는 앞에 선 남자를 향해 고개를 들었다.

에단은 아이의 대답을 기다리지 않고 두 잔의 커피와 오렌지 주스, 모둠 과자가 놓인 쟁반을 탁자 위에 내려놓으며 자리에 앉았다.

"배가 많이 고플 텐데 어서 먹거라."

"어떻게…… 어떻게 절 아시죠?"

"네가 나를 안다면," 하고 말하며 에단은 신문기사를 가리켰다. "나도 널 잘 알지."

아이는 불안하고 믿지 않는 듯한 태도로 그를 바라보았지만 이 만남에 대해서는 각오가 되어 있었다. 머릿속에서 여러 차례 상상해 온 만남이었던 것이다.

에단은 아이의 옷이 구겨지고, 머리카락이 지저분하게 서로 달라붙어 있고, 손톱에는 물어뜯긴 흔적이 있는 걸 보았다. 아이의 두 뺨은 피로로 움푹 파여 있었다. 어젯밤 집에서 자지 않았음은 물론 전혀 잠을 이루지 못한 게 분명했다.

에단은 아이 옆의 긴 의자 위에 놓인 연분홍색 이스트팩 배낭에 힐끗 눈길을 주었다. 그 배낭에는 틀림없이 아이의 삶을 끝장낼 수도 있는 총이 들어 있을 것이다.

"날 만나러 오려던 거지, 그렇지 않니?"

"그걸 어떻게 아셨죠?"

제시는 목구멍이 죄어드는 걸 느꼈다. 아이의 어조에는 서글픔과 반항기가 서려 있었다.

"내 말을 잘 들어보렴. 난 네가 고통스럽고 두려워하고 있다는 것, 삶을 살아야 할 가치가 없다고 생각한다는 걸 잘 알고 있단다."

제시는 무어라 말하려 입을 벌렸다. 입술이 떨렸지만 아무 말도 나오지 않았다.

에단은 말을 계속했다.

"하지만 네가 얼마나 당혹스럽든, 얼마나 큰 어려움을 겪고 있든 잊지 말아야 할 게 있단다. 살 가치가 없는 인생이란 없고, 해답이 없는 문제란 없다는 거야."

"아저씨가 환자들에게 늘어놓는 번지르르한 이야기가 모두 그런 건가요?"

"그렇지 않아. 난 진심으로 그렇게 생각한단다."

에단은 아이의 눈길을 받았다. 팽창된 동공 속에 은빛 박편 같은 것들이 일렁이고 있었다.

"지금 네게는 죽음만큼이나 삶이 두렵게 느껴진다는 걸 알아. 고통에서 벗어나기 위해 넌 자주 상상의 세계 속으로 도피하겠지. 하지만 그런 상상이 점점 더 널 망치고 있어."

제시는 조각상처럼 꼼짝하지 않았다. 하지만 에단은 아이가 자신의 말에 귀 기울이고 있다는 걸 알 수 있었다.

"죽음이 해결책이라고 소곤거리는 네 마음속의 목소리에 귀를 기울여선 안 돼. 넌 싸워야 해. 두려움에 네 자신을 내맡겨서는 안 돼. 죽는다고 고통이나 두려움이 끝나는 건 절대 아니란다."

"아저씨가 그걸 어떻게 아세요?"

에단은 담뱃갑을 꺼내 탁자 위에 올려놓았다.

"왜냐하면 내게도 그런 경험이 있기 때문이지."

제시는 에단이 무슨 말을 하는지 전혀 알 수 없었다. 하지만 그의 말에 아이는 다른 질문이 생각난 듯했다.

"아저씨에게도 그런 일이 있었다고요?"

"무슨 일 말이냐?"

"죽고 싶은 일 말이에요."

에단은 가볍게 웃음을 지어 보인 다음 고개를 끄덕였다. 차가운 전율이 등줄기를 타고 흘러내렸다. 그는 담배 한 대를 꺼내 입에 문 다음 마치 불이 붙어 있기라도 한 것처럼 깊이 빨아들였다.

"그래, 그런 일이 분명 있었단다."

*

"이것 좀 봐, 엄마, 난 인디언이야. 후후후후후우우우우!"
"바보 같은 짓 그만 해, 로비. 어서 차 안으로 들어가."
"후후후후후후우우우우우!"

맨해튼 시내
월푸드슈퍼마켓 앞
아침 10시 4분

메리디스 존스턴은 악을 쓰고 울어대는 아기를 품에 안은 채 살구색 도요타 모노스페이스 트렁크에 식료품이 가득 찬 봉투를 실었다. 인디언으로 변장한 어린 소년이 전사의 춤을 흉내 내며 차 주위를 맴돌았다.

"후후후후후후우우우우!"

"로비, 그만 하고 차에 타라고 했잖아!"

아이는 점점 악동이 되어가고 있었다. 로비는 이제 겨우 다섯 살이었지만 그녀의 말은 전혀 권위가 서지 않았다. 그리고 품에 안긴 아기는 한시도 쉬지 않고 울어댔다. 5개월 전 아기가 태어나면서부터 그녀는 한 순간도 제대로 된 휴식시간을 갖지 못했다.

어디서 그런 에너지가 나온단 말인가? 아기는 줄곧 악을 쓰고 울어댔는데 어떻게 지금까지 목소리가 온전할 수 있는지 알 수가 없었다.

메리디스는 식료품이 담긴 봉투들을 가까스로 트렁크에 실었다. 한동안이라도 로비의 입을 닫게 할 생각에 장을 볼 때 뚜껑을 따준 사과주스 팩이 바닥으로 굴러 떨어지며 그녀의 스타킹과 사슴가죽 구두에 주스가 튀었다.

지겨워! 정말 지긋지긋해!

"후후후후후후우우우우! 나는 인디어어어언이다아아아!"

게다가 이런 일을 좋아하는 척까지 해야 하다니!

남편 앨런은 친구들과 래프팅을 하러 간다고 했다. 그녀의 역할은 오늘도 모범적인 주부로 한정되었다. 앨런의 말이 사실이기만 해도 좋으련만! 남편의 비서인 브리타니는 그가 집에 있을 때에도 선정적인 메일을 수시로 보내곤 했다. 앨런이 브리타니와 주말여행을 떠난 게 아니라는 걸 어떻게 확신한단 말인가! 어떻게 이럴 수가 있단 말인가!

메리디스가 둘째 아이를 낳은 건 바로 앨런을 기쁘게 하기 위해서였다. 대가족을 원한 사람은 앨런이었다. 그가 진정 가족을 생각한다면 스물두 살짜리 비서와 놀러갈 게 아니라 아이들을 돌봐야 하지 않겠는가?

*

에단은 자신의 말에 확신을 더하기 위해 손짓을 곁들여 이야기를 이었다.
"네가 잊지 말아야 할 건, 산다는 건 곧 위험을 무릅쓰는 것과 같다는 사실이란다."
"위험을 무릅쓴다고요?"
제시가 물었다.
이제 제시는 그의 말을 주의 깊게 듣고 있었다. 아이의 안색은 파리했고 눈빛은 살짝 초점을 잃은 채였지만 에단은 이제 아이에게서 용기와 공감의 기미를 감지해냈다.
"실패와 고통, 손실을 무릅쓰는 위험 말이다."
제시는 그가 한 말의 의미를 잠깐 동안 생각하는 듯했다.
에단은 아이에게 더욱 설득력 있게 보이고 싶어 하며 말을 이었다.
"행복을 실감하기 위해서는 먼저 고통을 경험해봐야 하는 거란다. 인간은 불행에 저항하는 노력을 통해 행복을 쟁취할 수 있으니까."
"말이야 쉽죠."
아이가 어깨를 으쓱해 보이며 한마디 했다.
"그럴지도 모르지. 하지만 무엇보다도 중요하고 분명한 사실이란다."
"그럼 아저씨는요? 아저씨는 지금 행복해요?"
아이의 질문에 당황한 에단은 대답을 회피하고 싶은 유혹을 느꼈지만 이윽고 솔직하게 대답하는 쪽을 택했다.
"꼭 그렇진 않아."
에단이 아이의 눈을 지그시 바라보며 대답했다.
"아저씨는 그 허울 좋은 말을 자신의 삶에조차 적용하지 못하잖아요. 하지만 아저씬 모든 걸 다 가진 것 같은데요. 돈과 명예, 여자들까지도요."
제시가 시니컬한 어조로 말했다.
"행복이란 그렇게 간단한 문제가 아니란 걸 너도 곧 알게 될 거야."
"아저씨한테 부족한 건 뭔데요?"
에단은 이 대화에서 수세에 몰리고 있다는 걸 깨달았다.
"가장 중요한 게 없단다."
에단은 놀랍게도 솔직하게 대답했다.
"가장 중요한 게 뭔데요?"
"네 생각엔 뭐 같니?"
아이는 그 질문에는 곧바로 대답할 수 있는 게 아니라는 듯이 입을 다물었다. 아이는 긴장을 풀더니 비스킷 한 조각을 집어 들고 커피에 적셨다.

*

"후후후후후후우우우우우! 난 인디언이다."
"로비, 정말 못 참겠다. 더 이상 못 봐주겠다고!"
운전석에 앉은 메리디스는 기분이 울적했다.
오늘 아침엔 왜 이렇게 기분이 가라앉을까? 지금 내가 완전히 실패한 삶을 살고 있는 건 아닐까? 사소한 타협들이 모여 커다란 실패에 이르고 만 건 아닐까?

"후후후후후우우우우우!"

그녀가 하는 일이라고 해봐야 창조적인 건 한 가지도 없고 스트레스만 잔뜩 받을 뿐이었다.

어째서 넌 다른 일을 할 용기를 내지 못하는 거지?

그녀는 처녀시절에 진정으로 마음에 드는 남자들에게는 접근조차 하지 못한 채 평범하고 지루한 남자에게 정착하고 말았다. 앨런은 요즘 뻔뻔스럽게도 그녀를 속이기까지 했다.

어째서 넌 그를 떠날 용기를 내지 못하지?

아이들은?

그녀는 아이들을 사랑했지만, 아이들은 그녀의 모든 에너지를 남김없이 앗아갔다.

무슨 불평을 하는 거야? 넌 아이들을 낳지 말아야 했어!

아니, 내가 미쳤나봐! 어떻게 그런 생각을 할 수 있지? 어떤 엄마가 아이들이 없었으면 하고 바란단 말인가? 어쨌든 이런 종류의 불만은 잡지에 등장하는 법이 없다. 섹스 토이, 오르가슴, 스와핑에 대해서는 자주 떠들어대면서도 〈우리 집에는 아이라는 괴물이 둘 있다〉 같은 제목의 기사는 찾아볼 수 없다.

아이들은 다루기가 어려웠다. 아기는 끊임없이 울어댔고, 큰아이는 심한 장난꾸러기라서 성가시기 짝이 없었다. 한 아이의 옷을 갈아입히면, 또 다른 아이가 기다리고 있었다. 이야기를 들려주고, 자장가를 불러주고, 유아원으로 유치원으로 학교로 축구장으로 생일 파티가 열리는 친구 집으로 할아버지 할머니 댁으로 소아과 병원으로 줄곧 데리고 다녀야 했다.

메리디스에게는 무엇보다도 자신을 위한 시간이 없었다. 자아실현을 위한 시간이라고는 전혀 없었다. 삶의 수준을 상향조정하기 위한 시간을 더 이상 낼 수 없었다. 그녀의 생활은 가사노동으로 점철되었다. 오래전부터 소설책 한 권을 끝까지 보지 못했다. 그녀는 필립 로스와 칼리드 호세이니의 최신간을 사두었지만, 아직 펼쳐볼 시간이 없었다. 크로넨버그의 새 영화 포스터가 극장에 내걸렸지만 보러 갈 시간이 없었다.

"후후후후후후우우우우! 난 인디언이다."

심지어 아이를 다룰 힘조차 남아 있지 않았다.

메리디스는 자동차 캐비닛을 뒤져 클래식 음반을 찾아냈다. 막달레나 코치나가 부르는 헨델의 아리아였다. 그녀가 음반을 플레이어에 넣으려는데 로비가 그녀의 눈앞에 자신이 좋아하는 영화 CD를 흔들어댔다.

"난 〈캐러비안의 해적〉을 듣고 싶어."

"말도 안 돼. 지금은 엄마 음악을 듣는 시간이야."

메리디스는 단호하게 아이의 말을 잘랐다.

아이는 자기 마음대로 되지 않을 때면 언제나 그렇듯이 즉각 징징거리기 시작했다.

"난 〈캐러비안의 해적〉을 듣고 싶어! 캐러비안의 해적을 듣고 싶다고! 캐러러러러비아아아아안의 해적 말이야!"

*

"텔레비전에 나올 때면 아저씨는 지금처럼 피곤해 보이지 않았어요."

제시가 말했다.

에단이 미소를 지어보였다.

"텔레비전에 나오는 것들을 모두 믿어선 안 된다는 걸 이제야 알겠지?"

"우리 엄마가 늘 하시던 말씀이에요!"

"그럼 그 부분은 네 엄마 말씀이 옳구나."

제시는 커피를 한 모금 마신 다음 잔 너머로 에단을 응시했다.

"아이가 있으세요?"

"앞으로 경찰이나 탐정이 될 생각이니?"

"전 진지하게 묻는 거예요. 아이가 있으세요, 없으세요?"

"없어."

"왜요?"

"그냥 없어. 사는 게 다 그런 거니까."

제시는 눈도 깜박이지 않고 그의 눈길을 똑바로 바라보더니 이윽고 아무 말 없이 고개를 돌렸다.

"하지만 네겐 부모님들이 계시고, 지금쯤 두 분은 너 때문에 걱정을……."

"우리 부모님에 대해 아저씨는 아무것도 모르잖아요. 우리 부모님은 당신들의 삶을 어찌해야 좋을지, 어떻게 헤쳐 나가야 하는지조차 모르는 분들이란 말이에요."

"하지만 확신하건대 넌 두 분을 사랑하고 있지 않니?"

"아저씬 아무것도 몰라요."

"어릴 때에는 자기 부모에게 장점만 있다고 믿고 맹목적으로 사랑하지. 조금 자라면 상상한 것만큼 그들이 완벽하지 않다는 이유로, 그들이 가끔 실망시킨다는 이유로 부모를 미워하기도 하지. 하지만 좀 더 나이를 먹게 되면 부모의 결점을 받아들이는 법을 배우게 된단다. 왜냐하면 사람은 누구나 결점을 갖고 있으니까. 그러니까 어른이 된다는 건 그런 건지도 모르지."

*

"엄마, 아이폰 사주면 안 돼?"
로비가 물었다.
"뭐라고?"
차가 막 프런트 가로 접어든 참이었다.
"아이폰 사줘! 아이폰 사줘! 아이폰 사달란 말이야!"
"겨우 다섯 살짜리가 휴대폰을 갖다니 말도 안 된다."
"하지만 아빠가 가져도 된다고 했단 말이야!"
"네 아빠가 무슨 말을 했든 상관없어. 안 돼."
"아이폰 사주……."
"당장 입 다물지 않으면 매 맞는다, 알겠니?"
"엄마가 날 때리면 선생님께 이를 거야. 그럼 엄마는 감옥에 갈걸!"
로비의 말에 대답하지 말자. 아이의 술수에 말려들지 말자.
메리디스는 찬바람을 쐬기 위해 창문을 열었다. 그녀는 마음을 가라앉히기 위해 복식호흡을 시도했다. 겨우 아침 10시인데 그녀는 이미 지쳐가고 있었다. 원기를 충전하고 마음의 평정을 되찾기 위해서는 주말을 완벽하게 쉴 필요가 있었다.

메리디스는 한 순간 마사지 숍의 포근하고 안락한 분위기를 상상했다. 길게 엎드린 그녀의 양어깨와 뭉쳐 있는 목 근육을 두 개의 손이 힘 있게 풀어 주리라. 샴페인이 든 캐러멜이 입안에서 감미롭게 녹는 동안 멀리서 부드러운 음악이······.

"후후후후후후우우우우우! 난 인디언이다."

메리디스는 소스라치게 놀라며 현실로 돌아왔다.

*

"그렇다면 네 삶에서 부족한 건 뭐라고 생각하니?"

"아저씨랑 똑같아요. 가장 중요한 게 없어요."

제시가 대답했다.

아이는 더 이상 구체적인 대답을 하지 않았지만 에단은 그 짤막한 대답에 만족했다.

"내가 도울 일이 없을까?"

에단은 아이가 손닿는 곳에 총을 갖고 있다는 사실을 잊지 않았다. 첫째 날 아이는 총을 머리에 대고 발사해 미처 피지도 못한 삶을 끝장내버리지 않았던가. 하지만 이번만큼은 운명이 허튼 짓을 하도록 내버려두지 않으리라.

제시는 어깨를 으쓱해 보이고는 얼굴에 흘러내린 머리카락을 뒤로 넘기며 고개를 돌렸다.

에단은 이야기를 하는 동안 아이가 단 한 번도 웃지 않았다는 사실을 깨달았다. 아이는 불안하고 고통스러운 상태에 놓여 있는 게 분명했다. 그는 아이 대신 괴로움을 고스란히 감수하고 싶었다. 하지만 우선 먼저 슬픔을 위로해 줄 수 있는 포인트를 찾아내야 했다. 그 나이 대 아이들의 사고는 해독하기 어렵다. 청소년기에는 정신적 외상 없이도 돌발행동이 나올 수 있다는 사실을 잘 알고 있었다. 발끈 하는 마음, 근거 없는 공포, 가벼운 의견충돌 같은 일들이 상황을 악화시켜 아이를 자살로 몰고 가는 일이 얼마나 흔한가.

제시는 최면당한 사람처럼 건물의 움푹 들어간 곳에서 불안한 잠을 자고 있는 노숙자를 바라보고 있었다. 경찰에게 걸려 자리를 옮기기 전까지 그가 얼마나 더 잠을 잘 수 있을까?

5분? 10분? 기껏해야 15분이리라.

"그 시계 얼마쯤 해요?"

제시가 불쑥 물었다.

에단은 무의식적으로 손목시계를 감추기 위해 소맷자락을 잡아당겼다.

"잘 모르겠다만 꽤 비싸겠지."

에단이 약간 당황한 얼굴로 대답했다.

"오천 달러쯤 하나요?"

"그 정도쯤 할 거다."

그가 말했다.

실제로 그 손목시계는 1만 8천 달러짜리였다. 항공사의 광택지 카탈로그에 게재된 광고를 보고, 비행기에서 내리자마자 구입한 것이었다. 그는 갖고 싶은 마음이 들면 가격에 상관없이 즉시 사들이는 것이 진짜 호사라고 여겼던 시절의 명예롭지 못한 기억이 떠올랐다.

"그 시계 값이면 저 사람의 일 년치 집세가 되겠네요."

이번에는 아이의 당돌한 말에 마음을 상한 그가 어깨를 으쓱해 보였다.

"사태가 그리 간단하진 않단다. 네 나이 때에는 가난한 이들은 모두 착하고, 부자들은 모두 심술궂다고 생각하기 쉽지. 하지만 조금 더 자라서 학교에 가면 경제라는 걸 배우게 된단다. 우선 너 자신은 고통 받는 이들을 위해 뭘 하고 있지?"

"별로 없어요."

제시가 커피 잔 속으로 눈길을 떨어뜨리며 대답했다.

에단은 발끈한 것을 즉각 후회했지만, 그 덕분에 한 가지 아이디어가 떠올랐다.

에단은 시계를 벗어 탁자 위에 올려놓았다. 백금으로 된 클래식하고 품위 있는 본체에 악어가죽 줄이 달린 시계였다.

"원한다면 이 시계를 가져도 좋단다. 시계를 팔면 일 년이 아니라 삼 년치 집세를 낼 수 있을 거야."

제시가 얼굴을 찌푸렸다.

"이걸 제게 주신다고요?"

"조건이 있단다."

아이가 흠칫 뒤로 물러섰다.

"뭔데요?"

"네 배낭 속에 들어있는 권총을 내게 주어야 한다."

아이는 얼떨떨한 표정으로 그를 바라보았다.

"아저씨가 그걸 어떻게……."

공포가 아이의 온몸을 사로잡았다. 아이는 튕겨지듯 자리에서 일어섰다.

"잠깐만! 날 믿어주렴."
에단이 소리쳤다.
"싫어요. 아저씬 줄곧 거짓말을 했잖아요!"
"난 네게 결코 거짓말을 한 적이 없어."
에단이 힘주어 외쳤다.
"제가 알기로 적어도 한 차례는 거짓말을 했어요."
아이는 분홍색 배낭을 집어 들고 자리에서 일어섰다.
그 순간 그가 달려들어 아이의 손에서 배낭을 낚아챘다.
"내가 이러는 건 널 위해서야. 네가 어리석은 짓을 하는 걸 막기 위해서라고."
그러자 아이는 순순히 배낭을 포기하고 그대로 달아났다.
커피숍 문간에 이르자 제시는 점퍼 주머니를 뒤져 권총을 꺼냈다.
"아저씨가 찾는 게 이건가요?"
제시가 심술궂은 미소를 지으며 권총을 흔들어보였다. 그런 다음 커피숍을 나가버렸다.
이런 빌어먹을.
권총은 아이의 배낭 속이 아니라 점퍼 주머니 속에 들어 있었던 것이다. 에단은 커피숍 밖으로 달려 나가 아이를 뒤쫓기 시작했다. 아이는 멀리 간 게 아니었다. 몇 미터 떨어진 인도 위에 있었다. 제시는 뒤를 돌아보고는 그를 따돌리기 위해 더욱 빨리 달려갔다.
"조심해!"
아이가 길을 건너는 순간 에단이 소리쳤다.

*

"이것 좀 봐, 엄마. 난 인디언이야. 후후후후후 후우우우우우!"
메리디스는 계기판 옆에 놓여 있는 초콜릿 바를 집어 들었다.
이 한심한 짓을 한시바삐 그만두어야 하는데.
그녀는 임신으로 인해 늘어난 체중을 끝내 빼지 못했다. 그리 놀랄 일도 아닌 게 그녀는 줄곧 뭔가를 먹어대는 것으로 위안을 삼았던 것이다. 그런 위안이 착각에 지나지 않는다는 것을 잘 알면서도.
"엄마!"
기진맥진한 얼굴로 고개를 돌린 그녀가 아이에게 소리쳤다.
"알고 있어, 로비. 넌 인디언이야. 그래 넌 인디언이라고!"
"엄마! 저 누나가 길을 건너잖아. 조심해!"

18. 내 삶의 은밀한 갈피 속에서

우리는 늘 내일 죽을 사람처럼 스스로를 들여다보아야 한다.
사람을 죽이는 것은 다름 아닌 우리 앞에 줄곧 펼쳐져
있으리라고 믿는 그 시간이니까.
—엘자 트리올레

"조심해!"

끔찍한 충돌이었다. 속도를 줄이지 못한 모노스페이스는 길을 건너던 소녀를 치어 쓰러뜨렸다. 자동차 보닛 위로 떨어졌던 소녀의 몸은 공중으로 솟구쳐 올랐다가 반대쪽에서 달려오던 픽업의 앞 유리 위로 떨어졌다.

일시에 차량의 흐름이 중단되었다. 거리는 갑자기 정적에 휩싸였다. 이윽고 군중 속에서 겁에 질린 비명이 터져 나왔다. 쓰러진 소녀를 중심으로 사람들이 모여들었다. 몇몇 사람들은 휴대폰을 꺼내들었고, 몇몇은 사진을 찍었고, 몇몇은 구급차를 불렀다.

에단과 겁에 질린 메리디스는 제시의 몸을 사이에 두고 마주 서 있었다. 제시는 납빛 얼굴에 눈이 감긴 채 차도 한가운데에 쓰러진 채 꼼짝도 하지 않았다.

몇 분 후 구급차가 도착했다. 의사와 간호사가 제시 곁에 앉아 상황을 파악했다. 오케스트라의 지휘자처럼 대원들에게 지시를 내리는 사람은 응급구조대에서 연수중인 혼혈인 여의사였다.

"리코, 어서 심장 마사지를 시작해. 페트, 당신은 아이 옷을 벗겨. 이봐, 멍하니 서 있지 말고 빨리들 움직여!"

구경하는 사람들에게 응급처치 장면은 영화에서 본 것과 크게 다르지 않을 것이다. 차라리 영화에서 본 장면이 실제 상황보다 훨씬 더 실감날 수도 있었다.

"GCS(Glasgow Coma Scale, 글라스고혼수척도, 환자의 개안반응, 언어반응, 운동반응을 종합해 의식 상태를 측정하는 임상에서 가장 흔히 사용되는 도구 : 옮긴이) 쓰리, 대퇴부 맥박 없음. 맙소사 이러다가 죽고 말겠어. 이봐, 이러다가 아이가 죽고 말겠다고!"

현장에 출동한 경찰 두 사람이 구경꾼들을 쫓아내느라 애를 먹었다.

"엑스선 촬영 준비. 심근수축치료 시작. 리코, 젤을 발라. 그런 식으로 하면 안 돼. 빌어먹을! 전극을 조심해서 다뤄! 페트, 어서 화면을 보여줘. 좀 더 가까이 와야지 아무것도 안 보이잖아. 자, 내게 부목을 넘겨줘. 이백 줄(joule, 전기 에너지의 단위)까지 계속 올려. 조심해, 쇼크가 오겠어!"

제시가 죽음을 향해 다가가고 있는 동안 에단은 길 한가운데 쭈그리고 앉아 경찰의 눈에 띄지 않게 길에 떨어진 권총을 집어 들었다.

"맥박을 확인해. 난 마사지를 계속할 테니까. 혈관에 바늘을 꽂고 아드레날린 일 밀리그램과 코다론 앰플 두 개를 주사해. 리코, 당신은 좀 더 서둘러. 멍하니 하늘만 쳐다보고 있지 말고!"

젊은 인턴은 분당 100차례 정도의 속도로 제시의 가슴을 손바닥으로 압박했다.

"자, 좋아! 다시 쇼크가 오잖아. 이백 줄이야. 물러서!"

히스테리 상태가 되다시피 한 메리디스는 눈물을 줄줄 흘리며 난장판이 된 사고현장을 겁에 질린 눈으로 바라보았다.

"엄마 잘못이 아냐."

로비가 옆에서 그녀를 안심시키려 애쓰며 말했다.

"저 누나 잘못이야. 저 누나가 주위를 살피지도 않고 갑자기 찻길로 뛰어들었단 말이야."

심근근육 섬유의 수축이 동시에 이루어지게 하는 두 번째 전기 충격이 성공하자 제시의 심장은 다시 정상적으로 뛰고 피가 돌기 시작했다.

"심장이 다시 뛰어요!"

리코가 활짝 웃음을 지어 보이며 말했다.

"당신 목에 메달이라도 걸어줄까? 아직 안심할 단계가 아니야."

의사가 리코를 질책했다. 그가 제시의 목에 목지지대를 채우고 다시 말했다.

"자, 아이를 구급차에 옮겨 실어. 병원에는 지금 출발한다고 알리고!"

무엇이 죽음을 불러 오는가? 때때로 단 몇 초간의 방심이 사고로 이어진다. 삶은 무엇에 의해 좌우되는가? 때때로 몇 차례의 전기 충격이 심장박동을 되살린다.

리코와 페트는 조심스럽게 제시를 석고침대에 눕히고 앰뷸런스로 옮겼다.

"어느 병원으로 갑니까?"

에단이 물었다.

"세인트주드 병원으로 갑니다. 바로 옆이죠."

페트가 시동을 걸며 대답했다.

에단은 주차장으로 가서 차를 끌고 와 병원으로 뒤따라갈 생각이었다. 하지만 모였던 사람들이 흩어지기 시작했을 즈음 예의 택시가 인도에 세워져 있는 게 눈에 띄었다.

커다란 몸집의 흑인 기사가 보닛에 등을 기댄 채 담배를 피우며 그를 바라보고 있었다.

*

"맙소사, 도대체 거기서 뭐하는 겁니까?"

에단이 그에게 다가가며 물었다.

"모든 게 삶과 운명의 장난일 뿐입니다."

커티스가 말했다.

멈춰 섰던 차들이 조금씩 움직이기 시작했다.

"타시겠습니까?"

커티스가 체커의 문을 열어주며 말했다.

"어서 꺼져버려요!"

"타세요. 오 분이면 병원에 도착할 수 있으니까."

"난 당신이 겁나지 않아요."

에단이 뒷좌석에 올라타며 쏘아붙였다.

"알고 있어요. 당신이 진정으로 두려워하는 사람은 당신 자신이란 걸."

에단은 택시기사의 말에 일리가 있다는 생각을 급히 떨쳐버렸다.

커티스 네빌은 제한 속도나 교통법규에 전혀 구애받지 않고 차를 쏜살같이 몰았다. 마치 그 자신은 교통법규의 적용을 받지 않기라도 하는 사람처럼.

"권총만 빼앗으면 아이의 목숨을 구할 줄 알았습니까?"

"어쨌든 난 아이를 구했어요."

에단이 반박했다.

커티스가 몸을 기울이더니 모타운 시절의 리듬 앤 블루스가 흘러나오는 낡은 카오디오 K7의 볼륨을 낮추었다.

"휘태커 씨, 당신이 반드시 알아두어야 할 게 있습니다. 오늘 하루를 백만 번 다시 산다 해도 당신은 아이의 생명을 구할 수 없어요."

"그게 그 아이의 운명이라서?"

"사태가 어떻게 흘러갈지 우리는 전혀 알 수 없고, 설사 안다고 해도 바꿀 힘이 없습니다. 그 흐름을 바꾸려는 건 풍차에 맞서는 돈키호테 같다고나 할까요."

"반드시 그렇지도 않다는 걸 제시가 살아난 걸 보면 알잖아요?"

커티스가 그 질문을 교묘하게 피하며 말했다.

"인간의 힘으로 어쩔 수 없는 일을 바꿔보려는 시도 때문에 불행한 일이 발생하는 경우가 더러 있지요."

"당신은 언제나 그런 얼토당토않은 이야기만 늘어놓는군요. 도대체 그런 말은 어디서 주워들었죠?"

"최근에 읽은 책에서 봤어요."

커티스가 자동차 캐비닛을 뒤져 하드커버로 된 책 한 권을 꺼내며 말했다. 한손으로 운전대를 쥔 그는 책장의 귀를 접어둔 부분을 펼쳤다.

"이런 구절에 대해 어떻게 생각하죠? '나 자신의 병이든 가까운 사람의 죽음이든 내 죽음이든 우리는 운명이 우리에게 부여한 것만 받아들이는 수밖에 없다.', '우리가 진정으로 통제할 수 있는 건 우리에게 닥치는 사건에 반응하는 우리의 방식뿐이다.' 같은 것들 말입니다."

에단도 너무나 잘 알고 있는 말들이었다.

"이건 어떻겠습니까? '사는 법을 배운다는 건 자유로워지는 방법을 배우는 것이다. 자유로워진다는 건 바로 사태를 있는 그대로 받아들이는 것이다.'"

커티스가 말을 마쳤다.

그는 책을 에단에게 내밀었다. 책표지에 에단의 사진이 나와 있었다. 하얀 치아, 푸른 눈, 포토샵으로 수정된 그의 얼굴이.

"당신은 이미 그 사실을 알고 있었던 겁니다. 당신 책에까지 그걸 써놓은 걸 보면 말입니다."

커티스는 차를 병원 주차장에 세우며 말을 이었다.

"하지만 그 원칙을 당신 자신의 삶에 적용시키는 건 또 다른 문제겠지요. 그렇지 않습니까?"

*

에단은 대답도 하지 않고 택시에서 내려 차문을 소리 나게 닫았다. 그는 응급실 로비에 와 있었다. 그는 '사자 갈기' 같은 머리카락을 한 안내데스크의 여직원에게로 다가갔다. 그는 그녀에게 조금 전 교통사고를 당해 실려 온 소녀가 어디에 있는지 물었다.

여직원은 그를 복합처치 센터로 안내했다.

시노 미츠키는 수술실로 들어갈 채비를 서두르고 있었다. 그는 에단을 보고도 그다지 놀라지 않았다. 혹시 에단을 보고 놀랐더라도 시급한 수술을 앞두고 있어 어떻게 된 일인지 물어볼 여유가 없었으리라.

제시의 부상 정도는 심각했다. 한쪽 다리가 부러졌고 한쪽 골반이 탈구되었으며 갈비뼈 몇 대가 부러졌고 장기 손상이 있었다.

"특히 뇌손상이 걱정되는 부분입니다. 혈종이나 출혈, 부종이 따르게 될 겁니다. 척수 손상은 물론이고요."

시노 미츠키는 묻지도 않았는데 차분하게 설명해주었다.

에단은 더 자세히 묻고 싶었지만 그는 수술실로 들어가기 위해 자리를 떴다.

에단은 심장이 죄어들고 뱃속이 불편해지는 걸 느끼며 의자에 털썩 주저앉았다. 두 손에 얼굴을 묻은 그는 수술이 얼마나 오래 걸릴 것인지, 그 자신이 어떤 도움이 될 수 있을지 생각했지만 적절한 해답을 찾지 못했다.

에단은 의기소침 상태에 빠져들었다. 제시가 살아날 가능성은 극히 희박해보였고, 운 좋게 살아난다고 하더라도 심각한 후유증에 시달릴 게 뻔해보였다. 그는 두 눈을 감았다. 하나의 이미지가 그의 머릿속을 파고들었다. 제시가 휠체어에 앉아 흐리멍덩한 눈빛으로 침을 흘리고 있는 모습이었다.

에단은 화풀이라도 하듯 의자 옆에 놓인 커피 자판기를 주먹으로 힘껏 쳤다. 두 번째 기회는 속빈 강정에 지나지 않았던 것이다. 고행은 똑같이 반복되었다. 그가 어떤 노력을 기울이든 그 저주받은 날에 일어났던 비극은 어김없이 일어나고야 말리라.

에단은 발치에 놓여 있는 제시의 배낭을 들어올렸다. 연분홍색 이스트팩 배낭에는 여러 장의 스티커가 붙어 있었고, 반항적인 낙서로 뒤덮여 있었다. 그는 잠시 주저하다가 마음을 정하고 작은 포켓을 열었다. 거기에는 1세대 미니 아이팟이 들어 있었다. 40달러만 주면 쉽게 구할 수 있는 제품이었다. 배터리가 조금밖에 남지 않았지만 에단은 아이팟을 작동시켰다.

에단은 안에 들어 있는 노래를 듣고 깜짝 놀라지 않을 수 없었다. 주로 80년대 말과 90년대 초에 발표된 전설적인 노래들이었기 때문이다. 너바나의 〈컴 애즈 유 아〉, R.E.M.의 〈루징 마이 릴리전〉, 시네드 오코너의 〈낫싱 컴페어 투 유〉, 트레이시 채프만, 큐어, U2와 그들의 〈조슈아 트리〉 그리고 에릭 크랩튼이 아들을 잃고 나서 몇 달 후 녹음한 〈티어즈 인 헤븐〉도 들어 있었다. 더 오래된 노래도 있었다. 레드 제플린, 레너드 코헨, 오티스 레딩, 밥 딜런의 주옥같은 노래들⋯⋯. 그 노래들은 그가 청년일 때 히트했던 곡들이었고, 열네 살짜리 소녀에게는 어울리지 않았다.

에단은 호기심을 참지 못하고 배낭의 본체를 열었다. 가장 먼저 빳빳한 합성피혁 표지가 달린 일기장이 눈에 띄었다. 〈내 삶의 은밀한 갈피에서〉가 일기장 제목이었다. 그는 호기심을 느끼며 일기장을 열어보려 했지만 금속 자물쇠가 채워져 열리지 않았다. 마음만 먹으면 충분히 열 수 있는 자물쇠였지만 그는 제시의 프라이버시를 존중해주기로 결정했다. 그 역시 낯선 사람이 그 자신의 '은밀한 삶'을 들여다 본다면 달갑지 않을 것이기 때문이었다.

배낭에는 일기장 말고도 겉장이 누렇게 변색된 문고판 책 세 권이 들어있었다. 에밀리 디킨슨의 시집, 샐린저의 〈호밀밭의 파수꾼〉, 마르케스의 〈콜레라 시대의 사랑〉이었다. 그 책들 역시 청소년기가 끝날 무렵 그도 읽은 책들이었다. 그는 문학이란 별세계를 발견하고 나서 세상에는 야구나 MTV 말고도 흥미로운 분야가 널려 있다는 걸 깨달았다. 그는 문학에 흥미를 느끼게 되면서 더 이상 혼자서도 외롭지 않게 되었다.

에단은 손에 쥔 소설책을 천천히 넘겼다. 속표지에 정성들여 쓴 이름을 보는 순간 그는 갑자기 피가 얼어붙는 듯했다. 몸 안에서 뭔가 멈춰버린 듯했고, 손가락 하나조차도 꼼짝할 수 없었다. 쿵쾅거리는 심장 박동 소리가 점점 빨라지고 있었다.

에단 휘태커, 그것은 바로 그 자신의 이름이었다.

19. 영혼의 상처

요컨대 삶은 하나의 스릴러.
베일에 싸인 자신의 내면을 밝히고자
우리는 매일같이 자신을 대상으로 수사를 벌인다.
—장크리스토프 그랑제(프랑스의 스릴러 작가)

그 책들은 모두 그가 청소년시절에 구입한 것들이었다. 손잡이에 자개가 박힌 콜트 1911 역시 그가 열아홉 살 때 포커 게임에서 딴 총이었다. 그는 지금도 그때 일을 고스란히 기억했다. 보스턴의 이탈리아계 조무래기 깡패인 션 드니로와의 포커게임에서 이겨서 받은 것이었다. 총을 소유하는 게 꺼림칙해 남에게 줘버리려고 했지만 친구인 지미가 갈무리해두었던 것이다.

에단은 배낭을 뒤져 나머지 물건들을 살펴보았다. 부스러기만 남은 오레오 비스킷 상자, 비닐로 된 화장품 가방 하나, 헬로 키티 케이스 하나, 지갑이 들어 있었다. 지갑에는 상태가 나쁜 사진 한 장이 들어있을 뿐 돈은 한 푼도 없었다.

사진은 금발의 어린 여자 아이가 부모와 함께 찍은 색 바랜 가족사진이었다. 네다섯 살쯤 된 제시가 귀를 감싼 채 자기보다 큰 눈사람의 허리를 붙잡고 웃고 있었다. 한쪽에는 아직 젊은 라틴계 여자가 도전적인 자세로 렌즈를 바라보고 있었고, 다른 한쪽에는 건장한 남자가 그 여자를 애정 어린 눈빛으로 바라보고 있었다.

제시, 마리사, 지미.

그에게 도움을 청하러 왔다가 삶에 종지부를 찍은 제시는 바로 마리사와 지미의 아이였다!

에단은 사진에서 시선을 떼지 못한 채 손이 떨리고 있다는 걸 깨달았다. 15년 전, 마리사를 일방적으로 떠나왔을 때 그들은 결혼식을 앞두고 있었다. 실망한 마리사를 위로해준 사람이 바로 지미였을 것이다. 그는 결혼을 앞두고 버림받은 마리사를 극진히 보살펴주게 되었을 테고, 그녀와 결혼해 아이까지 갖게 된 게 분명했다.

요컨대 그들이 부부가 되었다는 건 그다지 놀랄 일이 아니었다. 그렇게 됐을지도 모른다는 생각이 여러 차례 그의 뇌리를 스쳐 지나가곤 했으니까. 이제야 지미가 왜 뉴욕에 와 있으며, 왜 요트의 감시 카메라에 찍히게 된 건지 납득이 되었다.

지미는 가출한 딸을 찾아 맨해튼 여기저기를 돌아다녔을 것이다. 사춘기를 맞은 아이와 부모와의 갈등은 서글프도록 진부한 이야기가 아닌가.

한데 제시는 왜 다름 아닌 그를 찾아온 것일까? 어째서 그 아이는 그가 즐겨 듣던 음악과 즐겨 읽던 책들을 읽고, 그가 신문에 난 기사를 오려내 소지하고 있었던 것일까? 마리사와 지미는 그 모든 일과 어떤 연관이 있을까?

*

에단은 물건들을 다시 배낭 속에 집어넣고 몸을 일으켰다. 의문을 밝히는 방법은 단 하나뿐이었다. 보스턴에 가서 마리사를 만나보면 어떻게 된 사연인지 알 수 있을 것이다.

에단은 접수 데스크로 가서 시노 미츠키 박사에게 수술 경과를 알려달라는 메모와 함께 자신의 연락처를 남기고 병원을 나왔다. 그는 거기서 몇 블록쯤 떨어진 지하주차장까지 걸어가 쿠페 마세라티에 올랐다.

여전히 머리가 정돈되지 않은 에단은 계기판 위에 문제의 사진을 올려놓고 차의 시동을 걸었다. 콘크리트 경사로를 속력을 내어 오른 그의 눈길은 길이 아니라 사진에 오래도록 머물렀다.

사진의 배경은 주랑이 있는 어느 집 현관이었다. 뒤틀린 나무 옆에 매어진 그네를 보는 순간 에단은 그곳이 기억났다. 보스턴 교외에 있는 지미의 부모님 집. 그는 그곳에서 지미와 함께 유년시절을 보냈다. 바로 그곳에서…….

"아아악!"

사우스 가로 막 접어들려 할 때였다.

에단은 급브레이크를 밟았지만 이미 늦었다. 그의 차가 한 택배사원의 자전거 뒷바퀴를 치고 만 것이다.

이……이럴 수가!

에단은 서둘러 안전띠를 풀고 튕겨지듯 밖으로 나가 차에 치인 사람을 살펴보았다. 쓰러졌던 청년이 날랜 동작으로 일어섰다.

"어디 다친 데는 없어요?"

"괜찮아요. 문제없어요. 내가 약골은 아니거든요."

최악의 사태는 모면한 듯했다. 한순간의 부주의로 사람을 죽일 수도 있다는 생각이 머릿속을 스쳤다. 이 도시에서는 모든 게 너무 급했다. 모두들 임전 태세였다. 행인, 택시, 버스, 자전거까지 모두가 바쁘기 그지없었다. 뉴욕은 매순간 신경을 곤두세워야 하는 도시였다. 전사나 투사에게 어울리는 인정사정없는 도시…….

"정말 괜찮아요?"

에단이 재차 물었다.

"괜찮다니까요. 난 겁쟁이가 아니에요!"

택배사원은 자전거가 망가지지 않았는지 살펴보았다.

에단은 그에게 100달러짜리 지폐 한 장을 내밀었다.

"보나마나 자전거 바퀴가 찌그러졌을 테니까 우선 이 돈을 받아둬요. 그리고 내 명함을 줄 테니까 혹시 몸이 이상하거나 무슨 일이 생기면 연락해요."

택배사원은 그가 내민 돈을 주머니에 넣고는 갑자기 소리를 질렀다.

"아, 맞다. 텔레비전에 나왔던 선생님이시죠? 정신과의사."

에단은 고개를 끄덕였다.

"제 여동생이 선생님을 우상으로 생각한답니다."

우리 어머니는 당신이 쓴 책들을 하나도 빼놓지 않고 다 읽으셨어요/ 내 딸은 당신 세미나가 정말 좋다더군요/ 내 비서는 당신 DVD를 모은답니다.

그가 귀에 못이 박히도록 듣고 있는 이야기들이었다.

"정말 이상한 일인데요."

택배사원이 곧바로 말을 이었다.

"지금 저는 선생님의 진료실로 올라가는 중이었거든요. 전할 물건이 있어서."

택배사원은 짐받이 가방을 뒤지더니 리본이 동여매진 아몬드 빛 레자크 지 봉투를 내밀었다.

셀린의 청첩장.

"혹시 지금 갖고 계신 책이 있으세요? 사인을 해주실 수 있을까요? 그러니까 제……."

"여동생을 위해서 말이죠?"

"그렇습니다. 제 여동생 이름은 트리샤예요."

에단은 마세라티의 트렁크에서 최근에 출간한 책 한권을 찾아냈다. 텔레비전 방송에 대비해 리지가 보도자료와 함께 준비해둔 책이었다.

"이 청첩장은 어디서 가져왔죠?"

에단이 청첩장을 가리키며 물었다.

"44번가와 5번가 사이에 있는 어느 프랑스호텔 수위실에서요."

"소피텔 말인가요?"

"맞아요, 소피텔."

에단은 책에 사인을 해주고 택배사원을 돌려보냈다.

택배사원이 가고 나자 에단은 차를 이중 주차시킨 다음 비상등을 켰다. 차분히 혼자서 생각해볼 시간이 필요했다. 그의 눈앞에는 제시의 사진과 셀린의 청첩장이 놓여 있었다. 그는 손목시계를 들여다보았다. 정오가 가까운 시각이었다.

당장 보스턴을 향해 떠난다면 저녁 9시가 되어서야 맨해튼에 돌아올 수 있을 것이다. 그러기에 앞서 당장 결정해야 할 문제가 있었.

셀린을 다시 만날 것인가, 아니면 마리사를 다시 만날 것인가?

만약 남아 있는 날이 단 하루밖에 안된다면 그는 그 시간을 누구에게 바칠 것인가? 당연히 셀린에게 바치리라. 그는 자신이 그녀에게 위험한 존재라는 예감 같은 건 일시적으로 덮어두기로 했다. 정말 위험한 상황이 닥칠 것인지, 어떤지는 나중에 생각해보리라. 당장 중요한 건 셀린을 다시 만나보는 것이었다. 호텔까지는 15분 이내로 갈 수 있었다. 그녀를 다시 사랑할 수 있을 것 같은 열정과 힘이 느껴졌다.

그녀와 떨어져 보낸 그 세월, 허망한 싸움에 낭비해버린 그 시간, 그는 '중요한 것'을 쥐었다가 놓친 셈이었다. 하지만 이제 가까이에 그 무엇보다도 소중한 그녀가 있었다. 그는 그녀를 다시는 놓치지 않겠다고 결심했다.

차의 시동을 켠 그는 미드타운을 향해 달렸다.

삶이 두 번째 기회를 준다면 어떤 바보가 놓치겠는가?

*

문제는 사진이었다. 소녀의 금발, 마리사의 눈빛도 지미의 눈빛도 아닌, 지나치게 연한 눈동자의 색깔……. 문제는 이제 사춘기에 접어든 아이의 상처받기 쉬운 기질이었다. 문제는 만 14세에서 15세 사이인 아이의 나이였다.

에단은 갑자기 한기가 느껴져 차창을 닫았다. 그는 두 뺨에 눈물이 흘러내리고 있다는 걸 깨달았다. 이윽고 내비게이터를 켠 그는 보스턴으로 가기 위해 트리보로 방향으로 접어들었다.

에단은 이제까지 진실을 은폐하려 애쓰고 있었다. 하루 전만 해도 그는 제시라는 아이가 존재한다는 사실조차 몰랐다. 하지만 요컨대 그는 첫 순간부터, 처음으로 제시와 눈길이 마주치던 순간부터 모든 걸 깨달았던 게 아니었을까?
 이제 그에게는 모든 게 너무나도 명백해 보였다.
 제시는 지미의 딸이 아니었다.
 제시는 그의 딸이었다.

20. 지미

더 이상 너의 친구가 아닌 자라면
과거에도 네 친구가 아니었다.
―아리스토텔레스

15년 전

내 이름은 지미 카발레티, 스물세 살이다.

1992년 10월 현재, 나는 사람들의 외침과 음악소리, 핫도그 냄새가 풍기는 타임스퀘어 광장의 인도를 걷고 있다. 옆에는 가장 친한 친구인 에단의 약혼녀 마리사가 나와 어깨를 나란히 하고 걷고 있다. 에단은 몇 미터 뒤에서 우리를 따라오고 있다. 오늘은 에단의 생일이다. 마리사는 일터 앞에 와서 에단과 내가 일을 마치기를 기다려주었다. 그런 다음 우리는 구미에 맞게 개조한 무스탕을 타고 보스턴에서 이리로 왔다. 에단에게 깜짝 파티를 해주기 위해.

오늘은 우리가 좋아하는 베이컨 구이와 파인애플을 곁들인 햄버그 스테이크를 먹을 예정이다. 오후에 로스트비 식당에 예약을 해두었다.

나는 뒤를 돌아본다.

"에단, 서둘러!"

에단은 나에게 걱정 말라는 뜻으로 손짓을 보낸다. 하지만 빽빽하게 들어찬 행인들이 큰 파도처럼 우리를 덮쳐 몸을 빼기가 여간 어려운 게 아니다.

인도 위에서는 순회 서커스가 펼쳐진다. 마술사가 토끼들을 눈앞에서 감춰버리고, 난쟁이가 150센티미터나 되는 왕뱀을 보여준다. 핫도그 장수가 라디오를 켜자 엘비스 프레슬리의 히트곡이 흘러나온다.

이츠 나우 오어 네버.

지금 하거나 영원히 하지 않거나.

난 에단의 생일선물로 뭘 해야 좋을지 고민했다. 만약 내 생일이었다면 '레드 핫 칠리 페퍼'의 최신 앨범을 받고 싶지만 에단에게는 그다지 좋은 선물 같지 않았다. 차라리 그것보다는 〈뉴욕 타임스〉의 정기구독권이 그를 기쁘게 하리라. 가격을 알아보았지만 너무 비싸 결국 미국 대통령들에 관한 책을 한 권 골랐다.

에단은 언제나 책을 읽는다. 작업장 동료들은 에단을 '인텔로'라고 비꼬아 부르면서도 그가 작업반장과 교섭을 벌여 더 많은 수당과 휴식시간을 얻어내주면 무척이나 만족스러워한다.

나는 에단이 남달리 영리하다고 생각한다. 그는 다른 사람들이 보지 못하는 부분을 본다. 그는 영리하기 때문에 책을 읽고, 책을 읽기 때문에 영리하다. 내가 가장 마음에 들어 하는 건 그가 책에서 발견하는 모든 지식을 현실에서 구체적으로 적용한다는 점이다. 예를 들어 그가 포커에서 이기는 것만 봐도 그걸 알 수 있다. 포커에 관한 책들은 대개 이해하기 쉽지 않은 공식들로 가득 차 있다. 내 생각에는 그런 책을 사는 사람들은 많지만, 실제로 읽고 활용하는 사람은 그리 많지 않은 것 같다. 그 책에 나온 공식들을 정말로 이해할 수 있는 사람은 아주 극소수인 것 같다. 에단은 그 어려운 공식을 모두 이해한다.

에단과 나는 매주 토요일 밤 식당 뒷방에서 벌어지는 포커게임에 짝을 이뤄 참가해 상당한 액수의 돈을 딴다. 우리가 무스탕을 살 수 있었던 것도, 보름마다 레드삭스의 경기를 보러갈 수 있었던 것도 모두 그 덕분이다.

주말이면 에단은 종종 나를 따라 경기장에 간다. 우리는 동료들과 맥주를 마시고 피자를 먹고, 퀸시 마켓에서 할일 없이 어슬렁거린다. 나는 그가 오후 시간을 시립도서관에서 보내고 싶지만, 나를 기쁘게 해주기 위해 함께 어울린다는 것을 안다. 나는 때때로 그를 기쁘게 해주기 위해 도서관에 가고 싶은 척한다. 그는 내가 정말 가고 싶은 곳이 도서관이 아니라는 걸 알고 있다. 그리고 나도 그가 그 사실을 알고 있다는 걸 안다. 그 모든 게 무척이나 복잡하게 보일 수도 있지만 요컨대 너무나도 간단하게 설명된다. 왜냐하면 그게 바로 우정이라는 것이니까.

마리사와 에단은 환상의 커플이다. 마리사는 우리가 다니던 고등학교에서 인기폭발이었다. 그녀는 에단과 사귀기 전에는 축구 팀 스타 스티브 마리노와 데이트를 했다. 마침내 작년에 에단은 그녀와 첫 데이트를 하는 데 성공했다.

에단은 스티브보다 키도 작고 잘생기지도 않았고 힘도 세지 않았다. 그는 언젠가 내게 이렇게 말했다.

"때로는 지성이 힘을 이기는 거야."

마리사는 놀라운 여자다. 그녀 역시나 매우 똑똑하다. 하지만 에단처럼 똑똑한 건 아니다. 그녀는 실용적인 지성, 실생활의 지혜를 타고났다. 때때로 그녀는 아주 까다롭고 냉소적이 되지만 노련하게 제 앞가림을 할 줄 안다. 어느 날, 나는 그녀와 어느 여자 아이의 대화를 듣고 깜짝 놀랐다. 마리사는 친구에게 에단과의 데이트를 '미래에 대한 투자'라고 설명했다. 나는 즉각 그 말뜻을 이해했다.

날이 저물기 시작한다. 50번가의 신호등 앞에서 마리사와 나는 걸음을 멈춘다. 우리 앞으로 한 떼의 차들이 지나간다. 우리는 에단이 어디쯤 오는지 보기 위해 동시에 뒤를 돌아본다. 그가 보이지 않는다. 우리는 네온사인과 눈부신 간판, 혼잡한 도로, 경찰 사이렌 소리가 울려 퍼지는 길 한가운데에서 오랫동안 그를 기다린다.

우리는 한동안 거기에 그대로 서 있다. 이윽고 한 가지 사실이 분명해진다. 에단이 사라졌다.

1992년 10월
새벽 6시 현재
맨해튼

나는 밤새도록 에단을 찾아다녔다. 우리가 자주 가던 바와 식당, 상점들을 모조리 들렀다. 나는 부모님 댁에 전화를 걸어 그가 메모를 남겨놓지 않았는지 물었다. 경찰서에도 들러봤지만 경찰들은 이런 일에 도움을 주기에는 다른 할 일이 많았다.

마리사는 무스탕 옆에서 에단을 기다렸다. 그가 단순히 길을 잃었다면 우리가 차를 세워둔 주차장으로 올 테니까. 우리는 아침 해가 떠오를 때까지 그를 기다렸다.

마침내 맨해튼의 하늘 위로 연분홍빛 먼동이 떠오를 무렵 우리는 뉴욕을 떠났다.

돌아오는 차 안에서 마리사가 보여준 태도는 기묘했다. 나는 무던히도 속을 끓였던 반면 그녀는 쉽게 체념하는 듯했다. 그녀는 결혼을 약속한 남자의 실종을 기묘하게도 숙명처럼 받아들이는 것 같았다. 나는 최악의 상황을 머릿속에 떠올리고 있었다. 사고나 강도, 납치 같은······.

"네가 알아둘 게 있어."

마리사가 말했다.

"그게 뭔데?"

"너의 둘도 없는 친구는 어쩌면 네가 아는 그런 사람이 아닐지도 몰라."

"무슨 근거로 그런 말을 하는 거야?"

"그가 도망쳤다는 걸 아직도 모르겠어? 그가 더 이상 이 모든 걸 견딜 수 없어 떠났다는 걸 모르겠느냐고? 그가 더 이상 우리와 볼 일이 없어졌다는 걸 말이야?"

"넌 지금 무슨 말을 하는지도 모르고 지껄이고 있어."

"단언하건대 이제 다시는 그를 볼 수 없을 거야. 만약 내 말이 틀리면 내 손에 장을 지지겠어."

"넌 어떻게 네가 결혼하려던 사람에 대해 그렇게 말할 수 있어?"

마리사는 내 말에 대답하려고 입을 벌렸다. 그 순간 갑자기 그녀의 방어벽이 무너졌다. 내가 그녀가 우는 모습을 본 것은 그때가 처음이었다. 그리 긴 시간은 아니었다. 이윽고 그녀는 주머니에서 손수건을 꺼내더니 코를 풀고는 내게 말했다.

"나는 이미 여러 차례 악몽을 꿨어. 언젠가는 에단이 떠나리라는 걸 알고 있었지. 그날이 가능한 한 늦게 오기를 바랐는데……."

집에 도착할 때까지 우리는 더 이상 한마디의 말도 나누지 않았다. 보스턴이 가까워질 무렵 내가 그녀에게 물었다.

"요컨대 깜짝 놀랄 일이라는 게 뭐였지?"

"응?"

"후식을 먹을 때 에단에게 공개하겠다고 했던 게 뭐였냐고?"

마리사는 고개를 돌렸다. 오렌지 빛 태양이 부조 같은 그녀의 얼굴을 비추었다. 그녀는 몇 분간 침묵에 잠겼다가 이윽고 대답했다.

"그의 아이를 임신했어."

*

1992년 11월-1993년 4월

나는 이후에도 여러 번 뉴욕에 갔다. 역무원과 버스기사, 경찰에게 에단의 인상착의를 말하고 본 적이 있는지 묻고 다녔다. 그와 한 번이라도 부딪쳤을 가능성이 있는 모든 사람들에게 행방을 탐문했다. 병원, 경찰서, 시체 공시장, 노숙자 숙소, 주유소를 샅샅이 돌아다니며 그의 행방을 수소문했다.

나는 마리사의 말을 믿고 싶지 않았다. 에단은 나에게 말도 없이, 단 한마디의 상의도 없이, 그 어떤 예비신호도 없이 떠날 친구가 아니라고 생각했다. 6년 전, 에단의 부모님이 몇 달 간격을 두고 돌아가시고 나서 그는 우리 집으로 옮겨와 나와 함께 살았다. 그런 까닭에 나는 그를 단순히 친구가 아니라 형제처럼 여겨왔다.

물론 나 역시 여러 번 생각한 적이 있었다. 남달리 영리한 그가 우리와 함께 있는 건 시간 낭비라고. 그가 대학 문 앞에 가보지도 못하고 학업을 중단하게 된 건 정말 안타까운 일이라고. 하지만 이기적이게도 나는 그와 매일 함께 지낼 수 있다는 사실에 만족했다. 그에게 은밀한 구석이 있다는 걸 모르지 않았다. 때때로 그는 30분 넘게 멍하니 허공을 바라보며 생각에 잠기곤 했다. 그럴 때마다 그의 생각은 어디에 머물렀던 것일까? 누구와 함께 있었던 것일까?

몇 주 후 나는 은행에서 그에게 보낸 우편물을 열어보았다. 나는 그의 계좌에 상당한 액수의 돈이 들어 있었다는 걸 알고 깜짝 놀랐다. 거의 3만 달러에 달하는 거액이었다. 그가 혼자 포커게임을 해서 딴 돈이 분명했다.

나는 그 후 그의 신용카드 명세서를 보고 그가 필라델피아, 워싱턴 그리고 몇 주일 간 시카고에서 물건들을 구매한 내역을 확인했다. 하지만 그 계좌는 크리스마스 직후 해지되었다.

1993년 봄, 나는 우리가 다녔던 고등학교에 문의한 결과 그의 행방을 알 수 있었다. 시애틀에 있는 한 대학교에서 신입생 등록을 위해 그의 서류를 보내달라고 요청해왔던 것이다.

나는 부모님이나 마리사에게 아무 말도 하지 않고 시애틀 행 비행기표를 구입했다. 나는 그가 다닌다는 대학교를 방문해 학생들 무리 속에 휩쓸렸다. 당시에는 그런지룩이 대유행이었던 시절이었으므로 대학생인 체하기 위해 굳이 옷을 갈아입을 필요가 없었다.

나는 푸른 잔디밭에서 학생들과 어울려 토론을 벌이고 있는 에단을 발견했다. 그도 멀리서 다가오는 나를 본 듯했다. 내가 다가가기 전에 그가 먼저 나를 향해 다가왔다.

"여긴 웬일이야, 지미!"

그는 내가 그때까지 알고 있던 에단이라는 인물과는 전혀 다른 사람이 돼 있었다. 몸은 호리호리해졌고 머리는 짧게 잘랐으며 즐겨 입던 진 대신 정장바지 차림에 외투를 걸치고 있었다.

"대체 어떻게 된 일인지 말해봐, 에단?"

"넌 내가 아무리 설명해도 이해하지 못할 거야."

에단이 고개를 가로저으며 말했다.

"하지만 최소한 설명은 해볼 수 있잖아!"

"무슨 설명을 해줄까? 난 줄곧 숨이 막혔어! 평생 책 한 권 읽지 않는 사람들, 자기계발에 대해 관심조차 없고 교양이라고는 눈 씻고 찾아봐도 없는 사람들의 틈에 섞여 난 차츰 바보가 되어가고 있었지. 난 미래도 없고, 계획을 세울 수도 없고, 꿈을 가질 수도 없다는 게 미치도록 싫었을 뿐이야!"

"요컨대 넌……"

"지미, 너도 제발 정신 좀 차려! 다른 누구의 삶도 아닌 너자신의 삶에 의미를 부여할 필요가 있어. 다른 사람들에게 지나치게 잘해줄 필요가 없단 말이야. 어느 순간이든 너 자신부터 먼저 생각해."

에단은 단 한 차례도 마리사나 내 부모님의 소식을 묻지 않았다. 그는 우리 모두를, 그의 이전 삶을 깨끗이 말소시켜버린 것이다.

발길을 돌리기 전 에단이 내게 물었다.

"내가 돌아가야 할 이유를 한 가지만 말해봐."

나는 그때 이렇게 대답해줄 생각이었다.

"마리사가 임신했어. 넌 예쁜 딸의 아빠가 되는 거야. 출산 예정일은 다음 수야."

그랬다면 과연 그가 우리에게로 돌아왔을까? 돌아왔을 수도 있고 그렇지 않을 수도 있었다.

결국 나는 에단의 충고를 따랐다. 그를 생각하기 전에 나 자신을 먼저 생각하기로.

그리고는 은밀히 사랑해온 마리사를 생각했다.

나는 아무 말도 하지 않고 그 자리를 떠났다.

보스턴으로 돌아오는 비행기 안에서 나는 여자 아이의 이름을 생각하기 시작했다.

내 딸에게 붙여줄 이름을.

21. 마리사

물살을 거슬러 올라가는 배처럼,
우리는 앞으로 나아간다고 믿지만
실제로는 줄곧 과거로 거슬러 올라간다.
—프랜시스 스코트 피츠제럴드

오늘

오후 4시

보스턴 남쪽 외곽

에단은 한 차례도 쉬지 않고 350킬로미터를 내달렸다. 그는 호프 가와 조이 가, 그러니까 희망의 거리와 즐거움의 거리가 교차하는 인도 가장자리에 마세라티를 세웠다.
가장 구질구질한 동네에 가장 낙관적인 이름이 붙어 있군.
에단은 그렇게 생각하며 차문을 닫았다.
하늘은 낮게 내려앉은 잿빛이었다. 신경이 곤두선 그는 담배에 불을 붙이고 바람을 막으려고 외투 깃을 올린 다음 청춘의 한 시절을 보낸 거리로 접어들었다.

그곳은 그가 기억하는 모습보다도 더 낙후돼 있었다. 15년이라는 세월이 흘렀지만 그 구역은 어떤 개량작업도 최소한의 개선도 이루어지지 않았고, 서브프라임 위기 사태로 고통 받고 있었다. 버려진 뜰, 전면에 낙서가 가득한 건물, 굳게 닫힌 창들이 그 증거였다.

인도 위에는 세탁기의 잔해, 합판으로 만들어진 가구, 싸구려 장식품이 든 판지상자들이 아무렇게나 방치돼 있었다. 촉박하게 떨어진 퇴거명령 때문에 일상생활이 중단당한 흔적이었다.

서브프라임 위기가 세계 증권시장을 흔들기 시작한 건 올 여름부터였지만 이 구역에서는 더 오래 전부터 위기의 징후가 보였다. 최근 3년 동안 집달관의 활동이 가차 없이 진행되었다. 퇴거조치가 줄을 잇는 바람에 그 구역은 점차 무단 거주와 폐허의 왕국으로 변해 마약상과 약물 중독자, 갱들에게 뜻밖의 피난처를 제공해주었다.

이렇듯 서브프라임 위기가 가난한 사람들의 일상을 강타하고 있는 동안에는 아무도 관심이나 주의를 기울이지 않았다. 전 세계가 동시에 두려움에 휩싸인 건 서브프라임 위기 때문에 월스트리트 전체가 흔들리고 나서였다.

에단은 담배꽁초를 눌러 끄고 같은 보조로 또 다른 담배에 불을 붙였다. 당장 가능하다면 위스키나 보드카를 한잔하고 싶었다.

이 구역은 미국의 숨겨진 치부였다. '워킹 푸어스(일하는 빈곤층)', 주도로로 들어오지 못하고 갓길에 머물러 있는 이들, '아메리칸 드림'이라는 복권을 샀지만 당첨된 적이 없는 이들, 그가 그렇게도 벗어나고 싶었던 세계…….

에단은 그의 부모가 세 들어 살던 오래된 주택 앞에서 잠시 걸음을 멈추었다. 폐쇄된 주택에 붙어 있는 '너무 늦었어! 구리 같은 건 안 남앉아! 보일러도 이젠 없어!'라고 쓰인 널빤지가 눈에 띄었다. 뒤이을 약탈자들에게 헛물켜지 말고 돌아가라는 경고 문구인 셈이었다. 그의 머릿속에서 여러 가지 기억들이 한꺼번에 떠올랐다.

에단은 감상적인 추억에 젖어드는 걸 거부하며 인도를 따라 걷기 시작했다. 개들이 철창 너머에서 짖어댔다. 타르 바닥이 고르지 못한 공터에서는 덩치 큰 청소년 10여 명이 랩 음악이 흘러나오는 라디오를 가운데 두고 농구 골대에 차례로 공을 집어넣고 있었다.

어느 집 담장 아래에서는 흑인 여자 아이가 혼자 앉아 구형 노트북에 독서카드의 내용을 입력하는 중이었다. 라스타파리언(자메이카 흑인)풍의 헤어스타일, 몸에 꼭 끼는 흰 셔츠, 짝퉁 랄프 로렌 스웨터, 오만한 눈빛, 어딘가 다른 곳으로 떠나고 싶어 하는 갈망…….

에단은 미간에 주름을 잡으며 아이가 읽고 있는 책의 제목을 눈여겨 보았다. 카슨 매컬러스의 《마음은 외로운 사냥꾼》이었다. 그 여자 아이는 20년 전 그 자신이었다.

에단은 파크 가 네거리를 지났다. 자기 집 뜰에 물을 주던 노인 하나가 이가 다 빠져 달아난 입으로 희멀건 미소를 지으며 그의 앞을 막아섰다.

미첼 할아버지가 아직도 살아 있다니!

15년 전에도 이미 치매를 앓던 그 노인은 이곳에서 변하지 않은 유일한 존재였다.

마침내 에단은 120번지에서 10미터 정도 떨어진 곳에 이르렀다. 지미의 부모님 댁이었다. 그는 그곳에서 6년을 살았다.

잔디밭 한가운데에 꽂힌 색 바랜 성조기는 누더기가 되어가고 있었다. 한 여자가 베란다에서 빨래를 널고 있었고, 라디오에서는 스프링

스틴의 오래된 록음악이 흘러나왔다.
 아이 워즈 언레코그나이저블 투 마이셀프……

                             *

 ……인 더 스트리츠 오브 필라델피아(나 자신이 낯설었네…… 필라델피아의 거리에서는)
 비가 내리려는 듯 대기는 무겁고 축축했다. 마리사는 정신을 딴 데 판 채 나일론 줄을 따라 나란히 빨래집게를 꽂았다. 그녀는 어제저녁 집에 들어오지 않은 딸 제시를, 그 아이를 찾으러 뉴욕에 간 남편 지미를, 집이 곧 차압될 거라고 말한 은행 직원을 번갈아 떠올리고 있었다.
 지미의 부모가 돌아가셨을 때 이 집을 사는 대신 멀리 떠났어야 했다. 지미가 남아 있자고 고집을 부렸고, 실제로 처음에는 모든 게 잘 돌아갔다. 하지만 6개월 전부터 은행대출 이자를 제대로 갚을 수 없었다. 그들 역시 서브프라임 위기에 발목을 잡힌 것이다.
 25년 거치 25만 달러의 대출금 이자를 고정 금리에서 변동 금리로 바꾼 게 계산착오였다. 처음 얼마간은 한 달에 몇 백 달러를 절약할 수 있었다. 그 돈을 지미의 미장업체에 재투자했다. 모든 게 순조로웠지만 금리가 오르자 매달 내야 하는 이자가 감당할 수 없을 정도로 치솟았다.
 마리사는 일하던 모텔에서 과외 업무를 자청했고, 지미는 직원을 둘씩이나 해고했지만 나날이 불어나는 대출이자를 갚기에는 역부족이었다.
 마리사는 급기야 제시의 학비로 저축한 돈을 쓰기로 했지만 소용없었다. 은행에 간 그녀는 채무 변제 일정을 조정해보려 했지만 아무런 성과도 거두지 못하고 돌아왔다. 그들의 빚은 이미 어느 브로커에게 넘겨졌다가 다른 신용업체로 넘어갔다. 그녀는 궁여지책으로 변호사를 선임하려 했지만 부가 비용만을 떠안았을 뿐이었다. 그 모든 게 그녀가 계약서에 작은 글씨로 인쇄되어 있는 계약조건을 정확히 이해하지 못한 탓이었다.

최근 몇 달 동안 마리사는 불안과 두려움 속에서 살았다. 건강을 해칠 만큼 과도한 노동에 시달린 지미는 예전과 달리 짜증을 내는 일이 잦아졌다. 제시 역시 힘든 시기를 보내고 있었고, 집은 곧 차압당해 헐값으로 경매에 붙여질 예정이었다. 어제 저녁부터 고뇌는 공포로 바뀌었다. 엎친 데 덮친 격으로 제시가 가출한 것이다.

마리사는 문득 생각에서 깨어났다. 한 남자가 집 앞에서 그녀를 바라보고 있었다. 15년 만에 보는 얼굴이었다. 지난날 그녀는 그에게서 소식이 오기를 기다리며 하루하루를 보내지 않았던가.

한편으론 소식이 올까봐 두려워하면서.

*

한 줄기 빛살이 지그재그로 지평선을 갈라놓더니, 이어 둔중한 천둥소리가 이어졌다. 에단은 쪽문을 열고 마당으로 들어섰다.

"마리사!"

에단이 믿기지 않는 듯한 태도로 여자를 불렀다. 그는 연민과 놀라움이 뒤섞인 눈빛으로 그 옛날 약혼녀를 바라보았다. 그녀는 그와 동갑내기였지만 훨씬 더 나이 들어 보였다. 등은 살짝 굽었고, 얼굴에는 주름이 잡혀있었다.

"당신이 무슨 생각을 하는지 알아."

마리사가 그의 마음속을 들여다보기라도 한 듯이 말했다.

"하지만 당신도 스무 살 시절보다는 많이 늙었어. 텔레비전에서 봤을 때보다 훨씬 더 나이 들어 보여."

또다시 천둥이 치며 둘 사이의 불편을 가중시켰다.

"당신이 여기까지 찾아온 걸 보니 지미를 만난 모양이지?"

마리사는 자꾸만 밀려드는 불안감을 어쩔 수 없었다.

"아냐, 제시를 만났어."

에단이 부드럽게 대답했다.

"제시를 데려왔어?"

마리사의 목소리에 약간의 희망이 서렸다.

에단은 미안해하며 고개를 저었다.

"제시는 지금 어디 있는데?"

에단은 눈에 띨 듯 말 듯 망설이다가 이윽고 대답했다.

"나도 몰라."

에단은 차마 그녀에게 제시가 지금 수술대 위에 누워 생사의 기로를 헤매고 있다고 말할 용기가 없었다. 그는 마음속으로 제시의 상태가 생각보다 덜 심각하기를, 수술이 결국 잘 되어주기를 바랐다.

"제시가 가출한 이유가 뭐지?"

에단이 물었다.

"당신이 상관할 일이 아니잖아."

마리사가 냉랭하게 대답했다.

마침내 번개와 천둥이 뒤섞인 빗줄기가 요란하게 퍼붓기 시작했다.

"어째서 내게 말하지 않은 거야?"

에단이 베란다 아래에 있는 그녀에게 다가서며 물었다. 그녀가 아무 대답도 하지 않자 그는 좀더 격한 어조로 질문을 되풀이했다.

"왜 내게 임신했다는 말을 하지 않았느냐고?"

마리사가 그의 눈을 똑바로 응시했다.

"내 말 잘 들어, 에단. 당신은 아이를 원하지 않았어. 그리고……."

에단이 그녀의 말허리를 잘랐다.

"당시에 내가 아이를 원하지 않았다고 해도 난 명백하게 아이의 친부고, 그 사실을 오래 전에 알 권리가 있었어!"

하늘을 가르며 몇 차례 번개가 쳤다. 이윽고 순식간에 폭풍우가 잠잠해지면서 무겁고 답답한 분위기만이 남았다.

마리사는 피로감을 떨치기 위해 두 눈을 문질렀다.

"에단, 당신이 제시에게 생명을 주었을지는 몰라도 아빠는 아냐."

"아니, 난 그 아이의 아빠야!"

"지난 십오 년 간 그 아이의 아빠는 지미였어. 당신은 아이를 위해 뭘 했지? 아이를 먹이고, 달래고, 두려워할 때 안심시켜 준 적이 단 한 번이라도 있어?"

에단이 그녀의 팔을 잡고 거칠게 흔들었다.

"난 몰랐어! 난 제시가 이 세상에 존재하는지조차도 몰랐단 말이야!"

에단은 마리사의 팔을 잡은 손에 점점 더 힘을 가했다. 마치 그럼으로써 그녀의 반박을 막을 수 있기라도 한 것처럼. 하지만 그녀는 아랑곳하지 않고 그의 면상에 대고 소리쳤다.

"날 때리려는 거야? 자, 어서 때려봐! 당신이 잘하는 유일한 일 아니었어? 다른 사람들의 마음을 아프게 하는 일 말이야!"

"어쨌든 제시는 문제가 생겨서 나를 찾아왔어!"

마리사는 그의 손에서 벗어나기 위해 몸을 버둥거렸다.

에단은 문득 자신이 폭력적으로 행동하고 있다는 걸 깨닫고 손에 힘을 풀었다.

마리사가 집 안으로 모습을 감추자 에단은 한숨을 내쉬며 베란다 계단에 앉았다.

이곳에 오면서 뭘 기대했던 것일까? 마리사가 두 팔 벌려 환영해 주리라 생각했던가?

에단이 과거에 그 자신으로부터 비롯된 원한, 아무리 세월이 흘러도 사그라지지 않고 남을 원한을 염두에 두지 못했던 건 사실이었다.

*

"사오 년 전 어떤 여자가 우리를 만나러 여기에 온 적이 있어."

에단은 소스라치게 놀랐다. 마리사가 어느새 테라스로 돌아와 있었다. 냉정을 되찾은 그녀는 차분해보였고, 등 뒤에 뭔가 숨기고 있는 듯했다.

"프랑스 여자였지. 그녀가 내게 이름을 말해줬는데 잊어버렸어."

셀린······.

그의 과거에 대해 아는 게 없었던 셀린이 그의 자취를 찾아 보스턴까지 다녀가다니!

에단은 그 사실을 까맣게 모르고 있었다.

"셀린이 여기 와서 뭘 찾으려 한 거지?"

에단이 감정의 동요를 감추려 애쓰며 물었다.

"나도 잘 몰라. 그녀는 내게 '당신을 이해하고 싶다'고 했어. 당신은 한마디 설명이나 배려도 없이 그녀 곁을 떠난 모양이더군. 마치 지난날 나를 버렸던 것처럼."

"당신은 그녀에게 무슨 말을 했지?"

"진실을 모두 말해줬어."

"당신이 생각하는 진실?"

"그럴지도 모르지. 그런데 정말 놀라웠던 건……."

마리사가 말을 할지말지 망설였다.

"뭔데? 어서 말해봐."

"내게서 이야기를 모두 들은 다음에도 그녀는 여전히 당신에 대한 집착을 거두지 않는 것 같았어."

에단은 고개를 숙이고 담배에 불을 붙였다. 그는 담배가 타들어가도록 한참을 내버려두고는 정처 없는 눈길로 허공을 응시했다. 검은 구름이 지평선까지 펼쳐져 있었다.

"그건 그렇고, 이걸 당신에게 돌려주고 싶어!"

에단은 몸을 돌렸다. 마리사가 던진 물건이 그의 가슴팍을 정통으로 때렸다. 1984년 로스앤젤레스 JO로고가 찍힌 낡은 스포츠 배낭이었다.

"이게 뭐지?"

"열어보면 알 수 있을 거야."

에단은 지퍼를 열었다. 배낭에는 100달러짜리와 50달러짜리 지폐가 가득 들어 있었다.

"당신 돈이야. 십년 전부터 당신이 지미에게 보낸 돈. 매월 지미의 계좌로 이체된 돈이지. 처음에는 월 팔백 달러, 그러다가 당신이 유명인사가 되고나서부터는 이천 달러……."

에단은 배낭을 탁자 위에 올려놓았다.

마리사가 말을 이었다.

"당신 돈이니까 어서 세어봐. 아마 한 푼도 모자라지 않는 십사만 팔천 달러일 거야. 그 돈이 당신의 죄책감에 대한 대가였어? 그 돈을 보내고 나서부터는 발 뻗고 편히 잘 수 있었던 거야? 도대체 무슨 생각으로 돈을 보냈어? 우리가 당신의 적선을 덥석 받을 줄 알았던 거야?"

에단은 그녀를 진정시키려 애썼지만 그다지 할 수 있는 방법이 없었다.

"착한 사마리아인 역할을 하는 게 그렇게 재미있었어?"

"난 그저 두 사람을 돕고 싶었을 뿐이야."

에단이 자신 없어하는 표정으로 말했다.

"당신은 우리를 도울 필요가 없었어. 우리를 떠나고 싶었다면 끝까지 갔어야지. 우리와 연결된 다리를 완전히 끊어버렸어야지. 당신은 그럴 용기가 없었던 거야."

마리사는 배낭을 집어 들더니 그의 얼굴 앞에서 흔들어댔다.

"보시다시피 난 지금 당장 한 푼이 아쉬운 처지야. 빚더미에 눌려 질식할 지경이야. 이 집에서도 곧 떠나야해. 하지만 당신이 보내준 이 돈에 손을 대느니 차라리 죽어버리고 말 거야!"

마리사는 분노에 겨워 배낭을 통째로 뒤집었다. 수백 장의 지폐가 새떼처럼 바람을 타고 날아올랐다.

"만약 당신이 날 위해 정말로 뭔가 하고 싶다면 내 딸과 남편을 내게 데려다 줘. 당신에게 바라는 건 그뿐이야."

*

거센 비가 그치고 갑자기 바람이 휘몰아쳤다. 멀리서 개가 짖어댔다.

마리사의 서슬 푸른 공격에 녹초가 된 에단은 호프 가를 지나 차를 세워둔 곳으로 돌아왔다.

폭우가 쏟아지는 동안 잠시 피했던 아이들이 운동장으로 쏟아져 나와 함성을 내지르며 낙엽처럼 바람을 타고 날아가는 지폐를 뒤쫓았다.

책을 읽던 예의 여자 아이가 말없이 그들을 지켜보고 있었다. 아이는 책을 가슴에 꼭 끌어안은 채였다. 그 소설의 표지에는 고독하고 우울해 보이는 40대 여자의 흑백사진이 인쇄되어 있었다.

카슨 매컬러스의 예민하고 우아한 얼굴이.

22. 도시의 불빛

이미 죽어버렸지만, 아직도 빛나는 별들이 있다.
왜냐하면 시간이 그들의 빛을 품고 있으므로.
—돈 드릴로(미국의 소설가)

오늘 현재

저녁 8시 45분

뉴욕 주 자동차도로 한 구간

땅거미가 내린 지 이미 오래였다.

에단은 제한폭까지 속도를 올리며 맨해튼을 향해 차를 몰았다. 그는 시노 미츠키로부터 제시의 수술 경과에 대한 메시지가 오지 않았는지 확인하기 위해 2분마다 휴대폰 화면을 힐끗거렸다. 3시간 전에 간략한 메시지를 받았다.

'진전 없음—수술 진행 중.'

에단은 일정한 간격을 두고 병원에 전화를 걸었지만 의사와 통화하지 못했다.

마리사와의 재회는 그에게 깊은 충격을 주었다. 그녀는 분노와 원한, 실패에 대한 책임을 송두리째 그에게 전가시키며 제시의 친부로서의 권리마저 인정하지 않았다. 하지만 그는 결국 그녀의 마음을 바꾸어놓으리라 결심했다. 지난 15년 동안 딸과 함께 하지 못했지만 이제는 달라지리라. 아직 그리 늦은 건 아니었다. 그 자신과 제시가 이 미치광이 같은 하루가 끝날 때까지 살아남을 수만 있다면…….

차의 속도를 늦춘 에단은 왼쪽 차선으로 진입해 소 밀즈 파크웨이 출구로 나왔다. 조금 전부터 연료 경고등이 깜박거리기 시작했으므로 주유소에 들러야 했다.

종업원이 마세라티에 주유를 하는 동안 에단은 화장실에 가서 얼굴에 찬물을 끼얹었다. 조금 전부터 한 가지 의문이 줄곧 그를 괴롭혔다. 15년 전 지미에게서 마리사가 임신했다는 소식을 들었다면 어떻게 행동했을까? 보스턴으로 돌아가 아빠의 역할을 받아들였을까, 아니면 시애틀에 그대로 남아 새로운 생활을 계속했을까?

에단은 세면대 위의 거울 속에 비친 자기 자신의 얼굴을 한동안 바라보았다. 그 질문에 대한 대답이 주름살 사이, 눈빛, 입매 언저리에 씌어 있기라도 한 것처럼.

하지만 진실은 알 수 없었다. 지나온 역사를 가정해서 다시 쓸 수는 없는 일이었다. 다른 상황이었다면 어떻게 행동했을지 어느 누가 확신을 갖고 단언할 수 있을까?

에단은 질문에 대한 답을 찾아내지 못한 채 화장실을 나와 따뜻한 음료를 파는 자동판매기에 동전을 집어넣었다.

주유소는 할로윈 축제 분위기로 장식되어 있었다. 오렌지색 꽃 장식, 잭오랜튼(호박등), 마녀모자, 영화 〈스크림〉에서 바로 빠져나온 듯한 무시무시한 가면들. 잡지 옆에는 많은 양의 최신판 《해리 포터》가 서적 판매대를 휩쓸고 있었다.

에단은 미지근한 카푸치노를 집어 들었지만, 한 모금만 마신 다음 다시 밤의 대기 속으로 나왔다. 가능한 한 빨리 병원으로 달려가 제시의 곁에 있어야 한다는 생각뿐이었다. 그는 몇 대째인지 모를 담배에 불을 붙이며 쿠페의 문을 열었다.

내일은 담배를 끊으리라. 만약 살아남는다면 이번에는 맹세코 담배를 끊으리라.

맨해튼이 가까워지면서 차에서 이상 징후가 나타났다. 에단은 크게 놀라지 않았다. 같은 날이 반복되는 것이라면 마세라티에 문제가 생기는 건 당연했다. 보스턴에 갔다가 돌아올 때까지 차에 문제가 없었다는 게 그나마 천만다행이었다.

현재 위치에서 병원보다는 집이 가까웠다. 잘만 하면 차가 잘못되기 이전에 강변까지 다다를 수 있을 듯했다. 일단 집에까지만 가면, 차는 주차장에 세워두고 작은 차고에 넣어둔 오토바이를 이용하면 될 것이다.

*

에단은 무사히 항구에 도착한 것에 한 시름 놓고 쿠페에서 내려섰다. 그때였다.

"날이 좀 춥지?" 하는 말과 함께 강한 주먹이 날아와 그의 윗배를 가격했다. 에단은 숨이 턱 막히는 듯한 충격을 느꼈다. 두 번째 주먹이 날아와 턱을 강타하는 바람에 그는 바닥에 나동그라졌다. 검은 선글라스에 괴물 케르베로스처럼 공격적이고 각진 턱을 한 '터미네이터' 둘이 그를 일으켜 세우더니 허리를 잡은 손에 힘을 가했다.

지아르디노 패거리! 그들을 잊고 있었다니!

분명 그들이었다.

추운 날씨였지만 '망나니'는 여전히 턱시도 상의 아래 아무것도 입지 않은 채였다. 그가 다시 한 번 강한 주먹으로 에단의 배를 가격했다.

"지아르디노 아가씨께서 보름 전부터 돈이 들어오기를 기다리고 계신다."

그가 고개를 기울이며 말했다.

"됐어, 똑같은 얘긴 그만 하시지!"

망나니는 그 말뜻을 이해하지 못하고 눈살을 찌푸렸다. 그가 당혹감을 감추기 위해 주먹을 단단히 쥐며 경고했다.

"앞으로 코를 풀 때마다 피가 섞여 나오도록 만들어주마!"

그가 말이 끝나기 무섭게 주먹을 날렸다.

"꽤 오랫동안 코 대신 피를 풀게 해주마!"

몇 차례의 주먹질만으로도 에단은 정신을 잃을 듯했다. 그의 몸은 아직도 이전에 받은 타격 후유증에서 회복되지 않았기 때문이다. 망나니는 그런 사정 따위는 아랑곳하지 않고 더욱 주먹질에 매진했다. 에단의 팔다리가 고릴라 같은 두 사내에게 꽉 잡혀 있어 망나니의 주먹질은 한결 수월했다. 고릴라 같은 두 사내는 팔다리를 꽉 잡은 채 조이고 비트는 역할에 충실했다.

갑자기 사태가 급변했다. 한 사내가 어둠 속에서 나타나더니 갑자기 망나니를 향해 달려들었다. 그의 공격이 작렬하며 망나니가 바닥에 쓰러졌다.

새로운 양상의 싸움이 전개되었다. 보스를 돕기 위해 두 고릴라가 손을 놓아버리는 바람에 에단은 아스팔트 바닥에 나동그라졌다. 입에서는 피가 흘러나오고 눈두덩이 얼얼했다. 아스팔트 위에 축 늘어진 에단은 얼떨떨한 표정으로 그 기묘한 대결을 바라보았다.

갑자기 나타난 저 사내는 누굴까? 왜 나를 구해준 것일까?

고통스럽게 몸을 일으킨 에단은 눈살을 찌푸렸다. 안경알 하나가 빠져버려 눈앞이 보이지 않았다. 그리 놀랄 일도 아니지만 고릴라 같은 두 사내가 그를 구해준 남자를 흠씬 두들겨 패는 중이었다. 혼자서 세 사람을 상대해 이긴다는 건 어려운 일이었다. 총이라도 있다면 몰라도.

세 사내는 이제 에단의 존재는 잊어버린 듯했다. 지금이 유일하게 도망칠 수 있는 기회였지만 그는 그러지 못했다. 차마 그 남자를 남겨두고 혼자 도망칠 수는 없었기 때문이다.

그 남자는 바로 지미였던 것이다!

지미가 두 사내에게 무자비하게 얻어맞고 있었다.

이런 싸움에서 이긴다는 건 어려운 일이었다. 총이라도 있다면 모를까.

망나니가 카우보이모자를 바로잡아 쓰며 그를 향해 다가왔다. 그가 손에 든 나이프의 안전장치를 풀었다.

에단의 머릿속에서도 안전장치가 풀렸다.

총이라도 있다면 모를까…….

왜 좀 더 일찍 그 생각을 못했을까?

에단은 주머니에 손을 집어넣어 권총을 꺼내들었다. 교통사고 직후 주워두었던 권총이었다. 그는 상대의 다리를 쏘고 싶었지만, 평생 사격을 해본 적이 없어 조준을 할 줄도, 거리 확보를 하는 방법도 몰랐다.
첫발이 발사되었고, 곧이어 두 번째 총성이 울렸다.
망나니는 비명을 내지르며 허벅지와 무릎을 연이어 움켜쥐더니 이내 바닥에 쓰러졌다. 뜻하지 않은 충격에 놀란 두 남자가 지미를 놓아주고는 보스를 구하기 위해 달려왔다.
두 남자는 그들의 보스를 사륜구동 허머에 서둘러 태웠다. 총성이 울린 지 20초도 안 되어 세 명의 사내는 요란한 타이어 소리를 내며 도망쳤다.
다행히 그들 말고는 주차장에 사람이 없었기 때문에 총성에 주목한 사람은 없어보였다. 지미가 심하게 얻어맞아 곤죽이 된 얼굴로 힘들게 숨을 몰아쉬었다. 그는 마세라티의 타이어 휠에 등을 기댄 채 길게 늘어졌다.
에단이 그가 있는 곳까지 비틀거리며 걸어가 곁에 앉았다.
"내가 늘 너에게 말했지. 이 총 때문에 골치 아픈 일이 생길 거라고."
에단이 권총을 가리키며 말했다.
청소년시절에 그들은 그 총 때문에 자주 말다툼을 했다.
"조금 전 그 총 덕분에 목숨을 건진 것 같은데, 안 그래?"

*

"내가 여기에 산다는 건 어떻게 알았어?"

"진료실과 네 아파트를 찾아갔다가 그 자들이 네 행방을 여기저기 캐묻고 다니는 걸 보았어. 그 자들이 얻어낸 정보가 확실한 것 같아 뒤따라왔지. 네 요트는 이미 알고 있었어. 어떤 잡지에서 저 요트 사진을 본 적이 있거든."

"많이 다쳤어?"

"괜찮아. 정말 지독하게 패더군, 그자들 말이야."

"그나마 넌 가장 지독한 놈에게 걸리지 않아서 천만다행이야."

"카우보이모자를 쓴 친구 말이야?"

"그래, 손가락이 제대로 붙어 있길 바란다면 그 친구와 마주치지 않는 게 좋을 거야."

"놈들이 네게 원하는 게 뭐야?"

"놈들의 여주인에게 포커 빚을 졌어."

지미가 믿어지지 않는다는 듯 고개를 저었다.

"네가 여자와 포커를 해서 졌단 말이야?"

"네가 생각하기에도 참으로 어이없지?"

지미는 웃지 않을 수 없었다.

"얼마나 빚을 졌는데?"

"이백만 달러가 넘어."

지미는 길게 휘파람을 불었다.

"정말 지독하게 걸려들었군."

"그래, 지독하게 걸려들었어."

"텔레비전에서 봤을 때만 해도 넌 무척이나 행복해 보였는데."

이번에는 에단이 미소를 지어 보였다. 정말이지 친구를 다시 만난 건 기분 좋은 일이었지만 나쁜 소식을 전해야 한다는 건 안타까운 일이었다.

서둘러야 했다.

에단은 몸을 일으키며 지미에게 손을 내밀었다.

"제시를 보러 가야 해."

지미의 눈이 어둠 속에서 번쩍 빛났다.

"제시가 지금 어디 있는지 알아? 하루 종일 제시를 찾아다녔어."

"제시는 지금 병원에 있어."

"병원에?"

"가면서 설명해줄게."

에단은 자신이 왜 이곳에 왔는지 그 이유를 까맣게 잊은 채 그렇게 대답했다.

*

15분 후 마세라티는 다행히 별다른 문제를 일으키지 않고 세인트주드 병원 주차장에 도착했다. 에단과 지미는 서둘러 차에서 내려 현관으로 들어갔다.

에단은 그날 아침에 본 안내데스크의 여직원을 찾았지만 그녀는 이미 근무 시간이 끝났는지 보이지 않았다. 그 자리에는 대신 좀 더 나이가 들어 보이는 여자가 앉아 있었다. 엄격한 눈빛에 수녀원장 같은 태도를 지닌 여자였다.

에단의 질문에 그녀는 의심스러운 눈길로 두 사람을 뜯어보았다. 하긴 조금 전 싸움의 흔적이 고스란히 남아 있는 그들의 행색이 그리 미덥지는 않을 것이다.

"안녕하세요, 제시 카발레티의 수술경과를 알고 싶습니다. 오늘 시노 미츠키 박사님이 수술한 소녀……."
"가족이신가요?"
여자가 거칠게 그의 말허리를 잘랐다.
"제가 아빠입니다."
두 남자가 동시에 대답했다.
한 순간 에단과 지미는 서로를 노려보았다. 이윽고 지미가 어색한 어조로 상황을 정리했다.
"그렇습니다. 우리 둘 다 아이의 아빠입니다."

23. 살아 있는 이들의 마음

죽은 자들의 진짜 무덤은
살아 있는 이들의 마음에 있다.
―타키투스

삶과 죽음 사이를 오가는
제시의 머릿속

"조심해!"
우선 그 차가 있다.
길을 건너면서 그 차가 다가오는 것을 보는 순간, 이미 늦었다는 걸 깨닫는다. 차는 나를 정통으로 들이받는다. 그 충격이 얼마나 엄청난지 객차 20량이 딸린 기관차에 부딪힌 것 같다. 내 몸이 위로 솟구쳤다가 달리는 차 위로 떨어진다. 뭔가 단단하고 예리한 물체 위에 떨어진 느낌이다. 지독한 아픔이 퍼져나가고, 눈앞은 한 순간 검은 구멍이 된다.
이윽고 나는 다시 눈을 뜬다. 공기의 느낌이 이전과는 다르다. 나는 길 위를 날고 있다. 길 위에 꼼짝 않고 누워 있는 내 몸과 멈춰선 자동차들 그리고 그 주변을 둘러싸고 있는 사람들이 보인다.

"리코, 어서 심장 마사지를 시작해. 페트, 당신은 아이 옷을 벗겨. 이봐, 멍하니 서 있지 말고 빨리들 움직여!"

구조팀이 내 심장박동을 되살리기 위해 애쓰는 게 보인다. 나는 담당의사 주위를 나비처럼 떠돈다.

"GCS 쓰리, 대퇴부 맥박 없음. 맙소사, 이러다가 죽고 말겠어. 이봐, 이러다 죽고 말겠다고!"

혼혈인 이 여의사의 이름은 새디이다. 아버지는 자메이카인이고 어머니는 캐나다인이다. 이상한 일이다. 이전에 그녀를 만난 적이 없는데 나는 그녀에 대해 모든 걸 알고 있다. 그녀의 어린 시절, 희망, 사랑, 비밀까지도.

"엑스선 촬영 준비. 심근수축치료 시작. 리코, 젤을 발라. 그런 식으로 하면 안 돼. 빌어먹을! 전극을 조심해서 다뤄!"

이 순간 나는 새디가 잘못된 결정을 내려 간호사들 앞에서 멍청이 취급을 받게 될까봐 두려워하고 있다는 걸 알고 있다. 그녀는 거친 말로 두려움을 숨기고 있을 뿐이다.

"페트, 어서 화면을 보여줘. 좀 더 가까이 와야지 내 눈에는 아무것도 안 보이잖아. 자, 내게 부목을 넘겨줘. 이백 줄까지 계속 올려. 조심해, 쇼크가 오겠어!"

에단 휘태커, 내 아버지의 모습도 보인다. 구급대원들 바로 뒤에 선 그는 몸을 떨며 나를 살려달라고 기도를 한다. 이 순간 나는 그의 겉모습을 뚫고 들어가 아무에게도 드러내 보이지 않는 마음속을 읽는다. 그의 두려움, 고뇌, 표현할 방법을 알지 못하는 사랑의 추구.

나는 천사처럼 그의 주위를 맴돈다. 내 눈에 그가 보이는 것처럼 그의 눈에도 내가 보였으면 좋겠다. 그가 빛에 휩싸여 있는 내 모습을 볼 수 있었으면.

"혈관에 바늘을 꽂고 아드레날린 일 밀리그램과 코다론 앰플 두 개를 주사해. 그리고 당신은 좀 더 서둘러, 리코. 멍하니 하늘만 쳐다보지 말란 말이야!"

젊은 여의사가 심장 마사지를 지시한다. 기분이 좋아진다. 얼마나 기분이 좋은지 마사지가 끝나지 않기를 바랄 정도이다. 평생 부드러운 손길이 줄곧 내 심장 주위를 어루만져 주었으면…….

"자, 좋아! 다시 쇼크가 오잖아. 이백 줄이야. 물러서!"

나는 깃털처럼 가볍게, 솜처럼 부드럽게, 천상의 존재인 양 증기처럼 위로 두둥실 올라간다. 따뜻하다. 쾌적하기 짝이 없는 욕조 속에 들어가 있을 때처럼 적절하게 따뜻한 느낌이다.

여기서 나는 모든 걸 본다. 여기서는 모든 걸 알 수 있다. 삶에는 우리 힘으로 어쩔 수 없는 게 있다는 것, 우리가 이해할 수도, 통제할 수도 없는 게 있다는 것을.

"됐어요. 심장이 다시 뛰어요!"

리코가 활짝 웃음을 지어 보이며 말한다.

"당신 목에 메달이라도 걸어줄까? 아직 안심할 단계가 아니란 말이야!"

새디가 닦아세우듯 응수한다.

저들은 내가 '다시 돌아왔다'고 생각하지만 틀렸다.

1초도 지나지 않아 나는 거기서 수 킬로미터 떨어진 42번가와 파크 애비뉴 사이에 있는 그랜드센트럴 역에 가 있다.

기차에서 내린 아빠가 플랫폼에서 주변을 돌아본다. 아빠는 오랫동안 맨해튼에 오지 않았으므로, 어디가 어딘지 감이 잡히지 않는 듯했다. 나는 아빠가 간밤에 한숨도 자지 못했다는 걸 알고 있다. 아빠는 아침 일찍 자리에서 일어나 뉴헤이븐까지 버스를 타고 온 다음 뉴욕행 기차를 탔다. 아빠는 나를 찾아 헤매고 있고, 죄책감을 느끼고 있다.

나는 별이 빛나는 하늘처럼 꾸며진 중앙 홀 천장을 슬쩍슬쩍 스치며 새처럼 날아다닌다. 나는 건물 중앙에서 반짝이는 추시계 위에 앉는다.

"아빠, 아빠!"

나는 애타게 부르지만 아빠에겐 내 목소리가 들리지 않는 모양이다.

아빠에게 말하고 싶다. 후회하고 있다고. 아빠를 사랑한다고, 그리고……

하지만 갑자기 모든 게 흐려진다. 어떤 숨결이 나를 들어 올려 어딘가로 데려간다.

*

밤 9시 50분
맨해튼
세인트주드 병원

외과 인턴 클레어 줄리아니는, 조금 전 끝난 수술의 여파가 남아 있는 긴장된 얼굴로 자기 앞에 서 있는 두 남자에게 당혹스런 시선을 던졌다. 얼굴이 퉁퉁 부은 두 남자는 누구에겐가 크게 얻어맞은 듯했는데, 그녀로서는 누가 소녀의 아버지인지 알 수 없었다. 그녀는 확신을 갖지 못한 채 두 사람을 번갈아 쳐다보며 수술 결과를 브리핑하기 시작했다.

"따님은 아주 위급한 상태에서 병원에 실려 왔습니다. 차와 충돌할 때 발생한 두개골 외상 때문에 혼수상태에 빠졌고, 영영 깨어나지 못했습니다. 우리는 중추신경이 손상된 건가 해서 엑스선 촬영을 하고 출혈을 멎게 하려고 '블록'을 시행했는데……."

그녀는 모두 소진된 기력이 다시 솟아나기를 바라며 한 순간 말을 멈추었다. 시노 미츠키는 이런 어려움 때문에 그녀에게 대신 일을 맡긴 것이리라. 그녀는 이런 이야기를 해본 경험이 많았지만 할 때마다 어렵긴 마찬가지였다. 이 일은 도무지 익숙해지지 않았다. 하면 할수록 더 어렵기만 했다.

"그 결과 따님의 상태는 안정되었지만 우리는 경추 1번에 심각한 상처가 있다는 걸 알게 되었습니다."

클레어는 수술용 모자를 벗었다. 땀에 젖은 머리카락이 드러났다. 그녀는 숙명에 맞서 싸우는 데 신물이 났다. 매일같이 죽음과 맞닥뜨려야 하는 이 일에 넌덜머리가 났다. 죽음 같은 건 더 이상 생각하고 싶지 않았다. 오늘밤에는 모든 걸 포기하고 비행기를 탈 용기를 낼 수 있을 것 같았다. 한순간 그녀는 브라질을 떠올렸다. 이파네마 해변, 바닷가에서 배구 게임을 하는 카리오카스(리우데자네이루의 거주민)의 구릿빛 상체, 카에타노 벨로소의 보사노바, 파인애플 속에 넣어 마시는 피나 콜라다를…….

"두 번째 엑스선 촬영을 통해 골절상과 경막 외 혈종을 확인했습니다. 혈종이란 피가 유출된 걸 말합니다. 그러니까 뼈와……."

"혈종이 뭔지는 압니다."

에단이 그녀의 말허리를 잘랐다.

"혈종이 아주 깊숙하고 좋지 않은 위치에 있었습니다. 천공된 정맥 때문에 더 복잡했지요."

"그럼 제시가 죽었다는 겁니까?"

지미가 떨리는 목소리로 물었다.

클레어는 그 질문에 대답하지 않았다. 그녀는 감정적 거리를 두기 위해서라도 하려던 말을 끝까지 할 필요가 있었다.

"시노 미츠키 박사님은 혈종을 제거하기 위해 응급수술을 시행했습니다. 우리는 최선을 다했습니다만 따님을 구하지 못했습니다. 죄송합니다."

고통에 찬 비명을 내지른 지미가 쉰 목소리로 말했다.

"이 모든 게 다 네 잘못이야!"

지미가 울부짖으며 에단을 주먹으로 쳤다. 엉겁결에 공격을 당한 에단은 저녁식사용 쟁반들이 쌓인 스테인리스 카트 위로 나동그라졌다.

삶과 죽음 사이를 오가는
제시의 머릿속

나는 공기처럼 구름 위를 가볍게 떠다닌다. 이 위에서는 더 이상 땅이, 나무들이, 사람들이 보이지 않는다. 나는 떠다니고 있지만 이젠 아무엇도 통제할 수가 없다. 마치 하늘에 사랑하는 이가 있어 저항할 수 없는 힘에 의해 위로 끌어당겨지는 것처럼 알 수 없는 힘에 내맡겨져 있다. 하지만 위로 올라가면 갈수록 구름이 짙고 빽빽하고 위협적이 된다. 얼마 지나지 않아 검은 연기가 피어오르는 불 속을 표류한다. 그 불은 내 숨을 막히게 하고 나를 태운다. 터널은 분명 있지만, 책에서 읽은 것처럼 생기 넘치는 빛에 잠겨 있는 대신 녹은 타르처럼 미끄럽고 끈적거리는 지하통로를 연상시킨다. 그 통로 속에 닫아놓는 걸 깜박 잊어버린 듯한 천창이 하나 있다. 내 미래로 열려 있는 창이다. 나는 그 너머를 보려고 몸을 기울인다. 눈앞에 보이는 광경에 나는 겁에 질린다. 나는 침대에 누워 있다. 내 두 팔과 두 다리는 마비되어 있고 얼굴은 일그러져 있다. 나는 고개를 움직이려 해보지만 안 된다. 나는 몸을 일으키려 하지만 보이지 않는 갑옷이 나를 옥죄고 있는 것 같다. 나는 입을 벌려 엄마를 부르려 하지만 목소리가 나오지 않는다. 한 순간, 나는 살아남을 수 있다는 것을 깨닫는다. 하지만 이 세상 그 무엇을 위해서라도 이렇게 고통스러운 삶을 계속하고 싶진 않다. 나는 되어가는 대로 내버려둔다. 이제 내가 죽으리라는 걸 안다. 지하실 끝에 타원형의 거대한 소용돌이가 있다. 바람이 세차게 불어대는, 수백 킬로미터에 달하는 거대한 폭풍우 속이다. 나는 그 혼돈의 영역으로 빠져든다. 이 세상 가장 높은 산보다 더 높은 그 돌풍 속으로.

이제 정말이지 겁이 난다. 사랑이나 배려 같은 건 흔적조차 찾을 수 없다. 아래로 떨어져 내리면서 나는 순간적으로 몇몇 사람과 엇갈린다. 네 살 때 자전거를 타다가 트럭에 치여 죽은 이웃집 아이 토미, 폐암으로 돌아가신 외할머니 프리다, 아내가 떠나고 난 후 기차에 뛰어들어 죽은 로저스 선생님······.

토미는 빨간 세발자전거를 타고 내 앞을 지나가며 내게 손짓을 하더니 이윽고 모습을 감춘다. 나를 줄곧 미워했던 외할머니가 내 얼굴에 담배 연기를 내뿜는다. 로저스 선생님은 철도원 복장을 하고 장난감 같은 증기 기관차에 걸터앉아 있다.

아래로 내려갈수록 점점 어두워지고 숨쉬기가 힘들어진다. 푸르스름한 기운이 도는 단단한 잿빛 구름층이 나를 삼킨다. 구름이 질식할 정도로 나를 빽빽하게 둘러싼다. 이 추락 끝에 하나의 입이 나를 삼킬 것이고, 그것으로 마지막이리라. 어찌나 겁이 나는지 눈물이 흘러나온다. 나는 아기처럼 소리를 내어 운다. 엉엉 울어대지만 아무도 내게 아는 척을 하지 않는다.

그러다가 문득 안개 층의 모퉁이에서 그의 모습, 내 아버지 에단의 모습이 보인다. 그는 오늘 아침에 본 모습 그대로다. 검은 스웨터에 가죽 재킷 차림으로 여전히 피곤해 보이는 얼굴이다. 그가 거기서 뭘 하고 있는지 나는 모르지만, 그는 나를 보고 놀라지 않는 것 같다. 내가 아는 바로는 그는 지금 돌이킬 수 없는 지점의 끝에 서 있다.

"제시, 제시."

난 빠르게 그의 앞을 지나간다.

"아빠, 무서워요! 무서워요!"

나는 그에게 한 손을 내밀지만 그는 내 손을 잡지 않는다.

"나랑 같이 가요, 아빠! 무서워요!"

"난…… 난 그럴 수 없단다, 제시."

"왜요?"

"내가 너와 함께 가면 그걸로 끝이니까."

"나와 같이 가줘요, 부탁이에요!"

이제 그 역시 울고 있다.

"제시, 내가 돌아간다면 어쩌면 너에게 기회가 있을지도 몰라."

난 그 말이 무슨 뜻인지 이해할 수 없다. 무슨 기회 말인가?

"난 정말 겁이 나요, 아빠!"

나는 그가 주저하고 있다는 것, 당혹감을 느끼고 있다는 걸 안다.

"만약 내가 돌아갈 수 있다면 널 구할 기회를 다시 한 번 갖게 될 거야. 그렇지 않으면 우리 둘 다 죽는 거란다."

나는 그의 말을 전혀 이해할 수 없다. 어쨌든 우리에겐 더 이상 이야기할 시간이 없다. 나는 두터운 안개 속으로 빠져든다. 안개가 나를 태우고 질식시킨다. 이제 나는 너무나 무섭고 고통스러운 나머지 조금 전 기회가 주어졌을 때 돌아가는 편을 택하지 않은 게 후회스럽다. 팔다리가 하나 없을지라도, 식물인간으로 살아야 할지라도.

"약속할게, 제시. 넌 살아날 거야."

그가 나를 향해 외친다.

그것이 내 아버지의 마지막 말이다. 나는 도대체 왜 그가 내게 그런 말을 한 것인지 알 수가 없다.

왜냐하면 나는 너무나도 잘 알고 있으므로,

모든 게 끝이라는 것을.

밤 9시 55분
맨해튼
세인트주드 병원

지미는 방문을 밀어 열었다.

얼음처럼 차가운 느낌을 주는 어두컴컴한 방 안에서 두 눈을 감고 누워 있는 제시가 보였다. 연분홍색 시트 밖으로 푸르스름한 입술과 대리석처럼 굳은 얼굴, 하얀 가슴 언저리만이 드러나 보였다. 침대 옆에는 이제 불필요해진 튜브들, 전원이 꺼진 심장 박동계, 작동을 멈춘 인공호흡기가 놓여 있었다. 타일이 깔린 바닥에는 핏자국이 닦이지 않은 채 남아 있었고, 장시간 이어진 수술을 마친 외과 의사들이 화가 나 벗어던진 장갑과 가운이 나뒹굴었다.

지미는 제시가 누워 있는 침대 옆으로 의자를 끌어와 앉았다. 아이의 머리맡에 앉은 그는 마음속 고통을 가라앉히려 애썼다. 이윽고 딸의 배 위에 머리를 올려놓은 그는 소리 없이 흐느끼기 시작했다.

오늘밤, 하나의 끈이 끊어졌다. 카르마와의 싸움에서 운명이 승리를 거두었다.

*

밤 10시 5분
맨해튼
세인트주드 병원

에단은 옥상으로 통하는 금속문을 열었다. 긴급 수송이나 장기수송에 대비해 준비해둔 헬리콥터가 보였다. 세찬 바람이 불어 닥치는 그곳에서는 이스트 강이 훤히 내려다보였다.

시노 미츠키 박사가 통풍구 옆에 서서 도시의 불빛 너머를 바라보고 있었다.

"선생은 실패를 고백할 용기조차 없군요?"
에단이 시노에게 다가가며 말했다.
의사는 대꾸 없이 허공만을 바라보았다.
에단이 다시 비아냥거리는 투로 말했다.
"선생이 말한 카르마에게는 좀 안된 일이군요. 제시의 죽음이 양심에 걸리면 몇 번의 생을 후퇴해야 할 테니 말입니다. 그렇지 않나요?"
"난 최선을 다했습니다."
시노가 대답했다.
"의사들이 늘 하는 말이지."
에단은 담배를 한 대 물고 라이터를 찾았다. 주머니를 모두 뒤졌지만 라이터가 없었다. 주차장에서 몸싸움을 할 때 떨어뜨린 모양이었다.
에단은 시노에게 라이터가 있냐고 묻는 듯한 시선을 던졌지만 그는 고개를 내저었다.
"난 담배를 피우지 않아요."
"당연히 안 피우시겠지. 선생은 성인이니까. 요컨대 승려니까."
시노의 평온한 눈빛은 여전히 흐트러지지 않았다.
에단은 계속해서 시노를 자극했다.
"담배도 안 피우고, 술도 안 마시고, 콜레스테롤도 피하고, 섹스도 안 하신다?"
제시를 구하지 못한 죄책감과 고통에 짓눌린 그는 끓어오르는 분노와 절망감을 누구에겐가 전가해 조금이나마 부담을 덜고 싶었는지도 모른다.
"선생은 위험도 피하고, 슬픔도 멀리하고, 흥분은 금물이고, 열정도 없고, 생기도 없는 사람이군요. 그저 편협하고 따분한 생활, 어리석기 짝이 없는 선(禪), 포춘 쿠키(미 북부 중국 음식점에서 주는 과자로, 그 안에 예언이나 잠언이 쓰인 종잇조각이 들어 있다 : 지은이)에서 얻은 교훈이 다 겠지!"

"당신은 분노를 다스려야 합니다."

시노가 안타깝다는 듯 말했다.

"한 가지 가르쳐 줄까요? 싯다르타 선생의 생각과는 달리 분노란 곧 생명력이죠."

"당신이 언젠가는 평화를 찾기를 바랍니다."

"난 평화 따윈 원하지 않아요. 난 줄곧 전쟁을 벌일 거요. 전쟁은 투쟁이고, 투쟁을 멈추면 인간은 죽는 거니까."

한 순간 두 남자는 주먹다짐이라도 할 것처럼 서로를 노려보았다. 이윽고 에단은 고개를 돌리고 서글픈 눈길로 하늘을 올려다보았다. 하늘에는 별도 달도 보이지 않았지만 구름 너머 어딘가에 분명 있으리라.

에단은 제시가 어디쯤에 있을지 궁금했다. 저승이, 죽음이라는 차가운 벽 너머의 가늠할 수 없는 베일에 싸인 실재가 과연 존재할까?

무슨 생각을 하는 거야? 아무것도 없어. 밤과 추위와 허무 밖에는.

에단의 생각을 읽기라도 한 듯 시노 미츠키가 말했다.

"죽음 이후의 일을 안다고 주장한다면 주제 넘는 사람이지요."

에단은 그의 말을 곧이곧대로 받아들였다.

"선생은 저 너머 세상이 있다고 생각합니까?"

"합리성을 숭상하는 과학자라도 지금 바로 이해할 수 있는 세상만이 전부라고 생각하지는 않을 겁니다."

"요컨대 선생은 아무것도 모른다는 거군요."

"증거나 확신은 없지만 우리에게는 스스로 믿음을 선택할 자유가 있습니다. 나는 빛과 허무 중에서 무엇을 믿을지 선택했을 따름입니다."

바람이 더욱 거세졌다. 갑자기 소용돌이 바람이 들이치는 바람에 두 남자는 얼굴을 가리지 않을 수 없었다.

에단은 생각에 잠긴 의사를 혼자 내버려두고 옥상 테라스를 떠났다. 1층으로 내려가는 승강기 안에서 그는 실패로 끝난 제시의 수술에 대해 설명했던 클레어 줄리아니와 마주쳤다. 엘리베이터 안에는 그들 두 사람 뿐이었지만 그들은 한 마디도 나누지 않았다. 그 어떤 말보다 의미심장한 눈길을 나누었을 뿐이다. 그녀는 그의 슬픔을 이해했고, 그는 그녀의 피로를 인정했다.

클레어는 엘리베이터 문이 열리고 출구로 향하는 그의 모습을 끝까지 눈으로 뒤쫓았다. 그녀는 그를 뒤따라가 위로의 말을 해줄지 말지 망설였다. 남자의 시선에서는 꼭 집어 말하긴 어렵지만 분명 뭔가 있었다. 그의 충고가 곧바로 힘이 될 수 있다고 믿게 하는 그 무엇인가가. 그녀는 피해를 주는 남자들에게는 매달리고 좋은 남자들은 놓치는 실수를 지금껏 계속해왔다.

에단이 자동문에서 나오는 순간 앰뷸런스 한 대가 병원 입구에 도착했다. 밤이 이슥해지면서 할로윈 축제에서 다친 사람들이 병원을 향해 모여들기 시작했다. 차문이 열리고 두 개의 들것이 내려졌다. 그 중 하나에는 중세풍으로 꾸민 공주가 인공호흡기를 착용한 채 누워 있었고, 또 하나에는 프레디 크루거(20명의 어린이들을 살해한 희대의 살인마. 영화 〈나이트메어〉에서 재탄생되었다 : 옮긴이)가 복부가 피투성이

가 된 채 누워 있었다.

에단은 그의 앞을 지나가는 응급구조요원들을 바라보았다. 그가 주머니 속에 손을 찔러 넣었을 때 라이터가 손에 잡혔다. 하지만 이번에는 담뱃갑이 비어 있었다.

"이런 날도 있군, 안 그래요?"

등 뒤에서 누군가 말했다.

에단은 뒤를 돌아보았다. 거기에는……

24. 당신에게 말하고 싶었을 뿐……

나를 무참하게 하는 건 나에게 지나치게
의지하는 네가 아니라, 날 저버리는 너.
—구스타브 티봉

밤 10시 20분
맨해튼
세인트주드 병원 주차장

"이런 날도 있군, 안 그래요?"
등 뒤에서 누군가 말했다.
에단은 뒤를 돌아보았다. 커티스 네빌이 가로등 불빛 아래에서 거구를 드러냈다. 그의 택시에는 시동이 걸려 있었다. 이중 주차된 차가 깜박이 리듬에 따라 일정한 간격을 두고 번쩍였다.
"타지 않을 거요?"
그가 승객 쪽 차문을 열며 말했다.
에단은 고개를 내저었다. 대답 대신 손가락 하나를 들어 보였을 뿐이다.

에단은 마세라티의 운전석에 앉아 주차장을 돌아나왔다. 미처 100미터도 못 가 레코드가 긁히는 듯한 소리가 들려왔다.

빌어먹을! 차의 상태에 생각이 미치는 순간 마제라티는 길 한쪽에 멈춰서버리고 말았다. 낡은 체커가 왼쪽으로 돌아 쿠페 옆에 나란히 섰다.

커티스 네빌이 차창을 내리더니 에단에게도 내리게 했다.

"자, 타요!"

그가 말했다.

"난 몹시 끔찍한 하루를 보냈어요. 그러니 날 그만 내버려둬요."

"어서 타기나 해요!"

커티스는 목소리를 높이지는 않았지만 제안이라기보다는 명령에 가까웠다.

"당신에게 선택의 여지가 없다는 걸 잘 알아요."

그가 덧붙였다.

에단은 한숨을 푹 내쉬었다. 사태가 복잡해지고 있었다. 결국 그는 안전벨트를 풀고 차에서 내려 택시의 앞좌석에 탔다.

"당신 딸의 일은 정말 유감입니다. 하지만 내가 그 아이를 구할 수 없을 거라고 말하지 않았던가요?"

커티스 네빌이 차를 출발시키며 말했다.

"마음대로 지껄이시지."

에단이 차문을 소리 나게 닫으며 통명스럽게 말했다.

*

차의 불을 모두 끈 커티스 네빌은 교통신호 따위는 가볍게 무시하며 빠른 속도로 달렸다. 반대쪽 차들이 보내는 신경질적인 헤드라이트 신호에도 그는 아랑곳하지 않았다. 카오디오에서는 잡음 섞인 마리아 칼라스의 노래가 흘러나왔다. 계기판 옆에 놓인 작은 돌잔에서는 티베트 향이 가죽과 아니스, 백단목이 뒤섞인 냄새를 풍기며 타고 있었다.

"어디로 가는 겁니까?"
"내 생각엔 당신이 더 잘 알 것 같은데."
커티스가 부드러운 어조로 대답했다.
그렇지만 에단은 알지 못했다. 아니 알고 싶지도 않았다.
"당신이 내게 원하는 게 뭐죠? 당신은 누구죠? 운명의 하수인이라도 되나요?"
거구의 흑인이 망설이다가 대답했다.
"난 메시지를 전달하는 사람입니다."
"어떤 종류의 메시지를 전달합니까?"
"꼭 좋은 소식만 전하는 건 아니죠."
커티스가 인정했다.

최대한 출력을 올린 히터에서 참을 수 없을 만큼 열기가 뿜어져 나왔다. 마치 한증막에 들어와 있는 듯했다.
에단은 갑갑증을 느끼며 차창을 내리려고 했지만 차창에는 잠금장치가 돼 있었다. 그는 갑자기 폐소공포증을 느꼈다. 택시가 마치 관처럼 보였고, 기사는 지옥의 강을 건너는 뱃사공처럼 여겨졌다. 지옥의 뱃사공은 죽은 이들을 강 저편으로 데려간다. 그는 망자의 가족이 시신의 입 안에 넣어주는 한 닢의 동전을 뱃삯으로 받는다고 했다. 그 작은 기부금을 내지 않는 이들에게는 산 자들의 세상도, 죽은 자들의 세상도 아닌 곳을 영원히 떠돌아야 하는 벌이 내려진다고 했다.

모두 다 망상일 뿐이야. 내가 죽는다고 해도 여기서는 아닐 거야.

에단은 눈을 감고 심호흡을 했다. 다시 상황을 장악해야 하리라. 택시기사는 신의 계시를 지나치게 좋아하는 광인일 뿐이었다. 아들의 죽음 때문에 괴로워하다가 텔레비전에서 그를 보고 집착하게 된 듯했다. 그의 책들을 사서 읽고, 뒤를 밟고 다니며 운명과 관계된 이야기를 지어낸 게 틀림없었다. 뉴욕은 온갖 종류의 미치광이와 스토커들이 득실대는 곳이니까.

택시는 그래머시파크(뉴욕 최상의 주거지) 앞 신호등 아래에 줄지어 늘어선 차들 뒤에 멈춰 섰다.

커티스 네빌은 밖을 내다보았다. 버스정류장 근처 커피숍의 유리창 너머로 조지 클루니가 커피를 마시고 있는 모습이 보였다. 또 다른 볼거리가 있나 살피며 그는 고개를 돌렸다. 권총이 그를 향해 겨누어져 있었다.

"차에서 내려요!"

에단이 명령했다.

커티스는 두 손을 운전대 위에 올려놓고는 한숨을 내쉬며 말했다.

"내가 당신이라면 이러지 않을 겁니다."

"그럴 수도 있겠지. 하지만 지금 관자놀이에 총구가 겨누어진 사람은 당신이고, 결정을 내리는 사람은 나요."

에단이 말했다.

커티스는 의심스럽다는 듯 입술을 내밀었다.

"내가 생각하기에 총에는 총알이 장전되어 있지 않고, 당신은 사람을 죽일 만한 악한이 못 되는 듯한데."

"당신은 목숨을 건 도박을 하고 있다는 걸 알아야 합니다. 분명히 경고하는데 신호가 초록불로 바뀌었는데도 당신이 차에서 내리지 않으면 난 지체 없이 방아쇠를 당길 겁니다."

거구의 흑인이 일그러진 미소를 지었다.

"그런 종류의 협박은 영화에서나 통하는 게 아닐까요?"

"과연 그런지 두고 봅시다."

신호등은 현재 빨간색이었지만 그리 오래 가지는 않을 것이다.

커티스 네빌은 그다지 두려워하는 기색이 아니었다. 하지만 그의 이마에 맺힌 땀방울 수가 눈에 띄게 늘어났다.

에단이 좀 더 위협적인 어조로 말했다.

"당신은 우주의 질서와 운명의 필연성을 믿는다고 했죠? 당신에게 처음이자 마지막으로 묻겠습니다. 오늘 밤 당신은 죽을 운명인가요?"

"난 오늘 밤 죽지 않아요."

커티스 네빌이 단호한 목소리로 대답했다.

그 말을 하면서도 그는 신호등에서 눈을 떼지 않았다.

"죽지 않는다고 확신하는 겁니까?"

에단이 권총을 잡은 손에 힘을 가하며 말했다.

다시 짧은 침묵이 흘렀다. 다음 순간……

"좋아!" 하고 외치며 커티스는 신호가 파란색으로 바뀌는 순간 차문을 열어젖혔다. 그가 차도 한복판으로 내려서는 동안 에단은 운전석으로 옮겨 앉아 액셀러레이터를 밟았다.

밤 10시 35분

운전석에 앉은 에단은 파크 애비뉴로 차를 몰았다.

이제 뭘 한다?

두 번째 기회가 주어지긴 했지만 크게 개선된 건 없었다. 미리 운명의 계획을 알고 있다는 것도 큰 도움이 되지는 못했다. 운명의 집행을 막기에는 역부족이라는 사실을 인정하지 않을 수 없었다. 제시를 구하지 못했고, 셀린을 되찾지도, 지미와 마리사와 화해하지도, 암살자를 찾아내지도 못한 채 강한 힘에 이리저리 끌려 다녔을 뿐이었다.

삶 전체가 이미 정해져 있는 운명에서 벗어나기 위한 시도에 불과한 그의 입장에서는 매우 고통스럽고 불만스러운 일이 아닐 수 없었다. 대학 시절 의학보다는 철학이나 인문과학에 더욱 흥미가 많았던 그는 위대한 작가들의 책을 읽느라 여러 시간을 도서관에서 보내곤 했다. 그는 '인간의 유일한 존엄성은 조건에 맞서 부단하게 반항하는데 있다'고 한 알베르 카뮈의 말을 떠올렸다. 그가 삶의 좌우명으로 삼았던 원리였지만 오늘은 어디에 적용해야 할지 알 수 없었다.

화가 난 에단은 핸들을 주먹으로 내리쳤다. 차가 지그재그로 달려가고 있었다. 차의 방향이 불안정했고, 브레이크는 수명이 다된 것 같았다.

에단은 바깥 공기를 쐬고 싶어 운전석 쪽 차창을 내리고, 향을 창밖으로 던져버린 다음 개폐식 지붕을 접었다. 돌풍이 불어와 차 안의 마른 꽃과 마르세유 타로카드가 날아갔다. 그는 투덜거리며 차창을 올렸다. 하지만 오늘 하루 전체가 부정적인 것만은 아니었다. 넘치도록 많은 교훈을 얻은 날이었으며, 삶의 몇몇 부분들에 대해 새롭게 조망할 수 있는 날이었다. 그는 딸 제시의 존재를 알게 되었다. 하지만 이

내 그 아이를 잃어버리다니. 다시 절망감에 빠져든 그는 조금이나마 긍정적인 생각을 떠올리려 애썼다.

머릿속에서 셀린의 모습이 떠올랐다. 그녀가 찾아왔었다는 마리사의 말을 듣는 순간 얼마나 감동했던가. 셀린이 그의 자취를 찾아 보스턴까지 갔었다니. 그의 과거 속에서 그를 이해할 수 있는 실마리를 찾으려 했었다니.

셀린의 결혼식은 오래전에 끝났을까?

그녀를 다시 만나보자, 단 한 순간일지라도.

에단은 콜럼버스서클의 원형 교차로에 이르렀다. 거기서 센트럴파크까지는 아주 가까웠다. 5번가로 접어든 그는 프랑스 대사관 직전에서 좌회전했다. 현가장치가 낡은 택시는 앞뒤로 흔들리며 단봉낙타처럼 이스트 드라이브를 달렸다. 그는 셀린의 결혼식이 열리기로 되어 있던 로에브 보트하우스 주차장에 차를 세웠다.

에단은 차문을 닫고 밤의 대기 속으로 걸어 나왔다. 음악소리가 들려왔다. 파티가 절정에 달한 듯했다.

"멋진 자동차군요!"

주차 담당 청년이 감탄한 듯 말했다.

"신경 끄게!"

에단이 그에게 자동차 열쇠를 던져주며 말했다.

*

에단이 중앙홀로 들어서는 순간, 재즈 오케스트라가 새로운 곡을 연주하기 시작했다. 젊은 크루너(낮은 목소리로 감상적인 노래를 부르는 가수)가 〈플라이 미 투 더 문〉의 호소력 짙은 후렴구를 프랭크 시나트라 풍으로 불렀다.

바닥에 밀랍 칠이 된 커다란 홀에는 놀랍게도 손님이 거의 없었다. 첫 번째 날 식당을 장식했던 '청백홍' 장식들은 자취를 감추고 실내는 훨씬 고전적인 풍으로 장식되어 있었다. 프랑스어로 된 대화 소리도 들려오지 않았다.

이상하군.

에단은 홀 안을 훑어보았지만 전에 마주쳤던 얼굴들은 눈에 띄지 않았다. 그는 호수 위로 튀어 나온 테라스로 나왔다. 바람이 불고 있었지만 촛불을 켜고 호박등을 밝힌 배 몇 척이 아직도 검은 호수 위를 떠돌고 있었다.

젊은 여자 바텐더 케이라가 카운터 뒤에서 술병을 정리하고 있었다. 에단은 스툴에 앉아 마티니 키 라임을 주문했다.

"금방 갖다드리죠."

케이라는 맨체스터 억양을 갖고 있었고 염색한 금발에 셔츠의 단추를 지나치게 많이 풀고 있어 조금 천박해보였다. 하지만 그녀의 맑고 커다란 눈은 다른 단점들을 모두 상쇄시키고도 남았다. 매혹적인 검은 눈이었다. 다만 흐릿한 눈동자에서 피로의 기색과 행운의 여신이 자주 미소를 지어주지 않는 이들에게서 보이는 노화의 기미가 엿보였다. 에단은 그녀에게 연민을 느꼈다. 이윽고 주문한 마티니가 나왔다.

"결혼 피로연이 벌어지고 있어야 하지 않나요? 프랑스인들의 연회가 있어야 하는 거 아니냐고요?"

마티니를 한 모금 마시며 그가 물었다.

"결혼식? 취소됐어요."

에단은 잔을 내려놓고 믿기지 않는 듯한 눈길로 그녀를 바라보았다.

"어떻게 그런 일이?"

"정오가 되기 조금 전에 연락이 왔어요. 신랑신부가 마지막 순간에 파혼에 합의했나 봐요. 마치 영화에서처럼."

"아……."

"신랑신부를 아세요?"

"신부를 알아요, 셀린."

에단은 갑자기 밀려오는 감정의 물살에 밀려 자리에서 일어났다. 그는 테라스 난간에 팔꿈치를 올려놓고 턱을 괴었다. 호수 건너편의 할로윈 행렬이 센트럴파크 안까지 이어지고 있었다. 속박에서 벗어난 사탄이 앞장 선 가운데 해골들과 마녀들이 베데스다 분수를 중심으로 광란의 춤을 추고 난 참이었다.

예의에 벗어나는 일이었지만 케이라는 테라스로 나와 그에게 다가갔다.

"'콩코드' 의 남자가 바로 선생님이죠, 아닌가요?"

에단은 미간을 찌푸렸다. 몇 초 지나서야 그는 바텐더 여자의 말을 알아들을 수 있었다.

"그래요, 한데 당신이 그걸 어떻게……."

"정오가 조금 지나서 어떤 여자 분이 절 찾아왔어요. 어떤 남자가 오늘 여기에 와서 그녀를 찾을지도 모른다고 하더군요. 그녀는 여기서 술을 한잔했죠. 제게 자신의 이야기를 들려주고 싶은 것 같았어요. 그녀는 내게 콩코드에 얽힌 사랑 이야기를 들려주었어요. 마지막으로 그녀는 내게 백 달러를 주며 당신에게 이 편지를 전해달라더군요."

케이라가 그에게 구겨진 봉투를 내밀었다. 봉투 위에는 다음과 같이 쓰여 있었다.

병 속에 담긴 편지(병 속에 담겨 바다에 던져진 편지 : 지은이).

에단은 떨리는 손으로 편지를 받아들었다. 그는 그 필체가 누구 것인지 즉각 알아보았다.

*

에단

당신이 이 편지를 읽을 확률은 100만분의 1도 되지 않을지 몰라. 그렇다고 해도 나는 당신이 오늘 마침내 이 편지를 읽게 될지도 모른다는 어이없는 희망을 품고 글을 쓰고 있어. 어쨌든 안 될 게 뭐겠어. 어딘가에서 읽은 바에 따르면 NASA에서는 수신처가 지구 밖인 전갈들까지도 우주 공간으로 보내주었다더군.

그래, 난 당신에게 말하고 싶어.

내 삶은 당신으로 가득 차 있고, 당신에게 가 닿기를 바라면서 하루에도 몇 차례나 내 생각을 당신에게 보내고 있다는 걸 말이야.

말하고 싶어, 내 삶속에 당신이 없어서 나는 서서히 고통 받으며 죽어가고 있다고. 왜냐하면 당신이야말로 내 정착지니까.

말하고 싶어, 난 우리에 관한 모든 것을 간직하고 있다고. 우리의 엇갈림과 뒤섞인 숨결, 헤어짐과 빛을 말이야. 말하고 싶어, 모든 것이 내 안에 고스란히 남아 있다고, 이 모든 것이 전염병처럼 나를 아프게 하지만 그 병에서 회복되기를 바라지 않는다고.

말하고 싶어, 내가 당신에게서 벗어나려 애써봤다고. 하지만 모든 것이 당신에게로 귀결되고, 뉴욕에 온 이후 그 어느 때보다도 당신을 절실하게 느끼고 있다고. 온갖 논리에 상반되지만 나는 당신이 아직도 나를 사랑하고 있다는 확신에 집착하고 있다고. 당신이 왜 나를 떠났는지, 우리의 지난 이야기가 당신에게 아직도 의미가 있는지 여전히 알지 못하면서 말이야.

당신을 영원히 다시 볼 수 없다 해도, 난 아무것도 후회하지 않는다는 걸 알아줘. 고통스러운 상처는 우리의 사랑 이야기에 비하면 아무것도 아니라는 것을.

그리니치빌리지에 있던 당신의 작은 아파트에서의 그 밤이 혹시 기억나는지. 폭설 때문에 맨해튼이 온통 눈으로 뒤덮였던 날, 우리는 일주일 동안 밖에 나가지 않고 집에 틀어박혀 지냈지. 그러다가 처음으로 눈이 그쳤을 때였어. 모포로 몸을 감싼 채 우리는 창문 너머로 도시를 바라보았지. 땅거미가 내려 주위는 어두웠지만 하늘에는 단 하나의 별만이 떠올라 있었어. 나는 좀 서글프고 외로운 기분이었어. 왜냐하면 다음날 다시 프랑스로 떠나야 했으니까. 나는 그 별을 가리키며 당신에게 말했지.

"망망한 하늘에 외로이 떠 있는 저 별이 보여? 그 별이 바로 나야."

당신은 날 바라보더니 이윽고 손가락으로 하늘을 가리켰지. 그러자 마술처럼 또 다른 별 하나가 떠올랐어. 그러자 당신은 내게 말했지.

"저 별은 나야."

우린 몇 초 동안 맨해튼의 하늘에 단 두 개밖에 없는 그 별들이었어. 요컨대 내가 원하는 건 오직 한 가지, 언제나 나와 함께 하는 누군가가 있다는 확신이야.

  만약 기적이라는 게 있다면, 당신이 내 청첩장을 받고 여기에 온다면, 혹시라도 아직 나에 대해 애틋한 감정을 갖고 있다면, 우리가 처음으로 사랑에 빠졌던 장소에서 오늘 자정까지 당신을 기다리고 있는 여자가 있다는 걸 부디 알아주기 바라.

셀린

25. 운명은 결국 승리한다

파리가 어린아이들에게 장난감이라면,
신들에게는 우리가 그러하다.
그들은 재미삼아 우리를 죽인다.
—윌리엄 셰익스피어

10월 31일 토요일

맨해튼

격렬한 폭풍우가 맨해튼 위를 쓸고 간 참이었다.

번개와 천둥이 뒤섞인 비가 거리를 휩쓸어 지하철역이 봉쇄되었다. 세찬 바람이 나무를 뒤흔들고, 타일을 뜯어내고, 인도 여기저기에 나뭇가지와 쓰레기를 흩뿌려놓았다.

사람들이 몹시 붐비는 이 시각, 택시파업에 지하철마저 운행되지 않자 도시 전체가 마비되다시피 했다. 매디슨 가에서는 가스관이 폭발하는 사고가 일어났고, 어퍼이스트 사이드에서는 빗물로 고장난 신호등 때문에 사고로 두 명이 사망했으며, 소호는 몇 블록에 걸쳐 정전되었고, 브루클린에서는 돌풍에 뽑힌 플라타너스가 트럭 위로 쓰러져 운전수가 즉사했다.

*

  도시의 남단에서는 바람이 맹위를 떨치며 높은 파도를 일으켜 페리의 운행을 중지시켰다. 폭우와 안개에 휩싸인 배터리파크 산책길은 텅 비어 있었다. 누군가를 기다리는 젊은 프랑스 여자 한 사람 이외에는. 그녀는 비를 흠뻑 맞아 몸에서 물이 줄줄 흐르고 벌벌 떨면서도 오지 않는 누군가를 기다렸다.

*

  에단은 낡은 택시에 올라 빗속을 가로질러 달리기 시작했다.
  우리가 처음으로 사랑에 빠졌던 장소에서 오늘 자정까지 당신을 기다리고 있는 여자가 있다는 걸 부디 알아주기 바라.
  좋아, 그가 장소를 혼동할 리 없었다. 그녀와 사랑에 빠졌던 장소라면 웨스트사이드에 있는 비엔나 풍 커피숍 자바스키였다. 그곳에서 그녀는 그를 다시 찾아내 그에게 윙크 대신 초콜릿꽃다발을 건네지 않았던가.
  낡은 차는 72번가를 급히 달려 좌회전을 한 다음 암스테르담 애비뉴로 접어들었다. 이윽고 그는 커피숍 앞에 이르렀다. 하지만 그 커피숍은 이미 오래전에 철제 셔터가 내려진 듯했다.
  어쨌든 에단은 차를 주차시키고 거리로 나왔다. 그는 눈을 두리번거리며 부지런히 셀린을 찾았다. 폭풍우 때문에 사람들이 쓴 우산은

죄다 뒤집히거나 부러져 있었다. 행인들은 바람에 비틀거리며 걷고 있었다. 아무리 두리번거려도 그를 기다리는 그녀는 없었다.

……당신과 처음으로 사랑에 빠졌던 장소에서
이런, 서두른 나머지 잘못된 장소를 찾아왔어.

에단은 다시 차를 타고 배터리파크 쪽으로 달렸다. 그녀가 그를 기다리고 있는 장소는 바로 거기였다. 9월 11일의 그림자가 드리워진 그라운드제로 근처, 파괴된 건물들의 유령이 아직도 떠다니는 그곳.

에단은 7번가를 따라 전속력으로 달렸다. 비는 점점 더 심해졌다. 차의 접이식 지붕이 망가져 빗물이 차 안까지 쏟아져 들어왔고, 브레이크는 이따금씩만 작동되었다. 차의 와이퍼는 배릭 가 부근에서 더 이상 움직이지 않았다.

에단은 브로드웨이 웨스트 교차로에서 고철에 불과한 자동차를 버리고 배터리파크를 향해 달리기 시작했다. 그는 달리면서 손목시계를 바라보았다. 11시 11분이었다. 오늘 죽음이 그를 기다리고 있다고 해도 자정 전까지는 아닐 것이다.

달리는 와중에 그의 주머니에서 뭔가 떨어졌다. 게임 카드 한 장이었다. 그는 날아가는 카드를 잡아챘다. 커티스가 집착하던 마르세유 타로카드임이 분명했다.

불길한 곡괭이…….
불길한 징조…….
에단은 걸음을 멈추지 않은 채 마음을 가라앉히기 위해 다시 한 번 손목시계를 보았다. 그 순간 그는 숫자판의 유리가 깨어져 있고, 시계가 정지해 있다는 걸 깨달았다.

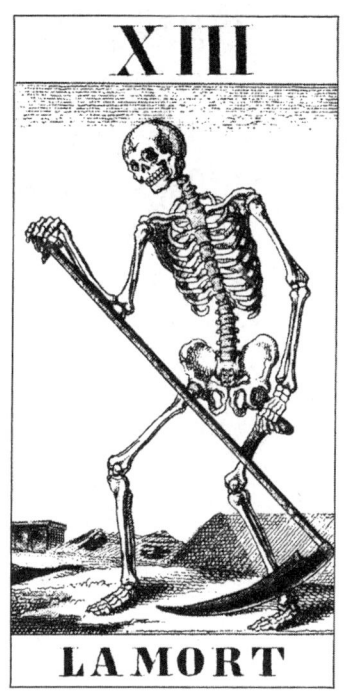

에단은 왠지 불안한 마음으로 거리의 벽시계를 찾아 고개를 돌렸다. 처치 가 근처에 있는 디지털시계가 눈에 들어왔다. 11시 59분이었다.

*

그 순간 에단은 자기 앞으로 다가오는 남자를 보았다. 하지만 이미 때는 늦었다.
누굴까?
남자는 중간키에 다부진 몸집이었고, 짙은 색 트레이닝복 차림에 얼굴을 가려주는 두건 달린 땀복을 입고 있었다.

누굴까?

권총의 은빛 손잡이가 어둠 속에서 번쩍거렸다.

첫 번째 총알이 그의 가슴을 관통해 그를 인도 위로 쓰러뜨렸다. 주위 세상이 빙글 돌았다. 그는 바닥에 쓰러진 채 손으로 배를 움켜쥐었다. 그림자가 그를 향해 단호하게 한 걸음을 내딛었다.

누굴까?

에단은 자신을 죽이려는 자가 누구인지 반드시 알아내야 했다. 그는 살인자의 얼굴을 보려 애썼다. 하지만 그 순간 두 번째 총성이 울렸고 머리가 흐릿해졌다. 마지막 총성이 피 냄새, 그리고 천둥소리에 뒤섞여 울려 퍼졌다.

커티스의 말은 옳았다.

운명은 결국 승리한다.

26. 시선이 교차되는 한 순간

삶은 하나의 꿈, 죽는 순간 우리는 그 꿈에서 깨어난다.
—페르시아 속담

새벽 5시, 뉴욕이 잠을 깬다

맑은 밤공기 속에 아파트의 불이 하나둘씩 켜지기 시작해, 브루클린에서 브롱크스까지 거대한 빛의 화환이 만들어진다.

짧은 휴식을 취하고 난 수도와 전기 계량기가 다시 맹렬하게 돌아가기 시작한다. 잠들었던 사람들이 모두들 깨어나 방에서 주방으로 갔다가 언제나 너무 차갑게 느껴지는 샤워 물줄기 아래로 뛰어든다.

하품, 커피 한 잔, 서둘러 삼키는 시리얼, 라디오 스위치 넣기.

……맨해튼 101.4에 오신 걸 환영합니다. 곧 6시가 됩니다. 이 시각까지 침대에 누워 있는 게으른 분들이 계신가요? 정말 믿을 수가 없군요! 어서 일어나세요. 이제 곧 해가 떠오를 겁니다. 오늘의 프로그램을 알려드리죠. 할로윈 퍼레이드, 와플 시식, 가을빛으로 무장

한 센트럴파크 산책. 날씨는 하루 종일 맑겠습니다만, 밤중에 소나기와 돌풍이 부니 조심하십시오. 뉴스를 전해 드린 다음 오티스 레딩 그리고 〈트라이 어 리틀 텐더니스〉로 다시 음악을 들려드립니다. 여러분은 지금 일찍 일어나는 이들의 라디오인 맨해튼 101.4를 듣고 계십니다. 맨해튼 101.4. 우리에게 십 분을 주시면 여러분께 세계를 돌려드립니다.

6시 30분, 맨해튼 도심.
체육관은 이미 사람들로 붐빈다. 유명 메이커 운동복과 최신 유행의 레깅스를 신은 '워킹걸'들이 자전거와 러닝머신 위에서 우아하게 땀을 흘린다.
7시.
벌써 인도는 사람들로 붐비기 시작한다. 도시의 맥박, 도시의 호흡.
야간조인 1만 1천 명의 소방대원과 3만 7천 명의 경찰관들에게는 밤 근무가 끝나고 새로운 하루가 시작된다. 하루 동안 3명이 살해되고, 5건의 강간 사건이 일어나며, 295건의 강도 사건, 43건의 화재가 발생한다.
24시간 내로 적어도 1천 400여 건의 전화가 구조대에 걸려온다.
지하철은 300만 이상의 승객을 실어 나른다.
엘리베이터에 갇히는 사람들의 수는 36명이다
많은 연인들이 서로 포옹하지만 그 통계는 나와 있지 않다.
여자들은 메이시 백화점이나 블루밍데일 백화점, 카날 진 매장의 피팅룸 안에서 패셔니스타 흉내를 내면서 친구들과 남자 이야기를 늘어놓을 것이다.

남자들은 맥주잔을 기울이며 도대체 이해할 수 없는 여자들에 대해 불평하며 다른 세상을 꿈꾸리라.
이윽고 4천 명의 노점상들이 거리로 나와 수많은 핫도그와 프레첼과 케밥을 준비한다.
삶이란 그런 것.
곧 8시가 된다. 배터리파크의 작은 항구 안, 허드슨 강가의 거대한 유리벽 앞에 정박해 있는 호화 요트 한 대가 주인이 잠에서 깨어나기를 기다리고 있다.

오늘 아침
7시 59분 58초
7시 59분 59초
8시 00분

손을 뻗은 에단은 몇 초간 더듬거리다가 이윽고 기운차게 울어대는 자명종 소리를 잠재웠다.
머리는 무겁고 눈꺼풀은 달라붙고 숨을 가쁘게 몰아쉬면서 그는 고통스럽게 몸을 일으켰다. 요트는 부드러운 빛에 잠겨 있었다.
에단은 손목시계에서 날짜를 확인했다. 10월 31일 토요일이었다. 그는 고개를 돌렸다. 시트로 몸을 감싼 적갈색 머리카락의 여자가 그의 곁에 누워 있었다.
에단은 되돌아왔다. 모든 게 다시 시작되었다. 이번만큼은 놀라지도 않았다. 다만 안도감을 느꼈을 뿐이다. 다음 순간 가슴을 불에 덴 것 같은 강렬한 느낌이 이어졌다.

에단은 거칠게 침대 밖으로 나왔다. 열이 오르고 극심한 두통으로 머리가 지끈거리고 근육 통증으로 몸이 욱신거리는 가운데 그는 힘겹게 몸을 움직여 비틀거리는 걸음으로 욕실로 향했다. 흉곽이 찢어지기라도 한 듯했고, 심장이 고통스럽게 쿵쾅거렸다. 갑자기 목구멍으로 지독한 구역감이 치미는 바람에 그는 변기 앞에 쭈그려 앉아 피 섞인 토사물과 짙은 담즙을 토해냈다. 다시 몸을 일으킨 그는 얼굴의 땀을 닦았다. 처음 과거로 돌아갔을 때 깨달았던 것처럼 이 새로운 삶에의 복귀는 그의 건강 상태를 더욱 나쁘게 만드는 대가를 요구했다.

에단은 앞으로는 또다시 같은 날이 반복되는 일은 없을 것이라고 생각하며 약장 문을 열었다. 이부프로펜 세 정을 삼킨 그는 샤워 물줄기 아래로 들어섰다. 그는 샤워부스의 칸막이벽에 몸을 기댄 채 양쪽 엄지로 목덜미를 어루만졌다. 욱신거리고 부풀어 오른 눈두덩에서 누르스름한 농액이 스며 나오고 있었다. 그 끈적끈적한 액체를 제거하기 위해 그는 두 눈을 문질렀다.

또다시 뱃속이 뒤집히는 듯한 구토증이 치밀었다. 뜨거운 수증기로 숨이 막힐 지경이었지만 그는 몸을 떨면서 이를 딱딱 부딪치고 있었다. 샤워 부스에서 나온 그는 목욕가운을 걸치고 붙은 눈꺼풀을 떼기 위해 떨리는 두 손으로 안약 몇 방울을 눈에 떨어뜨렸다.

방으로 돌아온 에단은 자명종 기능이 있는 라디오에 불안한 시선을 던졌다. 무엇보다도 시간을 아껴야 했다. 마치 마지막 날인 것처럼 오늘 하루를 살아낼 수 있는 힘을 이끌어내야 했다. 한시바삐 싸움에 나서야 했다.

에단은 따뜻하게 옷을 챙겨 입었다. 두꺼운 트위드 회색 바지에 줄무늬 풀오버, 벨스태프의 오토바이점퍼였다. 몸이 떨리고 오한이 났지만 신선한 공기를 쐬고 싶었다. 그는 지갑을 집어 들고 콜걸에게 줄 2천 달러를 꺼내놓고 서둘러 상갑판으로 올라왔다.

거기에서 그는 몇 분 동안 심호흡을 하면서 소금기 섞인 바람과 원기를 회복시켜주는 햇빛을 음미했다. 두통이 조금 덜해졌고, 열도 차츰 내려갔다. 마침내 컨디션이 회복되었다는 느낌이 들자 그는 주차장으로 갔다.

"안녕하세요, 휘태커 선생님."

항구 관리인이 그에게 인사했다.

"안녕, 펠리프."

"선생님 차가 어떻게 된 건가요. 그게……."

"나도 알고 있어요. 자동차가 엉망이죠?"

에단은 쿠페 마세라티의 우그러진 모습을 보고 크게 낙담했다. 이번에도 역시 차문이 긁히고 방열기가 우그러지고 휠캡이 찌그러져 있었다. 이 불합리한 반복의 위력은 여전히 무시무시했다.

"내가 자동차를 좀 망가뜨렸어요. 그 일로 절 원망하지 않으셨으면 좋겠어요."

여자의 목소리가 들려왔다. 그는 요트에서부터 뒤따라온 붉은 머리의 여자가 도대체 누군지 확인하기 위해 부드러운 목소리가 들려오는 쪽으로 고개를 돌렸다. 아름답고 호리호리한 몸매의 그녀는 비잔틴 모자이크 모티브로 된 침대 커버를 가슴부터 무릎까지 두르고 있었다. 적갈색 머리카락이 불꽃처럼 구불거리는 그녀의 모습은 구스타프 클림트의 그림에서 막 빠져나오기라도 한 것처럼 매혹적이었다.

에단은 주저하는 태도로 그녀를 바라보았다.

"제가 누군지 모르시겠어요?"

그녀가 재미있는 일이라는 듯 그에게 물었다.

"생각이 안 나요."

에단이 솔직히 시인했다. 그녀는 두 눈을 가리는 선글라스를 쓰고 있었다.

"하룻밤에 이천 달러로군요!" 라고 말하며 그녀는 그가 놓아두었던 지폐를 그에게 건넸다.

"이런 대우에 감정 상해할 사람도 있겠지만 전 찬사로 받아들이죠."

에단은 조금 당황한 채 돈을 받으면서 이 이상한 여자가 도대체 누구인지 줄곧 기억을 더듬었다.

마침내 그녀는 선글라스를 벗고 그의 눈길을 마주 바라보았다. 그에게 한 가지 재능이 있었다면, 그것은 '이면을 보아내는 것,' 상대의 진면목을 볼 줄 안다는 것이었다.

여자의 눈은 짙은 갈색이었는데 지성미로 반짝였다. 마음을 끄는 미소, 자신에 대한 진정한 믿음, 그와 동시에 지금은 메워졌지만 어떤 균열, 가벼운 상처 같은 걸 감지할 수 있었다. 그런 결점이 그녀의 순수한 아름다움에 현실적인 진정성을 부여해주었다.

"지금 제 모습에다 삼십 킬로그램을 더해 보세요."

그녀가 도전적으로 말했다.

에단은 어리둥절한 얼굴로 여자를 기억해내려 애썼지만 아무것도 떠오르는 게 없었다. 전에 여자를 만난 적이 있다 하더라도 그 기억을 잊어버린 게 분명했다.

당혹스러워하는 에단의 태도를 재미있다는 듯이 구경한 미지의 여자는 이윽고 그에게 하나의 실마리를 주었다.

"저를 제 자신에게로 돌아가게 해주셨잖아요, 박사님. 박사님은 저를 도와 내면의 자유를 되찾게 해주셨어요."

에단은 두 눈에 주름을 잡았다. 그 여자는 그를 '박사님'이라 부르고 있었다. 그렇다면 과거 그가 치료한 환자가 분명했다.

"모린!"

모린 오닐이었다. 할렘의 진료실에서 그가 초기에 진료한 환자 중의 하나였다. 자기 자신에 대한 불만이 팽배해있던 아일랜드 출신 여자가 기억났다. 뚱뚱하고 외톨박이였던 여자.

모린은 그 구역에 수없이 많았던 네일 살롱 중 하나에서 손톱 화장사로 일하고 있었다. 매혹적이긴 했지만 콤플렉스로 가득 찬 여자였다. 그녀는 옥시코돈(아편의 알칼로이드에서 추출한 몹시 강력한 진통제로 복용자에게 행복한 기분과 이완을 불러일으켜 중독될 확률이 높다 : 지은이) 중독으로 점점 더 자주 혼자만의 세계 속에 칩거하고 있었다. 그는 그녀로 하여금 의존성에 맞서 싸우게 했고, 건강을 되찾기 위한 과정에서 힘이 되어 주었다. 그러던 어느 날 아무 말 없이 그녀는 더 이상 약속시간에 나타나지 않았다. 그런 까닭에 그는 그 사례를 실패로 치부했다.

"전 그동안 여행을 했어요. 아시아, 남아메리카 지역을요. 박사님이 옳았어요. 사람은 삶을 다시 시작할 수 있어요. 자기 자신이 가진 확고한 힘을 찾아낼 수 있어요."

"그 당시 당신이 그렸던 그림이 기억나는군."

"그래요, 난 그 분야의 공부를 계속했어요. 페루에서 돌아오자 티파니 사에서 제 작업에 관심을 보이더군요. 잉카 미술에서 영감을 받은 보석 라인 말이에요."

그녀의 놀라운 변신에 얼떨떨해진 채 그는 진심에서 우러나는 애정으로 그녀를 바라보았다. 과거의 그 의기소침하고 단정치 못한 여자가 지금 자기 앞에 서 있는 매혹적인 여자라는 걸 믿기 어려웠다.

"그 모든 게 박사님 덕택이에요. 박사님은 참을성이 있으셨고, 저를 편견을 갖고 판단하지 않으셨고, 제가 약했을 때 힘이 되어 주셨어요."

"대단한 일을 한 것도 없는데요, 뭘."

에단이 말했다.

"박사님은 가장 중요한 걸 해주셨어요. 제 안에 들어있는 긍정적인 부분을 처음으로 보아주셨죠. 상담을 마치고 나올 때마다 전 박사님이 주신 우정의 씨앗을 제 마음 속에 뿌렸어요. 박사님은 어리석은 사람들에게 신경 쓰지 말라고 저를 설득하셨죠. 제 안에 지닌 힘을 꽃피우기만 하면 된다고 하셨죠."

"그런데 당신은 어느 날부터 더 이상 오지 않았어요."

그녀는 애정 어린 눈길로 그를 바라보았다.

"제가 왜 발길을 끊었는지 박사님이 더 잘 아실 것 같은데요. 정신분석에서는 그걸 뭐라고 부르나요? 감정전이라고 하던가요?"

에단은 그 질문이 공중에 떠돌도록 내버려두었다. 이윽고 바람이 그 질문을 데려갔다.

"당신은 제게 저 자신을 존중하는 법을 가르쳐주셨어요, 에단."

그녀는 가볍게 주저하는 빛을 보이더니 말을 이었다.

"하지만 어젯밤 상태를 보니 박사님은 이제 자기 자신을 소중하게 여기지 않는 분 같았어요. 그게 절 고통스럽게 해요."

에단은 조금 놀라 이렇게 고백했다.

"어젯밤 무슨 일이 있었는지 나는 전혀 기억하지 못해요."

"그리 놀랄 일도 아니죠. 제가 클럽 13의 화장실에서 정신을 차리지 못할 정도로 취한 박사님을 모시고 나왔으니까요."

클럽 13은 미트패킹 구역에 있는 최고급 나이트클럽 중 하나였다. 에단은 그곳에 자주 갔지만, 금요일 밤에 들렀던 기억은 없었다.

"전 박사님과 함께 나이트클럽을 나왔어요. 택시를 잡아드리려고 했지만 박사님께서 당신 차를 타야 한다고 완강하게 고집하셨죠. 박사님이 하시는 대로 내버려 둘 수가 없어서 제가 운전을 해서 댁까지 모셔다드릴 수밖에 없었어요."

"우리가 사고를 냈나요?"

"차에 타고 나서도 박사님은 가만히 계시질 않았어요. 안전벨트를 풀어버리고는 차에서 내려 걸어가겠다고 소리치셨죠. 그런 박사님을 말리느라 저는 운전을 제대로 할 수 없었어요. 그 와중에서 자동차가 인도로 올라가 표지판을 들이받았답니다. 다행히 속도가 그리 높지 않아 아무도 다치지는 않았어요."

에단은 고개를 끄덕였다. 마침내 퍼즐 조각들이 제자리를 찾아가고 있었다. 아직 듬성듬성 비어 있는 조각들이 많긴 했지만.

"제가 박사님의 옷을 벗기고 침대에 눕혔어요. 하지만 혼자 두고 가기가 걱정스러워 박사님과 함께 밤을 보내기로 한 거랍니다."

밤을 보내다니…….

의혹에 떠밀린 듯 그가 물었다.

"당신과 나, 우리가 혹시……?"

"어젯밤 박사님의 상태로는 그 일이 불가능했을 걸요."

모린이 놀리듯 말했다.

에단은 웃음이 터져 나오는 걸 억제할 수 없었다. 시선이 교차되는 한 순간, 그들은 공모의 감정을 느꼈다.

"무슨 일이든 제가 도와드려도 될까요?"

그녀는 그가 걱정스러운 듯했다.

아마도 그녀가 그에게 말하지 않은 게 더 있으리라.

"모두 다 잘 될 거요. 당신은 이미 내게 많은 걸 해주었어요. 정말 고마워요."

그가 단호한 어조로 말했다.

하지만 모린은 그 대답에 만족하는 기색이 아니었다.

"하지만 뭔가 제대로 되지 않고 있는 것 같은데요."

그녀의 눈빛 저 밑바닥에서 투명한 빛이 반짝였다.

에단은 두 팔을 벌려 보이고는 그녀를 안심시켜 줄 수 있기를 바라며 미소를 지었다.

"어디로 가죠?"

"전 택시를 타겠어요."

모린이 대답했다.

"택시는 오늘 모두 파업을 할 텐데요!"

"그래도 잡을 수 있을 거예요."

그렇게 외치면서 그녀는 옷을 갈아입으러 요트로 돌아갔다.

에단은 그 말을 듣지 못한 사람처럼 말했다.

"여기서 기다릴 테니 다녀와요."

에단이 요트를 향해 걸어가고 있는 그녀를 바라보며 말했다.

*

혼자 남은 에단은 몸에 기운이 회복되었다는 걸 확인했다. 두통은 기적적일 만큼 가라앉았고, 열도 몇 도쯤 떨어진 게 분명했다. 때때로 여자라는 존재가 주는 열기야말로 이 세상에서 가장 잘 듣는 약인 게 분명했다.

에단은 그 시간 동안 생각에 잠겼다. 오늘이 그의 마지막 날이 되는 걸 막으려면, 실수를 저지르지 말아야 했다. 이번만큼은 운명이 체계적으로 그의 길 앞에 놓아둔 함정들을 하나하나 없애리라.

우선 곤란하기 짝이 없는 상황에서 매번 고장이 나도록 예정되어 있는 차를 사용하지 말아야 했다. 오늘은 오토바이를 타리라. 지아르디노 패거리의 공격으로 정신이 혼미해지지만 않았다면, 이미 그렇게 했어야 마땅한 일이었다.

에단은 상의 주머니를 뒤져 주차장 구석에 자리 잡고 있는 작은 차고의 문을 여닫는 리모컨을 찾아 쥐었다. 차고 안에는 1950년대의 유명한 앤티크 오토바이 BMW R51/3이 들어 있었다. 안장의 위치는 낮았고, 둥근 헤드라이트가 은색 크롬이 달린 검은 외피 속에서 번쩍거렸다.

에단은 오토바이를 타고 차고에서 나왔다. 그 순간 커티스의 택시가 주차장 안으로 들어오는 게 보였다. 모린이 요트의 출입문을 닫는 소리가 들려왔다.

"잠깐만요!"

그녀가 택시를 향해 달려가며 기사에게 소리쳤다.

체커에서 나온 거구의 흑인이 보닛에 기대 손님을 기다렸다.

"멋진 오토바이군요."

그가 오토바이를 가리키며 말했다.

에단은 그의 말을 무시하기로 하고 헬멧과 선글라스를 썼다.
택시에 오르기 전 모린은 그에게 다가와 뺨에 입을 맞추었다.
"택시를 불러주셔서 고마워요."
"사실은 저 택시가 그냥 왔습니다."
"제가 필요한 일이 있으면 서슴지 말고 전화하세요."
그녀가 주머니에서 만년필을 꺼내 소녀처럼 치기어린 동작으로 그의 손바닥에 전화번호를 적어주고는 차의 뒷좌석으로 모습을 감추었다.
커티스가 서글픈 미소를 띤 채 에단을 바라보았다.
"아시는지 모르겠지만 난 당신이 무척 좋아요, 휘태커. 하지만 당신은 이 한 가지만큼은 알아두어야 할 겁니다. 지금 당신이 하려는 싸움에서 이긴 사람은 아무도 없다는 걸 말입니다."
커티스가 택시에 오르면서 말했다.

27. 그곳에 있어서는 안 될 사내

지금으로서는 의문을 지닌 채 살라.
아득히 먼 훗날, 당신은 의식하지 못한 채
대답의 내부로 서서히 들어가게 되리니.
―라이너 마리아 릴케

오늘 2007년 10월 31일 토요일

8시 25분

맨해튼

에단은 얼굴에 바람을 맞으며 전속력으로 뉴욕의 부촌 트리베카를 가로질렀다. 그의 머릿속으로 여러 가지 의문들이 밀려들었다. 그는 마침내 그 자신에게 닥친 일의 의미를 알아낼 수 있을까? 아무것도 바꿀 수 없다면 어째서 새로운 기회가 주어진 것일까?

낙담하지 말아야 했다. 이 싸움에서 패배가 미리 정해져 있다 하더라도 사태의 흐름을 바꾸기 위해 모든 에너지를 집중해야 하리라.

오토바이는 줄곧 빠른 속도로 차들 사이를 교묘하게 빠져나갔다. 에단은 사이드미러를 힐끗 바라보고는 대열에서 벗어나 줄지어 달리고 있는 차들을 추월했다.

　나를 죽인 자가 누굴까?

　오늘 아침 잠에서 깬 이후 계속되는 예감대로 만약 네 번째로 같은 날을 살 기회가 주어지지 않는다면, 그는 오늘 밤 12시 정각에 그 자신에게 세 발의 총알을 쏜 사람이 누군지 반드시 알아내야 했다.

　오늘 하거나 영원히 하지 않거나.

　방아쇠를 끝까지 당겨 발사된 세 발의 총알은 언제나 같은 부위를 공격했다. 첫 발은 그의 가슴, 뒤이은 두 발은 그의 머리였다.

　에단은 그 자신이 왜 그런 식으로 살해당해야 하는지를 도무지 납득할 수 없었으므로 그 어떤 해답도 생각해낼 수 없었다. 그의 삶 속에서 자신이 모르는 가운데 무슨 일인가 일어났는지도 몰랐다. 어쩌면 그가 이 도시의 누군가를 자신도 의식하지 못한 사이에 상처 입히고 모욕주고 배신했는지도 몰랐다. 상대의 복수심이 살인에 이를 정도로 지독하게.

　그런데 그게 도대체 누굴까?

　도대체 그 두건 속에 어떤 사람의 얼굴이 숨어 있을까?

　그리고 그 일은 희미한 기억만이 떠오르는 어젯밤, 그러니까 금요일 저녁의 행동과 어떤 관계가 있을까? 그는 조금 전 모린이 해준 말과 희미한 기억에 의지해 어젯밤 일을 재구성해보려 애썼다.

　에단은 그날 밤 진료실에서 늦게까지 일했고, 밤이 이슥해서야 건물을 나왔다. 의기소침해 있었으므로, 허드슨 강이 내려다보이는 웨스트 가의 쿠바 풍 카페 소시알리스타에 술을 마시러 갔다. 그때까지의 기억은 또렷했다. 흑백 바둑판무늬 타일 바닥, 쑥색 벽, 탁자 위의 촛불과 천장의 '벤틸로(선풍기)'가 기억났다. 그는 혼자 바에 앉아서 열정적인 팀바와 맘보춤의 리듬에 맞추어 모히토를 들이켰다.

그 이후의 기억은 흐릿했다. 그곳을 나온 것은 기억나지 않지만, 다른 장면들이 머리에 떠올랐다. 혹스 앤 하이퍼스의 조금 퇴폐적인 분위기, 핫팬츠 차림의 '배드 걸'들과 가죽 바지를 입은 여종업원들, 여러 해 동안 손님들이 두고 간 수십 개의 브래지어로 장식한 벽, '코요테 어글리' 유행을 만들어낸 폭주족들이 자주 들르는 또 다른 바의 모습이었다.

그곳에서 에단은 슬픔을 위스키와 맥주에 띄워 보냈다. 그런 다음 클럽 13에서 그 서글픈 순례를 끝낸 게 분명했다. 모린이 그를 그곳에서 데리고 나왔다. 하지만 불행히도 그 부분에 대해서는 아무리 머리를 쥐어짜도 별다른 기억이 떠오르지 않았다.

이 부분적인 기억 상실은 어디서 기인하는 것일까? 선택적인 건망증인가? 억압인가? 무엇보다도 삶의 어떤 부분이 이렇게 끈질기게 모습을 드러내지 않는 것일까?

*

에단은 제인 가에 오토바이를 세우고 클럽 13까지 걸었다. 첼시와 웨스트빌리지 사이에 위치한 미트패킹 구역은 널찍한 포장도로 위에 몇 블록에 걸쳐 펼쳐져 있었다. 그 구역은 확장일로에 있었다. 최근 몇 년 사이 예전의 '정육점 구역'은 새로운 유행 장소로 변신했다. 로프트, 부티크의 지점, 멋진 술집들이 도살장이 있던 자리를 대체하면서 〈섹스 앤 더 시티〉적인 분위기가 형성되었다. 하지만 오늘 아침 그 거리에는 참기 어려운 고기 냄새가 떠돌고 있어, 당연히 매력적이어야 할 그곳의 분위기와 기묘한 대조를 이루었다.

에단은 걸음을 늦추지 않은 채 휴대폰을 꺼내 로레타 크라운의 응답기에 전갈을 남겼다. 그 유명한 아프리카계 미국인이 그 나이트클럽의 실제 소유주이기도 했다. 에단이 바의 주정꾼들을 내쫓는 안전요원들의 가혹한 검문에도 구애받지 않고 이곳을 들락거릴 수 있었던 건 모두 그녀 덕분이었다.

에단은 특별히 좋아하지는 않았지만 그곳에 자주 들렀다. 유명인사들이 자주 들르는 그곳에서 목격될 필요가 있었던 것이다. '패션 위크(의상 디자이너들이 최근 작품을 선보이는 패션 주간 : 지은이)' 동안에는 지구상에서 가장 아름다운 여자들이 그 몇 십 제곱미터 공간 안에 모여들었다.

에단은 벽돌로 지은 아름다운 건물 앞에서 걸음을 멈추고 인터폰을 눌렀다.

"휘태커 씨 아니세요?"

인형처럼 포동포동한 얼굴을 한 거구의 아이티인 안전요원이 깜짝 놀라며 물었다.

"잘 있었나, 로멀드. 건터를 좀 만나야겠어. 아직 여기 있겠지?"

"들어오십시오. 안내해 드리겠습니다."

에단은 안전요원을 따라 맨 꼭대기 층으로 통하는 전용 엘리베이터에 올라탔다. 여러 개의 문들이 나이트클럽의 널찍한 홀이 내려다보이는 좁은 통로에 면해 있었다. 말굽 형태의 댄스 플로어 위로는 DJ실이 불쑥 튀어 나왔고, 그 주위로 연보랏빛 표범 가죽이 덮인 소파와 탁자들이 놓여 있었다. 무질서한 듯 보이지만 사실은 고도의 계산 아래 배치된 핑크빛 대리석 기둥들을 포함해 모든 장식들이 자줏빛과 보랏빛으로 통일되어 있었다. 한 무리의 청소부들이 전날 밤 방탕의 흔적을 닦아내는 중이었다.

몇 분 후 그는 건터 카의 집무실로 안내되었다.

"에단! 당신은 아침에 일찍 일어나는 형이거나, 아니면 아직 잠자리에 들지 않은 모양이군요."

노트북을 앞에 두고 책상 앞에 앉아 있던 그곳 지배인이 자리에서 일어나며 그를 맞았다. 짙은 색 양복에 짧게 자른 은발, 돌체 앤 가바나 안경을 쓴 그는 동작 하나하나에 이르기까지 세련되게 보이려 신경을 썼다.

"따라오세요, 밖이 더 조용할 겁니다."

건터는 에단을 옥상 테라스로 통하는 나선형 계단으로 이끌었다. 종려나무로 장식된 널찍한 그곳에는 허드슨 강이 내려다보이는 360도 전망과 물속에서도 음악을 들을 수 있는 거대한 온수 풀장이 갖추어져 있었다.

VIP 욕실이라는 별칭을 가진 그곳은 파티가 한창일 때는 접근불가 장소였다. 하지만 아침 시각이라 그곳에는 사람이 아무도 없었다. 불과 몇 시간 전까지만 해도 수십 명이나 되는 사람들이 50달러짜리 칵테일을 맛보기 위해 그곳으로 몰려들었다는 사실을 믿기 어려웠다.

"뭘 도와드릴까요?"

"우선 커피부터 한 잔 마실까요."

건터는 손가락을 딱 소리 나게 튕겨 로멀드에게 커피를 가져오라고 지시했다.

"그밖에 필요한 건 없으십니까?"

"혹시 어젯밤 내가 여기에 왔던 게 기억납니까?"

"지금 무슨 말씀을 하시는 겁니까?"
"여기에서 나를 본 기억이 나느냐고요?"
"그래요, 에단, 어제 분명 여기에 왔었어요."
"혼자서?"
"그건 잘 모르겠어요. 사람들이 많았으니까요. 어제는 생일 파티가 있었어요. 누구의 생일이었는가 하면……."
"잘 좀 생각해 봐요."
에단이 그의 말허리를 잘랐다.
"우리는 마주치긴 했지만 서로 이야기를 나누지는 않았어요. 당신이 날 봤는지조차 모르겠어요. 당신은 좀 정신이 몽롱한 상태였죠."
건터가 기억을 더듬으며 말했다.
아이티인이 에스프레소 한 잔을 두고 갔다. 에단은 고갯짓으로 감사를 표했다. 그는 주머니를 뒤져 휴대폰을 꺼낸 다음 조금 전 보낸 자신의 메시지에 대한 답장을 읽었다.
"감시 카메라 테이프를 좀 볼 수 있을까요?"
그가 건터에게 말했다.
"뭘 찾으시는데요?"
"어젯밤 내가 무엇을 했고, 누구와 이야기를 했는지 알고 싶어요."
"그건 보여드릴 수 없습니다, 에단. 기밀에 속한답니다."
에단은 커피 한 모금을 마시고 나서 말했다.
"이제 곧 로레타에게서 전화가 올 겁니다. 그녀와 이야기하세요."
미간을 찌푸린 건터가 다이아몬드가 박힌 휴대폰을 꺼냈다. 그는 휴대폰을 책상 위에 내려놓았다.
상의를 뒤적거린 에단은 담뱃갑에 담배가 들어 있다는 사실을 확인했다. '뒤로 돌아가기'가 제대로 진행된 셈이었다. 담배 한 대를 꺼내 불을 붙이려는 순간 그는 자기 자신과 한 약속을 기억해냈다.
　내일은 끊으리라. 또 살아남는다면, 이번에는 맹세코 끊으리라.
　다만 지금이 실제로 '내일'인지는 알 수 없었다.
　그럼에도 그는 담배를 피우고 싶다는 유혹을 억제하고는 냉정한 눈길로 건너편을 응시하며 로레타의 전화를 기다렸다. 그녀는 그리 오래 기다리게 하지 않았다. 2분도 안 되어 다이아몬드가 박힌 휴대폰이 울렸다.
　"예, 사장님."
　건터가 전화를 받았다.
　대화는 토크쇼 여왕의 일방적인 지시에 국한되었고, 몇 초 걸리지 않았다.
　"잘 알겠습니다, 사장님."
　건터는 그렇게 말하고는 전화를 끊었다.

*

　그로부터 한 시간 전
　그곳에서부터 몇 킬로미터 떨어진 특급 호텔 스위트룸에서 한 젊은 여자가 눈을 떴다. 셀린은 옆에서 잠든 남자를 깨우지 않기 위해 조심하면서 소리 없이 자리에서 일어났다. 그녀는 커튼을 살짝 젖히고 발밑에 펼쳐져 있는 도시를 내다보았다. 맨해튼은 아직 금속성의 푸른빛 속에 잠겨 있었다. 이제 얼마 안 있어 금빛 먼지가 이 푸르른 빛을 쓸어가 버릴 것이다. 차들의 소음, 빛, 움직임, 이 모든 게 그녀에게 에단을 떠올리게 했다. 이 도시의 모든 게 그녀를 아프게 했다.

그림자 하나가 언뜻 창문을 가로지르며 일렁이는 물처럼 번쩍이는 유리 표면을 흩뜨렸다. 그녀는 홱 뒤돌아보았다. 하지만 방 안에는 아무런 움직임도 없었다. 그 순간 그녀는 일시적이긴 하지만 강렬한 구토감을 느꼈다. 주위의 모든 게 빙빙 돌아가기 시작했다. 그녀는 당혹스러운 기시감을 느꼈다. 그 거북한 느낌을 지워버리기 위해 그녀는 욕실로 달려가 기분이 나아질 때까지 샤워기 물줄기 아래에 서 있었다. 그녀가 샤워 부스에서 나왔을 때 혼란은 정돈되어 있었다. 하지만 완전히 사라진 건 아니었다.

*

"아주 간단합니다. 어젯밤 촬영된 모든 내용이 하드디스크로 전송되어 저장되어 있습니다. 문제의 장면이 나오면 말씀해주세요."

건터가 노트북을 열면서 말했다.

에단은 화면을 바라보았다. 화면은 사등분되어 있었고, 각각의 부분은 다양한 각도에서 여러 장소를 촬영해 보여주고 있었다. 터치패드를 이용해 각각의 카메라로 이동할 수 있었고, 화면 확대도 가능했다. 주로 어두운 곳에서 촬영된 필름이라 짙붉은 반점들이 가득했고, 대화소리는 요란한 음악에 묻혀 알아듣기 어려웠다.

에단은 자기 자신의 모습이 나올 때까지 화면을 고속으로 돌렸다. 화면 하단에 나온 기록에 따르면 그는 밤 11시 46분에 혼자 클럽에 도착했다. 그날은 개인 파티가 열리는 날이었으므로 안전요원은 즉각 그를 들여보내주었다. 패리스 힐튼 풍의 텔레비전 시리즈에 출연한 적이 있고, 최근 2년 동안 별다른 활동이 없는 젊은 여배우가 호화판 생일파티를 열기로 되어 있었다.

에단은 탐색을 계속했다. 비디오 덕택에 어젯밤 일들이 점차 윤곽을 드러내기 시작했다. 그는 여러 차례 각기 다른 장소에서 자기 자신의 자취를 확인했다. 우선 그는 바에 앉아 혼자 술을 몇 잔 마신 다음 따로 떨어진 탁자에 앉았다. 화면을 빠르게 훑어나가던 그는 어떤 장면에서 급히 멈춰 세웠다. 그가 수상한 남자와 함께 앉아 있었다. 진에 검은 스웨터를 입고 두건을 끌어올려 얼굴을 가린 중간키의 남자였다.

바로 그를 죽인 남자였다!

에단은 심장이 쿵쾅거리며 뛰는 걸 느꼈다. 땀방울이 이마에 맺혔고, 식은땀이 등줄기를 타고 흘러내렸다. 그는 떨리는 손으로 다음 장면을 보았다. 문제의 남자는 등을 돌리고 앉아 있었다. 몇 차례 고개를 돌리긴 했지만 얼굴의 윤곽을 파악할 수 없었다. 그와 남자의 대화는 10여 분간 이어졌다. 얼핏 보기에는 차분한 대화였으므로 감시카메라는 그들을 간헐적으로만 포착한 듯했다. 내용을 파악하기가 불가능한 대화가 끝나자 남자는 화면에서 완전히 사라졌다.

에단은 다른 카메라에 찍힌 필름을 모두 돌려본 결과 그 자신은 그로부터 30분 정도 더 그 나이트클럽에 머물렀다는 걸 확인했다. 만취 상태로 모린의 팔에 기대어 클럽 13을 나서고 있는 그의 모습이 마지막으로 잡혔다.

그뿐이었다.

흥분과 두려움이 뒤범벅된 가운데 에단은 필름 전체를 처음부터 다시 돌려보았다. 화면에 시선을 고정시킨 채 몇 차례 화면을 정지시키고 확대시키기도 하면서 살인자의 신원을 파악하려 애썼다. 남자인가 여자인가? 남자인 것 같긴 했지만 확실치는 않았다. 전에 만난 적이 있는 사람인가? 사진의 입자들이 너무 성글고, 두건에 가려져 있어 얼굴을 확인할 수 없었다.

"혹시 이 사람 알아요?"

에단이 화면을 가리키며 건터에게 물었다.

"처음 보는 사람입니다. 자넨 어떤가, 로멀드?"

아이티인 역시 고개를 내저었다.

"어제 분명 여기에 왔었습니다, 휘태커 씨. 바로 선생님이 이 사람을 들여보내 달라고 고집을 부리셨는데요."

에단은 눈두덩을 문질러댔다. 상황은 또다시 그의 통제를 벗어났다. 어둠에 싸여 있던 영역이 드러나자마자 전보다 더욱 어두운 그림자가 드리워진 격이었다.

에단은 자신이 방금 알아낸 사실에 완전히 넋이 나간 채 나이트클럽을 나와 제인 가로 접어들었다.

이제 뭘 해야 하지?

어떤 전략을 세우고 전선으로 뛰어들어야 한단 말인가?

에단은 두통과 미열이 다시 시작되는 걸 느끼며 관자놀이를 문질렀다. 혹시 약이나 니코틴 성분이 든 껌 같은 게 없을까 생각하며 주머니를 뒤적거렸지만 아무것도 찾아내지 못했다.

오토바이에 오른 에단은 헬멧과 선글라스를 클럽 13의 테라스에 두고 왔다는 사실을 깨달았다. 하지만 그것을 가지러 다시 테라스까지 갈 수는 없었다.

우리의 운명이 이미 정해져 있다면, 그런 보호 장구를 착용한들 무슨 도움이 될 것인가?

만약 최악의 일이 반드시 일어나게 되어 있다면 그것을 피하기 위해 애쓰는 게 무슨 소용이 있단 말인가?

에단은 휴대폰 벨소리가 울리는 바람에 불길한 생각에서 빠져나왔다. 그가 늦을까봐 걱정하는 NBC 방송 제작자의 전화였다. 한 순간 그는 방송에 출연해 셀린과 제시에게 직접 자신의 마음을 전하면 어떨까 생각했다. 하지만 그는 그들에게 과연 무슨 말을 해야 할지 알 수 없었다. 결국 그는 아예 전화를 받지 않았다.

에단은 시동을 걸고 잠시 부릉거리는 모터소리를 듣고 있다가 이윽고 남쪽을 향해 질풍처럼 내닫기 시작했다. 깨어지기 쉽고 상처받기 쉬운 모습으로 그는 운명에 도전하고 숙명에 맞서기 위해 전속력으로 오토바이를 몰았다.

오늘은 이제 막 시작되었다. 그가 진실이 있는 곳으로 갈 수 없다면, 진실이 그에게 다가오기를 기다릴 생각이었다. 이제 그는 진실을 직면할 만반의 채비가 되어 있었다.

하지만 평생의 과오들을 단 하루에 바로잡을 수 있을까?

28. 그 아이를 위해

혼자 걸으면 더 빨리 갈 수 있다.
하지만 둘일 경우엔 더 멀리 간다.
—아프리카 속담

10월 31일 토요일 오늘

맨해튼

내 이름은 지미 카발레티, 서른여덟 살이다. 나는 지금 맨해튼으로 가는 열차 안에 앉아 있다.

어젯밤 내 딸은 집에 들어오지 않았다. 나는 새벽 2시까지 제시를 기다리다가 차를 끌고 나가 날이 밝을 때까지 보스턴의 거리를 누볐지만 찾지 못했다. 제시는 가출했고, 그건 전적으로 내 잘못이다. 난 제시에게 상처를 입혔고, 거짓말을 했다.

나는 아침 햇살을 받아 번쩍이는 유리창에 머리를 갖다 댄다. 춥다. 한 줄기 뜨거운 눈물이 한쪽 뺨을 타고 흘러내려 못이 잔뜩 박힌 내 손 위로 툭 떨어진다. 눈물이 가득 찬 눈을 보이지 않기 위해 나는 두 눈을 감는다. 여러 기억이 떠올라 머릿속에서 소용돌이친다.

*

1993년 4월

요람 위로 몸을 굽힌 나는 태어난 지 몇 시간밖에 안 된 생명체를 바라본다. 일단 그 작은 몸집에 충격을 받는다. 아기라면 이미 숱하게 본 적이 있지만 내가 돌봐야 할 아기는 처음이다.

내게 그럴 능력이 있을까?

1993년 5월

마리사가 도서관에서 《초보 부모를 위한 안내서》, 《아이를 어떻게 키울 것인가?》, 《아기가 울 때 달래는 방법》 같은 책들을 빌려왔다. 그녀는 허구한 날 수유와 기저귀 더미, 병원 출입에서 벗어날 수가 없다고, '아기라면 정말 지긋지긋하다'고 투덜거린다. 하지만 나는 모든 게 본능적이고 자연스럽고 조화롭게 여겨진다.

나는 애써 행복감을 감춘다.

1994년 크리스마스

눈 때문에 보스턴의 교통이 두절되었다. 집안은 끔찍하게 춥다. 며칠 전 보일러가 터져버렸지만 우리에겐 그걸 교체할 돈이 없다. 마리사와 아기, 나는 모포를 몸에 친친 감고 있다. 나는 수치와 분노로 몸을 떤다.

1995년 6월

나는 에단의 사진들을 모조리 불태운다. 그의 기록을 내다버리고 옷가지는 자선단체에, 책은 도서관에 기부한다. 나는 그의 흔적들을 깡그리 없애버리고 싶다. 나는 우리의 삶에서 그를 몰아내고 싶다.

거의 매일 밤 나는 에단이 보스턴에 돌아와 내게서 딸을 빼앗아가는 악몽을 꾼다.

1996년 11월

작업장에서 나는 작업반장과 말싸움을 벌인다. 하찮은 임금을 받고 고되기 짝이 없는 일을 하고 있는데 하루 종일 잔소리를 들어야 하는 건 더 이상 견디기 힘들다. 작업반장과의 언쟁이 처음은 아니지만, 이번에는 이내 언성이 높아졌다. 말싸움 끝에 그는 내 얼굴에 작업모를 집어던졌다. 나는 코피를 쏟으며 그에게 달려들어 주먹을 한 방 날렸다. 그는 바닥에 나동그라졌다. 사람들이 우리를 떼어놓았고, 나는 그 자리에서 즉각 해고되었다.

나는 마리사에게는 아직 말하지 않고, 다른 일자리를 찾고 있다. 냉동 창고 안에서 물건을 옮기는 일이다.

1997년 3월

이제부터 난 내가 책임진다. 난 중고 트럭과 연장 몇 가지를 구입했다. 처음에는 잔디 깎기, 울타리 고치기, 페인트 칠 등 닥치는 대로 일할 생각이다. 나는 하루에 14시간 동안 일한다. 힘들다. 하지만 나중에 제시가 날 자랑스러워했으면 좋겠다.

1998년 2월

처음으로 직원을 고용했다. 여름이 되기 전에 두 번째 직원을 고용할 것이다. 힘들었던 여러 달을 이제 뒤로 할 수 있게 되었다. 둘째 아이를 갖자는 내 제안에 마리사는 어깨를 으쓱해 보일 뿐이다.

1999년 4월

제시는 이제 여섯 살이다. 그 아이는 놀랄 정도로 쉽게 읽기를 배웠다. 그 아이는 온갖 궁금한 것에 대해 질문한다. 탁월하게 총명하다. 종종 나는 내가 어떻게 이리도 똑똑한 딸을 가질 수 있는지 반문한다.
그리고 나는 기억해낸다.
그 결과는 언제나 고통스럽다.
이윽고 제시가 내게 웃음을 지어 보인다.
그 아이가 나를 아빠라고 부른다.
그러면 나는 모든 회의와 고통을 잊는다.

2000년 1월

나는 제시를 위해 담배를 끊고 하루에 맥주 한 팩씩을 마시는 것도 그만두었다.
제시를 위해 나는 더 나은 사람이 되고 싶다.
그 아이를 위해 나는 모든 걸 해낼 수 있는 사람이 되고 싶다.

2001년 봄

매주 토요일 오후 마리사가 장을 보러 가면, 나는 제시를 데리고 산책을 한다. 아이와 함께 보스턴을 재발견한다. 미술관, 대형 수족관,

개구리 연못의 '백조 보트', 케네디 도서관, 프리덤 트레인(보스턴의 명물들을 볼 수 있도록 배치한 6킬로미터에 걸친 관광 도로 : 지은이), 케임브리지 녹지…….

우리는 함께 레드삭스의 경기를 보러 홈구장인 펜웨이파크에 간다. 마리사는 돈 낭비라고 생각하지만.

휴가 기간 동안 나는 제시를 데리고 애팔래치아 비포장도로 숲으로 소풍을 떠나 아버지가 내게 직접 가르쳐준 것들을 그 아이에게 가르친다. 플라이 낚시, 나무들의 이름, 길을 잃었을 때 당황하지 않고 길을 찾는 법, 통나무집이나 물레방아 만드는 법, 스위스 나이프의 사용법 같은 것들을.

2002년 12월

제시가 다니는 초등학교의 교장 선생님이 아이 문제로 마리사와 나를 호출한다. 제시는 로드아일랜드와 매사추세츠 초등학생들이 매년 치르는 일련의 시험에서 훌륭한 성적을 거두었다. 높은 성적 덕택에 제시는 다음 달 초부터 브라운대학교 산하의 프로비던스 사립학교 시범학급에서 공부할 수 있게 되었다.

나는 선생님이 농담하는 줄 알았다가 이윽고 그게 아니라는 걸 깨닫는다. 그는 진심으로 제시를 한 시간 반 거리에 있는 기숙학교에 보내기를 바란다.

"모든 비용은 장학금으로 충당됩니다."

그가 단호한 어조로 말한다.

"하지만 제시는 이제 겨우 열 살인데요."

"물론 두 분이 이 제안을 거절하실 순 있습니다. 하지만 두 번 다시

오지 않을 절호의 기회입니다. 일이 순조롭게 진행된다면 따님은 몇 년 후 아이비리그(미국 북동부에 있는 8개 대학, 곧 하버드, 예일, 프린스턴, 컬럼비아, 코넬, 유펜, 다트마우스, 브라운대학교. 이들은 미국에서 가장 유서 깊고 명성 높은 대학으로 인정받고 있다 : 지은이)에 입학할 수 있게 됩니다."

"하지만 이렇게 어린 나이에 제시가 우리 곁을 떠나다니 말도 안 됩니다. 현재로서 저는 그 일의 장점을 잘 모르겠군요. 제시는 아직 아기란 말입니다. 아기라고요!"

교장은 한 순간 주저하더니 오랜 침묵 끝에 마침내 이렇게 말한다.

"솔직하게 말씀드리겠습니다, 카발레티 씨. 선생님 같은 형편의 사람들에게 이번 기회는 하늘이 내려준 선물이라고 할 수 있습니다. 이런 기회를 놓쳐버린다면 따님은 아마도 평생 두 분을 원망하게 될지도 모릅니다."

"물론 우리는 그 제안을 받아들일 거예요."

마리사가 잘라 말했다.

나는 자리에서 일어나 쾅 소리를 내며 문을 닫고 교장실을 나와버린다.

2003년 1월 2일

"머플러 잊지 말고 꼭 챙겨라. 그렇지 않으면 또 감기에 걸릴 거야."

나는 제시에게 몸을 기울이고, 아이의 목에 목도리를 매준다.

"좋아, 이제 가야겠다. 다음 주에 아빠가 엄마랑 함께 널 보러올게. 알았지?"

나는 떠나기 전 그 학교의 교정을 마지막으로 둘러본다. 장방형의 붉은 벽돌 건물들이 영국식 사립학교처럼 완벽하게 손질된 잔디밭에 둘러싸여 있다. 유니버시티 홀의 꼭대기에는 브라운의 상징기가 자랑스럽게 펄럭이고 있다. 위압적인 태양 문양 위에 네 권의 책이 펼쳐져 있고 다음과 같은 표어가 적혀 있다. 인 데오 스페라무스, 신에게 우리의 소망을.

"난 여기에 남고 싶지 않아, 아빠!"

"내 말 잘 들어. 우린 그 문제에 대해 수없이 얘기했잖아."

나는 준비된 말을 되풀이한다.

"장학금을 받으면서 학교에 다닐 수 있는 좋은 기회란다. 모두들 꿈꾸는 기회. 이런 기회가 아니라면 우리는 네게 이런 교육을 받게 해줄 수가 없단다."

"알았어, 아빠."

겨울해가 중천에 떴지만 며칠 전부터 뉴잉글랜드 지방을 얼어붙게 만드는 추위는 견디기 힘들다. 나는 제시를 바라본다. 아이의 입에서 입김이 새어나온다. 파카 속에 파묻힌 아이는 너무나도 작고 어리고 상처 입기 쉬워 보인다.

"분명 모든 일이 순조롭게 풀릴 거야. 넌 새로운 친구들을 많이 사귀게 되겠지."

"그렇지 않다는 건 아빠가 더 잘 알잖아."

나는 침착한 아빠답게 제시를 안심시키는 미소를 지어 보인다. 이제 제시가 어서 자리를 떴으면 좋겠다. 고통과 슬픔을 억누르고 있는 내 마음속 제방이 서서히 무너져 내리고 있기 때문이다.

"좋아, 그만 갈게."

제시가 자기만큼이나 무거운 배낭을 등에 지면서 말한다.

"곧 만나게 될 거야."
난 제시의 아름다운 금발을 헝클어뜨리며 말한다.
제시가 등을 돌리기 직전 나는 아이의 마음속 제방 역시 무너질 참이었다는 걸 알아챈다.

*

걸어서 교정을 나온 나는 제시가 다른 동급생들 앞에서 창피하지 않게 가능한 한 멀리 주차해둔 낡은 트럭으로 향한다. 살을 에는 바람에 사지가 마비되는 것 같다. 몸을 덥히기 위해 달리기로 한다. 들이마시는 공기가 얼음처럼 차가워 심장이 얼어붙는 것 같다.

2003년 1월 7일
한숨도 자지 못한 채 자리에서 일어난다. 욕실의 희끄무레한 빛 아래에서 약장을 열어 신경안정제 두 알을 꺼낸다. 주방에 선 채로 멀건 커피를 급히 마신다. 하루의 첫 담배와 함께. 거리로 나오니 끈적끈적한 기운이 느껴진다. 눈이 비로 바뀌어서 인도는 진창이다. 새벽이 다시 고통스럽고, 10시가 되자마자 다시 맥주병을 따고, 모든 광채가 사라진 흑백의 삶이 다시 시작된다.
트럭은 습기로 뒤덮여 있다. 나는 연장 상자를 싣기 위해 트렁크를 연다. 제시가 페인트 자국투성이의 낡은 모포를 둘러쓰고 누워 있다.
나는 문득 공포에 휩싸인다.
"제시, 괜찮니, 아가?"
아직 잠에서 깨어나지 못한 아이는 힘겹게 몸을 일으키며 중얼거린다.
 "나, 도망쳤어 아빠. 돌아가기 싫어."
 나는 제시를 품에 끌어안고 몸을 덥히며 입을 맞춘다. 아이의 얼굴은 창백하고 대리석처럼 차갑다.
 "이젠 괜찮다, 제시. 넌 엄마아빠와 함께 있는 거야. 우리랑 같이 있을 거라고."

 2004년 봄
 나는 작은 목공실에서 제시의 방에 설치할 소나무 선반을 만든다. 톱밥으로 뒤덮인 낡은 텔레비전에서 오후의 토크쇼 소리가 배경음악처럼 흘러나온다. 첫 번째로 니스 칠을 하고 있는데, 아는 목소리가 들려온다. 11년 만에 처음으로 듣는 목소리다. 나는 온몸에 소름이 돋은 채 텔레비전 화면을 향해 고개를 돌린다.
 에단이 책을 홍보하기 위해 로레타 크라운 쇼에 초대 손님으로 나와 있다. 나는 깜짝 놀라 텔레비전 앞으로 다가간다. 에단은 처음으로 텔레비전에 출연하는 사람답게 어색하지만 신선한 매력이 있다. 프로페셔널리즘에 이내 자리를 내주게 될 진솔함과 신선함 말이다. 에단의 얼굴을 보자마자 나는 그가 자기 분야에서 스타가 되리라는 것, 앞으로의 몇 년이 '그의 시대'가 되리라는 걸 감지한다.
 에단의 예고된 명성이 나를 차분하게 만든다. 이제부터 그는 다른 세계에 속하게 될 것이므로, 우리 세계에 들이닥칠 가능성은 거의 없으리라. 우리가 그를 찾아가는 과오를 범하지 않는 한 그가 이곳으로 돌아오는 일은 일어나지 않으리라.
 마음이 놓인 나는 회포에 젖어 그를 바라본다. 목소리의 억양, 얼굴

표정, 눈빛을 다시 보자 마음에 잔잔한 파문이 인다.

"식사하라고 세 번이나 불렀어! 못 들었어?"

마리사가 갑자기 작업실로 들어온다. 그녀는 텔레비전 화면 쪽으로 고개를 돌린다. 그녀의 혼란은 길게 가지 않는다.

그녀는 즉각 사태를 깨닫고 텔레비전을 꺼버린다.

"어서 식당으로 가!"

2005년 가을

얼마 전부터 제시가 달라졌다. 브라운 기숙학교에서 실패한 경험이 아이에게 후유증을 남겼다. 제시는 어떤 성취동기도 갖지 못한 채 무기력해졌고, 여러 시간을 텔레비전 앞에서 의미 없이 보내고, 학교에서는 더 이상 공부를 하지 않는다.

자라는 동안 제시의 얼굴은 혼란스러울 정도로 에단과 비슷해져서 매일처럼 내가 위험에 처해 있다는 사실을 상기시킨다.

2006년 5월

올 것이 오고야 말았다. 텔레비전에서 에단을 본 이 구역 사람들이 마침내 그가 이곳에 살았다는 사실을 기억해낸다. 이제 사람들은 새로운 '지역 명물'과의 우정을 꾸며내고 그와의 추억을 언급한다. 시의 도서관에서는 내지에 그의 이름이 공들여 쓰여 있는, 그의 소유였던 낡은 책들을 서고에서 찾아낸다.

그 책들을 도서관에 기부하는 대신 태워버렸어야 했는데.

때때로 제시가 그에 대해 물어오면 우리는 애매하게 대답한다. 그동안 우리는 그럭저럭 사태를 통제해왔는데, 오늘은 모든 것이 어긋나고 만다.

간밤에 제시는 에단이 나오는 라디오 방송을 듣고 오늘 집으로 돌아오면서 문고판으로 된 그의 책을 한 권 사왔다. 간식시간이 되자 제시는 책에서 눈을 떼지 않은 채 냉장고 문을 열어 우유 한 잔을 따라 가져온다. 독서에 열중한 제시가 무심히 과자를 하나 집어 들고 우유에 담갔다가 입으로 가져가려는 순간 호된 손길이 아이의 뺨을 후려친다. 비스킷이 날아가고, 우유 컵이 바닥에 떨어지며 산산조각난다.

제시는 영문을 모른 채 엄마를 바라본다. 마리사의 얼굴에는 고통과 증오가 뒤섞인 표정이 떠올라 있다. 제시는 해명을 요구하기 위해 입을 열지만, 충격이 너무 큰 나머지 이내 단념하고 자기 방으로 들어가 문을 잠가버린다.

어제 저녁
2007년 10월 30일 금요일
그 이후 제시와 우리는 아무것도 아닌 일로 줄곧 언쟁을 벌인다. 메인 주의 숲속으로 소풍을 나갔던 시절은 이제 까마득히 멀어졌다. 나는 아이가 뭔가 눈치 챈 게 아닐까 두렵다.

제시는 더 이상 에단에 대해 묻지 않았는데 그게 더 나쁘다. 보이지 않는 위협처럼 에단의 존재가 우리 가족들 위에 드리워져 있다. 우리에게 닥친 돈 문제를 끊임없이 환기시키는 마리사와 나를 무시하고 경멸하는 제시 때문에 나는 점점 집에서 멀어진다. 저녁 9시가 되어서야 나는 술집에서 돌아온다. 거나하게 취해서. 어쨌든 안 마신 척 하기에는 너무 많은 양이다. 나는 트럭의 문을 소리 나게 닫고 박하 용액을 한 모금 마신 다음 오던 길을 되짚어 걸으며 비틀거리지 않고 똑바로 걸을 수 있는지 확인한다. 집안에서 나는 소리가 바깥까지 들려온다.
 거실로 들어서자 마리사와 제시가 언성을 높여 말다툼을 하는 광경이 눈에 들어온다. 제시는 이번 학기가 시작된 후 두 번째로 정학처분을 당했다. 이번에 정학당한 이유는 좀 심각하다. 화장실에서 마리화나를 피우고 그 흔적을 물과 함께 내려 보냈다는 것이다. 학교당국은 경찰에 알렸고, 경찰이 저녁 무렵 집에 다녀간 모양이다.
 마리사는 지독히 화가 나 있다.
 "네 학비를 대느라 아빠와 나는 허리가 휘도록 일하는데, 그 감사의 표시가 고작 이거니?"
 제시는 어깨를 으쓱해 보였을 뿐 엄마의 말에 대답조차 하지 않는다. 그러자 마리사는 브라운 기숙학교에서의 실패담을 다시 꺼낸다.
 "사년 전 기회가 왔을 때 넌 그걸 놓쳐버렸어. 넌 뛰어난 자질이 있었는데 그걸 망쳐버린 거야. 계속 이런 식이라면 넌 월마트에서 물건 포장을 하거나 버거킹에서 스테이크나 구우며 살게 될 거야."
 나는 한마디 거들어야 할 것 같은 생각이 든다. 그래서 제시가 마약을 한다는 게 내게는 얼마나 커다란 실망인지 거듭 강조해가며 말을 길게 늘어놓는다.
 "그러다가 종국에는 버거킹이 아니라 감옥이나 병원행이야!"
 제 엄마의 비난에 침묵했던 것과는 달리 제시는 내 말에 이렇게 응수한다.
 "어떻게 내게 그런 말을 할 수 있어요? 알코올 중독자에다 무능력자인 주제에. 하는 일마다 실패하는 주제에. 우리를 제대로 먹이지도 못하고 이 거지 같은 집의 대출금도 지불할 능력이 없는 주제에."
 갑자기 내 안의 뭔가가 풀리는 게 느껴진다. 알코올의 힘을 빌려 나는 앞뒤 생각해보지도 않고 경솔한 말을 쏟아놓는다.
"네 친부란 작자는 너를 버렸지만 나는 여기 남았지. 다행히 나는 여기 남아 십오 년 동안이나 널 키웠어!"
마리사가 나에게 그만하라고 비명을 질렀다. 하지만 이미 늦었다.
물은 이미 엎질러진 것이다.

*

오늘 10월 31일 토요일
맨해튼

내 이름은 지미 카발레티, 서른여덟 살이다. 나는 지금 맨해튼 행 열차 안에 앉아 있다. 어젯밤 제시는 집에 들어오지 않았다. 아이는 가출했고, 그건 내 잘못이다. 난 아이에게 상처 입혔고, 거짓말을 했다.
그랜트센트럴 역, 열차가 역으로 들어선다. 갈 곳을 정하지 못한 관광객처럼 나는 플랫폼에 내려섰지만 어디로 가야 할지 알 수 없다. 에단이 우리의 삶에서 자취를 감춘 그해 이후 나는 맨해튼에 발을 들여놓은 적이 없다. 이 도시는 많이 변했다. 내 젊은 날의 뉴욕과는 전혀 다르다. 하지만 나는 제시를 찾아낼 것이다. 서둘러 움직여야 한다. 마리사에게는 걱정할까봐 말하지 못했지만 작업실에 놓아둔 권총이 사라졌다는 걸 오늘 아침 확인하지 않았던가.

제발, 제시, 어리석은 짓 하지 마.
내가 널 찾으러 왔어.

29. 그는 한때 뉴욕에 있었다네

미래는 정리가 필요한 현재일 뿐이다. 네가 할 일은
미래를 예측하는 게 아니라 가능하게 만드는 것이다.
-앙투안 드 생텍쥐페리

아침 10시 4분
맨해튼 시내
월푸드 슈퍼마켓 앞

"나 좀 봐, 엄마. 난 인디언이야. 후후후후후 후우우우우!"
"바보 같은 짓은 그만하고 어서 차에 타, 로비."
메리디스 존스턴은 악을 쓰고 울어대는 아기를 품에 안은 채 식료품이 가득 찬 봉투를 살구색 도요타 모노스페이스 트렁크에 실었다. 인디언으로 변장한 로비가 인디언 전사를 흉내 내며 그녀 주위를 맴돌았다.
"후후후후후후우우우우!"

에단은 불어오는 바람을 정면으로 받으며 다운타운을 전속력으로 가로질렀다. 그랜트 가, 라파예트백화점, 브로드웨이…… 오토바이는 길과 멋지게 호흡을 맞추며 깊은 마천루의 협곡 속을 종횡무진 누빈다.

운전대에서 손을 떼지 않은 채 그는 손목시계를 본다. 제시를 생각하자 좋지 않은 예감이 스친다. 이 세 번째 날에 그는 방송국에 가지 않았다. 따라서 모든 것이 똑같이 반복된다면, 제시는 삶의 고통을 되새기며 아직 커피숍에 앉아 있을 것이다.

손만 뻗으면 잡을 수 있는 권총과 더불어.

그리고 운명은 제시를 쫓고 있으리라.

*

커피숍 스톰의 창가 자리에는 여윈 몸매의 금발 소녀가 앉아 있었다. 그 아이는 〈뉴욕 타임스〉에서 오려낸 기사 하나를 읽고 또 읽었다. 간밤을 보낸 역의 의자 위에 어떤 여행객이 두고 간 신문에서 오려낸 것이었다. 그 기사는 미국을 사로잡은 한 정신과의사에 관한 것이었다. 그 아이는 텔레비전에서 의사를 여러 차례 보았고, 그의 책들도 모조리 읽었다.

제시는 일간지의 한 면을 차지하고 있는 대형사진에서 눈을 뗄 수가 없었다. 매혹적인 동시에 인위적으로 보이는 저 미소 띤 얼굴의 이면에는 어떤 인물이 자리 잡고 있을까? 권태와 슬픔이 교차하는 저 빛

나는 눈빛 안쪽에는 무엇이 있을까?

어젯밤 부모와의 언쟁에서 굳이 좋았던 점을 들자면 그동안 조금씩 그들을 상하게 해온 종기를 비로소 터뜨릴 수 있었다는 것이다. 몇 년 전부터 혼란 가운데 감지해온 의혹의 정체가 백일하에 드러났다. 아빠에게서 그 무시무시한 말을 듣고 집을 나왔다. 줄곧 주위를 유령처럼 맴도는 친부를 찾아가 왜 자신을 버렸느냐고 따져 물어야겠다고 결심한 것이다.

마침내 에단의 진료실이 있는 건물 앞에 이르렀을 때, 그 결심은 약해졌다. 제시는 춥고 기운이 없었다. 마치 죽은 나뭇가지처럼 약하고 분필처럼 부서지기 쉬운 존재가 된 듯했다. 열 살 때 학력 테스트를 통해 탁월한 재능을 인정받았지만 타고난 영특함만 가지고는 아무것도 해낼 수 없었다.

제시는 두려움에 사로잡혔다. 또다시 누군가의 보호도 사랑도 받지 못하는 상태에 놓이지 않을까 하는 두려움이었다. 아무런 준비도 없이 잔인한 현실과 직면해야 하지 않을까 하는 두려움이었다. 연약한 사람들을 만신창이로 만들어버리는 인정사정없는 세상을 살아내야 한다는 데서 오는 혐오와 두려움이었다.

제시는 커피숍의 창문을 통해 어떤 건물의 움푹 들어간 곳에서 불안한 잠을 이루고 있는 노숙자를 바라보았다. 아무것도 가진 게 없는 이들을 볼 때마다 연민이 일었다. 연민은 좋은 감정일까? 상담 선생님의 말은 의혹을 불러일으켰다.

연민은 널 지나치게 예민하고 약하게 만든단다. 성공하기 위해서는 먼저 너 자신부터 추슬러야만 해.

제시는 의자에 놓아두었던 이스트팩 배낭을 집어 들고 커피숍을 나왔다. 자리에서 일어서는 순간 가벼운 현기증이 느껴졌다. 얼마 안 되는 돈은 열차표를 사고 나니 끝이었다. 어젯밤부터 비스킷 몇 조각 말고는 먹은 게 없었다.

제시는 주머니 속에 손을 넣어 아버지의 작업실에서 몰래 가져온 권총을 만져보았다. 권총의 매끈한 손잡이에는 마음을 안심시켜주는 무엇인가가 있었다. 다시 한 번 추위 때문에 이를 부딪치며 좀 더 따뜻한 외투를 가져오지 않은 걸 후회했다. 지금 이 순간 가장 원하는 것이라면 바닥에 이불을 덮고 누워 영원히 깨어나지 않는 잠에 빠져드는 것이었다.

*

모퉁이를 돌아 풀턴 가로 접어들자 빛의 각도가 달라져 눈이 부셨다.

에단은 한 손을 들어 올려 햇빛을 가렸다. 오토바이가 한 순간 흔들렸지만, 이윽고 다시 균형을 회복했다. 프런트 가가 나오자 그는 더욱 속도를 높였다. 교차로를 지나자 멀리 스톰의 간판이 보였다.

제시!

20미터 정도 앞에 제시가 있었다. 그 아이는 위험하게 횡단보도가 아닌 곳에서 길을 건너고 있었다. 다음 순간 살구색 도요타 모노스페이스가 반대 방향에서 전속력으로 돌진해오고 있다는 것을 깨달은 그는 아연실색했다.

*

"잘 봐, 엄마, 난 인디언이야. 후후후후후우우우우우!"
메리디스는 한숨을 내쉬었다. 아이 때문에 미쳐버릴 것 같았다.
"엄마!"
화가 치민 그녀는 고개를 돌리고 아이에게 호통을 쳤다.
"알았어, 로비. 넌 인디언이야. 넌 인디언이라고!"
"엄마 조심해! 저 누나가 길을 건너고 있어!"

*

차는 앞으로 돌진했다.
모든 사고는 한순간에 일어난다. 한순간이 길게 늘어나 실재의 외관에 균열을 내고 사태의 질서를 뒤죽박죽으로 만들어버린다. 너무나도 짧은 한 순간 운명의 걸음은 궤도에서 빗나가게 된다. 시간의 흐름 속에서 뜻밖에 높아지는 한 줄기 파도처럼.

*

메리디스는 고개를 돌린다. 브레이크를 밟기에는, 불가피한 일을 피하기에는 이미 너무 늦었다. 충돌은 순식간에 일어난다. 그녀는 이 순간 이미 안다. 그녀의 삶이 사고 '이전'과 '이후'로 나뉘게 되리라는 것을. 바로 오늘이 그녀의 삶이 곤두박질치는 날이라는 것, 이제 더 이상 아무것도 예전 같을 수 없다는 것을.
메리디스는 안다. 앞으로는 결코 편안한 잠을 잘 수 없으리라는 것,

그녀 안에 아직 남아 있던 약간의 생기와 순진함마저 영영 사라지고 말리라는 것을. 그녀는 안다. 그 소녀의 겁에 질린 얼굴이 매일 밤 떠오르리라는 것을.

*

"조심하세요!"
어디선가 고함 소리가 들린다. 행인이 외치는 소리다.
제시는 고개를 든다. 돌진해오는 자동차를 보고, 이제 곧 모든 게 끝장나리라는 것을 안다. 솔직히 말해서 지금 이 순간, 속이 텅 비고 피곤한 나머지 이미 죽은 것 같은 느낌이다.
제시는 이따금 몽상에 잠길 때면 창밖으로 몸을 던지고 떨어져 내려오는 동안 어떤 느낌이 들까 하는 생각을 해보곤 했다. 죽음이라는 무의 세계로 들어가기 직전에는 어떤 느낌이 들까?

*

반대방향에서 달려오던 에단은 가능한 한 왼쪽으로 몸을 기울이고 핸들을 끝까지 돌린 다음 뒷바퀴를 고정시켜 오토바이를 옆으로 눕힌다. 제시를 구하기 위해 그가 생각해낸 유일한 방책이다.
BMW 오토바이는 아스팔트 한가운데로 미끄러지고, 그의 몸은 튕겨져 나가며 몇 미터 떨어져 바닥에 나동그라진다. 아스팔트에 쓸려 피부가 벗겨지는 게 느껴진다. 오토바이에서는 살짝만 떨어져도 큰 부상이 될 수 있다. 오토바이에는 차체도 없고, 안전띠도 없고, 에어백도 없다. 게다가 이번 경우 그는 헬멧도 쓰지 않았다. 클럽 13에 두고 왔던 것이다. 가차 없는 운명이 깔아놓은 잔인한 복선이랄까.

에단의 머리가 두어 차례 둔중하게 바닥에 부딪힌다. 그 충격이 어찌나 강한지 그는 영원히 일어날 수 없으리라 생각한다. 오늘 아침 커티스가 한 말이 그의 머릿속에서 다시 떠오른다.

당신이 하려는 그 싸움에서 이긴 사람은 아직 아무도 없다.

안타까운 일이다. 그는 이 게임을 좀 더 오래 하고 싶었는데, 몇 시간 남은 그 권리를 포기하고 싶지 않았는데…….

*

오토바이는 저 혼자 계속 굴러가 모노스페이스의 앞 유리를 들이받고 '마지막 순간에' 그 궤도를 바꿔놓은 다음 멈춰 선다. 제시는 자동차가 자기 옆을 간발의 차이로 지나가는 것을, 죽음의 숨결이 얼굴에 살짝 끼치는 걸 느낀다. 모노스페이스는 인도로 돌진해가 커피숍 스톰의 유리벽을 산산조각 낸다. 창가 자리의 탁자와 의자가 나동그라진다.

*

이윽고 시간이 정상적인 흐름을 회복했다. 달리던 차들이 멈춰 섰고, 군중들 속에서 소란이 일었다. 커피숍 안에 있던 종업원과 손님은 모두 무사했다. 안전띠를 매고 있던 메리디스와 로비는 충격을 받긴 했지만 다친 데는 없었다.

"봤어, 엄마. 에어백 말이야. 대빵 멋지게 부풀어 오르던데."

사람들이 에단의 주위를 둘러쌌다. 그들은 넘어졌던 그가 이내 몸을 일으키는 것을 보고 깜짝 놀라는 눈치였다. 그의 오른쪽 얼굴은 턱에서 귀까지 피부가 벗겨졌고, 입술이 터져 피가 흘렀고, 이 한 대가 부러졌다. 에단은 눈으로 제시를 찾았으나, 이미 사라지고 없었다.

"봤어, 엄마. 에어백 말이야. 잔뜩 부풀어 올랐잖아! 와, 대빵 멋지게 부풀었어. 엄마도 봤지? 그렇지?"

"그래, 로비. 엄마도 봤어."

경찰차 두 대가 현장에 도착했다. 그들은 서로 변호사의 연락처를 주고받았다. 증언의 중심이 되어주어야 하는 문제의 소녀가 사라져버린 것에 모두들 놀랐다.

에단은 서둘러 그 자리를 뜨고 싶었다. 하지만 경찰은 그가 집에 두고 온 오토바이의 보험증서와 운전면허증을 봐야겠다는 주장을 굽히지 않았다. 그가 아무리 설명해도 소용없었다. 공식절차를 마무리 짓기 위해 그와 함께 집까지 가야겠다는 것이었다.

에단은 경찰차의 뒷좌석에 몸을 실었다. 머리에 강한 통증이 느껴졌다가 이내 사라졌다.

"먼저 병원으로 갈까요? 뇌수종이 있을 수 있으니 조심해야 합니다."

경찰이 제안했다.

"제가 나중에 혼자서 가보겠습니다."

에단이 말했다.

그는 차문을 소리나게 닫았다. 창문 너머로 도요타 자동차 속의 소년이 제 어머니에게 열 번째로 에어백에 대해 떠벌이고 있는 모습이 보였다.

*

제시는 놀란 가슴을 진정하지 못한 채 숨이 턱에 찰 때까지 달렸다. 그녀는 사고의 규모를 보고 나서 겁에 질렸다. 사고가 자신 때문에 일어난 것 같았기 때문이다.

좀 더 주의를 기울였어야 했는데! 어째서 무단횡단을 했단 말인가?

격렬한 연쇄충돌 장면들이 머릿속에서 계속 떠올랐다. 일이 어떻게 된 건지 완전히 이해할 수는 없었지만, 충돌을 앞두고 목숨을 건지게 된 건 '오토바이 아저씨' 덕분임이 분명했다. 그가 오토바이로 모노스 페이스의 진로를 바꾸어 예정된 죽음을 피할 수 있도록 해준 것이다. 하지만 위험에서 벗어났다는 걸 깨닫자마자 본능적으로 경찰을 피해 도망쳐야 한다는 생각이 떠올랐다. 그 사고 때문에 어떤 피해자가 생겼는지 확인도 하지 않은 채.

제시는 너무 달린 나머지 배가 아파 달리기를 멈추고 숨을 몰아쉬었다. 기력도 다하고 죄책감에 짓눌린 그녀는 인도에 나동그라지고 말았다. 몸속이 텅 빈 것 같았다. 더 이상의 에너지, 생기, 기운이 남아있지 않았다.

제시는 벽에 기대앉아 두 손에 얼굴을 묻었다. 갑자기 눈물이 솟아올라 얼굴을 적셨다. 한 동안 그렇게 의기소침한 채 앉아 있던 제시는 서늘한 그림자 하나가 머리 위로 드리워지는 걸 느꼈다.

제시는 눈을 들었다. 머리를 말끔히 밀어버린 거구의 흑인 남자가 위압적인 자세로 서 있었다. 가까이 다가온 그가 커다란 손을 얼굴 가까이로 가져왔다. 손가락 관절 위에 F.A.T.E.라는 글자가 새겨져 있었다. 제시의 머릿속에 처음으로 든 생각은 큰소리로 도움을 청해야 한다는 것이었다. 하지만 육감 같은 것이 그 일을 막았다. 그 남자에게서는 사람의 마음을 가라앉혀주는 선의가 풍겨져 나오고 있었다. 남자는 엄지손가락으로 제시의 눈물을 닦아주고는 일어서는 것을 도와주기 위해 한 손을 내밀었다.

"누구…… 누구시죠?"

제시가 한 걸음 뒤로 물러서며 물었다.

"좋은 소식을 전해주는 사람이란다."

커티스가 대답했다.

요란한 클랙슨 소리에 두 사람은 고개를 돌렸다. 남자가 세다 가에 세워둔 낡은 체커가 길을 막고 있었다. 그 차를 보고 제시는 알프레드 히치콕의 영화 속에서 본 택시를 떠올렸다.

"타라."

커티스가 말했다.

"어디 가는데요?"

제시가 경계하는 듯한 어조로 물었다.

"운명을 바꾸러."

30. 너와 함께 보낸 며칠

'사랑하다'는 동사는 동사변화가 어렵다. 그것의 과거는 '단순'하지 않고(프랑스어에는 '단순 과거'라는 시제가 있다), 현재는 직설법이 아니며, 미래는 언제나 조건법이다.
—장 콕토

"좋습니다. 모든 서류가 틀림없군요."

에단은 지갑을 돌려받은 다음 경찰 두 사람을 그들의 자동차까지 배웅했다. 포드 크라운 빅토리아에는 NYPD(뉴욕경찰)의 좌우명인 친절, 전문성, 존중이라는 글귀가 붙어 있었다.

오전 11시 32분
맨해튼
노스코브 항

"정말 병원에 가지 않아도 되겠습니까?"
젊은 경찰이 다시 물었다.
"괜찮을 것 같습니다."

에단이 그를 안심시켰다.

경찰과 헤어진 에단은 상처를 닦고 소독하기 위해 다시 요트로 돌아왔다.

떠나는 경찰차와 엇갈리며 택시 한 대가 주차장으로 들어섰다. 기사는 이중주차를 해놓고 승객을 내려놓았다. 마치 새 같은 느낌을 주는 여윈 몸매의 금발 소녀가 차에서 내려 광장을 향해 휘청휘청 걷기 시작했다.

제시는 약간 얼떨떨한 기분으로 처음으로 그곳이 매력적이라는 생각을 했다. 고개를 든 그녀는 햇빛을 받아 반짝이는 우아한 분홍빛 건물을 바라보았다. 강가에 세워진 배터리파크시티는 80년대 초 쌍둥이 타워인 세계무역센터 건축 때 나온 흙과 돌을 동원해 만들어진 매립지 위에 지은 건물이었다.

제시는 윈터 가든의 유리벽을 통해 레저용 작은 항구에 정박해 있는 호화 요트들을 바라보았다. 이윽고 그녀는 산책로 쪽으로 걸음을 옮겼다. 꽃 화분으로 장식되고 키 큰 나무들이 심어져 있어 그늘이 드리워진 그 길은 점점 더 낮아져 이윽고 강변에 이르렀다.

제시는 마침내 선착장에 도착했다. 바로 그 순간 에단이 캐빈크루저(거실이 있는 유람용 대형보트)의 갑판으로 나왔다. 갑자기 맞닥뜨린 그들은 누가 먼저랄 것도 없이 당황했다. 불시에 당한 일에 깜짝 놀란 제시는 도망치기 위해 몸을 돌렸다.

"잠깐 기다려!"

에단이 소녀의 뒤를 쫓아가며 소리쳤지만 제시는 속도를 늦추지 않았다.

"제시!"

제시는 폐부에서 우러나는 비명인 양 자신의 이름을 부르는 소리에 그 자리에 못 박힌 듯 멈춰 섰다. 벼락이라도 맞은 사람처럼 그 아이는 배낭을 떨어뜨리고는 뒤를 돌아보았다.

저 사람이 어떻게 내 이름을 알고 있을까?

바람에 씻긴 산책길을 따라 2미터 정도 간격을 두고 아버지와 딸은 서로를 마주보았다.

에단의 상처와 찢어진 옷을 본 제시는 그가 바로 목숨을 구해준 '오토바이 아저씨'라는 걸 단번에 알 수 있었다.

"난 사흘째 널 찾아다니고 있단다."

에단이 제시에게 다가서며 말했다.

제시는 그의 말뜻을 도통 이해할 수 없었지만, 그건 그다지 중요한 문제가 아니었다. 아버지가 자신을 알고, 아버지가 자신을 찾고, 아버지가 목숨을 구해준 것이다.

그 일은 마치 두 번째로 그 아이에게 생명을 준 것과도 같았다.

*

요트는 항구를 떠나 잔잔하게 물결치는 허드슨 강 위를 기분 좋은 속도로 달렸다. 팽팽하고 세련된 라인을 자랑하는 요트는 엘리스 섬과 자유의 여신상 사이를 오가는 여객선이 일으키는 물보라를 가르며 앞으로 나아갔다.

섬세한 구름떼가 태양을 가리며 연달아 지나가면서 비현실적인 빛이 만들어졌다. 갑판 주위에 둘러쳐진 스테인리스 난간에 기댄 제시는 최면당한 듯 브루클린 다리와 마천루 라인을 바라보았다. 이곳에서자 제시는 마치 이 도시가 자신에게 속해 있다는 느낌이 들었다.

에단은 조종실 안에서 선팅된 앞유리를 마주하고 서 있었다. 그는 가버너 섬의 먼 바다 앞에 요트를 띄워놓고 거실로 갔다. 아침 식사가 담긴 쟁반을 들고 나온 그가 플라이브리지 위로 올라가 제시를 불렀다.

바람이 잦아들었고, 햇빛이 두 사람이 자리 잡은 티크 탁자 위에 내리쬐었다.

에단은 제시에게 과일주스를 한 잔 따라주고 그가 할 줄 아는 유일한 간식을 만들었다. 그는 작은 잔 안에 요구르트 한 팩, 으깬 바나나 반쪽, 썰어놓은 아몬드 한 줌, 단풍 시럽 한 숟가락을 넣었다.

"할머니가 만들어주시던 디저트 같아요."

제시가 외쳤다.

에단이 고개를 끄덕였다.

"바로 네 할머니가 내게 이걸 가르쳐주셨지. 학교를 마치고 네 아빠와 함께 그 집에 가면 우리에게 간식으로 이걸 만들어주셨단다."

제시는 그들이 공유할 추억이 있다는 사실에 놀란 듯 그를 바라보았다. 그 사실은 아이를 안심시켜 주었다.

에단에게는 좀 더 복잡한 감정이었다. 그들이 피로 연결되어 있다는 사실을 알고 있는 지금, 이전의 만남에서와는 달리 대화중에 조심성을 기울이지 않을 수 없었다.

긴 침묵이 흘렀다. 에단은 용기를 내기로 결심했다. 두 개의 강이 합류되는 곳, 하늘과 바다 사이, 이 세상에서 가장 유명한 스카이라인을 앞에 두고 그는 제시에게 모든 걸 털어놓았다. 어린 시절, 지미와 함께 보낸 소년 시절, 마리사와의 만남, 지나치게 빨리 끝나버린 학업, 작업장에서 받은 모욕, 지식에 대한 갈증 그리고 15년 전 어느 가을날 저녁 맨해튼에서 자신을 부추겨 도망치게 했던, 뭔가 해보고 싶었던 갈망에 대해.

"네 아빠와 엄마가 네게 정확히 뭐라 말했는지 모르겠다. 하지만 이 사실만큼은 분명히 알아야 해. 떠날 당시 난 네 엄마가 임신 중이라는 사실을 전혀 몰랐단다. 네 엄마는 네 존재를 내게 알린 적이 없으니까."

"하지만 갑작스럽게 모습을 감춰버리셨잖아요. 아무런 예고도 없이."

"맞아. 하지만 그 결정이 내 자신에게는 그리 갑작스러운 게 아니었단다. 내게는 절박한 응급사태였지. 당시 난 스물세 살이었는데, 삶이 이미 완전히 결정되어 있는 것 같은 느낌이 들었단다. 나는 다른 세계를 경험하고, 다른 부류의 사람들을 만나고, 내가 자유를 획득할 능력이 있다는 걸 내 자신에게 증명해보이고 싶었어."

"그 후에 우리 엄마아빠를 다시 만난 적이 있으세요?"

"알다시피 내가 그런 상황에서 떠나버렸기 때문에 네 엄마아빠는 내가 돌아오는 걸 그다지 달가워하지 않았을 거야."

이어 에단은 고백했다.

"나 역시 내 자신이 그리 자랑스럽지는 못했단다."

"그럼 우리 엄마를 사랑하지 않은 건가요?"

"당시 우리는 너무 어렸어."

에단이 고개를 내저으며 말했다.

"그건 제 질문에 대한 대답이 아니잖아요."

제시가 말했다.

에단은 미간을 찌푸리고는 먼 바다를 바라보았다.

"난 네 엄마를 사랑하지 않았던 게 아니라 곁에 머물 만큼 사랑하지 않았을 뿐이야. 네 엄마는 내 인생의 여자가 아니었는지도 모르지. 또 사랑이 모든 문제들을 해결해주는 건 아니란다."

"그렇다면 그건 진정한 사랑이 아니에요."

"넌 아직 어려서 그렇게 생각하는 거야. 실제로는 훨씬 더 복잡한 문제란다."

제시가 항의했다.

"난 더 이상 어린 아이가 아니에요! 말씀을 꼭 우리……."

제시는 자기가 하려던 말이 어색했는지 갑자기 말을 멈추었다.

"내가 네 아빠처럼 말한다면, 나 역시 네 아빠가 되어가는 모양이구나."

에단이 가벼운 미소를 띠며 말했다.

한 순간 아무도 말을 덧붙이지 않았다. 두 사람은 그저, 빵바구니를 탐욕스럽게 곁눈질하며 소형 보트 위를 맴돌고 있는 갈매기들을 물끄러미 바라보았다.

마침내 에단이 마음속에 담고 있던 이야기를 털어놓았다.

"어쨌든 난 너 같은 딸을 갖게 되어 무척이나 자랑스럽단다."

"그건 저를 잘 모르셔서 하시는 말씀이에요."

"네게는 이상하게 들리겠지만, 난 이미 너에 대해 꽤 많은 것들을 알고 있단다. 네가 나를 만나보겠다는 생각으로 집을 나왔다는 것, 네가 신문에 난 내 사진을 오려 갖고 있다는 것, 네 점퍼 주머니 속에 권총이 들어 있다는 것, 네가 그걸로 너 자신을 쏠 만큼 대담하고 무모하다는 것도 알고 있어."

제시는 어리둥절해진 채 그의 시선을 맞받았다.

"지금 네게는 삶이란 게 고통스럽고 출구가 없는 것처럼 느껴진다는 것, 네가 때때로 죽음을 생각한다는 것도 알아. 주위의 세상이 부당하고 불쾌하게 여겨진다는 것, 네가 너그럽고 민감한 만큼 다른 사람들의 고통이 네 자신의 고통이 된다는 것도 알아. 아울러 네 나이에는 극단적인 반응을 보이기 쉽다는 것, 극도로 슬펐다가 다음 순간 더할 수 없이 기뻐하게 된다는 것도 알지."

다시 바람이 불기 시작했다. 제시는 몸을 부르르 떨고는 점퍼의 단추를 채웠다. 부드러운 오렌지 빛 가을이 바다를 앞에 둔 건물들을 물들였고, 햇빛을 받아 눈을 아프게 하는 금속성 반사광을 부드럽게 만들어 주었다.

"지미와 마리사는 둘도 없이 훌륭한 부모님이란다. 난 지미가 훌륭한 아빠일 거라고 확신한다. 그는 널 사랑하고 영원히 네 곁에 있어줄 거야."

에단은 말을 계속했다.

제시는 눈에 띌까말까 하는 고갯짓으로 긍정을 표했다.

에단은 한 손을 제시의 어깨에 올려놓았다. 그는 제시에게 그 자신 역시 곁에 있어주겠노라고, 그동안 잃어버린 시간을 이제부터 찾게 해주겠노라고 말하고 싶었다. 하지만 이 하루가 끝나는 순간 어떻게 될지 알 수 없었으므로 그는 지키지 못할 약속은 하지 않기로 했다.

"알다시피 네가 인생에서 무엇을 하느냐는 별로 중요하지 않단다. 중요한 건 네 자신을 속이지 않는 거야. 네게도 분명히 꿈과 야망이 있을 거야."

제시는 잠시 생각에 잠겼다. 아이는 속내를 털어놓는 것을 몹시 망설이며 질문에 직접적으로 대답하는 걸 꺼리는 눈치였다.

"때때로 텔레비전에서 아저씨 말씀을 듣거나 책을 읽을 때마다 전 모든 게 가능하다는 인상을 받았어요."

제시는 자신의 생각을 분명히 하기 위해 적당한 단어를 골랐다.

"사람들로 하여금 삶이 완전히 굳어버리지 않았다는 것, 돌이킬 수 없는 건 없다고 자각하게 만드는 아저씨의 능력이 마음에 들었어요."

에단은 아이의 그 말이 뭘 의미하는 것인지 혼란스러웠다.

제시는 다음과 같은 고백으로 말을 맺었다.

"저 역시 그렇게 되었으면 좋겠어요. 신념을 잃은 사람들에게 그걸 되돌려주는 일을 하고 싶어요."

제시의 고백에 감동한 에단은 학업에 대해, 부모에 대해, 독서와 관심사에 대해 여러 가지 질문을 퍼부었다. 긴장이 풀리자 제시는 점점 더 말이 많아졌다. 이윽고 그는 교양 있고 호기심 많고 자신이 처한 이 시대를 얼마간 경계하는 소녀의 모습을 발견했다. 아직 자기 자신에 대한 확신은 없지만 타인을 배려할 줄 아는 소녀의 모습을.

에단은 제시가 인정해준 재능, 즉 최면에 가까운 그 매력을 동원해 아이를 설득했다. 삶이란 살 만한 가치가 있고, 인간은 언젠가 고통에서 벗어날 수 있으며, 시련을 거친 후에는 더 높은 곳으로 도약할 수 있으리라고.

제시는 점차 방어적인 태도를 거두었다. 에단은 제시가 웃고 농담하는 모습을 처음으로 보았다.

이윽고 제시가 그의 삶과 일에 대해 묻기 시작했다.

제시는 날카롭게도 성공한 모습 이면에 환멸 역시 경험한 남자가 자리 잡고 있음을 눈치 챘다.

"아저씨는 마침내 인생의 여자를 만나셨나요?"

에단은 경찰의 쾌속보트와 엇갈려 지나가는 먼 바다의 요트 택시들에서 눈을 떼지 않은 채 고개를 끄덕였다.

"만났지만 그 사랑을 지키지 못했단다."

"아직 안 늦었을지도 모르잖아요?"

제시가 대담하게 물었다.

아무런 대답이 없자 제시는 조금 전에 한 말을 앞세워 그를 몰아붙였다.

"삶에서 돌이킬 수 없는 건 아무것도 없다고 하셨잖아요."

"때로는 기회를 놓쳐버렸다는 것, 돌이키기에는 너무 늦었다는 것을 받아들이기도 해야 한단다."

"그 여자 분이 더 이상 아저씨를 사랑하지 않는 게 분명한가요?"

"그 여잔 오늘 결혼한단다."

"아? 문제가 있는 건 사실이군요."

제시가 솔직하게 인정했다. 아이는 호기심을 느낀 듯 에단에게 여러 가지 질문을 던졌다. 그는 파리에서 처음 셀린을 만난 것에서부터 오늘 그녀가 보낸 청첩장에 이르기까지의 이야기를 들려주었다.

에단은 제시의 새로운 관점을 흥미롭게 경청했다. 그들의 대화는 그렇게 30분 가까이 이어졌다.

*

태양이 중천에 떠올라 황금빛 햇살을 퍼뜨려 허드슨 강의 물결을 반짝이게 했다. 에단은 항구로 돌아오면서 지미를 생각했다. 불안에 휩싸인 채 혼자 딸을 찾아 헤매고 있을 지미를.

에단이 지미에게 연락을 해보라고 제시에게 휴대폰을 건네려는 순간, 제시가 먼저 그런 요청을 해왔다. 갈매기의 울음소리에 뒤섞인 모터 소리 때문에 에단에게는 대화 내용이 제대로 들리지 않았지만, 몇 마디 말로 미루어보건대 제시가 지미를 안심시키고 있다는 걸 알 수 있었다.

배가 부두에 이르자 제시는 갑판으로 펄쩍 뛰어 내려갔다. 제시는 특유의 에너지와 유쾌한 기분과 자발성을 되찾았다.

"한 시간 내로 돌아올게요."

제시가 유쾌한 어조로 약속했다.

에단은 무어라 반박하려 했지만 제시는 그럴 시간을 주지 않았다.

나이에 걸맞은 날렵함과 열정에 찬 제시는 산책로의 돌층계를 두 계단씩 뛰어오르며 빠르게 멀어져갔다. 푸르스름한 유리로 된 윈터가든의 온실 앞에 이른 제시는 뒤를 돌아보며 그에게 가볍게 손짓을 했다.

에단은 미소를 지으며 제시에게 알았다는 표시를 해 보였다. 그는 제시가 생기에 가득 차 있는 것에 마음이 놓였다. 그는 제시에게 아무것도 약속하지 않으려 조심했지만, 실제로 그는 오래 살아남아 아이가 성인이 되는 걸 보고 싶었다. 딸이 있다는 새로운 사실은 그에게 희망과 결단력을 되돌려주었다. 그는 삶을 직면할 각오, 운명에 맞서 싸울 각오가 되어 있었다. 왜냐하면 삶은 때때로 포커 게임과 비슷하기 때문이었다. 좋지 않은 패를 받았더라도 마지막에 승리할 수 있는 것이다.

31. 언제 돌아올 거니?

난 이제 떠나야 하지만, 그렇다고 해서
우리 사이에 있는 게 지워지지는 않을 겁니다.
—소피아 코폴라의 〈사랑도 통역이 되나요〉 중에서 빌 머레이가
스칼렛 요한슨과 헤어질 때 들릴 듯 말 듯 중얼거린 말.

오후 1시 21분

맨해튼

노스코브 항

요트에 혼자 남은 에단은 바다에 나갔다가 돌아올 때마다 해야 하는 일련의 작업에 착수했다. 닻줄과 방어물 점검, 갑판과 선측 정돈, 창문과 승강구 물청소.

바람이 다시 거세져 일하기가 어려웠다. 에단은 조종실 위에 보호 천막을 씌우느라 애를 먹었다.

"도와줄까?"

에단은 고개를 들었다. 두꺼운 천으로 된 체크무늬 셔츠에 레드삭스 모자를 쓴 지미가 막 요트 위로 올라온 참이었다.

*

　제시는 월스트리트에서 브로드 가 전철역에 이르는 미로 같은 길을 가로질렀다. 회전문 위로 뛰어 올랐다가 승강대로 통하는 층계를 내려가기도 했다. 낡은 기관차가 그르렁거리는 소리를 내며 터널에서 나와 역 안에 사람으로 가득 찬 객차들을 부려놓았다. 전철에 오르면서 제시는 검표원을 만나지 않게 해달라고 기도했다.

　목적지까지 가는 동안 제시는 캔버스 운동화 끈을 조여 매고 지하철 지도에서 가는 곳의 위치를 확인했다. 몇 분 후 열차는 미드타운에 도착했고, 제시는 타임스퀘어 역에서 내리기로 했다.

　점심시간이어서 그곳은 관광객들로 붐볐다. 수많은 사람들이 걷고 있었고, 아이들은 울어댔고, 차들은 경적을 울려대고, 여자들은 '네이키드 카우보이(맨해튼의 유명 인물인 네이키드 카우보이는 타임스퀘어에서 팬티 차림으로 가죽장화에 모자만 쓴 채 기타를 연주하는 떠돌이 뮤지션을 말한다 : 지은이)와 함께 사진을 찍기 위해 서로 밀쳐댔다. 그 혼잡 한가운데에서 제시는 순찰 경찰관에게 길을 물었고, 그 경찰은 목적지까지 어떻게 가면 되는지 가르쳐주었다.

*

"그래서 제시 혼자 가도록 내버려뒀다고?"
"그래."
"어딜 가는지 묻지도 않고?"

결전을 앞둔 권투 선수들처럼 에단과 지미는 배 위에서 마주 섰다.
"괜한 걱정은 그만해! 제시는 곧 돌아온다고 했어."
"적어도 제시가 지금 어디에 있는지는 알고 있겠지?"
"몰라. 하지만 난 제시를 믿어. 그뿐이야."
"뉴욕 지리도 모르면서 혼자 맨해튼을 쏘다니는 열네 살짜리 아이를 믿는다고?"
"여기는 세계에서 가장 안전한 도시야, 지미! 지금은 더 이상 팔십 년대가 아니잖아!"
"그럼 권총은?"
"너, 날 어떻게 보는 거야?"
에단이 손잡이에 자개 장식이 된 권총을 그에게 내밀며 대답했다.
"제시가 알지 못하는 사이에 슬쩍 꺼내놨지."
"그게 자랑스러워?"
"요컨대 네가 이 권총을 집에 두지 않았더라면 애초에 아무런 문제도 생기지 않았을 거야. 내가 이십 년 전부터 제발 좀 치워버리라고 말했잖아."
"뻔뻔스럽기는!"
그렇게 말하긴 했지만 지미는 약간 마음을 놓은 것 같았다. 그가 반쯤 안심한 어조로 물었다.
"그건 그렇고 제시를 어떻게 생각해?"
"탁월해. 똑똑하고 활기차고 민감한 아이야."
"지금은 일이 잘 안 풀리고 있어. 알아?"
"그런 것 같았어."
"제시는 학교에서 정학을 맞았어."

"제시가 말해줬어. 마리화나 이야기."
"넌 잘도 이해해주는구나!"
"잊었어? 우리도 당시에 마리화나를 피웠었잖아."
에단이 어깨를 으쓱해 보이며 말했다.
"잘한 일은 아니었어."
지미가 응수했다.

*

호텔 소피텔 '살롱 프리베'의 긴 벽거울 앞에서 셀린은 웨딩드레스의 매무새를 매만졌다. 오간자와 레이스로 된 눈부신 드레스가 생기 없는 얼굴과 대비되었다.

셀린은 애써 미소를 지으려 했지만 표정이 구겨졌다. 그녀는 울고 싶었다. 지치고 낙심해 모든 의지와 생기를 잃어버린 듯했다. 거울 속에 비친 얼굴의 눈가와 입가에 나 있는 잔주름이 눈에 띄었다.

얼마 전 셀린은 서른 살이 되었다. 서른 살은 스무 살과는 달랐다. 물론 여전히 젊은 태를 지니고 있었지만, 얼굴이 빛과 생기를 잃어버렸다는 것, 살결이 전만큼 고르지 않다는 것, 그런 상황이 앞으로도 전혀 나아지지 않으리라는 걸 알았다.

빽빽한 구름이 태양을 가리며 방안을 어둠 속에 빠뜨렸다. 셀린은 고통스러운 미래를 순간적으로 엿본 것 같은 느낌이었다. 언젠가 노쇠가 자리를 잡고, 몸이 늙고, 기억이 희미해져 가리라.

일생에서 가장 행복한 날이 되어야 마땅한 오늘 젊음이, 사랑이 끝나는 조종이 울리는 듯했다.

셀린은 스스로 감정을 통제할 수 있다고 여겼지만 이제 되돌리기에는 늦었다는 걸 체념 섞인 마음으로 확인하지 않을 수 없었다.

노크 소리가 들려왔다. 셀린은 자신의 생각을 들킨 것 같아 얼른 눈 주위를 닦았다.

"들어오세요."

*

"그런데 넌 아이들이 있나?"

지미가 물었다.

"응, 딸이 하나 있어."

에단이 대답했다.

"정말? 몇 살인데?"

"열네 살 반이야."

지미는 못마땅한 눈길로 그를 쏘아보고는 비난하듯 손가락 하나를 세웠다.

"제시는 내 딸이야. 결코 그 아이를 내게서 빼앗아 갈 수는 없을걸!"

"그럴지도 모르지. 하지만 내가 제시를 버렸다고 아이에게 말할 권리는 없었던 것 같은데!"

"넌 그렇게 떠나버릴 권리가 없었지!"

어조가 이내 높아졌다. 오랜 세월 쌓인 원한의 무게를 지고 지미는 주먹다짐까지 할 태세였지만, 에단이 먼저 화해를 청했다.

"너와 마리사에게 그 일이 쉽지 않았으리라는 걸 알아. 하지만 그 모든 게 지난 일일 뿐이야. 이제 과거는 과거로 돌려야 해."

지미는 여전히 미심쩍어하는 듯한 태도로 에단을 바라보았다.

"날 위협적인 존재로 여기지 마, 지미. 제시를 키운 건 너고, 적절한 결정을 내린 것도 너야. 넌 앞으로도 제시의 유일한 진짜 아빠야."

이 말에 약간 마음이 놓인 지미는 비로소 흥분을 가라앉혔다.

에단이 말을 이었다.

"그렇긴 해도 이 불안한 세상에서 제시를 돌봐주는 어른이 셋이라면 그리 많은 게 아니잖아."

"잘 모르겠어."

지미가 어깨를 으쓱해 보이며 말했다.

"과거는 이제 그만 돌아봐! 현재를 살아. 마리사가 몇 년 동안 모아둔 그 돈을 좀 써."

"돈을 고스란히 모아두었다는 걸 네가 어떻게 알지?"

"설명하려면 길어."

에단이 자세한 대답을 피했다.

"잘 들어. 우린 네 돈 따윈 필요 없어."

"과연 그럴까? 너희 두 사람을 위해 필요한 돈이 아니라 아이를 위한 돈이라고 생각해봐! 제시의 행복, 공부, 장래를 위한 돈이라고. 돈을 보낸 사람이 나라는 얘기 같은 건 할 필요도 없어!"

*

셀린은 눈 주위를 닦았다.

"들어오세요."

그녀는 세바스티앙이나 조에일 거라고 생각했지만, 살롱의 문을 밀고 들어온 사람은 열다섯 살쯤 된 금발 소녀였다.
"안녕하세요."
소녀가 말했다.
"어…… 안녕."
제시는 소심하게 한 발 앞으로 나섰다.
셀린은 제시의 얼굴에서 눈을 뗄 수가 없었다. 이 얼굴, 이 눈, 이건…….
"언젠가 저를 보신 적이 있을 거예요. 전에 보스턴으로 우리를 만나러 오셨을 때…….”
제시가 말했다.
"맞아, 넌 그때 어렸지."
셀린이 그때의 기억을 떠올렸다.
"전 열 살이었어요. 부모님이 저보고 제 방에 가 있으라고 하셨죠."
셀린은 에단과 놀라울 정도로 닮은 제시의 얼굴에 충격을 받아 말없이 소녀를 쳐다보았다. 당시에는 그 사실을 깨닫지 못했다. 제시를 이곳에서 다시 본다는 건 너무나도 이상하고 납득할 수 없는 일이라 무슨 말부터 해야 할지 알 수 없었다.
"오늘은 무척이나 특별한 날이네요."
제시가 말했다.
셀린이 고개를 끄덕였다.
"드레스가 정말 예뻐요."
"고맙다."
제시는 잠시 망설이다가 다시 입을 열었다.
"제가 하는 말이 이상하게 여겨질지도 몰라요. 또 이미 엎질러진 물이고, 어른들의 세계는 제가 생각한 것보다 훨씬 더 복잡할 수도 있을 거예요."

*

에단과 지미는 플라이브리지의 탁자 앞에 앉아 강물을 씻어주는 바람과 햇빛을 마주하고 있었다. 좋았던 옛 시절처럼 그들은 코로나 두 병을 땄다.

둘 사이의 분위기는 훨씬 평온해져서 어린 시절 좋아했던 레드삭스가 며칠 전 우승을 거두었다는 화제로 흘러갔다. 삶이 정상적인 흐름을 되찾고, 미래가 가능성으로 가득 찬 것처럼 보였다. 마치 지난 15년이 한낱 여담에 지나지 않는 것처럼.

갑자기 지미가 의자에서 일어섰다.

"제시다!"

지미가 햇빛을 피하느라 미간에 주름을 잡았다.

"내가 제시를 믿어야 한다고 말했잖아."

"이상해. 제시 혼자서 온 게 아냐. 이리 와 봐. 너 저 여자가 누군지 알아? 웨딩드레스를 입은 여자 말이야."

이번에는 에단이 난간으로 와서 팔꿈치를 괴었다.

에단은 멀리서도 셀린을 알아보았고, 제시가 어디에 다녀온 것인지 깨달았다.

"어떻게 된 일이지?"

지미가 물었다.

에단 쪽으로 고개를 돌린 지미는 그의 눈이 빛나고 있는 걸 보았다.

"어떻게 된 일이냐고? 제시는 열다섯 살에 이미 이 세상에서 가장 어려운 일을 해낼 능력을 갖추고 있는 것 같아."
"그게 뭔데?"
"믿음을 잃어버린 이들에게 그걸 되돌려주는 것."

32. 끝

우리가 처음이라고 부르는 것,
사실은 그것이 종종 끝인 경우가 많다.
끝이란 사실 출발하는 지점인 것이다.
—T. S. 엘리엇

2007년 10월 31일 토요일

오후 4시 2분

뉴욕 주

바퀴 아래로 아스팔트가 길게 펼쳐졌다. 커다란 타이어, 낮은 안장, 붕붕거리는 모터, 비스듬하게 경사진 육중한 포크. 오토바이는 햄프턴스를 향해 달렸다. 눈부신 햇빛을 받아 번쩍이는 크롬 장식에 청명한 하늘이 비치고 있었다. 루비색 기름 탱크 위에는 '할리 데이비슨'이라는 강렬한 로고가 번쩍였다.

바이크 위에 앉은 사람은 에단이었다.

에단 뒤에 탄 사람은 셀린이었다.

서로에게 도취된 채 뉴욕을 떠난 그들은 도로를 전속력으로 달리고 있었다. 동화 같은 순간이었다.

셀린은 사랑에 취해 두 손으로 그의 가슴을 끌어안고 그에게 매달렸다. 그들의 재회는 막 시작되는 사랑의 이야기만큼 강렬했고, 더 이상은 헤어지지 않으리라는 확신이 있는 만큼 편안했다. 이런 마법 같은 현재의 순간을 장황한 합리화나 구실로 망가뜨리지 않기 위해 그들은 과거를 뒤로 했다.

이제 중요한 건 함께 있다는 행복감과 그 사실이 주는 활력뿐이었다.

*

그들은 사우샘프턴과 몬탁 사이에 있는 부유한 마을들과 과거 고래잡이의 중심지였던 작은 항구들을 관통했다. 대서양 연안에 자리 잡은 그 항구들은 실제로 햄프턴스의 중심을 이루고 있었다. 이 '미국판 도빌'은 여름에는 관광객들로 붐볐지만 가을에는 훨씬 평화로웠다. 억만장자들의 주택과 부르주아적인 취향이 거슬리긴 해도 대양 한가운데 띠처럼 자리 잡은 이곳에는 시간을 초월한 매력이 있어 많은 예술가들을 매혹시켰다. 살바도르 달리와 마르셀 뒤샹은 이곳에서 영감을 얻었고, 잭슨 폴록은 그의 작품 대부분을 이곳에서 그렸다. 마릴린 먼로와 아서 밀러는 1956년 여름 이 근처 애머건세트라는 작은 마을에서 밀월을 보내기도 했다. 전하는 말에 따르면, 이 여름의 탈주가 그 여배우에게 일생에서 가장 행복한 한때였다고 한다.

세 시간의 오토바이 여행 끝에 셀린과 에단은 롱아일랜드 남쪽 해변 끝에 있는 몬탁 마을에 도착했다. 그 지방 사람들은 그곳을 '디 엔드(끝)'라는 별칭으로 불렀다. 철도선의 마지막, 여행의 끝, 이야기의 끝이라는 뜻이었다.

오토바이는 모래언덕 너머에 반쯤 모습을 감추고 있는 오래된 어부의 집 앞에 멈추었다. 고운 모래가 깔린 긴 해변을 거닐며 그들은 저린 다리의 피로를 풀었다. 바람은 힘차고 신선했다. 섬세한 파스텔 톤의 구름떼가 쓸고 간 하늘은 꿈의 빛깔이었다.

"그러니까 여기가 당신이 작업 건 여자들을 데려오는 곳인가 보지?"
셀린이 집 안으로 들어서며 농담을 던졌다.

거실의 실내장식은 옛날 그대로였다. 드러난 들보, 송진으로 구멍을 메운 목재 가구, 구석마다 놓인, 거센 바람에도 끄떡없는 램프, 미니어처 범선, 나침반, 망원경, 불가사리와 해마 컬렉션, 벽에는 몇 개의 구명대와 코르크 부표, 밧줄이 그물과 한데 얽힌 채 걸려 있었다.

화창한 날씨였지만 집안은 얼음장처럼 차가웠다.

에단이 불을 피우기 위해 나무를 모으자 셀린이 손을 잡고 그를 층계로 이끌었다.

"난 당신이 침실부터 구경시켜줄 줄 알았는데."

*

서로 잡은 두 손.
서로 맞닿은 두 입술.
서로를 찾는 두 육체.
비상하는 자유, 이끌어낸 행복의 조각들, 무중력 상태의 여행.
시간의 궤도 밖으로 이탈하는 짧은 여정.

깨물린 두 입술, 하나가 된 두 몸, 불타오르는 두 심장.
모든 것을 깡그리 쓸어가고 먹어치우는 폭발.
침대 한가운데 던져진 안전핀 뽑힌 수류탄.
아찔한 현기증, 산소 결핍, 뱃속이 텅 비어버린 느낌.
나직하게 신음하는 두 입술, 서로에게 달라붙는 두 몸, 거칠어지는 두 사람의 호흡.
뒤얽힌 머리카락, 파닥거리는 속눈썹, 뒤섞이는 숨결.
천사의 입맞춤처럼.
우주의 음악처럼.
줄 위에서 균형을 잡는 곡예사의 현기증처럼.

*

아라베스크 문양이 새겨진 어깨가 린넨 시트 사이로 언뜻 언뜻 보인다. 사랑의 본질을 의미하는 옛 인디언 종족의 상징. 네 일부가 내 안으로 영원히 들어와 독처럼 나를 감염시켰다.
바람이 으르렁거리며 불어대 창유리를 뒤흔들었다.

*

셀린은 이불로 몸을 감싸고 베란다로 나갔다. 하늘은 맑게 개어 구름 한 점 없이 빛나고 있었다. 그녀는 기울기 시작하는 붉은 태양을 애써 눈으로 좇으며 수평선을 바라보았다. 눈부신 태양이 천천히 수면 뒤로 사라졌다가 완전히 모습을 감추기 직전, 원반 윗부분이 수평선을 스치는 순간 셀린은 보았다. 태양의 마지막 빛인 그 유명한 '그린 플래시'를.

그것은 짧고 강렬하게, 단 한 순간 지속되었을 뿐이었다. 그 에메랄드빛 불꽃은 태양에서 떨어져 나와 나타났던 것만큼이나 재빨리 눈앞에서 사라져버렸다. 어떤 화가도 화폭에 옮겨놓지 못했다는 그 초록빛, 아마도 낙원의 빛일 그 초록빛에 마비당하기라도 한 듯 셀린은 잠시 몸을 움직일 수 없었다.

이윽고 셀린은 스코틀랜드의 옛 전설을 떠올렸다. 그 마지막 태양빛을 목격한 사람은 미망을 쫓아버리고 감정과 마음을 읽을 수 있는 힘을 갖게 된다고 하지 않았던가.

에단이 양손에 김이 오르는 잔 두 개를 들고 그녀에게 다가왔.

"이걸 좀 마셔 봐. 당신 마음에 들 거야."

에단이 셀린에게 음료를 내밀며 말했다.

그녀가 짓궂게 응수했다.

"연애는 샴페인으로 시작해 캐모마일로 끝난다는 거 같은데. 우리가 벌써 사랑의 끝에 이른 거 같지는……."

"이건 차가 아니라 뜨거운 그로그(럼이나 브랜디에 설탕, 레몬, 더운 물을 넣어 만든 음료)야. 호박색 럼주와 레몬, 꿀, 계피를 넣어 만들었지."

셀린은 웃으며 그를 바라보고는 음료를 한 모금 마셨다.

"뜨거워!"

셀린은 음료 위에 떠 있는 별 모양의 팔각 열매를 숟가락으로 떠내 장난삼아 가볍게 깨물었다.

"내가 파스타 좀 만들어줄까?"

에단이 그녀의 허리를 감싸 안으며 제안했다.

"예를 들어 어떤……."

"내 유명한 오징어 먹물 탈리아텔레……."

"내가 오 년 동안 어떻게 그걸 안 먹고 살 수 있었는지 몰라."

"아니면 식당에 갈 수도 있어. 멀지 않은 곳에 프랑스인이 운영하는 식당이 있어. 그가 당신에게 최상급 소금으로 간한 가재구이와 파인애플 리조토를 만들어줄 거야."

"정말 맛있겠는걸. 하지만 난 맨해튼으로 돌아가야 해."

"뭐라고?"

"난 내 결혼식에 참석해달라고 가족들을 육천 킬로미터나 날아오게 해놓고 마지막 순간에 취소해버렸어. 최소한 왜 그렇게 되었는지 정도는 설명해줘야지."

"나도 같이 가게 해줘."

"아냐, 에단. 이건 나 혼자 해결해야 할 문제야. 오늘 저녁 기차를 타고 갔다가 내일 아침에 돌아올게."

몇 초 동안 에단의 얼굴에 실망의 표정이 떠올랐다가 거의 즉각 안도의 표정으로 바뀌었다. 어떻게 이렇게 무신경할 수 있을까? 오늘 그는 딸의 목숨을 구하는데 성공했고, 친구 지미와 화해했으며, 필생의 사랑을 되찾았다. 하지만 죽음의 그림자가 완전히 그를 떠난 건 아니었다. 하루가 아직 끝나지 않았다. 그는 오늘이 이전처럼 총성과 피로 끝나지 않을까 두려웠다.

사랑하는 여자를 위험에 노출시키는 건 그가 이 세상에서 가장 바라지 않는 일이었다. 휴대폰으로 기차시간을 확인한 그는 기차를 놓치지 않기 위해 셀린과 함께 서둘러 옷을 입었다.

*

토요일 이른 저녁이었다. 몬탁 역에는 할로윈 행사를 위해 화장을 하고 옷을 차려입은 많은 청소년들의 고함소리와 이야기소리가 울려 퍼졌다. 플랫폼에서는 옆 마을로 가는 열차를 기다리는 스파이더맨, 스타워즈의 추바카, 헐크, 레일라 공주를 만날 수 있었다.

펜 역행 롱아일랜드 급행열차가 2번 플랫폼에서 출발합니다. 한걸음 물러나 주시기 바랍니다.

"내일 아침 뉴욕에서 아침 아홉 시 사십육 분 기차를 탈게. 그러면 여기 오후 한 시 조금 못 되어 도착할 거야. 마중 나올 거야?"

셀린이 MTA(Metropolitan Transportation Authority, 뉴욕주내 공공교통 관리회사) 안내서를 살펴보며 말했다.

"그 다음에는?"

"다음에는?"

그들은 각각 사랑에 마취당한 채 서로에게서 눈을 뗄 수 없었다.

에단은 상대의 눈빛에서 사랑을 읽었다.

"그 다음에는 뭘 할까?"

에단이 그녀의 손을 쥐며 말했다.

"당신이 원하는 거."

"우리 결혼할까?"

"좋아."

그녀가 미소를 지어 보이며 대답했다.

"하지만 말해둘 게 있어. 이번 일 때문에 난 가족들에게 다시 미국으로 와달라고 하기가 좀 어렵다는 거야."

"그건 중요하지 않아. 우리 둘이서 하면 되잖아. 우리에겐 다른 사람이 필요치 않아, 전혀."

"그 다음에는?"

이번에는 그녀가 물었다.

"샌프란시스코에 정착하는 건 어때? 그게 옛날 당신의 꿈이었잖아."

그가 제안했다.

"좋아. 하지만 당신 일은?"

"거기서 진료실을 열면 돼. 당신 학교는?"

"다른 학교를 찾으면 돼. 캘리포니아에도 초등학교는 있을 테니까."

"열차가 출발합니다, 부인!"

역장이 소리쳤다.

셀린은 객차 칸으로 통하는 발판 위에 올라섰다.

"그 다음에는 아이를 가질까?"

"당신이 원하는 만큼."

에단이 말했다.

"적어도 둘."

"적어도 셋."

검표원이 열차 문을 닫았다. 셀린은 창가 자리에 앉았다. 열차가 역을 빠져나갈 때, 그녀는 차창을 통해 플랫폼에 서 있는 에단과 그의 입 모양을 읽을 수 있었다.

당. 신. 을. 사. 랑. 해.

"나도 당신을 사랑해."

셀린이 그에게 대답했다.

그리고 그것이면 충분했다.

*

혹시 진정한 사랑은 열정이 가라앉은 후 비로소 시작되는 것이 아닐까?

*

에단은 행복에 도취된 채 뉴욕에서 렌트한 할리에 다시 올랐다. 그는 작은 집으로 통하는 인적 없는 길을 전속력으로 달렸다. 입술에 웃음을 머금고 바람에 머리카락을 휘날리며 그는 되찾은 사랑의 장면들을 끝없이 떠올렸다. 때때로 기적은 생각보다 훨씬 가까이에 있다. 때때로 삶은 잔인성을 괄호 속에 가둬놓고 새로운 행복을 우리에게 제공한다. 하지만 이건 진짜 현실이라기엔 너무나도 아름답지 않은가?

에단이 집에 돌아왔을 때는 땅거미가 내려앉아 있었다. 그는 잠시 해변을 거닐며 바닷물에 비친 달과 별을 응시했다. 얼마나 오래전부터 자연의 아름다움에 더 이상 관심을 갖지 않은 것일까? 최근 몇 년 동안 그는 기만과 환멸 속에 빠진 채 삶에서 벗어나 있었다. 이런 믿어지지 않는 모험을 겪고서야 지옥으로 치닫는 발걸음을 멈출 수 있었던 것이다. 그는 바닥까지 내려갔지만 다시 위로 떠올랐다. 그는 삶을 향해 올라온 것이다.

바람이 거세지더니 파도가 솟구쳐 '헤어진 연인들의 모래 위의 발자국을(이브 몽탕의 노래 〈고엽〉의 마지막 구절)' 지워버렸다.

*

한 남자의 삶의 마지막 몇 시간은 때때로 그의 일생에서 가장 아름다운 시간이 된다.

*

롱아일랜드 급행열차는 45분 후 사우샘프턴 역에 들어섰다. 뉴욕에 도착하려면 아직 한참을 더 가야 했다. 열차 안은 자기 팀을 응원하는 하키 서포터스의 유쾌한 고함소리로 떠들썩했다. 레인저스! 레인저스! 레인저스!

셀린의 맞은편에 앉은 일곱 살짜리 슈퍼맨은 여전사 제나로 변장한 어머니의 품속에서 잠들어 있었다. 다시 열차 문이 닫히려는 순간, 갑작스런 예감에 사로잡힌 셀린은 플랫폼에 내려섰다. 다음 순간 그녀는 멀어져가는 열차를 응시했다.

셀린은 생각했다. 왜 만난 지 겨우 몇 시간 만에 에단의 곁을 떠나는 위험을 무릅썼을까? 가족들에게 상황을 설명해야 한다고? 나중에 해도 될 일이었다. 지금 그녀가 진정으로 원하는 건 자기 인생의 남자와 함께 하는 것이 아닌가? 그의 사랑을 의심해서가 아니었다. 그 행복 위에 임박한 위협을 느꼈던 것이다.

어떤 위험을.

*

에단은 커피를 한 잔 따라 들고 거실로 갔다. 벽난로에서 장작이 탁탁 소리를 내며 활활 타오르고 있었다. 그는 전구를 모두 끄고 낡은 석유 등잔 하나만을 밝혀두었다. 유리를 불어 만든 벽시계가 10시를 가리키고 있었다. 그는 선반으로 쓰이는 밀랍 입힌 나무로 된 배 위에 잔을 내려놓고는 바닥에 주저앉아 이스트햄프턴의 벼룩시장에서 찾아낸 레코드 컬렉션 중 한 장을 고르기 시작했다.

롤링 스톤즈의 '33 투어' 중 하나를 찾아낸 그는 재킷에서 조심스럽게 레코드를 꺼내 먼지를 털고 턴테이블 위에 올려놓고 〈앤지〉라는 곡의 시작부분에 사파이어 바늘을 올려놓았다.

아직 두 시간을 더 기다려야 했다. 두 시간이 지나야 살인자가 다시 그를 죽이러 오리라. 하지만 이번만큼은 다르리라. 이 세 번째 오늘은 특별했다. 그는 운명을 극복하는 데 성공했고, 삶에 대한 욕구를 되찾았다. 이 모든 일에 어떤 근거가 있는 것이 아닐까. 이 길 끝에서 기다리고 있는 게 반드시 죽음이 아닐지도 몰랐다. 이번에는 어쩌면 시간의 고리에서 벗어날 수 있을지도 몰랐다. 마침내 그에게도 일요일, 월요일, 화요일이 다가올 수도…….

에단은 권총을 주머니에서 꺼내 손닿는 곳에 있는 작은 원탁 위에 올려놓았다. 만약 살인자가 그에게 총구를 겨눈다면, 그는 그가 방아쇠를 당기기 전에 주저 없이 그를 쏘리라.

에단은 커피를 한 모금 마시고 나서 다시 한 번 시계를 보았다. 그런 다음 소파에 앉아 두 눈을 감았다. LP 레코드의 따뜻하고 부드러운 음악 속에서 치직거리고 타닥거리는 잡음이 특유의 아름다움을 자아내고 있었다.

33. 죽어서도 눈을 감지 못하고

**때때로 사람은 무대를 떠날 때에야 비로소
자신이 어떤 역할을 했는지를 알 수 있다.**
—스타니슬라프 저지 레그(폴란드의 시인)

밤 11시 59분 58초

밤 11시 59분 59초

삐꺽 하는 소리.

바람 소리, 파도 소리, 빗소리.

삐꺽 하고 열렸다가 닫히는 문.

에단은 눈을 떴다. 방은 어둠에 잠겨 있었다. 줄곧 긴장을 늦추지 말아야 했는데 어떻게 잠이 들 수 있었을까? 그는 소스라쳐 몸을 일으켰다. 그는 셀린이 자신의 어깨에 고개를 댄 채 길게 누워 잠들어 있는 걸 고통스럽게 확인했다. 그녀는 어째서 연락도 없이 되돌아온 것일까? 아무 소리도 듣지 못하지 않았던가!

겁에 질린 에단은 시계 쪽으로 고개를 돌렸다. 자정이었다. 그는 그녀를 깨우지 않은 채 살짝 몸을 빼려 했다. 그때였다. 그의 뒤에 누군가 있는 듯한 느낌이 들었다.

너무 늦었다.

권총의 은빛 손잡이가 어둠 속에서 빛나고 있었고, 두건을 쓴 사내의 실루엣이 그의 앞으로 다가와 섰다.

겁에 질린 에단은 그에게 무슨 말인가 하려고 입을 벌렸다. 어쩌면 그를 설득할 수 있을지도 몰랐다. 어쩌면······.

너무 늦었다.

첫 발은 그의 가슴을 관통해 그를 소파에 나동그라지게 했다. 잠을 깬 셀린이 울부짖으며 바닥으로 나동그라졌다.

소파에서 꼼짝도 하지 못한 채 에단은 한 손으로 배를 움켜쥐고 스스로를 보호하려 한쪽 팔을 들어올렸다.

원탁 위에 있는 권총, 그걸 집어 들어야······.

너무 늦었다.

살인자는 그에게 몸을 일으킬 시간을 주지 않았다. 두 번째 총알은 에단의 머리에 맞았다. 그가 바닥으로 나동그라지자 살인자는 세 번째 총알을 발사하기 위해 그를 향해 권총을 겨누며 다가왔.

셀린이 비탄에 찬 비명을 내지르고는 에단을 보호하기 위해 필사적으로 그에게 달려들었다.

마지막 총알은 젊은 여자의 심장을 정통으로 관통하며 그녀를 마룻바닥 위로 내동댕이쳤다. 그녀는 연인 쪽으로 고개를 돌린 채 바닥에 거칠게 나동그라지고 말았다.

에단의 입가에 한 줄기 피가 길게 흘러내렸다. 완전히 의식을 잃기 직전 에단은 마지막으로 정신을 차렸다. 주위의 모든 것이 빙글 하고 돌아가는 동안, 그는 마침내 자기를 죽인 살인자의 얼굴을 볼 수 있었다.

그러자 모든 게 분명해졌다. 그는 알 수 있었다. 자신이 3일 전부터 해온 그 기묘한 탐색에서 희생자, 조사자 그리고 범인은 오직 한 사람, 다름 아닌 그 자신이었다는 사실을…….

34. 이제 기억난다……

삶이란 대단한 게 아니다.
하지만 삶을 경멸할 수 있다는 건 정말 대단하다.
—세네카

지독한 바람과 비 때문에 응급구조 헬리콥터는 몬탁 해변에 착륙하는 데 큰 어려움을 겪었다. 그 지역 '패러메딕스' 팀의 도움을 받으며 세인트주드 병원의 구조요원 새디와 리코는 부상자들을 안정되게 이송하는 데 최선을 다했다.

그들은 셀린과 에단을 두 개의 들것에 옮겨 헬기에 실은 다음 조종사에게 출발하자고 말했다.

헬리콥터는 수직으로 이륙해 기수를 맨해튼으로 돌렸다.

죽음과 삶 사이를 떠도는
에단의 머릿속

우리를 병원으로 데려가는 헬리콥터의 프로펠러 소리가 들려온다.

내 삶의 기운이 꺼져가는 것, 셀린이 죽음과 싸우고 있는 것, 우리와 함께 가는 의사들이 고통스러워하는 것이 느껴진다.

이번에는 끝이다. 이제 더 이상 잠에서 깨어날 수는, 또다시 새로운 날을 맞이할 수는 없으리라.

빗장이 벗겨지기라도 한 것처럼 내 머릿속에서는 모든 것이 놀라울 정도로 선명하다. 내 인생의 마지막 몇 달 간이 꾸밈도 검열도 없이 펼쳐진다. 깊은 우울과 환멸에 빠진 한 남자의 모습이 보인다. 자기 자신의 삶을 직시하면서 황폐해진 남자, 수면제의 도움 없이는 더 이상 잠을 이룰 수 없는 남자, 자신에게서 벗어나기 위해 항우울제와 진통제와 진정제를 필요로 하는 남자, 모든 걸 가지려고 모든 걸 잃은, 사랑과 우정, 가족과 자기존중, 삶에 대한 욕구와 타인에 대한 갈망을 송두리째 잃어버린 한 남자의 모습이.

모든 게 더할 나위 없이 명료하다. 기억의 공백상태였던 그 금요일 저녁이 고스란히 기억난다. 이제 완벽하게 기억난다, 그날이 끝날 무렵 무슨 일이 일어났는지. 기억난다, 더 이상 극복할 수 없을 것 같은 그 확고한 실패감이, 차라리 죽음이 삶보다 덜 두려울 것 같다는 집요한 확신이. 기억난다, 전화기를 들어 부유한 어느 환자의 이야기 덕택에 알게 된 전화번호를 눌렀던 것이, 전화선 너머의 건조한 목소리와 약속을 잡았던 일이, 보안 채널로 전송된 계좌 번호로 보유증권을 팔아 30만 달러를 보내라고 은행 담당자에게 지시했던 일이. 기억난다, 진료실에서 나와 약속 시간까지 아직 한참이 남았다는 것을 확인했던 일이, 고통을 잊기 위해 술집을 순례하기 시작했던 일이. 기억난다, 자정이 조금 못 되어 클럽 13에 도착했던 것이, 다시 반 시간을 더 기다리자 이윽고 그 남자가 내 탁자에 와서 앉았던 것이.

두건을 쓴 사내.

뉴욕 최고의 청부살인업자.

그의 생기 없는 눈빛과 광물성의 얼굴이 기억난다. 기억난다, 그 계약을 누구 앞으로 해야 하느냐는 내 물음에 대답하던 그의 단조로운 음성이, 내가 내민 갈색 봉투에서 그가 사진 한 장을 꺼내던 것이. 그것은 내 사진이었다. 그가 전혀 놀라지 않았던 것이 기억난다. 그 결정은 내가 생각했던 것만큼 독창적인 것이 아니었던 모양이다.

내가 예상치 못했던 그의 마지막 질문이 기억난다.

"몇 발을 원하시죠?"

잠시 뜸을 들인 다음 내가 이렇게 대답했던 게 기억난다.

"세 발. 한 발은 가슴에, 두 발은 머리에."

그가 자리에서 일어나고 나는 그대로 앉아 있었던 것이 기억난다. 나는 잔에 남은 술을 마저 마셨고, 이번에는 정말로 돌아올 수 없는 지점을 넘은 거라고 중얼거렸다.

그리고 그 편이 낫다고.

*

인턴과 간호사 몇 명이 부상자들을 맞이하기 위해 병원 옥상에 모였다. 세차게 휘몰아치는 광풍 때문에 헬리콥터는 건물 위를 몇 분 동안 선회하고 나서야 착륙했다. 구조팀원들은 환자들의 건강 상태를 무전기로 줄곧 보고해왔는데, 그들이 파악한 바에 따르면 이 환자들이 살아날 희망은 거의 없었다.

35. 하늘에서와 같이 땅에서도

> 저에게 제가 바꿀 수 없는 것들을
> 받아들이는 평정을 주시고, 제가 바꿀 수 있는 것들을
> 바꾸는 용기를 주시고,
> 그 둘을 구별해낼 수 있는 지혜를 주소서.
> —평정을 위한 기도

2007년 11월 1일 일요일

새벽 1시 15분

세인트주드 병원

시노 미츠키 박사는 응급실 문 앞에 있는 복고풍 패스트푸드점 엘비스 디너의 문을 밀어 열었다. 그는 카운터에 앉아 재스민 차를 주문했다. 차가 '포춘 쿠키'와 함께 날라져왔다. 폭풍우가 몰아치고 있었다. 번개가 치자 객차 칸을 개조해 만든 그 식당은 마치 폭풍우 속의 조각배처럼 비바람에 흔들렸다.

시노 미츠키는 넥타이를 느슨하게 풀어놓고 쏟아져 나오는 하품을 억눌렀다. 그는 차를 한 모금 마신 후 봉투에서 과자를 꺼내 둘로 쪼개 종이 위에 쓰인 경구를 읽었다.

열정 없이 사는 사람은 그의 생각만큼 현명하지 않다.

시노는 미간에 주름을 잡고 그 금언이 특별히 자신을 향한 것일지도 모른다고 생각했다. 비퍼가 울리는 바람에 그는 깊은 생각에서 깨어났다. 그는 카운터 위에 돈을 올려두고 커피숍을 나와 쏟아지는 빗속을 걷기 시작했다.

*

삶과 죽음 사이를 오가는
에단의 머릿속

나는 하늘을 나는 한 마리 새처럼 전혀 힘들이지 않은 채 병원 복도 위를 떠다닌다. 쉰 목소리, 토막토막 끊긴 외침 소리가 들린다. 의사와 간호사들이 내 몸을 둘러싸고 애쓰는 것이 보인다. 하지만 나는 생명이 빠져나가는 걸 느낀다. 나는 방방마다 셀린을 찾아다닌다. 빨리 움직여야 한다. 그녀를 위해서 싸움을 계속하고 싶지만, 더 이상 그럴 힘이 없다. 나는 점점 약해지고 희석된다, 이리저리 흩어져 바람에 날리는 한 줌의 재처럼.

양쪽으로 열리는 문이 열린다. 셀린이 응급팀원들에게 둘러싸여 있는 게 보인다. 그들은 셀린의 심장을 다시 뛰게 하려고 애쓰고 있다. 나는 다가가려 해보지만, 어떤 힘이 나를 막는다. 문이 닫히기 직전 "이러다가 이 여자 죽겠어, 이 친구들아!", "심장이 멈췄어", "심장이 결정적으로 약해졌어" 같은 몇 마디 말들이 들린다. 이윽고 그녀가 내 잘못으로 죽게 되리라는 생각이 처음으로 든다. 이 마지막 날 행복에 취해 나는 줄곧 내 머릿속에 떠오르던 그 무시무시한 예감을 떠올리지 못했던 것이다.

"네가 그녀를 사랑한다면 그녀를 보호해야 마땅하고, 그녀를 보호하려면 그녀에게서 멀어져야 한다"는 예감을.

내가 그녀를 죽인 것이다.

내가 그녀를 죽인 것이다.

내가 그녀를 죽인 것이다.

*

새벽 4시

두 사람의 몸.

각기 다른 방에 누워 있다.

몇 시간 전 서로 사랑했던 두 몸.

서로 꼭 쥐었던 두 사람의 손.

서로를 찾던 두 사람의 입술.

인공 코마에 들어간 셀린은 폐에 공기를 넣어주는 인공 호흡장치에 의존해 생명을 유지하며 장기 이식을 기다리고 있었다.

뇌사 상태에 놓인 에단은 두 눈을 감은 채 누워 있었다. 그의 뇌에는 더 이상 피가 공급되지 않았고 그의 신경 기능은 회복 불가능할 정도로 파괴되었다. 심장과 몸의 온기만이 어쩌면 아직은 모든 게 끝장난 게 아닐지도 모른다는 희망을 남겨두었다.

하지만 그건 환상일 뿐이었다.

젊은 인턴 클레어 줄리아니는 에단의 침대 곁에서 서글픈 눈빛으로 그를 바라보았다.

갑자기 회복실의 여닫이문이 열리더니 시노 미츠키가 모습을 드러냈다.

"이 사람의 운전면허증을 찾았어요."

시노가 인턴에게 소리쳤다.

클레어는 면허증을 살펴보고는 장기 적출을 허용하는 칸에 표시가 되어 있는 것(미국의 장기기증은 동의의사 표시법에 따라 이루어진다. 사망시 장기기증을 원한다면 기증자 카드를 신청해야 한다. 한편 프랑스에서는 동의 추정법이 우선한다. 생전에 거부 의사를 표시하지 않았다면, 사망시 장기기증에 동의하는 것으로 간주한다 : 지은이)을 확인했다.

"절차대로 진행해야겠어요. 디트리치에게 전화하고 장기이식센터에 연락하도록 해요."

"잠깐만요. 이 사람, 혈액형 보셨어요?"

클레어가 물었다.

"AB형이던데 왜요?"

"이식받을 심장을 기다리는 그 여자랑 같은 혈액형이에요!"

시노 미츠키는 고개를 젓고 복도로 나왔다. 클레어가 그를 뒤따라 왔다.

"박사님, 한 번 해보는 게……."

"그건 말도 안 되는 얘기에요. 당신도 그걸 너무나도 잘 알고 있잖아요!"

"하지만 안 될 이유가 어디 있죠? 여기서 심장을 적출해 바로 이식하는 겁니다. 그렇게 되면 장기보존이나 이동지연 같은 문제도 생기지 않을 겁니다."

시노 미츠키는 갑자기 걸음을 멈추고 엄한 눈길로 인턴을 쏘아보았다. 그의 지도하에 수습기간이 끝나가고 있었으므로, 그는 성적을 매길 참이었다. 그녀는 입에 발린 말을 하는 형이 아니었다. 그 여자에게 의사로서의 자질이 있는 건 분명했지만, 감정에 너무 쉽게 휩쓸리는 단점이 있었다. 그녀는 반응이 좀 느렸고, 상관들의 결정에 맞섰으며 늘 사태에 휩쓸린다는 인상을 주었다.

"우리는 결코 허가를 얻어낼 수 없어요."

시노 미츠키가 강경한 어조로 설명했다.

"하지만 저 여자의 혈액형은 아주 드뭅니다. 온갖 합병증을 무릅쓰고 여러 달을 기다려야 할 겁니다. 저 여자가 그때까지 살 수 있다고 자신 있게 말할 수 있을까요?"

"아무도 단언할 수 없겠지."

시노 미츠키도 인정했다.

"오늘 밤 우리는 여자의 목숨을 구할 수 있습니다."

"아무리 급해도 절차라는 게 있어요, 클레어."

"절차 따위는 무시하자고요!"

그녀가 도전적으로 소리쳤다.

*

나는 내 몸 위를 떠다닌다. 마치 이미 내가 죽기라도 한 것처럼 셀린과 나에 대해 말하는 소리가 들린다. 젊은 인턴 클레어가 떨리는 어조로 하는 말로 미루어 내 심장을 셀린에게 이식하면 그녀를 구할 희망이 아직 남아 있는 모양이다. 시노 미츠키와 그의 빌어먹을 카르마를 설득하기 위해 내가 할 수 있는 일은 무엇일까? 이미 나 자신조차 너무나도 아득하게 느껴지는데. 그녀의 제안을 받아들여, 제기랄, 받아들이란 말이야.

*

시노 미츠키는 완고한 성격답게 조수를 위아래로 훑어보며 냉정한 어조로 말했다.
"당신이 앞으로 좋은 의사가 되고 싶다면 반드시 알아둘 게 있어요. 절차가 우리를 보호해준다는 걸 알아야 해요."
인턴이 딱딱거리며 응수했다.
"절차가 우리를 숨 막히게 하지는 않나요?"
"어쨌든 그 얘긴 이미 끝났어요, 닥터 클레어."

*

한밤중, 거기에서 몇 킬로미터 떨어진 곳.
한 남자가 강 위의 난간에 팔꿈치를 올려놓고 서 있었다. 그는 머리 위까지 끌어올렸던 두건을 벗었다. 그는 옷 속으로 빗물이 스며드는데도 아랑곳하지 않았다. 마치 빗물이 죄를 씻어주기라도 하는 것처럼.
그는 뉴욕 최고 청부살인업자라는 자부심을 갖고 있었다. 4년 전부터 50여 건의 계약을 한 치의 착오도 없이 완벽하게 수행했다. 손 하나 떨지 않고 완벽하고 냉정하게 수십 명의 사람들을 저 세상으로 보내주었다.

한데 오늘 밤 모든 게 궤도에서 이탈했다. 세 번째 총알이 죽여서는 안 되는 여자의 몸을 관통했던 것이다. 그는 평생 처음 겁에 질렸고 체포될 위험을 무릅쓰고 자신의 휴대폰으로 구조를 요청했다.

어째서 오늘밤 이런 상황이 벌어졌을까?

그로서는 일을 그르친 것에 대해 뭐라 설명할 수 없었다. 계시와도 같은 무엇인가가 갑자기 그를 혐오감과 두려움, 반감에 빠뜨렸다. 그는 충동적으로 권총을 집어 들어 이스트 강의 검은 물속으로 힘껏 집어던졌다. 그것으로 충분치 않았다. 난간으로 올라간 그는 고개를 들어 하늘을 바라보았다. 빗줄기가 굵어졌다. 두 눈을 감은 그는 강물로 몸을 던질 수 있는 용기를 마음속에서 길어내기 위해 애썼다.

*

새벽 4시 30분
세인트주드 병원

시노 미츠키는 방문을 소리 나게 닫았다. 그는 창밖을 바라보았지만 창을 타고 흘러내리는 빗줄기 때문에 시야가 막혀 있었다. 인정하기 힘들었지만 그는 조금 전 클레어와 나눈 대화내용에 무심할 수 없었다.

시노 미츠키는 수화기를 집어 들어 장기이식센터와 연결해줄 것을 요청했다. 어쩌면 이 수술을 해도 좋다는 허가를 받아낼지도 모른다. 위협적인 천둥소리가 하늘을 뒤흔들었고, 한 순간 전등에서 지글거리는 소리가 났다.

　전화가 연결되기를 기다리던 시노 미츠키는 문득 수화기를 내려놓았다. 그럴 리가 없었다. 해보지는 않았지만 안 될 게 뻔했다. 결코 수술에 필요한 동의를 얻어낼 수 없을 것이다. 심장이식수술의 경우 장기의 숫자는 제한되어 있고 필요한 사람들은 많아 규정이 특히 엄격했다.

　시노 미츠키는 들어갔던 것만큼이나 빨리 방에서 나와 인턴에게로 갔다.

　"닥터 클레어. 항체, 바이러스 혈청, 형태 일치 여부를 확인해요. 이식수술을 시작합시다."

　"수술에 관한 절차는 어떡하기로 했죠?"

　인턴이 반문했다.

　"오늘밤, 절차 따위는 무시합시다."

*

　시노 미츠키가 마침내 클레어의 제안을 받아들였다. 그의 손에서 수술이 이루어진다면 나는 확신한다, 셀린이 죽지 않으리라는 것을.

　이제 나는 사라질 수 있다. 크리스털처럼 밝은 반사광이 내 주위를 감싸고 있다. 나는 더 이상 무게가 없다. 나는 우윳빛 안개에 싸여 증발되고 소멸된다. 완전히 모습을 감추기 전 나는 빛을 발하는 하나의 외피처럼 느껴진다. 그 따뜻함과 빛이 나를 감싸고 있다. 이윽고 마지막 숨결 속에서 나는 모든 걸 이해한다.

　내게 더 이상 시간이 존재하지 않는다는 것을.

삶이야말로 우리가 가진 유일한 재산이라는 것을.
그 삶을 경멸하지 말아야 한다는 것을.
우리 모두가 연결되어 있다는 것을.
그리고 우리는 영원히 본질을 알아낼 수 없으리라는 것을.

*

새벽 5시

시노 미츠키는 직접 에단의 흉골을 자르고 흉곽을 열었다. 심장의 근육은 정상적으로 뛰었고, 좌상의 흔적 같은 건 없었다. 밖에서는 폭풍우가 더욱 심해져 수술실 창에 두꺼운 커튼이 드리워졌다.

옆방에서는 또 다른 외과의가 클레어의 도움을 받으며 셀린의 흉곽을 열고 체외혈관들을 정리하기 시작했다.

시노 미츠키는 대동맥과 대정맥을 갈라낸 다음, 심장마비 용액을 주사해 에단의 심장 박동을 정지시켰다.

어째서 이런 일에 연루되고 만 것일까?

허가 없이 수술한 게 밝혀지면 정직을 당할 게 뻔했다. 어쩌면 현재의 지위와 의사자격까지 잃을지도 모른다.

셀린을 맡은 외과의는 음악을 들으며 수술에 임했다. 그는, 〈오픈 유어 하트〉, 〈유 스톨 마이 하트〉, 〈어 하트 인 뉴욕〉 같은 제목에 '심장'이라는 단어가 들어가는 스탠더드 곡들만을 테이프에 담을 만큼 극단성을 보였다. 동료의사의 경박함을 못마땅하게 여기는 시노 미츠키가 보기에는 정말이지 악취미였다.

시노 미츠키는 이식 후 심장 리듬을 안정시켜줄 결절을 다치지 않도록 조심하면서 정맥과 대동맥, 폐혈관을 잘라냈다. 그는 순식간에 카르마를 흔들리게 만들고, 여러 해 동안 쌓아올린 의사로서의 위치를 위태롭게 한 셈이었다.

어떻게 수술에 참여하도록 나 자신을 방기할 수 있었을까?

시노 미츠키는 자신의 삶이 원칙과 확신 위에 단단히 닻을 내리고 있다고 믿어왔지만 착각이었다는 걸 깨달았다. 그의 삶 역시 다른 사람들과 다를 바 없이 충동적이며 깨어지기 쉽다는 걸 확인하는 순간이었다.

조 쿠커가 〈언체인 마이 하트〉를 소리 높여 부르고 있는 동안, 외과의는 셀린의 심장 이쪽저쪽에서 혈관을 떼어냈다. 기계가 심장과 폐를 대신해 혈액을 공급하기 시작했다. 산소 필요량을 줄이기 위해 혈액의 온도는 섭씨 37도에서 26도 사이로 유지되었다.

시노 미츠키는 에단의 심장을 차가운 식염수에 담가 온도를 낮추었다. 그는 직접 심장을 들고 옆방으로 가 동료들을 도와 후속 수술을 시작했다.

억수같이 퍼부어대는 빗줄기 아래 병원의 모습은 마치 잠수함을 연상시켰다. 클레어는 심방의 일부만을 남기고 셀린의 심장을 들어냈다. 시노 미츠키는 조심스럽게 젊은 여자의 몸속에 에단의 심장을 내려놓았다. 이제 네 부분의 계류점, 곧 두 심방과 대동맥, 폐혈관을 잇고 봉합하는 복잡하기 짝이 없는 작업이 남아 있었다. 자기 일에 집중하고 있는 클레어에게 힐끗 눈길을 주면서 시노 미츠키는 자신이 수술을 하기로 결정한 것은 다름 아닌 그녀를 위해서였다는 사실을 깨달았다. 그녀를 기쁘게 하기 위해, 그녀의 눈에 괜찮은 사람으로 보이기 위해.

10개월 전 클레어는 시노 미츠키의 밑에서 인턴 업무를 시작했다. 그는 그녀가 신경에 거슬렸다. 그녀가 불안정하고 통속적이라 생각했다. 하지만 실제로는 그녀를 눈여겨보고 있었다. 그녀는 생기 있고 자발적이고 민감했다. 그 모든 게 그에게는 결여된 특징이었다. 그는 자신의 감정을 부정하고 싶었다. 하지만 그의 감정은 의지를 넘어섰다. 이제 그에겐 골치 아픈 문제가 생긴 셈이었다.

마음의 문제가.

*

수술은 밤새도록 진행되었다.

이식된 장기에 담겨 있던 공기를 제거한 후, 의료팀은 혈액 순환을 재가동시켰다. 심장 근육이 점차 더워지더니 기능을 되찾았다.

오전 9시 3분, 에단의 심장에 전기충격이 가해져 셀린의 몸속에서 다시 뛰기 시작했다.

*

시노 미츠키는 병원 밖으로 나왔다. 어느새 비가 그치고 하늘은 맑게 개어 있었다. 식당 엘비스 디너의 금속 열차 칸 위에 맺힌 물방울들이 햇빛을 받아 반짝였다.

시노 미츠키는 패스트푸드점의 문을 밀고 들어섰다. 그는 사람들을 헤치고 카운터로 가 블랙커피 두 잔을 주문했다. 병원 주차장으로 나온 그는 클레어 줄리아니가 괴상한 연보랏빛으로 다시 칠해진 고물자동차 콕시넬의 보닛에 팔꿈치를 괴고 담배를 피우고 있는 모습을 보았다.

시노 미츠키가 그녀 옆으로 다가갔다. 클레어는 깜짝 놀라며 외투의 단추를 채웠다. 깃 위에 은도금한 안전핀들이 매달려 있는 외투였다. 그녀는 그와 정반대 형이었다.

문화, 종교, 생활방식 중 한 가지라도 공통점이 있을까? 물론 한 가지도 없어 보였다. 하지만…….

시노는 클레어에게 미소를 지어 보이려 애쓰며 커피 잔 하나를 내밀었다. 클레어는 자신의 상관에게는 어울리지 않는 다정한 몸짓에 놀라 미간 가득 주름을 잡으며 그를 바라보았다.

시노는 망설였다. 당연히 비웃음을 살 뿐만 아니라 직업적인 명예까지 잃게 되리라. 하지만 그는 용기를 냈다. 이제부터는 삶을 다르게 살아보기로 결심했다.

"열 달 전 당신이 이 병원에 왔을 때부터……."

*

아름다운 가을 일요일이었다.

뉴욕 전체가 전율과 흥분과 동요에 휩싸였다.

온갖 기쁨과 고통이 교차하는 곳, 세인트주드 병원에서는 탄생과 죽음, 쾌차와 낙담, 기쁨과 고통과 더불어 삶이 계속되고 있었다.

그날 저녁 지는 해가 차창을 물들일 때 셀린은 집중치료실 안에서 눈을 떴다.

36. 불꽃 속을 살다. (마리나 츠베타예바의 시 제목 : 지은이)

우연이란 없다. 오직 만남이 있을 뿐.
—폴 엘뤼아르

2개월 후
12월 31일 아침

내 이름은 셀린 팔라디노, 꽉 찬 서른 살이다. 지금 나는 메인 주 숲속에 있는 얼어붙은 호수 주위를 달린다. 이 얼어붙은 들판에 취해, 전나무 가지에 매달린 서리를 수정처럼 반짝이게 하는 햇빛에 취해 나는 이 눈 덮인 풍경을 가로지른다. 입에서 입김이 나온다. 나는 보폭을 넓히면서 한계가 어디쯤일까 시험해본다. 이식된 내 심장은 더 이상 과민 반응을 보이지 않는다. 내가 쉬면 빨라지고, 내가 달리면 느려진다.
나는 달린다.
수술을 받은 후 나는 4주 동안 병원에 입원해 있었다. 한 달 전부터 회복 센터에서 지구력 훈련을 하고 있다. 나는 거의 매일 검사를 받는다. 약간의 발열, 가벼운 두근거림, 이식으로 인한 온갖 쇠약과 감염의 징후를 찾아내기 위한 의료 검진을 받는다. 심장 이식자의 경우 수술 후 1년 안의 치사율이 최고에 달한다는 걸 나는 안다.

그래서 나는 달린다.

줄곧 속도를 좀 더 높여서.

나는 불꽃 속을 산다. 절벽을 따라 걷고, 심연 가장자리에서 춤춘다.

도대체 얼마나 더 살기 위해? 한 달? 일 년? 십 년?

누군들 그걸 정확히 알 것인가? 내 삶은 단 하나의 끈에 매달려 있다. 하지만 사실 그건 누구나 마찬가지가 아닌가.

나는 건조한 눈가루로 뒤덮인, 공원으로 통하는 오솔길을 오른다. 숲 가장자리에 자리 잡은 초현대식 요양센터는 잿빛 돌과 유리 칸막이로 이루어진 커다란 평행육면체 같다. 나는 층계를 올라 내 방으로 간다. 재빨리 샤워 물줄기 아래로 들어갔다가 옷을 갈아입는다. 심장전문의와의 약속에 늦지 않기 위해 서두른다.

의사는 나에게 예의바르게 인사를 건넨다. 하지만 그의 표정에 걱정의 기미가 떠올라 있다. 나는 최악의 경우를 포함해 모든 것을 각오하고 그의 앞에 앉는다. 얼마 전부터 내 몸은 약물에 더 이상 좋은 반응을 보이지 않고, 신부전증과 고혈압과 소화불량으로 고통 받고 있다.

"바로 본론을 말씀 드리지요."

의사가 말을 시작한다.

그는 안경을 쓰고는 화면에 떠 있는 내 마지막 검사 결과를 다시 한 번 확인한다.

나는 자세를 흐트러뜨리지 않는다. 평온하다. 두렵지 않다. 구역감이 있고, 다리가 무겁고, 심각할 정도로 피로감을 느낀다 해도.

"당신은 임신 중입니다, 셀린 양."

몇 초 동안 그 말이 방안을 떠돈다. 이윽고 나는 그 말의 의미를 알아차린다.

"당신은 임신 중입니다. 하지만 그건 좋은 소식이 아니랍니다."

의사가 거듭 말한다.

문득 나는 두 뺨에 눈물이 흘러내리는 걸 느낀다. 이식받은 내 심장이 감사의 마음으로 가득 찬다.

"사태를 명확히 합시다. 이식 후 임신은 충분히 가능합니다만, 수술한 지 이 개월 이내거나 당신 같은 몸상태에서는 위험합니다. 당신이 살아 있는 건 강력한 면역억제치료를 받고 있기 때문인데, 그 약물이 태반을 통해 태아의 기형과 선천성 질환을 일으킬 위험이 있습니다. 이런 위험을 무릅쓴다는 건 비합리적입니다. 당신이나 당신 뱃속의 아이 둘 다에게 위험합니다."

의사는 말을 계속하지만, 내 귀에는 그의 말이 들려오지 않는다.

내 생각은 다른 곳에 가 있다.

에단과 함께, 그리고 아이와 함께 나는 영원히 살리라.

에필로그
삶, 오직 삶뿐

1년 반 후

어느 봄날 센트럴파크의 드넓은 잔디밭 위에서 한 아기가 첫걸음마를 뗀다. 아이 엄마와 나이차가 많이 나는 누나의 애정 어린 눈길을 받으면서.

그 비극적인 사건 이후 셀린과 제시는 급격히 가까워졌다. 두 사람은 특별한 유대감으로 묶여 있다고 느끼면서 서로 의지해가며 가장 어려운 시기를 극복해냈다. 둘이 함께 걸으면 속도는 늦을지 몰라도 더 멀리 갈 수 있는 법이니까.

제시는 다시 공부에 몰두했고, 부모들과도 화해했다. 한편 셀린은 심장이식으로 인한 합병증을 꿋꿋하게 견뎌왔다.

입 밖에 내어 말한 적은 없지만 두 사람은 종종 생각한다, 저 위 어디에선가 한 남자가 그들을 지켜보고 돌봐주고 있을 거라고.

브루클린 다리 저편에서는 서쪽으로 넘어가는 햇빛이 차체가 듬직한 낡은 택시의 백미러 위에 눈부시게 반사했다.

한쪽 눈이 푹 꺼진 거구의 흑인 사내가 자동차 보닛에 기댄 채 특이한 외모의 아시아인 의사와 열띤 대화를 나누고 있었다.

오늘 저녁, 운명과 카르마는 오래전 시작된 이야기의 결말을 두고 언제나처럼 토론 중이었다.

사랑과 죽음의 이야기,

어둠과 빛의 이야기,

여자와 남자의 이야기.

요컨대 삶이 계속되고 있었다.

〈끝〉

■ 작가의 일러두기

그 동안 읽은 책에서 내게 감명과 영향을 준 구절들을 이 책 속에 인용했다.
32쪽, '뉴욕은 어디에도 마음붙일 수 없을 때 고향처럼 느껴지는 도시'라는 구절은 멜리사 뱅크의 책 《젊은 여성들을 위한 사냥 및 낚시 안내서》에 나온 것이다.
82쪽, '우연이란 잠행하는 신에 다름 아니다'라는 구절은 앨버트 아인슈타인이 종종 했던 말이다.
190쪽, '그날 아침, 죽음의 그림자가 날개를 달았다.'는 2001년 9월 20일자 〈렉스프레스〉에 실린 브뤼노 D. 코와 미셸 르루의 칼럼에서 뽑은 것이다.
202쪽, '사랑이 사람을 바보로 만드는가, 아니면 바보들만이 사랑에 빠지는 것일까?'는 오르한 파묵의 소설 《내 이름은 빨강》에서 인용한 것이다.
203쪽, 셀린이 한쪽 어깨에 문신을 하는 것은 브라질 북부와 베네수엘라 남부에 사는 야노마미스 인디언들의 풍습에서 따온 것으로, 2004년 5월 〈프시콜로지〉(심리학) 지에 실린 다비 세르방슈레베의 논문 〈타인의 고통이 우리 안에 있다〉에서 찾아볼 수 있다.
375쪽, 셀린의 재치 있는 대답은 발레리 라르보의 한 구절을 원용한 것이다. '연애는 샴페인으로 시작해 캐모마일로 끝난다.'
*마지막으로 이 책은 하나의 픽션인 만큼 뉴욕의 지리와 날짜와 일정에 대해서는 재량권을 발휘했음을 밝혀둔다.

■ 옮긴이의 말

뤽 베송 이후 과거 '프랑스 영화'가 갖는 아우라가 달라졌다면, 그래서 '프랑스 영화 같다'는 말이 지루하다는 말과 더 이상 동의어로 쓰일 수 없게 되었다면, 기존 프랑스 소설의 특징에서 멀리 벗어난 소설이 여기 있다. 물론 이 작품은 프랑스어로 씌어졌지만, 행간에 더 오래 눈길을 주어야 하고 사람을 멈칫거리게 만드는 그 은근한 불편함이 매력인 프랑스 문학의 전통에서 멀리 벗어나 있다.

따로 시나리오 작업을 하지 않고 그대로 찍어도 영화가 만들어질 것 같은 비주얼한 작법이지만 그렇다고 그 끝에 예의 할리우드 로고가 찬연히 빛나고 있다고도 말하기 어려운, 프라다와 루이비통과 돌체 앤 가바나가 무심하게 등장하면서도 최근의 칙릿(chicklit)과는 감수성에서 확연히 구별되는, 단락마다 트렌디한 감각과 일정 분량 이상의 스릴과 궁금증을 실어 대중문학의 문법에 충실하면서도 하드보일드한 남성적 상상력과 비판으로 그 경계를 의심케 하는, 피가로 마가진이나 파리 마치에서는 찬사를 보내지만 누벨 옵세르바퇴르나 르몽드에서는 크게 언급하지 않는, 저 잔잔하면서도 도도한 프레드 바르가스로 대변되는 프랑스 추리문학과는 지독히도 다른 이 소설에는 부인하기 어려운 강점이 있다.

  이 속도의 시대에 독자로 하여금 '문학'(휴우!)을 같은 코드로 적극적으로 소비하게 해주는 걸 미덕이라고 볼 수 있다면 이 소설은 그에 충실히 값한다. 당장 서점으로 달려가 뽑아들 수 있는 치밀하고 단단하게 패킹된 한 권의 스릴과 쾌감과 카타르시스!

  재미에 비중을 두고 번역소설을 읽는 상당수의 독자들이 그 재미를 반감시키지 않기 위해 본문을 읽기 전에 옮긴이의 말을 건드리지 않는 것을 원칙으로 삼고 있단다. 심지어는 앞쪽이나 뒤쪽에 있기 마련인 두어 장의 그 부분을 찢어내는 '과격한' 경우도 있다고 들었다. 또한 오래전부터 소신을 갖고 읽을 만한 번역 소설을 소개해 진지한 독자층을 만들어온 어떤 출판사에서는 옮긴이의 말을 넣지 않는 것을 진지하게 고려했던 것으로 안다. 실제로 프랑스에서 출간되는 번역소설의 경우 옮긴이의 말은 물론 작가의 말 같은 것도 특별한 경우 외에는 찾아보기 어렵다.

  해서, 절대 스포일러의 역할을 하지 않는, 줄거리 한 줄 소개하지 않는 역자의 말을 쓰려 했다면 이 또한 사족의 사족인가. *

김남주